Marisa Brand, Jahrgang 1960,
studierte deutsche und englische Literatur
mit dem Schwerpunkt Mittelalter und Philosophie,
war Dramaturgin am Kölner Schauspielhaus,
Redakteurin einer Tageszeitung,
Dozentin für Frauengeschichte und Drehbuchautorin.
Heute arbeitet sie als freie Journalistin und Autorin
von Büchern und Theaterstücken in Köln,
wo sie gemeinsam mit ihrem Sohn lebt.

Weitere Titel der Autorin:

15 729 Die Tarotspielerin
15 964 Das Geheimnis der Tarotspielerin

Marisa Brand

DAS TAROT DER ENGEL

BASTEI LÜBBE
TASCHENBUCH

BASTEI LÜBBE TASCHENBUCH
Band 16 375

1. Auflage: Januar 2010

Für den, den es angeht, in Liebe und Dankbarkeit:
Nichts auf der Welt existiert
getrennt von anderen.
Von Tod zu Tod schreitet derjenige,
der die Dinge getrennt sieht.

Upanishaden

Bastei Lübbe Taschenbücher in der Verlagsgruppe Lübbe

Originalausgabe

Lektorat: Dr. Lutz Steinhoff
Titelillustration: © Jan Balaz, Kempten
Umschlaggestaltung: Christin Wilhelm
Autorenfoto: Favre
Satz: Urban SatzKonzept, Düsseldorf
Gesetzt aus der Garamond
Druck und Verarbeitung: GGP Media GmbH, Pößneck
Printed in Germany
ISBN 978-3-404-16375-5

I. Teil

Erzengel Raguel
(Gottes Freund)

Ich bin der Fürst jener Engel, die dich prüfen
und die feststellen, ob du bereit bist, den Weg der
Wandlung und Läuterung zu gehen.
Ich bin der Wächter über die Gerechtigkeit,
der Hüter aller Schwachen und der Richter über
Leben und Tod. Gott hat mich ermächtigt,
dir durch einen Kuss das Leben auszuhauchen,
wenn deine Zeit gekommen ist.
Meine Legionen bewohnen die Natur,
die dich umgibt, die Sterne und die Wüsten des
Mondes, die Planeten und das Universum.
Sie werden dir Trost spenden in Zeiten der Prüfung.
Sie begleiten dich auf dem Weg durch die Finsternis
und durch das Reich der Toten. Erkenne mich in der
Gestalt des Baumes, im Flüstern eines Baches,
im Gesang der Vögel.
Farbe: blassblau
Edelstein: Aquamarin
Tiere: Taube, Hase
Tarotkarte: Die Mäßigkeit

Raguels Botschaft: Sei wie das Samenkorn. Gedeihe und vergehe.
Atme die Liebe Gottes ein und wieder aus, hinaus in die Welt,
dann wirst du ewig sein.

Tarot der Engel nach Enoch of Newgate, genannt der Prophet

1.

City of London
Mittwoch, 9. April 1553

Leben hieß Geräusch erzeugen. Zumal in einer Vollmondnacht. Schrilles Schreien. Trunkenes Grölen. Gelächter. Es hallte und lärmte ohne Unterlass in den Gassen beim Stadt- und Gefängnistor Newgate. Wer schwieg, war tot. Genauso tot wie die vom Smithfield, einer sumpfigen Ebene, nur durch einen kurzen Spaziergang und Londons Westmauern vom Kerkerviertel Newgate getrennt, wo man Treibvieh und Hochverräter ausweidete. Die Ochsen, nachdem sie geschlachtet waren, Glaubenssünder und Staatsfeinde, bevor man sie vierteilte, auf Stangen spießte und ihr zuckendes Gedärm verbrannte. Am Horizont ragten die Galgenbäume von Tyburn auf. Grund genug in Newgate, das Leben zu feiern, solange man es hatte.

Auch in dieser Nacht quoll Zechlärm aus Winkeltavernen und Hurenschenken. Beim Gefängnis verwob sich Bänkelgesang mit dem Kreischen der Tollhäusler, die hinter einem Käfiggitter im Torbogen ausgestellt waren. Bis zur Kreuzung von Amen Corner, Ave Maria Lane und Pater Noster Row bei St. Pauls wehte das Stimmenkonzert von Newgate. Musik der Hölle, gefügt aus roher Lust und Schmerz.

»Hier gehts lang«, sagte eine fröhliche Knabenstimme im Schatten der Kathedrale. Der Knirps wies mit schmutzigem Finger in die Warwick Lane. »He, wo seid Ihr hin?«

Seine Augen suchten im Dunkeln nach einem Burschen in Pagentracht und Umhang. »Was ist? Wollt Ihr nun nach Newgate oder nicht?«

Der Page löste sich zaudernd aus einem Seitenportal.

»Können wir keinen Leuchtmann mieten?«, fragte er mürrisch.

»Wozu? Der Mond ist rund, und bei Nacht verirrt sich keiner von denen her«, sagte sein dürrer Führer. Dann grinste er. »Bei Tag natürlich erst recht nicht. Wer braucht da einen Fackelträger? Keine Bange, ich kenn mich aus. Ich bin in Newgate geboren.« Der Stolz in seiner Stimme war unverkennbar.

Was für ein Tölpel, dachte der Page. Dieser Nat oder Pat oder wie auch immer dieser Hungerdarm hieß, war bei Gott kein Beweis für die Gewitztheit der Londoner. Mehr als einen halben Pence würde er dem Bürschchen, das sich ihm auf einer Ufertreppe bei der London Bridge als Führer aufgedrängt hatte, nicht zahlen.

»Nun macht schon«, drängelte der Junge. »Ich pass auf, dass Euch keiner den Hosenboden oder die Nase aufschlitzt.«

»Mit deinem großen Maul? Wie alt bist du, Pat?«

»Nat«, korrigierte der Junge und zuckte die Achseln. »Es heißt, ich wurde zwei Jahre vor König Heinrichs Tod geboren. Und wie heißt du?«

»Das geht dich nichts an, und duze mich gefälligst nicht!« Der hochaufgeschossene Jüngling straffte die Schultern.

Nat war also acht. Acht? Arsch und Gesangbuch! Er ließ sich von einem Kind führen. In dieser Stadt, einem Meer von neunzigtausend Menschen, galt es als Wunder, wenn man das dreißigste Lebensjahr erreichte. Der naseweise Nat würde sicher nicht mal das zehnte schaffen. Nur gut, dass vom Land täglich neue Jugend, frisches, unverdorbenes Blut nachströmte. Jeder fünfte Engländer, so hieß es, lebte inzwischen in London, und die besten bei Hof. Der Gedanke erfüllte den Pagen mit Befriedigung. Er selber war sechzehn und – allen Hänseleien zum Trotz, weil er aus dem Norden kam und niederem

Schafzüchteradel entstammte – in den königlichen Palästen von Greenwich, Westminster und Whitehall mächtigen Männern aufgefallen, die ihm geheime Botengänge zutrauten. So auch heute Nacht. Es war eine Sprosse auf der Leiter nach oben.

Nat zerrte an seinem Umhang. Sofort nestelte der Page nach seinem Seitendolch. Er hatte damit so manches Lamm seines Vaters abgekehlt.

»Wenn Ihr so langsam zieht, dann lasst ihn lieber stecken«, bemerkte Nat unbeeindruckt. Er fuhr sich mit der Handkante quer über die Gurgel. »Ihr würdets nicht überleben, wenn einer dieses Brotmesser zu Gesicht bekäm.« Mit Kennermiene musterte er die Schneide. »War das teuer? Wenn ja, hat man Euch übers Ohr gehauen. Für einen halben Shilling und eine Kanne Bier klau ich Euch im Hafen ein besseres. Mit Sarazenerschliff. Oder eine rheinische Klinge, die Kölner liefern neben saurem Wein die beste Ware. Die vom Handelshaus van Berck sind unvergleichlich.«

Der Page imitierte das Schnäuzen, das man in den Korridoren von Whitehall und Greenwich Palace für ihn übrig hatte, und spuckte trocken aus. Seine Kehle war zu eng, um anständig Rotz zu erzeugen. Er behalf sich mit einer verächtlichen Miene. »Schwatz nicht, geh weiter!«

Der Junge hüpfte auf bloßen Füßen vor ihm her. Munter, als ginge es zur Maikirmes und nicht in das schwarze Herz von London. Newgate bei Nacht war Englands Antwort auf die Hölle. Mochten die Reformatoren noch so eifrig behaupten, es gäbe weder Fegefeuer noch unablässige Qualen im Purgatorium: Hier waren sie zu Hause.

Mit gesenktem Haupt folgte der Page ihm in eine Gasse. Feuchte Kühle und Fäulnisgase schlugen ihm entgegen. Vom Schlachthaus an der Stinking Lane wehten Gerüche von Verwesung herüber. Der vorzeitige Frühling des Narrenmonats April schien einen Bogen um die Tavernenmeile zu machen. Ihn fror zwischen alterskrummen Fachwerkhäusern und Kellerlöcher, in denen Pfennigshuren, Abtrittfeger und Ratten Quartier nahmen.

Seine Hand glitt unter den Umhang. Er befühlte die Geldkatze am Gürtel, die ein hochnäsiger Lakai ihm anvertraut hatte. Diesmal würde er mehr als den üblichen Botenlohn für sich abzweigen. Sein Auftraggeber war immerhin der mächtigste Mann des Landes.

»He, gehts nicht schneller?«, rügte sein Führer und sprang hasenflink über eine Kellerluke.

Liebend gern, doch mehr als ein mühevolles Waten schien unmöglich zu sein. Zäher Morast, der aus dem Inhalt von Nachtgeschirren und tierischen Ausscheidungen bestand, saugte an seinen Sohlen. Bedauernd dachte der Page an die mühselige Putzerei, an das Terpentin und den Urin einer königlichen Stute, den er den Stallburschen abkaufte, um dem Leder Glanz zu verleihen. Die Abflussrinne in der Mitte des Sträßchens war hoffnungslos verstopft. Selbst Londons nimmersatte Ratten, Milane und Bettler wurden der Abfälle nicht Herr.

Sein kleiner Führer hingegen kam besser damit zurecht. Ein Klappladen flog auf, warf einen Herzschlag lang Licht und Wirtshausgezänk in die Gasse. Der Rest einer Pastete wirbelte durch die Luft – anscheinend der Anlass für einen Streit. Nat klaubte den Brocken aus dem Dreck, wischte darüber und steckte ihn flugs in den Mund.

»Hm, Taubenpudding zum Nachtmahl«, grunzte er schmatzend. »Der Wirt vom *Gerösteten Hund* hantiert gern mit Marktabfall. Aber wenigstens spart er nicht am Majoran.«

Gestärkt hüpfte Nat voran durch die Finsternis. Der Page

stakste halb blind und mit rebellierendem Magen hinter ihm her. Kurz bevor sie auf den Geflügelmarkt einbogen, drehte Nat sich zu ihm um. Verschwörerisch senkte er die Stimme.

»Newgate versorgt neben Londons Bauch auch Londons Lenden mit Hühnchenfleisch. Nehmt Euch Zeit, die Huren zu prüfen. Bessie ist eine saftige Henne, prall und weich wie Gänsedaunen. Die lässt sich in mancher Weise besteigen, und Anne von der Cock Lane kennt Tricks mit ihrem Schnabel ...«

Empört sog der Page die Luft ein. »Willst du kobern? Ich verschwende mich nicht an Gossenschwalben, damit du einen Kupplerpfennig verdienst! Du weißt, wohin ich will.«

»Wollt Ihr, dass jedermann es weiß?«

»Was soll das heißen?«

»Ganz einfach. Ihr seid gewiss nicht der einzige Spitzel aus dem Greenwich Palast in diesem Viertel. Hier herrscht seit Tagen reger Schnüfflerverkehr. Und Eure Tarnung ist dürftig für einen Dudley-Mann ... Oder gehörst du zu Englands letzten *Katholiken?*«

Aus Nats Mund klang das Wort wie *Trottel.* Unbekümmert fuhr der Knabe fort. »Es heißt, im Norden haben sie noch immer ihre Nester und beten darum, dass Dudley zur Hölle fährt, unser König stirbt und Heinrichs katholische Tochter Maria an seiner Stelle auf den Thron steigt.«

Der Page schnappte wie ein Karpfen nach Luft. »Woher weißt du, dass ich aus dem Nor-?« Er brach ab. Um Würde bemüht, rückte er seinen Umhang zurecht. »Das geht dich nichts an. Was weißt du schon von Politik und Staatskunst!« Eilig schob er hinterher: »Und was die Religion angeht, glaube ich nur, was seine Majestät glaubt.« Zurzeit war das der fünfzehnjährige Edward der Sechste, einziger Sohn des verstorbenen Tudor-Gottes Heinrichs des Achten und fanatischer Protestant. Der Page hielt es wie die meisten braven Engländer, die im Herzen katholisch geblieben waren: Entscheidend war nicht, zu welcher Kirche Gott hielt, sondern der König.

Einige sturschädelige Verwandte des Pagen hatten sich während seiner Kindheit gegen Heinrichs Auflösung von Klöstern erhoben. Sie waren ein warnendes Beispiel für katholische Bekenntniswut geworden. Auf Schafhürden hatte man sie zu den Richtplätzen geschleift und kopfüber neben einigen Mönchen aufgehängt. Wie Schinken im Rauchfang. Das Fleisch war ihnen schwarz vom Leib gefault, während Weihrauchfässer von ihren Hälsen baumelten. Er würde seinen Glauben für sich behalten oder vergessen, so wie die Menschen aus dem Norden ihre Zauberei mit Alraun und Galgenstricken vergessen hatten – nach außen zumindest.

Nat pulte Pastetenreste aus seinen Zähnen. »Religion interessiert mich nicht. Ich glaub nur, was ich weiß, und mach meinen Job: Euch unbeschadet zum Gefängnis bringen – aber nicht hinein.«

Er lachte über seinen Witz und bog auf den Marktplatz ein. Mondlicht tauchte ihn in unbestimmtes Grau. Die Blicke des Pagen huschten nervös hin und her. Landsknechte unterschiedlichster Nationen strichen auf der Suche nach Raufhändeln, gepanschtem Ale und einem flinken Paarungsspiel zwischen vergatterten Marktbuden entlang. Schleppdegen kratzten scharf übers Pflaster. Diese streunenden Mietsoldaten waren die Pest. Der Kronrat und das Parlament holten sie für die ständigen Grenzschlachten mit den Schotten oder als Reserve für Scharmützel mit Frankreich auf die Insel. Verfeindete Adelssippen mieteten sie, um Handstreiche anzuzetteln, wenn ihnen die Zeit für einen Machtwechsel reif schien. Denn in Wahrheit regierte natürlich nicht der Knabenkönig Edward die Insel, sondern sein jeweiliger Vormund.

Erst ein Jahr war es her, dass Lord Dudley, der derzeitige Herrscher im Kronrat, seinen Vorgänger Seymour mit einer Landsknechtarmee aus dem Zentrum der Macht gefegt hatte. Standen aber weder Staatsstreiche noch Revolten oder Kriege an, versetzten die Mietsöldner Londons Bürger in Angst und Schrecken.

Beim Schandpfahl in der Platzmitte entdeckte der Page die Huren. Gebannt starrte er auf die blitzenden Brüste und das schwellende Fleisch, das die Frauen zur Schau stellten. Der Page tappte, wie an einem unsichtbaren Faden gezogen, auf den Pranger zu. Die Huren verfielen in gurrende Lockrufe, als wollten sie das Schlachtgeflügel imitieren, das sie tagsüber für Pfenniglöhne rupften. Nat ging grüßend vorbei. Der Page straffe seinen schlaksigen Körper und wollte vorbeistolzieren.

Ein Weib mit geschminkten Wangen vertrat ihm den Weg. Sie riss seinen Umhang auf, griff ebenso kundig wie beherzt nach der Schamkapsel, die als gebogenes Horn aus dem Schritt seiner Pluderhose vorsprang, und drückte fest zu. Der Page klappte zusammen wie ein Schnappmesser und stieß ein Winseln aus, das an Schmerz und körperliche Liebe zugleich denken ließ.

»Schwestern, eine Jungfrau! Kein Flaum auf den Wangen und zu viel Rosshaar im Hosenbeutel!« Sie drückte sanfter zu. »Lass mich dein Hähnchen aus dem Nest holen.«

Der Page erstarrte, die Hure lachte wissend. Gesunde Zähne zählten nicht zu ihren Reizen. Der Jüngling sprang fluchend zur Seite und versank in einer gärenden Masse. Die Masse furzte, blutige Federn wirbelten auf, eine aufgestörte Ratte quiekte und biss nach ihm.

Die Weiber johlten, während der Page abwechselnd errötete und erbleichte. Seine Scham schmerzte umso heftiger, weil er in seiner Hose eine Reaktion auf die Handgriffe der Dirne registrierte. Ein Trüppchen Landsknechte feuerte die Dirnen an. Hilflos tastete der Page nach seinem Lämmerdolch.

»Den will ich nicht sehen«, grölte die Hure. »Zeig mir lieber, wie du unter deinen Beinkleidern bewaffnet bist.«

Ihre Stimme nahm einen geschäftlichen Ton an. »Für fünf Pence lass ich dein Krummhorn stramm stehen, für einen halben Shilling deine Hose musizieren.« Die Landsknechte applaudierten. Wieder streckte sie die Hand nach dem Jüngling aus. »Ich wette, an unserem fromm gewordenen Hof öffnet keine Dame ihr Schatzkästlein für einen Frischling wie dich.«

Der junge Mann schlug ihre Hand weg.

»Fünf Pence sind Wucher, Bessie. Einen halben Shilling hast du im Leben noch nicht in der Hand gehabt.« Wie aus dem Nichts war Nat zwischen den Landsknechten aufgetaucht. »Zwei Pence! Und dafür nimmst du ihn mit in die Kammer!«

»Aber beschütt ihn ordentlich mit Wein, sonst taugt er nichts«, grölte ein Söldner.

»Verflucht. Ich will keine Hure«, zischte der Page in Nats Ohr. »Schon gar nicht die!«

»Tut wenigstens so«, zischte der Junge zurück.

An Bessie gewandt, sagte er laut: »Überleg es dir. Wir schauen uns derweil das Galgenfutter im Irrenstall an.«

»Bei Nacht?«, fragte Bessie erstaunt, doch sie war schon abgelenkt von den tastenden Händen eines Soldaten, dem zwei Pence locker saßen.

»Die Narren sind durchgehend verrückt, und heut scheint die Säuferlaterne.« Nat wies zum Mond. »Frau Luna macht sie munter.« Weshalb die Irren im bildreichen Slang von Newgate *Lunas Brüder* oder nur *Lunatics* hießen. Poetische Gemüter sprachen von *Gottes Gauklerschar.*

Nat packte den Pagen am Arm und zog ihn aus dem Pulk zur Stirnseite des Platzes. In Hufeisenform erstreckten sich drei Gefängnistrakte vor ihnen. An den Seitenflügeln vorbei erreichten sie den Schatten des wuchtigen Torhauses. Das Mondlicht malte die Umrisse der Dachzinnen als stumpfe Klauen aufs Pflaster. Der Torgang vor ihnen glich einem klaffenden Maul, dem ein Strom aus halb tierischem Gewinsel und halb menschlichem Gebell entquoll.

»Mistfotze, MISTFOTZE, bekenne!«

»Bei den sieben Bußpsalmen, mir sitzt des Teufels Horn in der Hinterwohnung.«

»Bereue, bereue, Saukerl.«

»Seht den Esel des Herrn.«

»Und da drin soll ein Prophet hausen?«, stammelte der Page.

»Der beste von allen«, bestätigte Nat. »Der halbe Hof schleicht nachts her.«

»Du küsst deine Mutter nimmermehr«, krächzte es über ihren Köpfen. »Nimmermehr. Nimmermehr.«

Entsetzt zog der Page den Kopf ein. »Und wer oder was ist das?«

»Der Papagei des Pförtners. Hat ihm ein Gentleman verehrt, bevor er aufs Schafott musste. Der Vogel taugt mehr als die alten Stundengebete und Gedenkmessen. Den Gentleman vergisst keiner, solang sein Papagei im Gesims sitzt. Eine rabenschwarze Seele. Der hält gesalzene Grabreden für die armen Sünder, die ihren Gang zum Galgenberg antreten. Sogar lateinisch. Habt Ihr einen Silberling?«

»Mehr als einen halben Pence bekommst du für deine Dienste nicht!«

»Der Pförtner verlangt ein Handgeld, wenn er das Fallgitter hochziehen soll. Kostenlosen Käse gibt es nur in Mausefallen.«

Unwillig zog der Page eine Münze aus seiner Geldkatze. Nat rannte zu einer Turmpforte und pochte. Die Pforte tat sich auf, es folgten wispernde Verhandlungen. Nat kehrte mit einer Binsenfackel zum Pagen zurück. Seufzend und rasselnd öffnete sich das Fallgitter zum Torgewölbe. Pfiffe und Jubelschreie schollen ihnen entgegen.

In einem Anflug von Neid bemerkte der Page, wie unbekümmert Nat den Torweg betrat.

»Hierher!«, rief der Junge über den Lärm hinweg und wandte sich einem Käfiggitter zu, das über zwei Stockwerke reichte. Dahinter war auf zwei Ebenen jegliches Elend in menschlicher Gestalt gefangen. Ein Durcheinander aus stinkenden Leibern, die meisten gefesselt, an die Mauern geschmiedet oder an den Füßen zu Paaren verkettet. Man hielt die Irren gern wie Zwillinge, das verdoppelte das Vergnügen. Gelegentlich wurden sie zur Richtbühne auf den Marktplatz geführt. Bei Dudelsackgepfeife und Trommelgedröhn sprangen sie über die Plattform, gerieten in Ekstase und ergötzten die Menge mit Schreien und Tänzen.

Ein besonderer Spaß war es, wenn sie miteinander in Streit gerieten, Fratzen schnitten, Schaum vor dem Mund hatten oder sich entkleideten. So ähnlich musste es in Sodom und Gomorrha zugegangen sein, wobei Sodom in Newgate überwog. Die Nähe von Wahnsinn und Lust sollte den Zuschauern eine Warnung sein, doch das Vergnügen wog schwerer als die Moral. Zudem war eine Ähnlichkeit mit dem gewöhnlichen Treiben in Londons City nicht zu übersehen.

Der Page näherte sich mit tastenden Schritten dem Narrenkäfig. Der Gestank des durchnässten und beschmutzten Strohs, auf dem die Tollhäusler lagerten, ekelte und faszinierte ihn zugleich. Genau wie die krallenartigen Hände, die durch das Gitter stießen, das Greinen und die Grimassen des Wahnsinns. An Geruch und Anblick solchen Elends gewöhnte er sich recht mühelos, stellte er stolz fest. Ha, er war dabei, ein Mann zu werden! Dennoch wollte er so rasch als möglich weg von diesem Ort.

»Also, wo ist dieser Enoch?«

Nat wies stumm auf eine Gestalt, die wie in Anbetung vor der hinteren Wand des tief in die Mauer ragenden Verschlages kniete. Ein Hungerskelett in einem Gewand, das den Pagen an ein Mönchshabit erinnerte.

»Ruf ihn her«, verlangte der Page forsch.

Nat schüttelte den Kopf. »Der Meister kommt, wenn es an der Zeit ist.«

Sein Begleiter runzelte verärgert die Stirn, er wollte doch keine Audienz.

»He da!«, schrie er – wollte er schreien, seiner Kehle entrang sich aber nur ein hohes Krächzen. Auf seine brüchige Mannesstimme war noch kein Verlass.

Immerhin, die Gestalt erhob sich. Während sie sich umdrehte, erstarb der Lärm auf beiden Ebenen des Käfigs. Das Gewühl der Leiber ordnete sich. Lumpengestalten krochen auseinander, teilten sich wie einst das Rote Meer für Moses. Unter den Irren schien Meister Enoch der König zu sein.

Er richtete sich zu erstaunlicher Größe auf. Ein Zittern ging durch seinen mageren Leib. Er setzte den rechten Fuß vor, zog den linken nach. Sank wieder auf den rechten, hob sich auf dem linken nach oben, tat wieder einen Schritt, hinkte mit dem linken Bein nach. Seine Arme schlenkerten unkontrolliert nach allen Seiten. Er glich einer grotesken Gliederpuppe, die von einem fernen Fluch gelenkt wurde. Hatte man ihm auf der Streckbank alle Sehnen durchtrennt und die Gelenke zerschlagen?

Nat hielt die Binsenfackel in den Käfig, um dem Mann den

Weg auszuleuchten. Von überall funkelten wilde Blicke. Enoch setzte seinen Gang unbeirrt fort. Anscheinend war er blind.

»Was ist mit seinem Leib?«, flüsterte der Page erstaunt.

»Hat zu lange die *kleine Erleichterung* genossen, bevor er nach Newgate verlegt wurde.«

Das Gesicht des Pagen wurde zum Fragezeichen.

»Na, *little ease* im Tower! Ein Kellerloch drei Stock unter dem Weißen Turm. Kein Licht, kaum Luft. Man kann drin nicht liegen, nicht sitzen und schon gar nicht stehen. Der Gebrauch seiner Beine und Arme ist Master Enoch in der Hockgrube entfallen. Dafür hat er da drin die Sprache der Engel entdeckt. Der Prophet ist ein Mann der Wunder. Er ...«

Nat brach ab, als das Gesicht des Sehers im Lichtkegel seiner Fackel auftauchte. Der Alte hielt die Augen geschlossen. Der Page erkannte zuerst nichts als Schmutz und Filz. Grauweiße Korkenzieherlocken überwucherten ein Gewirr aus ledrigen Furchen. Das Antlitz einer Mumie. Er schien seinem Alter um mehr als hundert Jahre vorausgeeilt zu sein. War diese Kreatur schon tot?

Vergebens suchte man nach einer Nase, die dem Gesicht Struktur verliehen hätte. Geblieben war nur die Andeutung eines fleischlosen Hügels. Der Mann musste jahrelang eine eiserne Schandmaske getragen haben. Sein Mund war von einem Bart überwuchert, der sich vor seiner Brust mit dem Filzhaar verwob.

Und dieses Wesen sollte der Künder letzter Weisheiten sein? Die Augen des Pagen glitten zurück zum Gesicht des Mannes, der nun unsinnige Gebete flüsterte. Oder Zauberformeln?

»*Ol sonf vorsag, goho iad balt, lonsh calz vonpho.*«

Unvermittelt hob der Mann im Käfig die Lider. Wie eine Schlange. »Seid mir gegrüßt, Kinder Gottes.«

Der Page schnappte nach Luft. Diese Augen! Das linke war nicht mehr als eine milchig weiße Kugel, die blind in einem See aus Tränen schwamm. Das rechte hingegen strahlte wie geputztes Silber. Die Pupille darin war leicht versetzt und erinnerte an einen Teich von makellosem Schwarz und unermesslicher Tiefe. Etwas bewegte sich darin, ein weiteres Augenpaar?

Himmel, es war sein eigenes! Und dahinter noch eins, und noch eins, eine unendliche Reihe von Augen, die bis zum Beginn der Zeit zurückzublicken schienen. Die ungezählten Blicke fingen ihn ein. Der Page fühlte sich nackt und seiner geheimsten Gedanken entkleidet. Er spürte den Boden unter seinen Füßen nicht mehr, fiel Halt suchend auf die Knie und neigte den Kopf.

»Du bist also gekommen, um eine Weissagung zu kaufen.« Eine Feststellung. Keine Frage. Die Stimme des Greises war mild wie Mandelmilch.

Der Page nickte vage und suchte in seinem Kopf nach der Frage, die sein Auftraggeber ihm durch einen Lakai vermittelt hatte.

Enoch ließ ihn nicht zu Wort kommen. »Warte.« Wie ein Taschenspieler zog er ein abgegriffenes Kartenspiel aus den Tiefen seiner Kutte hervor. »Zieh!«

Zögernd nahm der Page eine Karte. Sie zeigte einen jungen Helden auf einem heidnischen Streitwagen, der von zwei Hunden gezogen wurde, der eine schwarz, der andere weiß, mit Menschenhaupt und weiblichem Kopfputz.

Enoch betrachtete die Karte und lächelte. »Der Wagen! Wie interessant. Nun, es geht also um das Mädchen mit den zwei Köpfen, das diesen Januar im Dorf zu Greenwich geboren und begraben wurde. Ich nehme an, man hat dieses Wechselbalg rasch getötet?«

Der Page betrachtete die Karte, dann wieder den Propheten. Wie konnte der Mann das wissen? Er hatte seine Fragen nicht einmal diesem Nat verraten. Hatte die Karte Zauberkraft oder konnte der Alte in seinen Gedanken lesen?

Rasch begann der Page den Rest seiner Informationen herunterzuhaspeln. »Die Missgeburt kam am sechsten Todestag von König Heinrich zur Welt. Die Palast-Astrologen halten das für ein Omen. Sie fürchten, dass König Edwards Bastardschwestern sein Leben bedrohen.« Er warf sich in Pose. »Einige behaupten, man müsse Maria und Elisabeth Tudor töten wie das Wechselbalg, sonst werde die helle Themse bald vor Blut und Kadavern überfließen, unser herrlicher Palast zur Natterngrube werden und …«

»Psst«, zischte Nat. »Das reicht. Verwirr ihn nicht mit dummem Geschwätz.«

»Dieser Mann ist irre, nicht ich«, zischte der Page erbost.

»Und du hast den Verstand einer Erbse. Jedes Kind weiß, dass der Tudor-Palast nur Mörder und Höllengezücht hervorbringt.«

»Das ist Majestätsbeleidigung und Blasphemie!«

»Nein, das is die Wahrheit, und jetzt sei still und hör zu.«

2.

Greenwich Palace
zur selben Stunde

Greenwichs Schlossgärten und die nahe Themse schwammen silbern im Mondlicht. Vom Meer kommend, strich eine salzige Brise über den Fluss, durchflüsterte die Apfelbäume und pflückte erste Blüten. Eine Nacht, wie gemacht für die Liebe.

Und die Lust, dachte Marquis de Selve. Selbst auf die Betschwester, die er in dieser Nacht erwartete. Eine spröde Jungfer Rührmichnichtan des neuen Glaubens.

Er wandte sich vom Bogenfenster ab und nahm von einem Mohrensklaven, um den ihn der halbe Hof beneidete, einen Becher entgegen. Er trank einen Schluck, verzog das makellose Gesicht und spie aus.

»Sacre du nom! Dieser Wein ist eine Beleidigung für den Gaumen. Die Engländer verstehen nichts von Genuss. Ist der erträgliche Burgunder aus dem Keller des Königs schon verbraucht?«

Sein Diener hob bedauernd die Schultern. »Seine Majestät hat seit Tagen keinen neuen geschickt. Und Lord Dudley ...«

»Würde mir höchstens eine Kanne vergiftetes Ale aus der Spülküche zukommen lassen. Ihn beunruhigt, wie sehr König Edward mir zugeneigt ist.«

»Es heißt, er liegt krank zu Bett.«

De Selve hob spöttisch die linke Braue. »Wer? Der Donnerkeil der Reformation, der Wahrer des Reichssiegels, Englands erster Minister, Seine Gnaden der Herzog von Northumberland. Und Graf von Warwick? Kurz: unser geschätzter Speichellecker Lord Dudley?«

Der Mohr schüttelte verwirrt den Kopf. »Nein, der junge König natürlich.«

Natürlich. Das war nichts Neues, aber woher rührte die Krankheit? Und wie schwach war der fünfzehnjährige Thronerbe wirklich? Der Hof und halb Europa schwirrte vor Gerüchten. Die Ordnung der halben Welt – vielleicht der ganzen – hing vom dünnen Lebensfaden dieses Knaben ab. Zwei Halbschwestern standen bereit, um sein Erbe anzutreten. Die erzkatholische Halbspanierin Maria Tudor, Tochter von Heinrichs erster Frau Katharina von Aragon, und die undurchschaubare Protestantenfreundin Elisabeth, Tochter der zweiten Königin Anne Boleyn. Beide waren keine Freundinnen Frankreichs, und beide waren Frauen.

Nach der Geburt seines Sohnes Edward hatte Heinrich der Achte beide Töchter, die verschieden waren wie Tag und Nacht, zu Bastarden erklärt. Auf dem Sterbebett hatte er sie und ihre möglichen Nachkommen jedoch wieder in die Thronfolge eingesetzt. Er hatte jedoch nicht mit dem frühen Ableben Edwards gerechnet. Was, wenn dieser Fall nun einträte? Welche der beiden Töchter würde der Kronrat und allen voran Lord Dudley favorisieren? Wichtiger noch: Galt es nun, Maria oder Elisabeth zu umwerben und rechtzeitig für einen französischen Gatten zu gewinnen?

Er würde es herausfinden. Er musste es herausfinden. Von dieser Betschwester. Von Dudleys neuem Liebling Cass. Ein Lächeln umspielte de Selves vollendet schönen Mund, während er Patchoulikraut und Benzoeharz über einer Räucherpfanne zerrieb. Knisternd kräuselten sich die Blätter, zischend begann Harz zu vertropfen. Er würde einen Rosenkranz der Lust mit der Schwester beten!

»Bring noch etwas Styrax«, wies er seinen Leibdiener an und deutete zu einem kostbar gearbeiteten Kasten. »Und versetze den verfluchten Wein mit Honig und einer Messerspitze Schlafmohn.« Was den Heiden in der Schlacht über alle Schmerzen hinweghalf, würde die eiserne Jungfrau in einen Himmel entführen. Zweifellos würde sie ihn nach dieser Nacht als ihren neuen Gott in Erinnerung behalten. Oder als den Teufel.

Im Krieg wie in der Liebe war alles erlaubt, erst recht wenn beides untrennbar miteinander verbunden war. Nachdem sie ihren Leib hingegeben hatte, berauscht vom Duft der Begierde und vom Opium, würde die kleine Engländerin ihre letzten Geheimnisse preisgeben. Vielleicht gar aus Liebe? Das gefährlichste Rauschmittel für Weiber. De Selves Lächeln verwandelte sich in Verächtlichkeit.

Lieber hätte er diese Schlacht der Erzfeinde auf dem Feld als im Bett ausgetragen, aber ein Ritter Frankreichs hatte zu kämpfen, wo man ihn hinstellte.

Seit einem Jahr tat er das als Englands vornehmste Geisel. Man hatte ihn als Unterpfand eines fragilen französisch-englischen Bündnisses gegen den spanischen Weltherrscher, Kaiser Karl V., aus Paris hergeschickt. Der Fünfundzwanzigjährige hatte den Tudor-Hof im Sturm genommen. Alles in allem ein vergnüglicher Handstreich. Und so simpel im Palast eines unmündigen Königs, der sein jugendliches Feuer an Frömmelei verschwendete und seinen Hofstaat zu Tristesse und Gebet verdammte.

Der Marquis wusste, dass junge Höflinge ihn um seine Abenteuer als Komtur des Ritterordens des Heiligen Grabes zu Jerusalem beneideten. Die Damen waren berauscht von seiner Galanterie, in der ein Nachhall vom Gesang der Troubadoure mitschwang. Sein größter Coup war die Eroberung des fünfzehnjährigen Edward gewesen. Der Katholik und Ordensritter de Selve hatte den Jüngling von Bibel, Gebetbuch und Lord Dudley weggelockt, hin zu Falkenjagd, Bogenkämpfen, Wildschweinhatz, Fechtübungen und Wettritten. Fad und bleich wie Molke war der Tudor-Sprössling gewesen. Nie zuvor hatte er gewagt, es mit dem Vorbild seines Vaters aufzunehmen. Nur in evangelischer Strenge hatte er Heinrich Konkurrenz gemacht.

Lächerlich!

Er, der Marquis de Selve, stand für Frankreichs Triumph über reformatorische Frömmigkeit und Zucht. Bis Lord Dudley eine neue Schachfigur ins Spiel gebracht hatte. Cass, die der junge Edward ein Vorbild an weiblicher Tugend nannte und die er inzwischen zu privaten Audienzen lud. De Selves Lächeln erstarb. Es war harte Arbeit gewesen, dieses lästige junge Ding herzulocken. Höchste Zeit, dass sich seine Arbeit wieder mit Vergnügen verband.

In milder Erregung strich er sich über den Mund. Wie viel Zeit hatte er auf fabelhafte lettres d'amour verschwendet! Vorübergehend hatte er sogar befürchtet, er müsse von Heirat schwätzen, damit sie zu einer nächtlichen Begegnung bereit wäre. Eine gefährliche Angelegenheit – in England galten selbst formlose Ehegelöbnisse als bindend. Nun, die Gefahr war gebannt, das Ziel endlich in Sicht. Der Rest des Weges war einfach. Für die Betschwester führte er immer nur bergab.

Erfrischt durchschritt de Selve sein Schlafgemach, begutachtete die Vorbereitungen. Der Wein war gemischt, die Laken des Bettes waren glatt gezogen, die Decken und Kissen mit Ambra besprengt, dem weiblichsten aller Düfte.

Ein leises Klopfen. Er bedeutete dem Diener, sich durch die anschließende Empfangskammer zu entfernen, und öffnete die Tür zum Korridor.

Da stand diese Cass vor ihm. Mit gerecktem Kinn und geradem Rücken. Erstaunlich! Mädchenhafte Scheu schien ihr fremd. Nur das Zittern des Wachslichtes in ihrer Hand verriet Unsicherheit. Oder Begierde? Seltsames Ding. Sie war bei Gott kein kokettes Geschöpf, das um die Macht seiner Reize wusste oder sie einzusetzen verstand. Sie trug ihre gräßliche Giebelhaube mit einem Gleichmut, der an Erhabenheit grenzte. Oder an Arroganz?

Sans importance! Es würde ein erlesenes Vergnügen sein, ihr zugleich mit der Haube und dem zinngrauen Kleid die Maske überlegener Tugend abzustreifen, die den jungen König so faszinierte. Was für eine Lust, diese Cass seufzen zu lassen! Ob sie stöhnen würde oder schreien? Der Marquis fühlte, wie er ihr entgegenwuchs.

»Entre, ma petite.«

Feierlich griff er nach der linken Hand der jungen Frau und zog sie über die Schwelle. Mit einem genau bemessenen Hauch von Ergriffenheit ließ er seine Blicke an ihr hinabgleiten. Himmel, war dieses Gewand scheußlich! Die Eichentür fiel mit schrillem Quietschen zu, der Riegel schnappte ins Schloss. Er hätte beides ölen lassen sollen. Cass schien den bedauerlichen Misston nicht zu bemerken.

»Endlich bist du gekommen, meine Taube aus dem Felsennest«, raunte er mit Balsamstimme.

»Das ist Sünde!«

»Comment?« Er hatte doch noch nicht einmal angefangen.

»Missbrauche das Hohe Lied nicht als Lobgesang auf tierhafte Lust.«

Die Aufgabe, die vor ihm lag, schien weniger amüsant zu sein als gedacht.

Der Marquis bemühte sich um Empörung. »Tierhafte Lust? Wie kannst du an so etwas denken?«

»Weil ich aus diesem Grund hier bin oder nicht?«

Das Staunen in ihrer Stimme schien echt. Dieses Mädchen war eine unfassbare Mischung aus Sanftmut, Rebellion – Cass trat an ihn heran, legte ihre Hände um sein Gesicht, sein Blick traf ihre tauben-, nein rauchgrauen Augen – und Verlangen.

Herr im Himmel, er hatte es mit einer Gegnerin zu tun, die ihm gefährlich werden konnte. Sie verbarg mehr als ein paar Staatsgeheimnisse, genauso wie er. Und sie reizte ihn tatsächlich. Er streifte ihre Haube ab, ihr Haar glitt in weichen Wellen über seine Hände. Cass zog sanft seinen Kopf zu sich herab, küsste ihn schmelzend, teilte seine Seidenlippen mit der Zunge. Nicht drängend, sondern kostend. Abrupt unterbrach sie das lockende Spiel.

»Das ist schön«, stellte sie im Ton der Unschuld fest. Flüsternd fuhr sie fort. »Es vergeht keine Nacht, in der ich mich nicht nach dir verzehre.« Dann entriss sie ihm die Haube, schlang ihr Haar zu einem Knoten und setzte sie wieder auf.

Nom de Dieu! Entweder sie war das abgefeimteste Weibstück, das ihm je begegnet war, oder sie war eine ganz und gar neue Erfahrung.

De Selve packte Cass bei den Schultern und drängte sie zu seinem Bett. Geschmeidig wie eine Katze entwand sie sich seinem Griff und winkelte blitzschnell den Ellbogen an. »So nicht, Monsieur!« Der Stoß traf den Marquis genau unter dem Rippenbogen. De Selve krümmte sich jaulend.

»Verzeih«, stieß Cass erschrocken hervor. Schweigen und das Keuchen des Marquis füllten die Stille.

»Das wollte ich nicht. Aber die Wonnen der Lust kann ein Mann wie du von allen Frauen haben. Du solltest wissen, was zu tun ist, bevor ich mich dir hingeben kann«, sagte die Betschwester. Fast feierlich fuhr sie fort: »Mit dem Verblassen der Begierde verblasst gemeinhin auch die Liebe. Versteh mich recht, ich bin nicht ohne Leidenschaft, aber ich wünsche mir Dauer. Alles andere hat keinen Wert.«

Der Marquis verstand durchaus und schwieg, zumal er nach Luft schnappte.

»Ich erwarte deine Antwort wie immer in der Kapelle beim Themsekai.« Sie drehte sich um und öffnete die Tür, verharrte zögernd auf der Schwelle, sagte mit dem Rücken zu ihm: »Ich möchte dich wirklich lieben, Antoine de Selve, und ich weiß, dass ich es kann. Nichts anderes erwarte ich von dir.«

Die Tür fiel wieder ins Schloss. Diesmal mit höhnischem Kreischen, wie dem Marquis schien.

Noch immer rang er nach Atem. Diese Cass, dieses halbe Kind, war alles andere als lammfromme Demut. Sie war eine Herausforderung. Pas du tout! Er würde sie annehmen und siegen. Was sonst.

3.

Zurück in Newgate

Der Prophet hatte die Lider geschlossen. Tiefe Stille senkte sich über den Käfig. Die Schultern des Weisen fielen herab, er glitt ins Stroh und kippte zur Seite, wie eine Marionette, deren Fäden plötzlich durchtrennt werden. Flammen schossen aus Nats Binsenfackel empor, leckten an den Käfigstäben. Ihr Knistern schwoll in den Ohren des Pagen zu einem Fauchen und Tosen.

»Was soll das? Was ist mit ihm?«, rief der Page gegen den Lärm in seinem Kopf an und sprang auf die Füße.

Der Junge legte den Zeigefinger an die Lippen. Aus seiner Fackel regneten bunte Funken. Ein Alchemistenstreich? Einer der Narren streckte die Zunge heraus und versuchte, die Funken zu fangen. Ein zweiter stimmte Psalmengesänge an, die anderen fielen ein.

»Für Gottesschimpf und Blendwerk zahl ich kein Geld!«, schrie der Page.

Die Gesänge verstummten. Nicht wegen seines Geschreis, sondern weil Enoch eine Hand hob. Er setzte sich in einer vollendet fließenden Bewegung auf, als zöge er sich am eigenen Schopf in die Höhe. Noch im selben Augenblick stand er kerzengerade da, ein Vorbild an vollkommener Körperbeherrschung nach Art der biblischen Wüstenväter, die Jahrzehnte, stehend auf Steinen, verharren konnten. Betend, schlafend, wachend.

Das musste ein Trick sein! Dieser Malefizbub spielte zu Anfang den Krüppel, um hernach mit dieser Wiederauferstehung zu verblüffen. Der Schafmarkt in York war voller von

Betrügern, die ähnliches Gaukelwerk vorführten. Hielt dieser geriebene Galgenstrick ihn für einen Bauerntölpel?

Master Enoch schlug die Augen auf. Der Page prallte vom Gitter zurück. Der Blick des Propheten traf ihn wie ein Blitzstrahl von solcher Kraft, dass er wieder auf die Knie fiel. Zu seinem Entsetzen musterten ihn diesmal zwei Pupillen. Zwei! Das linke Auge des Sehers war nicht mehr blind, sondern klar und silbern wie das rechte.

Enochs Lippen hoben sich zu einem verzückten Lächeln.

»Die Engel haben zu mir gesprochen. Höre meinen Rat. Geh, mein Sohn. Gehe in Frieden.«

»Wie?«

»Genieße dein Leben als Lämmerhirt. Dafür bist du geschaffen. Der Herr hat dich nicht umsonst auf deinen Platz gestellt. Kleiner Nat, mit dir habe ich zu reden!«

Der junge Page schüttelte empört den Kopf. Er kramte nach Worten und nach dem Beutel unter seinem Umhang. »Mit mir hast du zu reden! Ich bezahle schließlich dafür!«, stieß er hervor und riss hastig die Geldkatze vom Gürtel. »Sag mir, was du gesehen hast! Lord Dudley braucht Tatsachen.«

Er warf den Beutel durch die Gitterstäbe. Er musste die Ware haben, sein weiterer Werdegang hing ab von einer Weissagung dieses Enoch. Egal wie sie ausfiel, egal worum es sich handelte oder ob sie sich einem Budenzauber verdankte. Er musste etwas abliefern. Er wollte kein Schafhirte bleiben.

Der Prophet beachtete den Beutel nicht.

»Bist du dir sicher, dass du die richtige Wahl triffst?«, fragte er ruhig.

»Wahl? Was für eine Wahl? Ich denke, Ihr sagt das Schicksal voraus.«

»Schicksal ist das, was wir aus unserer Bestimmung machen, junger Freund. Wie beim Kartenspiel kann man mit einem schlechten Blatt gut spielen oder ein vortreffliches überreizen. Du bist der Sohn tüchtiger Schafzüchter, das Land deiner Väter kann dich nähren. Wirf nicht leichtfertig weg, was dir zugeteilt wurde. Was ich eben sah, bedeutet große Gefahr! Kehre heim, dann sehe ich dich an der Seite einer drallen Frau inmitten einer Schar rotbackiger Kinder.«

Nein!, schrie es in dem Pagen. »Es ... Es geht doch nicht um mich, es geht um ...« Er suchte nach einem zwingenden Argument, nach etwas Erhabenerem als dem strengen Geruch, der dem Wort Lämmerhirt anhing. »Es geht um England!« Genau.

Der Prophet seufzte. »Das sagen alle.«

»Wer ist *alle?*«, zischte der Page in Nats Richtung.

»Ich hab dir doch gesagt, du bist nicht der Einzige, der aus dem Palast schleicht«, raunte der Junge.

Der Mann im Käfig hob den Geldbeutel auf und reichte ihn zurück durchs Gitter. »Behalte das. Es ist das Vielfache deines üblichen Botenlohns. Nat kann dir einen Stall zeigen, wo du ein tüchtiges Reitpferd mieten kannst. Das Tor wird in wenigen Stunden geöffnet. Niemand wird Geschrei um dein Verschwinden machen. Die Lücken bei Hof schließen sich lautlos. Ich weiß, wovon ich spreche.«

Der Unterton von Mitleid verärgerte den Pagen, darin war er schon ganz Mann. »Du sollst das Mädchen mit den beiden Köpfen erklären! Nicht mein Leben verpfuschen.«

Nat betrachtete die Geldbörse, die immer noch vor der Nase des Pagen baumelte. Er sah den eigenen Lohn schwinden und spuckte aus. »Du Sackesel würdest dein Glück nicht mal erkennen, wenn's dich in den Hintern tritt! Nimm die Penunzen.«

Der Page versetzte ihm eine Kopfnuss. »Halt dich raus.«

Master Enoch ließ die Börse sinken. »Nun denn, ich habe dich gewarnt. Das Mädchen mit den zwei Köpfen bedeutet, dass Englands König ein toter Mann ist.«

Der Page taumelte nach hinten. »Wie?«

»Edward der Sechste stirbt. Wahrscheinlich noch in diesem Sommer. Und nach ihm muss eine Frau regieren. Allein und aus eigener Kraft. Nur so geht es voran, wie die Karte des Streitwagens gezeigt hat.«

»Eine Frau allein? Das ist lächerlich. Und überhaupt! Diese Prophezeiung ist Hochverrat. Niemand darf den Tod eines englischen Monarchen vorhersagen!«

Enoch nickte knapp. »Darum habe ich dir geraten, bei deinen Lämmern zu bleiben, statt Lord Dudley zu dienen.«

Der Page erbleichte. »Was hat das alles mit mir zu tun? Ich bin nur ein Bote. Dich wird man …«

»Hängen? Dem Tod habe ich schon öfter ins Auge geschaut, mein Sohn. Eine jedes Mal erstaunliche Erfahrung, egal von welcher Warte aus. Höre genau zu: Lord Dudley muss eine Wahl treffen. Eins der Gesichter des zweiköpfigen Mädchens blickte nach Westen, das andere nach Osten, so wie die Zugtiere auf der Karte, die ich gezogen habe. Der Wagen ist England. Wenn er ihn richtig lenken will, sollte er klug wählen.«

Wieder fingerte der Prophet mit seinem Kartenspiel herum, zog ohne hinzusehen eine hervor, betrachtete sie und nickte. »Möchtest du die Karte sehen? Es ist ein Trumpf! Sie zeigt den Erzengel Michael, den mächtigsten Schutzengel, den Gegner Satans und Vollstrecker Gottes.«

»Ein Engel?«, fragte der Page abwehrend. Waren die nicht inzwischen verboten? In den meisten Kirchen hatten Bilderstürmer ihnen die Köpfe abgeschlagen. Man kannte sich einfach nicht mehr aus mit der Religion. So viel aber wusste er: Dudley achtete im Dienste seiner Majestät streng darauf, dass die Reformen eingehalten wurden, und er wollte ganz sicher nicht mit Götzendienst in Verbindung gebracht werden. Gleichwohl hatte man ihn hergeschickt. »Ich schreib mir lieber auf, was Ihr sagt.«

Der Prophet zuckte die Achseln. »Dann notiere: *Aurea mediocritas!*«

»He? Wie schreibt man diesen Auerochsen?« Der Page tastete nach Wachstäfelchen und Griffel, die er im Futter seines Wamses trug.

»Schreib einfach, Dudley soll den goldenen Mittelweg suchen. Oder die Mäßigkeit, wie die Karte heißt.«

Der Page verzog den Mund. »Sagt Ihr das allen, die zu Euch kommen?«

»Ungefragt und kostenlos! Das rechte Maß zu halten garantiert ein langes, friedvolles Leben.«

»Eine solche Binsenweisheit ist keinen Penny wert, sondern eine Tracht Prügel.« Maß halten! Damit konnte er einem Mann wie Dudley nicht kommen.

»Diese Binsenweisheit könnte vielen Menschen den Kopf retten«, antwortete der Prophet ungerührt. »Aber ich sehe schon, du möchtest ein Rätsel. Es ist wirklich leichter, von wolkiger Wahrsagerei als von der Wahrheit zu leben. Nun, wie wäre es damit: *Adora quod incendisti. Incende quod adorasti.* Verehre, was du verbrannt hast, und verbrenne, was du verehrt hast.«

»Verbrennen? Das klingt nach Ketzerei!«

»Es stammt aus dem Mund des heiligen Remigius, eines Bischofs von Tours.«

»Ein Heiliger?« Auch das noch! »Dann ist es Ketzerei. In England gibt es keine Heiligen mehr.«

»Zurzeit sind sie ein wenig aus der Mode. Wie wahr. Nun, betrachte es als Aufforderung, sich zur rechten Zeit auf die richtige Seite zu schlagen und sich mit dem zu verbünden, was sich nicht besiegen lässt. Damit ist Lord Dudley bislang gut vorangekommen, glaubst du nicht auch?«

»Ich kann mir dieses Kauderwelsch unmöglich merken.«

Und erst recht nicht aufschreiben. Latein brauchte es nicht, um Schafslisten zu führen.

»Mögliche Verfolger könnten den Satz wohl kaum enträtseln, du Erbshirn! Darum geht es doch«, stöhnte Nat. Er entriss ihm Täfelchen und Griffel und reichte beides in den Käfig.

Master Enoch ritzte flink die lateinische Botschaft ins Wachs. Also ist er ein ehemaliger Mönch und kein Prophet, dachte der Page grimmig. Wie so viele seiner Landsleute wusste er nicht, wer recht hatte im Streit um Bibel oder Messbuch oder darüber, ob Wein und Brot beim Abendmahl zum Leib Christi wurden, aber belesene und schreibende Mönche, die waren jedem vernünftigen Engländer ein Gräuel. Mit so einem – diesem deutschen Lothar oder wie der hieß, dessen Name nun ganz Europa buchstabierte – hatte das Gezänk um die Religion ja überhaupt erst begonnen.

Früher, als der Glaube noch in den Stein der Kirchen gemeißelt war und nicht in dürre Buchstaben gepresst, war alles einfacher gewesen. Man hatte eine hübsche gemalte oder geschnitzte Figur gesehen und sich bekreuzigt. Aber nun disputierte die halbe Welt. Am Ende käme es noch so weit, dass die ganze Welt Bücher lesen müsste, um irgendwas zu glauben. Reine Zeitverschwendung.

Nat reichte ihm die Wachstafel. »Wenn einer das klauen will, kratz den Satz am besten weg! Friss das Ding zur Not. Kapiert?«

Hastig steckte der Page die Tafel in sein Wams, murmelte ein Danke und lief in den Torbogen. Ein Krächzen über seinem Kopf ließ ihn zusammenfahren: »Kehr um oder küss den Henker, Leckarsch! Leckarsch.«

Verflixter Papagei! Im Narrenkäfig johlte es. Der Page gab Fersengeld.

4.

Nat verharrte unschlüssig beim Gitter. Hatte der Prophet nicht auch noch mit *ihm* sprechen wollen? Begierig linste er nach dem Geldbeutel auf dem Käfigboden. Hoffentlich ging es um einen weiteren Kunden. Der Page hatte nichts eingebracht. Nat räusperte sich. »Richtig beeindruckend, Eure Vorhersagen, Master Enoch. Könnten eine Menge Leute interessieren. Wartet beim Hafen noch wer?«

»Nat, sei kein Schmeichler, du beleidigst deinen eigenen Verstand.«

Erwischt. Nat senkte den Blick.

Enoch seufzte. »Mit dir kann ich ehrlich sein. Dass Edward wieder krank ist, weiß ich von den spanischen Spitzeln, die du vergangene Woche gebracht hast. Sie sprachen recht hoffnungsfroh über seinen blutigen Husten, schließlich wollen sie Maria auf dem Thron sehen. Die Franzosen haben gestern behauptet, sie hätten von einer Schlange geträumt – spekulieren also über einen Giftanschlag auf den König durch die Spanier oder planen ihn selbst. Sie fürchten um ihr Bündnis mit England. Und dank des Pagen wissen wir nun, dass Lord Dudley sich längst Gedanken über die Zeit nach Edward macht. Was liegt näher, als den baldigen Tod des Königs vorherzusagen? Ich bin Beichtstuhl und Börse für den Klatsch des Hofes. Um zu wissen, was die Zukunft bringt, reime ich die Fragen zu Antworten zusammen. Dazu muss man nur das Alphabet menschlicher Gier beherrschen. Das habe ich in meinem vergangenen Leben ausführlich studiert.«

»Versteh schon, aber … Das mit Eurem linken Auge ist wirklich toll. Könnt Ihr das noch mal machen?«

Der Prophet ließ den Augapfel nach hinten gleiten. Seine Pupille verschwand.

»Verdammt, das nenn ich mal einen Trick! Wo habt ihr den gelernt?«

»Im *little ease* hat man viel Zeit, um sich über die Grenzen seines Leibes und die Gesetze der Zeit zu erheben. Und das, lieber Nat, ist mehr als ein Trick. Wer den Blick von der Welt löst und ihn wahrhaftig auf den Urgrund der Seele lenkt, wird den Engeln begegnen.«

Oder dem Teufel, dachte Nat.

Enoch lächelte. »Auch Satan war ein Engel, Nat.«

Donnerschlag! Verblüfft sperrte der Junge den Mund auf. Mühsam kramte er nach Worten. »Das ist mir zu hoch.«

»Eines Tages wirst du es verstehen. Wie wir Menschen kennt Luzifer den Verlust von Unschuld und Glückseligkeit. Man kann von ihm lernen, wenn man Schmerz nicht scheut. Er ist ein unerbittlicher, aber sehr genauer Lehrer. Ohne ihn gäbe es keine Heilung, und meist ist das, wovon wir uns heilen wollen, genau das, was uns heilt.«

Nat runzelte misstrauisch die Stirn.

Enochs Lächeln vertiefte sich. »Du hältst mich noch immer für einen Scharlatan? Nun, dann lauf diesem Tölpel von Pagen hinterher. Er überschätzt seine Talente im selben Maße, wie du meine unterschätzt.«

Nat zuckte die Achseln. »Was hab ich mit diesem Lackei von Pagen zu schaffen?«

»Du tätest ein gutes Werk! Und du bist ein anständiger Kerl.«

»Gute Werke? Ich steh im Dienst von Painbody, dem König der Themsekais, der hält nichts von so was.«

Enochs Gesicht war mit einem Mal ganz Aufmerksamkeit. »Joshua Painbody ist dein Herr? Sieh an, sieh an! Mein kleiner Freund, darum haben die Engel mir vorhin eine Unterhaltung mit dir empfohlen.«

Merkwürdige Engel. Was lag ihnen an einem ehemaligen Folterknecht und Herrn der Diebe? »Ihr kennt Painbody?«

»Aus einem früheren Leben, gewiss.«

»Ihr meint vom Tower her?«

Der Prophet schloss die Augen und nickte bedächtig, sein Mund entspannte sich in einem seligen Lächeln. Nat schüttelte den Kopf. Eigenartig. Der König vom Themsekai löste solche Empfindungen nur selten aus. Schon gar nicht in ihm. »Painbody hat mir mein Bettelpatent besorgt. Er sieht's nicht gern, wenn ich zu oft eigenen Geschäften nachgehe. Vor allem wenn sie, wie heute Nacht, keinen Penny einbringen! Wenn er schlecht gelaunt ist, gerbt er mich dafür mit der Hundegerte.«

Der Alte reichte die Lederbörse zum zweiten Mal durchs Gitter. »Nimm und kauf dich eine Weile aus Painbodys Herrschaft frei. Grüß ihn von mir und sag ihm, du wirst ihm bald mehr und weit Wertvolleres bringen.«

Nat haschte nach dem Beutel und wühlte nach einer Münze. Er fand die größte und biss hinein. Das Metall gab unter seinen Zähnen nach.

»Christus! Das ist durch und durch Silber!«, stieß er verblüfft hervor. »Darf ich die behalten?«

»Du kannst den ganzen Beutel haben.«

Nats Augen rundeten sich in ungläubigem Staunen.

Enoch lächelte und öffnete seine Handfläche. »Ich habe mich schon bedient. Man zahlt mich *hiermit*.«

Nat senkte seine Fackel und entdeckte einen flachen Stein, kaum größer als ein Penny.

»Mit bunten Kieseln?« Der Mann war doch irre!

»Sieh genau hin.«

Ohne Begeisterung betrachtete der Junge den rötlichen Stein. Weiße Adern durchzogen ihn wie Sehnen das Fleisch.

»Naja, ganz hübsch – für einen Stein«, meinte Nat ohne große Überzeugung.

»Mein Sohn, dies ist ein biblischer Sarder, ein Grundstein des neuen Jerusalem. An anderer Stelle freilich wird er Zierde von Satans Brustpanzer genannt. Wie auch immer, ich brauche ihn für das, was vor mir liegt. Es heißt, der Sarder verleiht seinem Besitzer Kraft und einen unbestechlichen Verstand.«

Den hast du echt nötig. Nat steckte die Börse rasch in sein Hemd. »Jerusalem? Ganz schön weit weg.«

»Oh nein, mein Jerusalem ist nah. Sehr nah: *Und ich sah einen neuen Himmel und eine neue Erde, denn der erste Himmel und die erste Erde sind vergangen, und das Meer ist nicht mehr.*«

»Klingt nach Weltuntergang.«

»Die Stunde der Propheten! Mein großer Auftritt.«

«Wenn Ihr meint«, sagte Nat ungeduldig. »Ich geh dann mal.«

Meister Enoch hielt ihn zurück. »Du kennst deinen Auftrag noch nicht.«

»Ich soll diese Bohnenstange von Pagen beschützen, oder? Mach ich. Obwohl es um den echt nicht schade ist.«

»Das tust du freiwillig. Ich habe doch gesagt, du bist ein anständiger Kerl.«

»Ich?«

»Selbstverständlich. Gott und seine Engel haben dich zu meinem Helfer erwählt.«

»Aha.« Misstrauisch verzog Nat den Mund. Geschäfte mit Irren waren lohnend, aber anstrengend. »Was muss ich also dafür tun?«

»Einen Stein finden.«

Noch einen? Jessas! Der Mann sollte seinen Stein haben. Einen bunten Flusskiesel zu besorgen war keine Zauberkunst.

»Keinen Kiesel!«

Der Junge zuckte zusammen.

»Einen Opal.«

»Nie gehört.«

»Du erkennst ihn, wenn du ihn siehst. Er vereint den Himmel, die Erde, das Feuer und das Wasser. Er spiegelt Gottes Schöpferkraft und Liebe. Die Engel haben mir offenbart, es sei der Stein, den ich brauche, um Freiheit von aller Qual zu erlangen und Erlösung.«

»Mag sein«, schimpfte Nat, »aber ich klau keine Juwelen, Ist zu heikel, und Josh wird sie nicht los.«

»Was denkst du von den Heerscharen des Herrn? Du sollst den Stein nicht stehlen, du wirst ihn finden.«

Nat zögerte kurz, seine Finger schlossen sich um die Silbermünze. »Und wo?«

Wieder hantierte der Prophet mit seinem Kartenspiel, fächerte es auf und steckte es durch die Stäbe. »Zieh!«

Nat zog achselzuckend und drehte eine Karte um, während eine weitere zu Boden trudelte. Nat betrachtete die Karte in seiner Hand. »Jessas, der Gottseibeiuns! Und zwei Nackte.«

»Ich habe dir schon mal gesagt, auch Satan ist ein Engel! Schon die Römer nannten ihn den Lichtbringer: Luzifer. Wir sind also auf der richtigen Spur.«

»Mit dem Gehörnten will ich nichts zu schaffen haben, Master Enoch. Mir langt Painbody.« Er warf die Karte in den Käfig zurück.

»Du musst nicht zum Teufel gehen, kleiner Nat. Heb die andere Karte auf!«

Nat bückte sich. »Hm, gefällt mir 'n bisschen besser.« Er beleuchtete mit seiner Fackel das Bild eines Liebespaares vor einer Flusslandschaft, darüber, in einem goldenen Himmel schwebte ein richtiger Engel. Golden und weiß mit Federschwingen statt mit versengten Drachenflügeln wie der Satan.

Enoch lachte. »Habe ich es mir doch gedacht«, sagte er. »Sieh genau hin, was verbindet beide Karten?«

Nat runzelte die Stirn. »Liederlicher Schweinkram?«

»Das nackte Paar. Es steht für die Liebe, mein Sohn. Sie kann Paradies und Hölle sein, göttliche Bestimmung oder teuflische Versuchung. Suche nach einem gesegneten Liebespaar, aber hüte dich vor Verwechslungen! Verfehlte Liebe entfesselt Hass und tödliche Zerstörung.«

»Ich kenn keine Liebespaare, außer Bess und ihre Freier.« Er linste nach der Teufelskarte, auf dem die Nackten an Satans Thron gefesselt dastanden. Mit gelangweilter Miene und leerem Blick.

Enoch nickte anerkennend. »Aha, du beginnst zu begreifen. Bei einer Hure und ihrem Buhlen wirst du nicht finden, was ich suche.«

»Wo dann?«

»Gott wird dir den Weg weisen ... Lass uns zu seinen Engeln beten. *Ol sonf vorsag, goho iad balt ...*«

Nat verdreht die Augen.

Enochs Lider flatterten und senkten sich. »*Ich sah die heilige Stadt, das neue Jerusalem, von Gott aus dem Himmel herabgekommen, bereitet wie eine geschmückte Braut für ihren Mann.*«

»Heißt das, ich muss so was wie 'ne heilige Braut suchen?«

»Ja.«

»Ausgerechnet in London? Ich mein ...«

Ein quiekender Schrei gellte vom Marktplatz herüber. Schläge klatschten.

»Ah, die Engel haben sich wieder einmal offenbart«, bemerkte der Prophet zufrieden.

»Ich denk eher, das war der Page. Er muss Bess wieder in die Finger geraten sein«, warf Nat ein. »Und das ohne einen Penny in der Tasche! Volltrottel.«

»Gott spricht auf Erden besonders gern durch Narren.«

Daran hatte Nat keinen Zweifel mehr.

»Hab ich's nicht geahnt«, bemerkte der Prophet heiter. »Er soll dein Führer sein!«

»Der?« Nat fühlte sich in seiner Berufsehre gekränkt, aber die Silbermünze in seiner Hand fühlte sich verdammt tröstlich an.

5.

Greenwich Palace am Morgen des 10. April

Sie sieht aus wie eine Saatkrähe, dachte der junge Mann im Beichtstuhl. Das spärliche Morgengrau, das durch die Giebelfenster drang, begünstigte sein Urteil nicht. Alles, was er im Kirchenschiff von der jungen Frau erkennen konnte, nahm ihm die Lust auf einen zweiten Blick: Ihre pechfarbene Giebelhaube aus Leinen und Holz verbarg Haar und Gesicht. Der Rest versank in einem formlosen zinngrauen Kleid.

War sie darunter zu üppig oder war sie mager wie ein Gestell zum Trocknen feuchter Wäsche? Zugegeben, die Hände, die sie jetzt zum Gebet schloss, waren hübsch. Von sahnigem Weiß und schmal, wie Madonnenschnitzer sie früher gestaltet hätten. Den Kopf mit der schweren Haube hielt die farblose Kreatur gesenkt. Bewegte sie die Lippen im Gebet? Man konnte sich das nichtssagende Gesicht zu all dem leicht ausmalen oder es genauso gut lassen, entschied Samuel van Berck und schloss den Spalt im Samtvorhang, durch den er die einsame Kirchenbesucherin studiert hatte.

Mit gerunzelten Brauen sank er in die Polster eines ausgedienten Beichtstuhls. Blicklose Engelsgesichter starrten aus einem hölzernen Himmel auf ihn herab. Zimmerleute hatten ihnen die Juwelenaugen herausgebrochen und mit Beilen die Heiligen auf den Schmucksäulen geköpft. So roh und beiläufig, wie sechs Jahre zuvor eine Meute Soldaten seinem Lehrer, dem Mönch Gregorius, den Schädel eingeschlagen hatte. Im Namen von König Heinrich dem Achten und seiner neuen

Kirche. Sie hatten ihm auf den Stufen eines Seitenaltars mit der Axt den Schädel gespalten. Vor der Mutter Gottes hatte der Abt für Erhalt und Schutz seines kleinen Klosters nahe Canterbury gebetet. Umsonst.

Noch einmal trampelten in seinem Kopf Heinrichs Schergen über Tote hinweg, jagten die Brüder und Schüler der Abtei wie Treibvieh, schlachteten sie johlend, rissen das Marienbild vom Sockel. Es zerschellte auf den Kacheln. Herrliche Fenster wurden mit Piken in vielfarbige Splitter zerschlagen, das Kruzifix mit dem geschnitzten Leib Christi zerhackt und damit ein Feuer entfacht. Am Ende plünderten sie den Reliquienschrein des Heiligen Dunstan.

Der Mund des jungen Mannes zog sich zu einem harten Strich. Einige Lateinschüler der Abtei hatten eilfertig Heiligenfiguren zum Feuer geschleppt, die Hosen nass vor Angst und in der Hoffnung, den Schwertern der königlichen Mörder zu entgehen. Niemand hatte gewagt, sich ihnen entgegenzustellen. Auch er nicht.

Lord Dudley, damals noch ein Mann ohne nennenswerte Titel, war der Anführer der Mörder gewesen. Hoch zu Pferd und mit unbeteiligter Miene hatte er das Kesseltreiben beobachtet. Samuel van Bercks junges Gesicht verzerrte sich in unversöhnlichem Hass.

Gab es ein einziges Gebot, dass diese Reformer an diesem Tag nicht gebrochen hatten? Ihre Religion war grausamste Blasphemie. Die Kirche, die sie den Gläubigen gebaut hatten, erzeugte Furcht und schenkte weder Trost noch Vertrauen.

Die Reformer hatten den Menschen den Schutz der Abtei und der uralten Rituale genommen, um selber hemmungsloser Gier zu frönen. Freudlos und hässlich war ihre Kirche des neuen Glaubens! Wie das Mädchen im Krähengewand. Cass.

Noch einmal teilte er den Samtvorhang, sah, wie sie still ihre

Bibel durchforschte. Mit zitternden Händen zog sie einen Papierstreifen hervor und studierte ihn, als handele es sich um ein neu entdecktes Evangelium. Waren es Anweisungen von Dudley? Wie töricht, sie aufzubewahren und mit sich herumzutragen! Diese Krähe schien zu allem Überfluss dumm zu sein. Und sie war die neue Waffe des Lords im Kampf um seine brüchige Macht? Samuel van Berck schüttelte zweifelnd den Kopf. Sein Dienstherr Jehan Scheyfve musste sich irren.

Aber der spanisch-katholische Botschafter irrte selten. Seine Spitzel am Tudor-Hof hatten die Ohren überall. So wie jetzt er, obwohl ihm die Aufgabe widerstrebte. Wieder sollte er nur zuschauen statt handeln. Ich will endlich offen und mit Leib und Leben für den katholischen Glauben einstehen. Stattdessen sitze ich in einem Beichtstuhl und spähe eine Krähe aus!

Der junge Mann seufzte lautlos. Grimmig wiederholte Samuel im Geist das Wortgefecht, dass er gestern im Schreibzimmer mit seinem Dienstherrn geführt hatte.

»Seid Ihr wirklich bereit, Euren Leib für die heilige katholische Kirche und Maria Tudor einzusetzen?«, hatte das Schlitzohr Scheyfve feierlich gefragt und ein Geheimfach seines Schreibtischs geöffnet, in dem er gewöhnlich eine lateinische Bibel verwahrte. Samuel war dem Bibelschwur vorausgeeilt. »Ich schwöre es, bei allem, was mir heilig ist«, hatte er beteuert und war seinem Dienstherrn wie eine Fliege auf den Leim gekrochen. Scheyfve hatte genickt und statt einer Bibel eine Schale mit kandierten Kirschen aus dem Schubfach gezogen.

»Ich weiß aus recht sicherer Quelle, dass König Edwards Tage gezählt sind«, hatte Scheyfve begonnen. »Wenn das stimmt, gilt es unserer geliebten Maria Tudor zu ihrem Recht auf den Thron zu verhelfen. Wir müssen sie weiter im Norden in Sicherheit bringen, sie vor Giftanschlägen der Reformer beschützen und vor allem Dudleys Pläne in Erfahrung bringen.«

Verärgert über Scheyfves Bedächtigkeit, die er gleichermaßen auf Politik, Glaubensfragen und die Wahl der prallsten Kirsche verwandte, hatte Samuel aufbegehrt.

»Es bedarf keiner weiteren Spitzeleien. Dudleys Pläne sind offensichtlich! Zwanzig Kriegsschiffe sind in die Themse eingelaufen, die Geschütze sind aus dem Tower nach Greenwich geschafft worden, und Dudley wirbt Truppen. Er will Maria vernichten, vielleicht noch bevor Edward stirbt. Wir müssen ihre Anhänger für die Verteidigung des Glaubens begeistern. Jetzt schlägt Spaniens große Stunde und die Stunde des wahren Glaubens. Das englische Volk ist auf Marias Seite. Es hat diesen Kronrat der Mörder satt.«

Schweigen und das Ausspucken von Kirschkernen war Scheyfves erste Reaktion. »Sega, sega! Das Volk ist eine wankelmütige Bestie, und Ihr seid zu hitzig, dabei seid Ihr nur ein halber Spanier!«

»Und Ihr ein ganzer Flame – bedächtig wie ein Schnecke!« Und nicht weniger verfressen.

»Ich liebe Schnecken!« Wieder das Klicken von Kirschkernen. »Sie sind – in Wein und Rahm gesotten – recht schmackhaft. Außerdem können sie einem mehr über die Tücken des Weges erzählen und kommen sicherer ans Ziel als voreilige Hasen.«

»Oder zu spät!«

Wieder landete ein Kirschkern auf dem Zinnteller. »Junger Freund, ich bin Diplomat und wie jeder Flame dem Kaiser direkt untertan. Er ist wie ich in Gent geboren und aufgewachsen. Die Zeit ist unser Acker. Bedächtigkeit hat manch unnützen Krieg verhindert und Flanderns Hafenstädte und Märkte zu den wichtigsten Handelsplätzen für Spaniens Schätze und das Gold aus der Neuen Welt gemacht. Kurz: Meine Heimat blüht.«

»Ihr seid wie mein Vater! Der Glaube muss sich den Geschäften unterordnen.«

Unbeeindruckt hatte Scheyfve eine weitere Kirsche gewählt. »Satte Menschen sind friedliebende Menschen, und Handel lebt vom Geist der Diplomatie, dafür steht Euer Vater wie kaum ein Zweiter. Abgesehen von mir.«

»Er ist lau wie alle unentschiedenen Christen. Sein Glauben beschränkt sich auf Lippenbekenntnisse.«

»Ihr täuscht Euch. Er ist ein beherzter Christ. In seiner Jugend, so sagte mir Eure Mutter, war er ein Hitzkopf wie Ihr. Heute handelt er mit Besonnenheit. Ihr wisst, was er als Gründer der Opal-Bruderschaft für Verfolgte – egal welchen Glaubens – tut. Er versteckt sie oder verhilft ihnen zur Flucht.«

»Er tut es seiner Geschäfte wegen. Seine heimliche Hilfe für englische Katholiken macht ihn bei seinen Kölner Handelspartnern beliebt, seine protestantischen Glaubensbekundungen dienen ihm bei der Kaufmannschaft Londons. Wahrer Glauben ist entschieden, nicht wetterwendisch oder käuflich.«

Bedauernd hatte Scheyfve den leeren Kirschteller beiseite geschoben. »Mit dem Maul ist man schnell ein Held und noch schneller ein Märtyrer. Bedächtigkeit, Verständnis und Geduld sind dem wahren Glauben dienlicher. Übt Euch darin, schließlich wollt Ihr Mönch werden.«

»Die Jesuiten versinken nicht in religiösen Betrachtungen, sie sind Soldaten Gottes.«

»Aber keine eifernden, vorschnellen Kriegstreiber, wie ich hoffe.«

»Zunächst gilt es, den Glauben im Kampf zu verteidigen.«

»Glauben sollte man vor allem leben und den Kampf solange als möglich vermeiden. Darum bin ich Diplomat, und

Ihr seid zurzeit meinem Befehl unterstellt – auf Wunsch Eurer Eltern!«

»Wenn Maria erst auf dem Thron sitzt, werde ich die Gelübde ablegen und mich ganz der Mission durch das Wort widmen. Dem Schwert aus der Schrift.«

»Löblich. Und nun zurück zur Gegenwart. Wir haben kaum Soldaten und kein Geld. Die Waffe des Verstandes ist schon jetzt unsere schärfste, dazu kommt Euer hübscher Hintern.«

»Was soll das heißen?«

»Das Ihr – wie gewünscht und beschworen – Euren Leib einsetzen werdet. Die Franzosen haben ihren Frauenbetörer de Selve auf ein junges Ding angesetzt, ein halbes Kind noch, Cass mit Namen. Sie kommt aus Dudleys Haushalt und hat den Marquis seine Favoritenrolle und den Lauscherposten beim König gekostet. Es heißt, sie hat Edward kürzlich sogar bei Nacht besucht. Allein.«

»Wollt Ihr andeuten, dass dieser bedauernswerte Knabenkönig von knapp fünfzehn Jahren noch auf dem Totenbett einen Erben zeugen soll?«

»Unwahrscheinlich, aber sein Vater hat es immerhin mit sechs Ehefrauen versucht, um die Tudor-Dynastie zu erhalten. Mit dürftigem Erfolg. Von der verehrungswürdigen Maria Tudor einmal abgesehen.«

»Aber nicht mit einer hergelaufenen Zofe oder Aufwärterin!«

»Ist diese Cass das wirklich? Dudley hat sie als Kind in seinen Haushalt aufgenommen. Er allein kennt ihre Herkunft. Man sollte seiner Fantasie nie Schranken auferlegen. Aber ich gebe zu, die Möglichkeit einer Liaison ist zu weit hergeholt, selbst für Dudley. Nun, wir müssen wissen, wozu er diese Cass braucht, wer sie ist und was sie mit Edward treibt!«

»Was hat das mit meinem Hi-, meinem Leib zu tun?«

»Er ist die schärfste Waffe, mit der wir de Selves Versuche parieren können. Ihr wisst, wozu dieser Franzose fähig ist, wenn es um l'amour und Minnespiele geht. Da, wo bei Euch ein richtiger Hintern sitzt, haben meine anderen Sekretäre nur eine Bratpfanne. Sie sind zu lange im Geschäft, verdorrt wie die Estremadura im August. Ihr seid jung, habt das spanische Temperament Eurer Mutter geerbt, und Euer Gesicht ist nicht übel. Es ist Frühling, diese Cass ist ein junges Ding ...«

»Das ist infam, Scheyfve! Und Ihr wisst, dass Frauen mich nicht mehr reizen.«

»Gott behüte! Sie soll nicht *Euch*, Ihr sollt *sie* reizen. Nur so sehr, dass sie sich Euch anvertraut. Mehr nicht. Sie ist noch jung, und sie ist fromm. Ihr werdet Eure heilige Keuschheit nicht aufs Spiel setzen müssen. Sie ist ein so empfindliches junges Pflänzchen. Genau wie Euer Hang zum Mönchstum.« Scheyfve spielte gern den Schalk.

»Meine Lebensaufgabe ist die Mission, kein schmutziges Spitzeldasein. *Iesum Habemus Socium!*«

»Schnickschnack. Zunächst müsst Ihr weltlichen Gehorsam lernen. Seht Eure jetzige Aufgabe als Demutsübung. Die verlangt dieser merkwürdige Baskenritter Ignatius von Loyola doch von seinen Anhängern? Es heißt, dass selbst die vornehmsten Novizen auf sein Geheiß die schmutzigsten Dienste tun müssen, um Ekel und Furcht zu überwinden und sich von allen irdischen Befindlichkeiten zu befreien. Sie teilen freiwillig das Bett mit Sterbenden. Dagegen sollte es eine Leichtes sein, einem Mädchen den Lenz zu versüßen! Bei aller gebotenen Abscheu vor der Sündhaftigkeit der Weiber, versteht sich!«

»Sie ist noch ein halbes Kind, wie Ihr sagt.«

»Tandaradei! Umso empfänglicher wird sie für harmlose Kosereien sein. Eure heilige Unschuld ist nicht in Gefahr.«

Wie gestern ballte Samuel auch jetzt die Fäuste im Zorn. Beim Blute Christi, er hatte das Haus van Berck aus Protest gegen die käufliche Toleranz und den laschen Glauben seines Vaters verlassen. Und nun sollte er im Namen Christi den Verführer spielen? Wieder schob er den Vorhang beiseite. Es musste einen anderen Weg geben. Den des Verstandes.

Die Krähe betete wispernd. Ein englisches Vaterunser, ein zweites, wieder eins. Wollte sie Dudleys Rivalen im Kampf um die Macht und die ihm genehme Thronfolge mit Gebeten außer Gefecht setzen?

Seit König Heinrichs Tod zankten im von ihm eingesetzten Kronrat zwölf geriebene Staatsmänner um jeden Zoll Boden, zur Hälfte Reformer und zur Hälfte heimliche Papisten – ein Abbild von Heinrichs ständig schwankendem Glauben. Lord Dudley spielte alle gegeneinander aus, indem er mal der einen, mal der anderen Seite sein Wohlwollen zeigte.

Eifrig, aber stets vergeblich spannen seine Rivalen Intrigen zur gegenseitigen Vernichtung, dingten Verleumder und Giftmörder, um näher an den Lord und Edward den Sechsten heranzurücken.

Der Kinderkönig war Dudleys Faustpfand. Er bewachte den jungen Tudor wie einen Towerhäftling, nachdem dessen Onkel Thomas Seymour vor vier Jahren versucht hatte, den damals Elfjährigen kurzerhand zu entführen. Wofür er den Kopf verlor, auf Geheiß seines Bruders, Edward Seymour, und natürlich auf Anraten Dudleys. Der Kainsmord am eigenen Bruder war der erste Stolperschritt des ehemaligen Reichsprotektors Seymour gewesen. Das Volk begann ihn zu hassen und der Kronrat schloss sich an, nachdem Dudley Seymour die Schuld für eine Rebellion von Bauern in die Schuhe geschoben hatte. Es war ein katholischer Aufstand gegen den Kronrat gewesen, den der findige Lord durch bezahlte Aufrührer selbst entfacht und dann siegreich niedergeschlagen hatte.

Kein Zweiter beherrschte die Kunst der Intrige wie Dudley. Er verdankte ihr inzwischen die Titel und Reichtümer eines Lord Admirals, eines Earl of Warwick, den des Oberhofmeisters des königlichen Haushalts, das Herzogtum Northumberland und nun die Leitung des Kronrates, den er jedoch nie um Rat fragte. Viele nannten ihn Englands einzigen Herrscher, der dem Thronerben alle Macht abschmeichelte. Dudley nährte in dem Minderjährigen, den schon die Seymours wie eine Puppe geführt hatten, geschickt den Glauben, er regiere selbst und das Kraft göttlicher Weisheit. Jeder Tudor war maßlos eitel. Diese Eitelkeit zu streicheln war das Geheimnis von Dudleys Erfolg.

Dem kränkelnden Edward, der sein Marionettenleben hasste, überzeugte er, dass er ein König Jesaja sei. Jener biblische Knabenfürst, der auserwählt war, sich gegen Habgier und Raffsucht der Vornehmen, gegen falsche Gelehrte und alle Sünden erfolgreich zu empören. Ein kommender Weltenheiler – größer noch als sein Vater, der selbsternannte Tudor-Gott Heinrich. Der Herzog war ein einfühlsamer Schmeichler, vertraut mit den Abgründen der Seele, wendig wie ein Eidechsenschwanz und glatt wie ein seidener Mantel. Wer danach griff, rutschte ab. Sollte Edward tatsächlich sterben, drohte Dudley ein tiefer Sturz.

Das Flüstern im Kirchenschiff gewann an Kraft und ließ Samuel die Ohren spitzen. Die Krähe betete jetzt laut. Erstaunlich! Gott hatte ihr die Stimme eines Singvogels geschenkt. Melodiös, wenn auch einen Hauch zu klagend. Immerhin trug ihre Stimme gut. Er neigte das linke Ohr zum Vorhang.

»Du, mein Gott, hast mich gelehrt zu überleben, als mir mein Leben wertlos, kahl und fadendünn erschien. Dafür danke ich dir …«

Tat sie das? Es klang nicht danach.

Cass brach ab, ließ die Hände sinken und tastete nach dem verdorrten Leder eines Buches, das in ihrem Schoss lag. Sie setzte noch einmal an. »Herr, du bietest mir nun unverhofft die Aussicht auf Glanz und Fülle.«

Der Mann im Beichtstuhl unterdrückte ein Schnauben. Jetzt kam sie der Sache näher, wobei *unverhofft* wohl kaum den Tatsachen entsprach. Wer für Dudley arbeitete, tat es aus Gier. Für gute Handgelder, einen Titel, einen Posten bei Hof oder enteignetes Kirchenland. Wer es allerdings erfolglos tat, brauchte von all dem nichts mehr. Ein Totenhemd hatte keine Taschen. Rührten daher Furcht und Zweifel in der Stimme des Mädchens?

»Auch dafür danke ich«, kam es matt aus der Kirchenbank.

Dankbarkeit schien nicht zu den ersten Tugenden dieses Kindes zu zählen.

Cass schüttelte den Kopf. Wieder eine halbe Wahrheit. Sie hatte das Leben bei Hof von Anfang an gehasst. Das tägliche Gedränge auf den Korridoren, in den Präsentations-, Audienz- und Empfangsgemächern, den Kabinetten, den Gärten, in Innenhöfen, auf Stiegen, Treppen und im Abort. Die plötzliche Freundlichkeit ihres Ziehvaters Dudley, der sie vor drei Monaten von seinem Landgut herbefohlen hatte, weckte in ihr weder Zuneigung noch Dank. Sie hatte lediglich ein Gefängnis gegen ein anderes getauscht, und hier hatte sie nicht einmal mehr das Vorrecht auf Einsamkeit.

Wo immer man sich bei Hof bewegte, war man umgeben von Schwärmen von Höflingen und Menschen, die auf Aufmerksamkeit hofften, um die Protektion eines Verwandten voranzutreiben, um eine Anhörung beim Anwalt des Hofes zu erwirken oder Beschwerde einzulegen gegen die Besteuerung von Dohlennetzen zum Schutz der Saat oder neue Brückenzölle.

Zudem war jede noch so unbedeutende Unternehmung von einem Ritual umgeben. Verlangte ein Mitglied des Kronrates oder der König nach einem simplen Ale, nach Brot oder Käse, versetzte dies eine Heerschar verschiedener Personen in Aufruhr, deren Privileg und Stolz es war, die Anfrage an den zuständigen Obermundschenk zu übermitteln, der wiederum einen speziellen Boten zum haushofmeisterlichen Speisenträger zu senden hatte, welcher jedoch nicht die Küchen betreten durfte, bevor ein Aufseher des Oberhofkochs informiert war. Dieser und andere schwerfällige Vorgänge sorgten für beständiges Gerenne und Tumult. Sie wollte nicht bei Hof bleiben, sie wollte ihm um jeden Preis entfliehen! Endlich frei sein von den Dudleys und ihrer zweifelhaften Protektion.

Und nun gab es einen Weg. Einen lockenden Weg. War es Sünde, ihn beschreiten zu wollen? Sie hatte immer mehr Kraft und Zorn in sich gespürt, als einem Mädchen guttat. Und sie hatte einen Verstand, der ihr sagte, dass sie in dieser Welt einen Mann brauchte, um frei zu sein. Einen Verbündeten, der verwegen genug war, es mit Dudley aufzunehmen und ihn, wenn nötig, zu vernichten.

Ihre Finger befühlten rastlos den gebrochenen Buchrücken, die zerlesenen Blätter, die sich aus der Bindung lösten. Ihr tröstlichster und über lange Jahre auch gefährlichster Besitz. Es war das einzige Erbstück ihrer Mutter. Eine der ersten Ausgaben des Psalters in englischer Zunge und ein Flammenscheit zu ihrem Tod als Märtyrerin des neuen Glaubens.

Unter dem schwankenden Reformer Heinrich Tudor noch verboten, waren Übersetzungen von Pentateuch, Psalter und

Neuem Testament am Hof seines Sohnes nun Ausweis höchster Glaubenstreue und als Schmuckstücke so begehrt wie ehemals geschnitzte Rosenkränze. Allerdings in anderer Ausstattung als ihr schäbiges Exemplar. Jede Dame, die auf sich hielt und gefallen wollte, trug inzwischen eine juwelengeschmückte Miniaturbibel am Gürtel. Adelstöchter übten den fließenden Griff nach den Büchlein, um die absichtslose Eleganz ihrer Gesten zu zeigen. Sie probten Demutsblicke unter flatternden Lidern und zartes Stirnrunzeln beim Lesen so eifrig wie die Sprünge von Volta und Galliard. War ihre Mutter dafür gestorben? Für alberne Gänse und …

»… mannstolle Wachteln?«, entfuhr es ihr. Die Wände der Kirchenhalle verstärkten ihre Stimme zu einem kalten Fauchen.

Wie? Der Mann im Beichtstuhl richtete sich überrascht in den Polstern auf.

Erschrocken schlug Cass die Hand vor den Mund. Selber Gans! Mein elender Zorn ist kein Beweis dafür, dass mein Glauben aufrichtiger ist als modische Frömmelei! Im Gegenteil! War sie denn besser als die Höflinge, die im Glauben nur ihren Vorteil suchten, oder als gefallsüchtige Mädchen, für die Religion nur Zierrat war?

Nervös blätterte sie in ihrer Bibel, begann den 23. Psalm Davids herzusagen. »*Der Herr ist mein Hirte, er weidet mich …*« Ihre gehetzte Stimme gab selbst ihren Lieblingsversen einen heuchlerischen Klang.

»*Ach, wärest du kalt oder warm. Weil du aber lau bist, werde ich dich ausspeien aus meinem Munde*«, brach es wütend aus ihr hervor.

War dieses Mädchen irre? Warum vermengte es Psalter und Offenbarung? Trieb es ein Spiel?

»Verflu-!« Cass biss sich auf die Lippen. Warum fand sie

keine Worte, um Ihm zu offenbaren, was ihr Herz beschwerte? Beschwerte? Was es zum Singen brachte!

Ihre Fingerspitzen fuhren über einen mit Parfümöl beduften Papierstreifen, der ihr als Lesezeichen diente.

Ein jeder Mensch ist wie der Mond, er hat auch eine dunkle Seite. Ich bin der Schatten, du mein Licht. Du sanfte Taube im Felsennest, erhöre mich und schenke mir deine Gunst, erlöse, heile, liebe mich.

Wenn er es doch nur ernst meinte! Das schöne Gesicht des Marquis de Selve tauchte vor ihr auf, die wie von Künstlerhand gezeichneten Lippen, sein schlanker, muskulöser Leib. Schneidenscharf erinnerte alles an ihm daran, wie sehr es sich lohnen konnte, zu leben – und zu lieben.

Ihr Puls begann zu jagen. Rasch schlug sie das Buch zu, bedeckte es mit einer Falte ihres Wollgewandes. Feige Heuchlerin, beschimpfte sie sich. Deine Mutter ist für die Freiheit gestorben, jederzeit mit Gott zu sprechen, Ihm alles und in jeder Sprache sagen zu dürfen ... und zu müssen.

Aber was, wenn mir nicht der Sinn danach steht, mich ihrem Gott der Tapferen, Duldsamen und Demütigen anzuvertrauen? Was, wenn es etwas gibt, das man nicht Seinem Licht und Seiner Prüfung ausliefern will, weil es meilenweit entfernt ist von dem Himmelreich, dass die Bibelfrommen den Märtyrern und Verfolgten versprechen? Und ganz und gar von dieser Welt. Trotzig holte Cass Luft.

»Herr, ich will endlich leben und hier auf Erden glücklich sein! Hast du die Welt nicht auch darum erschaffen? Verlange ich zu viel?«

Krämerseele! Wenn dir dein Heil nichts wert ist, dürfte der Lohn, den du von Dudley einstreichst, genügen, dachte der Mann hinter dem Vorhang verächtlich.

Das Knarren von Holz ließ Cass zusammenzucken. Ihr

Blick huschte zu dem Beichtstuhl. Flüchtig sehnte sie sich in das samtene Dunkel der Holzzelle, nach einem milderen Beichtvater als ihrem Gewissen. Nach einem durchsichtigen, fast körperlosen Mann mit Bart, wie sie sich als Kind einen ewig gütigen Gott gemalt hatte. Der alles verstand, ihren Hang zum Zorn, ihren uralten Schmerz, ihren Drang nach Freiheit und … Sie holte tief Luft … ihre Lebensgier. Wie tröstlich jetzt ein Pater wäre, der ihr Gebete wie Medizin verordnen und Absolution erteilen würde.

Du bist schon wieder albern, schalt sie sich. Der Allmächtige gehört nicht den Priestern, die fehlbar sind wie du. Und ist es vor Gott überhaupt eine Sünde, der Sprache des Herzens zu folgen? Sie begehrte de Selve ja nicht nur, um den Dudleys zu entkommen. Sie würde ihn darum lieben. Mehr als je einen Menschen zuvor. Mit Leib und Seele! Ganz gleich, was man sonst bei Hof von ihm hielt, sie wusste, dass sein Herz nicht von Stein sein konnte.

In ihrem Rücken knarrte die Kirchentür in den Angeln. Wieder jagte ihr Puls. Endlich. Sein Bote war gekommen!

»Herr, ich danke dir«, flüsterte Cass voller Inbrunst, als die Tür mit hohlem Seufzen ins Schloss fiel.

Wofür dankst du diesmal? Dass du in die Hölle fahren wirst? Der Mann im Beichtstuhl schüttelte sacht den Kopf. War das die Frucht protestantischer Gewissensprüfung, indem man Gott zum Schweigen brachte?

Cass strich mit fiebriger Eile die raue Wolle ihres Kleides glatt, kniff sich die Wangen, um ihnen Röte zu verleihen, und schob ihre Haube nach hinten. Niemand soll sehen, dass ich mich in Gedanken an ihn quäle. Qual macht reizlos.

Eine Stimme zerriss die Stille und setzte Zeit und Welt wieder in Gang.

»Was hast du erbärmliche Höllenbrut hier zu suchen?«

6.

Das Gebetbuch entglitt Cass' Händen, fiel zu Boden und öffnete sich. Eine Flut loser Blätter ergoss sich über den Boden, das duftende Lesezeichen flatterte unter die Kniebank.

»Beten wird wohl erlaubt sein. Ich hab's nämlich nötig«, parierte im Portikus eine Knabenstimme. Ein klatschendes Geräusch war die Antwort. Was sonst. Cass zuckte zusammen. Lord Dudley war kein Mann, dem man Widerworte gab. Sie meinte das Brennen seiner Hand auf der eigenen Wange zu spüren. Sie kannte diese gesalzene Handschrift, seit sie zehn war. Gebe Gott, dass der vorlaute Bursche flinke Beine hat!

»Verdammter, unseliger Dudley«, zischte sie. Der Mann im Beichtstuhl horchte verwundert auf, sah, wie sich das Mädchen rasch bückte, die losen Blätter auflas und sie zurück in den Einband stopfte. Dann faltete es eifrig die Hände zum Gebet und deklamierte ein resolutes *Vater unser*. Was für eine Schauspielerin! Von hinten näherten sich Stiefeltritte, schneidend eilte Dudleys Stimme ihnen voraus.

»Ich habe dich gesucht!« Eine Tatsache, die schlimmster Vorwurf war.

Cass drehte sich voller Gleichmut um. Die Kunst der Verstellung lernte sich schnell bei Master Dudley. Den Blick hielt sie bewusst gesenkt. Ihre Augen waren verlässliche Verräter.

»Euer Gnaden!« Sie glitt aus der Bank und versank vor dem dunkelhaarigen Mann in einem tiefen Knicks. Der Lord trug einen Mantel in prangendem Rot, dazu Handschuhe und Stiefel aus auffallend gelbem Leder. Die Farben seiner Grafschaft

Warwick. Sie gehörte zu den vielen neuen Besitztümern des Fünfzigjährigen, und damit auch das Wappenrecht. Das Wams des Grafen und Herzogs zierte ein Bär, der Ketten, mit denen er an einen groben Pflock gebunden war, machtvoll zerriss.

»Du betest? Nun, mir gefällt, dass du endlich regelmäßig und freiwillig die Kirche aufsuchst, aber hat unsere alte Lady Margaret keine Verwendung für dich?«

Cass schüttelte den Kopf. »Sie lässt sich frisieren und sagt, es zieme sich nicht, dabei den Worten des Herrn zu lauschen.« Sie dämpfte mühsam den Spott in ihrer Stimme. Das Recht darauf behielt sich der Lord gern selber vor. »Ich soll ihr vor dem Zubettgehen Gebete aus Bischof Cranmers *Common Book of Prayers* vorlesen.«

Zu Cass' Erstaunen zwinkerte der Herzog ihr verschwörerisch zu. »Damit die Frömmigkeit sie im Schlaf überkommt! Vortrefflich. Die alte Vettel sehnt sich gewiss nach der Messe zurück, dem Spektakel, das ihr Getuschel übertönte und prunkvoller Garderobe einen festlichen Rahmen bot. Soll sie nur um vergangenes Glück trauern, uns gereicht ihr Mangel an Glaubensstrenge zum Vorteil. Sie ist froh, wenn du weg bist, und stellt keine Fragen.«

Er straffte den Rücken, seine Stimme nahm die vertraute Schärfe an. »Ich allerdings muss jederzeit wissen, wo du bist und was du tust. Steh auf.«

Gehorsam erhob sich Cass.

»Lass dich anschauen.« Dudley legte einen behandschuhten Finger unter ihr Kinn und hob es an. Seine schwarzen Augen glitten über die Giebelhaube, deren Schläfenlappen bis auf ihre Schultern herabhingen und dort auf ihr reizloses Kleid trafen. Ein Lächeln entspannte das scharf geschnittene Gesicht des Herzogs, dem ein zweigeteiltes lackschwarzes Spitzbärtchen etwas Fuchshaftes verlieh. Er drückte ihr die Haube zurück in die Stirn.

»So ist es perfekt«, lobte er mit seidiger Stimme. »Deine Ausstattung erinnert ihn an seine lammgesichtige Mutter. Das gefällt ihm.«

Cass riss den Kopf hoch, blitzte ihn herausfordernd an. »Wem?«

»Spiel nicht die Närrin! Seiner Majestät. Wem sonst? *Unserem*«, er verweilte bei diesem Wort und hob mit fein dosiertem Hohn die Brauen, »König und Verteidiger des Glaubens. Komm, er will dich wieder empfangen. Du machst deine Sache gut.«

Der Herzog von Northumberland bot ihr den linken Arm. Zögernd legte Cass ihre Hand darauf. Er schenkte ihr ein Lächeln, das arglosen Zeitgenossen das Gefühl gab, sie seien der einzige Mensch, mit dem der mächtige Mann sich gern befasste.

Cass errötete. Lord Dudley registrierte es mit Befriedigung und geleitete sie wie eine Königin zum Kirchenportal. Er ahnte nicht, dass weder Freude noch Dankbarkeit Cass' Wangen färbte, sondern Wut.

War das die Antwort auf ihre Gebete? Nun ja, nicht gerade Gebete.

»Ich habe den König ermuntert, mit dir über seine Großcousine Jane Grey zu sprechen«, sagte der Herzog von Northumberland, während er einen schweren Türflügel aufzog. »Deine Freundin aus Kindertagen.« Wie flüssiges Gold flutete Morgenlicht in das Dunkel der Kirche und blendete Cass. Sie hob die Hände und wandte ihr Gesicht ab.

»Jane Grey? Aber ich kenne sie kaum. Ich habe sie zuletzt gesehen, als wir beide acht oder neun Jahre waren.« Zehn, um genau zu sein, aber es gab Daten und Menschen, die man besser vergaß. Sie hatte viel zu vergessen. Jane Grey, die Großnichte von Heinrich dem Achten, gehörte dazu.

»Was du von ihr kennst, wird genügen. Lobe ihre Glaubensfestigkeit, betone, wie sehr du sie verehrst, deute an, dass du sie für den Inbegriff von Frömmigkeit und allen Tudor-Tugenden hältst.« Dudley hielt die Tür mit der flachen Hand auf, sein rechter Arm bildete einen Bogen. Cass schlüpfte hindurch.

Der süße Duft früh blühender Pfirsichbäume, die den Kiesweg zum Palast säumten, füllte die Luft, im Gebüsch zankten Amseln. Sie nahm nichts davon wahr. Vor ihren Augen loderten Flammen, sie meinte das Knacken von Holz zu hören, das Knistern von Ketzerreisig. Wie aus dem Nichts quoll der überwältigende Gestank brennenden Fleisches in ihre Nase. Jane Grey, noch schmächtiger als sie, hatte direkt neben ihr gestanden und denselben fettigen Geruch – vermischt mit Qualm aus Weihrauchfässern – geatmet. Das pestilenzialische Gemisch würde für sie auf immer mit dem Namen Jane Grey verbunden sein. Genau wie die Erkenntnis, dass Ähnlichkeit in Schicksal und Glauben nicht notgedrungen Freundschaften stiftete.

»Wen Gott liebt, den straft er«, hörte sie das zirpende und eifernde Stimmchen der zehnjährigen Jane in ihrem Ohr. »Sieh nur hin, sie stirbt ohne Schrei. Was für ein Triumph unseres Glaubens. Ich wünschte, ich würde die Reitpeitsche meines Vaters so klaglos hinnehmen können, wenn er mich über der Bibel erwischt.« Die blasse Jane war geradezu aufgeblüht und zutraulich geworden. »Hätte ich nur eine Mutter wie deine, Cass Askew! Du musst so stolz auf sie sein! Sie liebt Gott mehr als alles, was diese fade Welt zu bieten hat.«

»Stolz?«, fragte mit arglosem Staunen das ferne Echo ihrer eigenen Kinderstimme. Es war frei von dem Entsetzen, dass sie empfunden haben musste, während die Flammen Bußkleid, Haar und Leib der Frau am Pfahl in eine lodernde Fackel verwandelten. Diese Frau war in ihrer Erinnerung nicht mehr als eine Fremde. Was lag ihr daran, die Tochter einer Märtyrerin zu sein? Anne Askew hatte schließlich nie Wert darauf gelegt, ihre Mutter zu sein! Mit fünfzehn gegen ihren Willen verheiratet, mit sechzehn ebenso unfreiwillig schwanger, hatte Lady Askew sich dem Kampf für den neuen Glauben zugewandt, die Scheidung von ihrem Mann verlangt und Cass – im Namen Jesu und der Wahrheit – den Dudleys anvertraut.

Um Trost zu finden, hatte sich Cass seither bevorzugt an den rächenden Gott des Alten Testaments gewandt. Dem hätte die beflissene Demut der kleinen Jane Grey nicht gefallen, und ihrer Mutter hätte er gellende Schreie der Wut und des Schmerzes verziehen, auch wenn diese selbst es nicht getan hatte.

Wie versteinert verharrte Cass unter dem Gnadenportal.

»Nun komm schon, du musst nicht dein ganzes Leben in einer Kirche vertrödeln …« Dudley stieß sie auf den gekiesten Vorplatz. Ein sirrendes Zischen zerschnitt die Luft. »Zur Hölle!«

Cass riss den Kopf herum. Dudley hielt sich die rechte Wange, Blutstropfen sickerten in seinen safrangelben Handschuh. Ein hart und genau geschleuderter Stein hatte ihn getroffen. Der Lord drehte erbost den Kopf nach allen Seiten, schrie nach Wachen. »Das muss dieser verflixte kleine Galgenstrick von vorhin gewesen sein!«

»Ich habe jemanden in den Kirchhof huschen sehen.« Cass wies zu einer vergitterten Einfriedung, die sich an das Seitenschiff und die Kaimauern der Themse schmiegte. Es war der Friedhof der Mönche, die in der ehemaligen Franziskanerkirche jahrhundertelang die Messe gelesen hatten. Zwischen den geborstenen Steinen wucherte Gesträuch. »Sicher will er über den Fluss entkommen.«

»Warte hier! Mit einem verdammten Lausewanz werde ich auch alleine fertig!« Dudley verschwand im Kirchhof.

Cass' Blick flog zur Krone eines Pfirsichbaums. Zwei schmutzige Füße baumelten zwischen rosafarbenen Blütenwolken. »Mach, dass du wegkommst, bevor die Wachen hier sind.«

Äste knackten. In einem Regen aus Blüten glitt ein dürres Bürschlein am schmalen Stamm herunter und plumpste in den Kies. »Gott zum Gruß, Mylady!« Der Junge rieb sich mit der Rechten das Hinterteil, steckte eine Schleuder in den Bund seiner Hose und zog ein Briefchen hervor.

»Der is für Euch«, zischte er mit wilder Verschwörermiene.

Cass schnappte nach der Botschaft und ließ sie rasch in ihrem Buch verschwinden. Der Junge betrachtete sie mit zusammengekniffenen Augen, kaute auf seinen Lippen.

»Nun mach schon, lauf, lauf!«

»Ihr tragt nich zufällig Schmuck? 'n Ring oder 'ne Kette? Irgendwas mit 'nem bunten Glitzerstein?«

Cass' Blick jagte über die Allee zum Vorplatz der Palastgebäude. »Tut mir leid, ich kann dir nichts zustecken, ich besitze keinen Penny. Und nun nimm die Beine in die Hand.« Sie wies mit dem Kinn in die Allee, an deren Ende sich bunt gekleidete Männer träge aus einem Baumschatten lösten und Hellebarden schulterten.

»Nur eine Frage noch. Seid Ihr eine Braut? Verlobt mit jemand oder so?«

Cass fuhr erschrocken zurück. »Bist du verrückt?«

Nö, aber ich kann ein bisschen lesen, dachte Nat in Gedanken an das Briefchen, dass er soeben für den Pagen zugestellt hatte. Die Bohnenstange kriegte den Hals nicht voll und nahm von allen Seiten mehr Aufträge an, als sie erledigen konnte.

Cass betrachtete ihn ungeduldig. »Verschwinde endlich. Dudleys Leibgardisten werden dich wie ein Ferkel aufspießen, wenn sie dich erwischen.«

»Verdammte Hurenscheiße! Der Kerl in der rot-gelben Geckentracht war Lord Schlachtfest?« Nat verschwand hinter Cass' Rücken und ließ seine Wieselaugen nach allen Seiten flitzen. »Nix als dämliche Ziergärten, die Obsthaine sind zu weit weg und die Mauern zum Kai zu hoch!« Das kommt davon, dachte er, wenn man nicht als Erstes die Fluchtwege prüft. Anfängerfehler. Joshua Painbody wäre entsetzt und hätte ihm mehr als nur 'ne Ohrfeige verpasst!

Cass wirbelte herum, packte den Jungen beim Hemdkragen und stieß ihn unsanft zum Portikus. »Versteck dich in der Kirche. Schnell, mach schon. Ich lenke die Wachen ab.«

»Gilt das Kirchenasyl hier etwa noch? Is doch ein Tempel der Kanzelschwätzer.«

»Wir Protestanten sind barmherzige Christen, aber dein freches Maul wird dich eines Tages umbringen!«, fauchte Cass, stieß einen der Türflügel auf und schubste den Jungen in das Gotteshaus.

Sie hatte gerade noch Zeit, die Tür hinter dem Jungen zuzuziehen, als Dudley wütend aus dem Friedhof auftauchte. Seine Wachen, die ohne erkennbare Hast die Allee hochstiefelten, wurden Opfer majestätischen Zorns.

Cass fand Gelegenheit, kurz in ihr Gebetbuch zu schauen und es dann voller Freude an die Brust zu drücken. Die Nachricht des Geliebten war sicher verwahrt. Kein Gedicht, kein Hohelied auf die Liebe! Es war ein Heiratsantrag. Ihr Mut – und ein Quäntchen echter Leidenschaft – hatten sich bezahlt gemacht. Endlich, endlich würde sie den Dudleys und ihrer Vergangenheit entkommen. Allein dafür würde sie den Marquis lieben. Mit Leib und Seele.

Ja, sie würde lieben, sie wusste, sie konnte es lernen. Was zählte das Gestern! Ihre Kindheit war nicht mehr als eine Narbe, die gelegentlich juckte. »Niemand, der den Pflug führt und zurückschaut, ist reif für das Königreich Gottes«, murmelte sie. Worte ihrer Mutter.

Dudley drehte sich verärgert zu ihr um. »Was sagst du?«

»Nichts, nur ein Bibelvers, Euer Gnaden!«

»Amen und jetzt komm endlich. Die Pflicht ruft.«

7.

Nat zwinkerte mit den Augen, um sie an das Dunkel zu gewöhnen. In eine Nische gepresst, schaute er sich um. Halleluja, was für eine Kirche! Bisschen wenig Bilder für seinen Geschmack, stattdessen frommes Gekritzel auf weiß gekälktem Mauerwerk, immerhin in Gold. Und überall Sitzbänke! Darauf ließ sich das Geschwätz der Prediger aushalten. Eine Kanzel, die aussah, als würde sie an der Wand schweben, glänzte wie frisch poliert. Die Treppenschnecke, die hinaufführte, prangte mit geschnitzten Tudor-Rosen, gedrechselten Schriftbändern und irgendwelchen Köpfen.

Das entschädigte ein wenig für den fehlenden Hochaltar, an dessen Stelle ein Tisch gerückt war. Darauf brannte vor einem schmucklosen Kreuz eine Wachskerze, die eine halbe Elle maß. Kein praller Augenschmaus, dafür roch man weder Urin noch Hundekot wie in vielen Pfarrkirchen Londons, wo Binsen den Steinboden bedeckten und geduldig die Ausscheidungen aller Besucher und ihrer Begleiter aufsogen. Im Sommer war der Gestank unerträglich.

Unter Nats Füßen bildeten Marmor- und Granitfliesen ein riesiges Schachbrett. Aber erst die Decke! »Christus! Hätte ich eine Wollkappe, würde ich sie mir auch ohne Kopfnuss von ’nem Popen vom Schädel reißen!« Das hohe Gewölbe schwamm in königlichem Blau, war übersät von Sternen. Nat kniff die Augen zusammen, um steinerne Ornamente, noch mehr Rosen, Zapfen und Strebwerk zu bewundern.

»Gefällt’s dir hier?«

Nat duckte sich wie unter einem Schlag in die Nische.

»Keine Bange, ich vergesse, dass ich dich hier gesehen habe, und du vergisst, dass es mich gibt. Abgemacht?«

Ein glatt rasierter schwarzhaariger Mann in höfischer Tracht war aus dem Nichts vor ihm aus dem Boden gewachsen. Verfluchter Palast! In Londons Gassengewimmel könnte ihn niemand so leicht überrumpeln. Nat tastete nach seiner Schleuder. Sein Gegenüber entblößte beneidenswert weiße Zähne und zwinkerte ihm unter einem Barett aus braunen Augen zu. Zugleich schoss seine linke Hand vor und schloss sich wie ein Schraubstock um Nats Handgelenk. Die Schleuder entglitt seinen Fingern.

Der Mann mit dem Pechhaar zerrte ihn aus der Nische. Verflucht, der Kerl war kräftig. Und dabei höchstens drei, vier oder fünf Jahre älter als der Hänfling von Page, dem er diesen Schlamassel zu verdanken hatte. Nie mehr würde er dem einen Botengang abnehmen! Auch nicht für eine Schale Frühstücksbrei mit Honig und Speck! Brachte einen in Teufels Küche!

»Sir, ich wollt nur mal da beten, wo's vornehme Leute tun. Alle Wetter, is das ne Kathedrale. Könnte einen Heiden zum neuen Glauben bekehren.«

Sein Gegner griff mit rechts unter seinen schwarzen Umhang. Nat erkannte das Adlerwappen des Kaisers im Innenfutter, sah einen spanischen Seitendegen aufblinken. Hurenscheiße! Ein Ausländer und Katholik – wieso sprach der so gut Englisch? Egal. Wenn Spanier und Engländer in Londons Gassen aufeinandertrafen, regierte die Sprache der Messer. Dieser grinsenden Hofschranze würde es ein Vergnügen sein, ein englisches Kind in einer Kirche des neuen Glaubens abzukehlen. Spaniern war nix heilig, außer ihrem Glauben vielleicht. »Natürlich is hier alles bisschen karg, so ohne den üblichen Prunk und alle Heiligen und …«

Blitzschnell zog sein Häscher die Schwerthand wieder hervor.

Unbewaffnet. Nat atmete erleichtert auf.

Mit dem Daumen schnippte sein Angreifer eine Münze aus der Faust. »Das ist für dich.« Nat fing den Shilling im Flug.

»Kannst du schweigen?«

Nat nickte verblüfft wie ein Jahrmarktsgaffer.

»Gut, dann haben wir etwas gemein. Wir sind Männer von Ehre.« Der Höfling tippte an sein gefiedertes Barett, deutete eine Verbeugung an und steuerte auf das Hauptportal zu.

»Da würd ich nich raus, Sir, die Luft is mit Hellebarden und Schwertern vergittert. Dudley und paar seiner Schlagetots sind hinter mir her.« Rasch las er seine Schleuder auf.

Der junge Mann drehte sich zu ihm um, sein Umhang schwang aus wie unter einer Tanzbewegung und verriet die Geschmeidigkeit des Degenfechters. »Alle Achtung, womit hast du dir diese Ehre verdient?«

Nat deutete auf die Zwille, die aus seiner Hose ragte.

Der Höfling lachte laut auf. »Du hast den Herzog und ersten Kriegsherrn Englands mit einer selbst geschnitzten Darmseitenschleuder beschossen?«

»Und getroffen.«

»Noch besser. Wie ist dein Name?«

»Nat die Themseschwalbe, Sir.«

»Ein Wunder, dass du noch lebst, Nat die Themseschwalbe. Allein die Kränkung brächte dir den Galgen ein. Davon abgesehen, dass es Hochverrat ist, den Vormund des Königs anzugreifen und bei Hof Raufhändel auszulösen. Wie konntest du seinen Gardisten entweichen?«

»Sie hatten es nich eilig, den Lord zu retten, und ein süßes Ding mit Taubenaugen hat mir geholfen. Hübsche Frauen können mir nur schwer widerstehen.«

»Hübsch? Meinst du die junge Frau im Krähenkleid?«

»Naja, Geschmack ist Glücksache und eine Frage des Preises. Aber die Augen sind die Fenster zur Seele, sagt Master Enoch.«

»Kluger Mann. Und du bist also ein galanter chevalier d'amour.«

»Che- was? Is das wenigstens was Gefährliches?«

»Durchaus. Für Frauen sind manche Kavaliere der Untergang!«

Erst recht für reizlose Krähen, die parfümiertes Liebesgeschwätz in Gebetsbüchern verstecken und achtlos unter Kirchenbänken verstreuen, dachte Samuel van Berck. Das verräterische Papierstreifchen steckte in einer Tasche seines Wamses. Jetzt kannte er das Geheimnis ihrer Qual und ihren sicheren Weg ins Verderben. Die Närrin hatte sich in de Selve verliebt! Bedauernswert. Fast konnte das Mädchen einem leidtun, und aus Mitleid hatte er den Zettel auch an sich genommen. Dudley würde sie grün und blau schlagen, wenn er von diesen Briefen erfuhr. Oder Schlimmeres. Nun, ihr Schicksal ging ihn nichts an.

Entscheidend war, dass Dudley mit ihrer Hilfe eine neue Schachfigur auf das Spielbrett setzen wollte, das England für ihn war. Eine Königin von seinen Gnaden. Jane Grey! Eine geborene Tudor, wenn auch nur eine Großnichte Heinrichs des Achten. Für Dudley war sie unendlich viel wertvoller als die katholische Maria oder deren eigensinnige Halbschwester Elisabeth. Jane Grey war sechzehn, und sie war dafür bekannt, dass sie ihr bisheriges Leben über evangelischen Büchern verhockt hatte. Darin war sie womöglich noch fanatischer als Edward, mit dem sie als Kind kurz verlobt gewesen war. Und nun sollte das Mädchen Cass seine Freundin Jane Grey dem König wieder schmackhaft machen, nicht als Braut, aber als seine Nachfolgerin.

»Ich mag Frauen«, holte Nats Stimme ihn in die Gegenwart zurück.

»Wie?«

»Ich mag Frauen und würd ihnen nie nix zuleide tun, Sir!«

Der junge Mann nickte amüsiert. »Ein wahrer Ritter! Du musst der Welt unversehrt erhalten bleiben. Komm mit, es gibt einen Zugang zur Krypta und von dort einen Geheimgang in die Gärten.« Der Spanier winkte.

»Geheime Gänge? Sakrament. Wenn ich das früher gewusst hätte!«

»Alle königlichen Paläste sind durchzogen davon. Eine höchst nützliche Einrichtung.«

Nat verzog den Mund. »Nich, wenn Englands Feinde sie kennen. Ihr seid doch Spanier oder?«

»Ich bin in London geboren, genauso wie du. Meine Mutter stammt aus Santiago de Compostela, das liegt in Nordspanien.«

»Hauptsache, es liegt nich in London, Sir.«

»Du kannst erfrischend ehrlich sein, Nat.« Der Mann lachte und glitt lautlos durch das Seitenschiff zur Apsis hinter dem Altar. Jenseits des Lettners, der den Beilen der Steinmetze standgehalten hatte, entdeckte Nat zwischen altem Chorgestühl den versprochenen Abstieg.

Sein rätselhafter Beschützter riss eine Fackel aus der Halterung und entzündete die ölgetränkten Leintücher in ihrem Kopf an der Altarkerze. Dann hob er die Falltür und verschwand in einen schmalen Schacht. Nat folgte ihm in ein Gewölbe, das nach dem Staub versunkener Jahrhunderte roch. Der junge Mann zog ein Gitter auf. Dahinter gähnte endloses Schwarz. Prüfend beugte der Mann seinen Kopf unter herabhängendes Mauerwerk.

»Die Luft ist rein! Soll ich dich bis zum Kai für die Mietbarken führen, Themseschwalbe? Ich nehme an, die City ist dein Nistplatz.« Er hob den Kopf und drehte sich zu Nat um. Die vorwitzige Feder seines Baretts verfing sich in Stein. Er riss es sich vom Kopf.

»Nee, ich soll hier ...« Nat brach ab. Sein Blick glitt zum linken Ohrläppchen des Fremden. Daran baumelte ein schlicht gefasster Stein. Nats Augen saugten sich fest. Schlicht? Das Fackellicht entlockte dem Stein ein Funkeln und brach es in ungezählte Farben, als berge er einen Regenbogen.

Master Enoch hatte recht: Wer einen Opal sah, der wusste, was ein Opal war. Der verdammt schönste Edelstein der Welt. Aber warum hing er am Ohr eines Mannes? Enoch hatte doch ausdrücklich von einer Frau gesprochen. Einer heiligen Braut!

»Sir, kann ich Euren Namen wissen?«

»Wozu?«

»Naja, Ihr kennt ja auch meinen, und vielleicht könnte ich mich mal erkenntlich zeigen oder Euch eine Weile als Bursche dienen. Für nen Spanier, der in London geboren is, würd ich mich glatt überwinden.«

Der junge Mann lächelte. »Mein Pferd ist in Greenwichs Stallungen gut versorgt, und ich sattle es lieber allein. Aber falls dir zu Ohren kommt, dass Samuel van Berck Tod und Vernichtung drohen, dann sei bitte samt Schleuder zur Stelle.«

»Van Berck? Seltsamer Name für den Sohn eines Engländers.«

»Mein Vater stammt aus Köln, mein Großvater war Flame. Ich sehe schon, die kannst du auch nicht leiden. Ihr Engländer seid ein verdammt eigenwilliges Volk. Vertrau mir, ich liebe diese Insel, und ich würde mein Leben für sie geben – und erst recht für meinen Glauben!«

Junge, der ging ran! Musste am spanischen Blut liegen.

»Und wie steht's mit nem Mädchen? Habt Ihr vielleicht zufällig eine Braut?«

»Da sei Gott vor! Und du, sei nicht so neugierig. Komm, ich habe es eilig.«

8.

Ein Karren, beladen mit letztem Winterkohl, rumpelte in den Torweg vom Newgate ein. Der Bauer zügelte sein Fuhrwerk, um den Zählmeistern Angaben über den Wert der Fracht zu machen, die er in London verkaufen wollte. Nat sprang hinunter und drängelte sich durch einen Pulk von Krämern, Fernhändlern, Soldaten und Beamten zum Narrenkäfig. Er hatte einen Teil seines vom Propheten erworbenen Vermögens für eine Mietbarke und ein Handgeld für den Bauern verschwendet, um den schnellsten Weg über Themse und die Fleet zu nehmen, die Londons City von Westminster trennte. Die Sache eilte.

Die Narren waren mit einer späten Morgenwäsche beschäftigt, wühlten einander Läuse vom Kopf, zerknackten Flöhe oder verspeisten sie, falls sie zu den Glückseligen gehörten, die sich im Paradies und umgeben von lauter Köstlichkeiten wähnten. Mitleidige Bauern warfen ihnen welke Reste ihrer Waren zu.

Master Enoch kniete nah beim Gitter und murmelte Beschwörungen. Er schlug die Augen auf, bevor der Junge etwas sagen konnte.

»Gott zum Gruß, kleiner Nat! Die Engel haben dein Kommen angekündigt. Und eine frohe Botschaft.«

Musste der Mann immer mit seinen Vorahnungen prahlen? Sei's drum, mal sehen, ob er damit was anfangen konnte. »Ich hab den Opal gefunden«, zischte Nat.

»Ich habe nichts anderes erwartet.«

Nat gönnte sich ein triumphierendes Grinsen. »Freut Euch lieber nich zu früh. Er baumelt einem Kerl am Ohr. Ihr müsst

Euch also irgendwie geirrt haben! Oder ... waren's die Engel?«

Master Enoch hob die Brauen. »Das ist in der Tat erstaunlich.«

Nat wuchs um einige Inches. »Sein Name is Samuel. Hab mich 'n bisschen über ihn umgehört. Seine Eltern leben auf der London Bridge. Reiche Pfeffersäcke. Der Vater ein Kölner Waffenhändler, die Mutter is Spanierin, sie heißt ...«

»Lunetta van Berck«, ergänzte der Prophet beiläufig und erhob sich. »Darum also erscheint sie mir seit Kurzem wieder im Traum.«

Verdammte Hurenscheiße, der Kerl war einfach nicht zu toppen!

Nat griff nach den Gitterstäben. »Warum schickt Ihr mich überall rum, wenn Ihr Euch eh alles zusammenträumt«, murmelte er gekränkt.

Enoch schien in seiner eigenen Welt versunken zu sein, kehrte seine Handflächen nach oben und starrte in den Käfighimmel. Über ihm wimmelten und grunzten seine Leidensgenossen im oberen Stock. »*Gott hat den Schuldschein, der gegen mich sprach, durchgestrichen und seine Forderungen, die mich anklagten, aufgehoben.* Herr, du bist groß!«

Sein Blick kehrte zu dem Jungen vor dem Gitter zurück. »Deine Dienste sind unschätzbar, kleiner Nat! Meine Erlösung scheint nah.«

»Heißt dass, diese Lunetta kann Euch hier rausholen?«

Enoch schüttelte den Kopf. »So einfach liegt die Sache nicht. Lunetta van Berck hat mich vor achtzehn Jahren in den Tower gebracht, in der Hoffnung, es sei für immer und mein Tod.«

»Warum?«

Der Prophet winkte ab. »Meine Vergangenheit ist etwas, für

das ich nur noch selten Verwendung habe. Wichtiger ist, dass die Aufrechnung aller Sünden naht, genau wie die Engel mir verheißen haben. Der Herr gewährt mir die Gnade, endgültig zu vernichten, was mich vernichtet hat.«

Nat trat unbehaglich von einem Fuß auf den anderen. Klang, als wolle der Master eine Rechnung mit dieser Lunetta begleichen. Ohne ihn! Mord und Totschlag waren Painbodys Revier, nicht seins. »Ich bin dann mal weg.«

Der Prophet schaute ihn freundlich, beinahe liebevoll an. »Geh zurück in den Palast. Du weißt jetzt, wo der Opal ist.«

»Ich hab schon mal gesagt, ich klau keine Juwelen«, protestierte Nat. »Außerdem hat dieser Samuel was bei mir gut.«

»Umso besser, dann bleib an seiner Seite.«

Nat wand sich. »Greenwich is 'n bisschen heiß für mich geworden. Ich zieh meinen Kai an der Themse vor.«

»Mein Freund, dir droht keine Gefahr. Ich habe schon gesagt, du wirst den Stein nicht stehlen müssen. Lass dich von den Engeln führen. So wie heute. Brauchst du noch ein wenig Geld? Ich habe derzeit regen Besuch, wie immer, wenn ein Machtwechsel in der Luft liegt.«

Nat runzelte zweifelnd die Stirn. »Kommt drauf an, was ich dafür tun muss.«

»Nichts.«

Nat riss die Augen auf. »Wollt Ihr mich foppen? Nichts scheint mir ein bisschen wenig.«

»Alles kommt zu dem, der warten kann – am richtigen Ort. Oder wie es im Evangelium heißt: *Denke nicht an das Morgen, denn das Morgen wird sich um sich selbst kümmern.*«

Reichlich bedenkliches Geschäftsprinzip für einen Propheten, fand Nat. Master Enoch hielt ihm eine silberne Münze hin. Nat griff zu und schaute sich nach einem bequemen Fuhrwerk um, das ihn zu einem Bootsanleger mitnehmen konnte.

Hurenscheiße, er hatte Glück! Er winkte einem Federhändler zu, der prall gefüllte Säcke vom Geflügelmarkt wegfuhr.

Langsam gewöhnte er sich daran, sich wie ein adliger Pinkel durch die Gegend rollen zu lassen. Nichtstun war eine hübsche Abwechslung, erst recht auf einem Lager aus Eiderdaunen.

9.

Greenwich Palace
Dienstag, 9. Mai am Morgen

»Mon Dieu! Haltet endlif ftill!«, presste der Gewandschneider Dupois zwischen Nadeln hervor, die aus seinem Mund spitzten.

»Aber das sticht, und der starre Stoff nimmt mir die Luft zum Atmen«, protestierte Cass, in deren Taille Dupois die Nähte einer Schnürbrust absteckte. Was lag ihr an einem Kleid, das solche Zutaten verlangte. Selbst wenn es im Auftrag des Marquis entstand. Cass lächelte versonnen und schlich sich in Gedanken zurück in die letzte Nacht.

»Ich will, dass du heute Nacht glänzt wie eine Königin, auch wenn unsere Hochzeit im Geheimen stattfinden muss. *Goldene Schmuckkettchen wollen wir dir machen mit Perlen aus Silber.*«

»Du versündigst dich schon wieder am Lied der Lieder!«

»Du hast alle Zeit der Welt, um mich zu läutern, wenn du meine Frau bist. *Siehe, du bist schön, meine Freundin, deine Augen sind Tauben.* Du hattest recht. Liebe ist etwas Heiliges, ma petite.«

»Nicht, wenn sie dich zum Lügner macht.«

»Ich lüge nicht, du bist schön. Mein Schneider Dupois wird dir ein Gedicht auf den Leib schneidern, genau wie ich es dir vor unserer ersten gemeinsamen Nacht versprochen habe.«

Und – was wichtiger war – auch danach.

»Fluff mit dem Fappeln!«, schimpfte Dupois. Mon Dieu. Eine einzige Anprobe! Wie sollte er nur je fertig werden? Zumal die Maße, die er diesem Ding vor einem Monat flüchtig abgenommen hatte, nicht stimmten. Widerspenstiges, ungeduldiges Ding! Selbst Herzoginnen zeigten Ehrfurcht und Geduld, wenn er Hand anlegte.

Cass schloss die Augen und zwang sich, ruhig zu stehen. Es fiel ihr schwer, denn alles in ihr war Jubel. Es gab einen gnädigen, unfassbar gütigen Gott! Einen, den ihre Mutter nie gekannt hatte. Was am Hof über den Verführer de Selve getuschelt wurde, war falsch! Unvorsichtigerweise hatte sie sich ihm nach dessen Antrag vor einem Monat ganz geschenkt und war in ein Paradies der Wonne eingetreten. Mit Ambra hatte de Selve den Spalt zwischen ihren Brüsten bestrichen, um sich dann mit kundigem Mund und Händen daran zu ergötzen. Ihr Körper hatte seine Lust ohne Widerstand beantwortet.

Die Leichtigkeit ihrer Vereinigung hatte sie überrascht. Genau wie der Ansturm ungezügelter Lust, die den reißenden Schmerz übertönte, als Antoine ihr Hymen durchstieß und ihr Jungfrauenblut sich mit seinem Samen vermischt hatte. Seither hatte er ihr nicht mehr beigewohnt.

»Ich will bis zu unserer Hochzeit warten. Warten, bis du dich mir ganz öffnest und mir auch deine Seele schenkst! Wirst du das tun?«

Ja. Ja! Er verehrte sie, er liebte sie, er begehrte sie zur Frau. Was lag ihr an dem Kleid! Sie würde der Macht Lord Dudleys bald auf immer entzogen sein. Sie würde nicht nur von ihrem verhassten Ziehvater freikommen, sie würde wahrhaftig lieben und nie mehr Geheimnisse haben. Es würde herrlich sein, die Vergangenheit auszulöschen. Als Madame de Selve! Diese Anprobe allerdings war eine Plage.

Sehnsüchtig glitt der Blick des Mädchens zu den schmalen Fenstern, die auf den Fluss gingen. Eben stieg im Osten die Sonne über der Themse auf, sie schwamm in Blut und Gold und verkündete nach den Regenfällen der letzten Tage einen herrlichen Maibeginn. Staubkörner tanzten auf ihren Strahlen durchs Zimmer. Wenn nur schon Mitternacht wäre!

Wieder fuhr ihr eine Nadel in die Haut. »Au!«

»Verflucht!« Dupois spuckte die Nadeln in seine Hand und wischte sich die Stirn. »Hat man Euch noch nie eine Schnürbrust angemessen?«

Das junge Mädchen schüttelte den Kopf. »Ich danke meinem Schöpfer, dass ich davon bislang verschont blieb.«

»Verschont? Barbarisch! Wozu seid Ihr bei Hof, wenn Ihr Euch wie ein Bauerntrampel aufführt? Und anzieht!«

Cass' Miene verschloss sich.

»Ich bin nur die Vorleserin der alten Lady Margaret, die dem Damenhof vorsteht. Und das«, sie wies mit der Hand auf ihr zinngraues Kleid, das in wirren Falten über einer Truhe lag, »ist mein bestes Kleid. Es war mein letztes Weihnachtsgeschenk von Lord Dudley.« Bei Gott, ihr allerletztes!, jubelte sie.

»Das soll ein Geschenk sein?« Ungläubig wühlte Dupois in dem Berg aus Wolle. »Das fühlt sich an, als sei es aus der Sterblingswolle verendeter Tiere gemacht. Und dazu diese Haube!« Mit Abscheu betrachtete er Cass' Kopfputz. »Ihr seid ausgestattet wie ein Bettelnönnchen. Ich dachte, die seien in England nicht mehr à la mode?«

In der Tat, dachte Cass. Wäre der katholische Glaube noch in Mode, hätten ihre Zieheltern sicher auf einem härenen Büßerhemd aus Rosshaar und Sackleinwand für sie bestanden. Erst recht, wenn sie ahnen würden, was sie heute Nacht tun würde.

»Man sollte meinen, dass die Herzogin von Northumberland die Mitglieder ihres Haushaltes nicht wie Vogelscheuchen herumlaufen lässt, selbst wenn sie nur Vorleserinnen halb tauber Schachteln sind.«

»Bei Arbeiten in Haus und Garten wäre eine Schnürbrust kaum nützlich gewesen.« Spitzbübisch fügte sie hinzu: »Außer vielleicht bei der Honigernte oder beim Stutzen der Brombeerhecken.«

Monsieur reagierte prompt: »Impossible! Lady Dudley hat Euch gezwungen, Gesindearbeit zu verrichten?«

»Sie verabscheute mein Zappeln genau wie ihr. Ich sitze ungern den ganzen Tag beim Fenster und stichele Hemdsäume oder sticke Stuhlkissen. Also schickte sie mich möglichst häufig in die Gärten.«

Den einzig erträglichen Ort des herzoglichen Anwesens, fügte Cass insgeheim hinzu. Oh, sie würde bald wieder einen Garten haben. Ihren eigenen. Einen französischen Garten. De Selve hatte ihn ihr in allen Farben geschildert! Die Blumenbeete, die Springbrunnen, die zu Figuren gestutzten Hecken. Nur noch ein paar Monate, dann wäre die Zeit seiner Geiselhaft abgelaufen. Sie würden nach Frankreich gehen, wo sie offen als Mann und Frau leben konnten. Nur für sich und die Liebe.

»Ein Stickrahmen ist eine Zierde in Frauenhänden, und gerade Hemdsäume sind ein frommes Werk«, schimpfte Dupois.

Cass verzog die Lippen. »Mag sein, aber was beweisen dann krumme Säume? Ich überlasse die hohe Kunst der Schneiderei lieber begnadeten Männerhänden wie den Euren, Sir! Bauerntrampel wie ich taugen mehr für die Arbeiten außer Haus.«

Dupois' Augen wurden schmal. Machte dieser vorlaute Blassschnabel sich über ihn lustig?

»Wie alt seid Ihr?«

»Achtzehn.«

»Also mehr als alt genug, um ...«, er wedelte mit der Hand in Richtung ihrer Brust, »eure Wölbungen einzudämmen. Sie verderben den Gesamteindruck meines Ensembles. Euer

Oberkörper muss einen flachen, nach unten spitzen Kegel bilden. Mein Brustvorsatz aus Seidenbrokat hat eng anzuliegen. Ich arbeite nach den göttlichen Gesetzen der Geometrie. Auch wenn weibliche Körper sich diesen Gesetzen in bedauerlichster Weise widersetzen. Ihr scheint ein wenig fülliger geworden zu sein, als meine Maße vorgeben. Ich werde vorn einen Blankscheit in die Schnürbrust einnähen, dann kann man sie enger schnüren.«

»Noch enger?«, begehrte Cass auf. »Dann ersticke ich.«

Sie hatte lange genug an der Giebelhaube zu tragen gehabt. Sie wollte die eine Fessel nicht gegen eine andere eintauschen. Seufzend rückte sie das Ungetüm gerade, bald würde sie wenigstens die Haube für immer ablegen. De Selve liebte es, wenn sie ihr Haar offen trug.

»Ich habe lediglich Reetstäbchen verwandt«, stöhnte Dupois. »In Spanien unterfüttert man die Mieder jetzt mit Bleiplatten. Keine üble Idee, aber man verdirbt dann alles durch halshohe Kragen und Krausen. Non, non, non! Da bleibe ich Franzose. Ein Dekolleté mit juwelengefasstem Bogen ist unverzichtbar. Der Marquis möchte, dass man Eure Reize unter dem Brustvorsatz zumindest erahnen kann. Ich pflege mit Draht und Leimbinden alles ein wenig anzuheben. Das hat Zukunft.«

»Leim und Draht!«, rief Cass entsetzt und legte die Arme um ihren Oberkörper.

»Bei Euch wird wenig genügen. Eure Formen sind jung wie grüne Äpfel. Dennoch, ein Mieder ist unverzichtbar. Und dazu der mit Weidenruten gespreizte Reifrock.«

»Ich will keinen Reifrock!«

»Was tragt Ihr denn gewöhnlich unter diesem, ehm, Sack?«, fragte Dupois und hob mit spitzem Finger Cass' Wollkleid an.

»Natürlich mein Flachshemd!«, Cass schaute an sich hinab. »Es ist weit und bequem.«

Monsieur setzte zu einer weiteren Tirade an und und vergaß die Stichelei. Cass lockerte verstohlen die Nestelbänder der Schnürbrust, die ihr Übelkeit verursachten. Sie holte erleichtert Luft.

»Wisst Ihr überhaupt zu schätzen, was ich hier für Euch tue? Ich, François Dupois, nähe einer Waisen von zweifelhafter Abstammung das Kleid einer Fürstin! Ich riskiere meinen Rauswurf aus diesen ohnehin bescheidenen Kammern, schlimmer noch: meinen Ruf!«

Der französische Hof, an dem Schneidermeister anscheinend wie Herren leben, muss ein wunderlicher Ort sein, dachte Cass. Jeder englische Page, ja sogar mancher Höfling wäre froh über den Luxus eines so intimen Gemachs. Noch dazu zwei Kammern! Greenwichs halber Hofstaat verteilte sich nachts in Hallen, Korridoren, Alkoven, Wachstuben und Fenstererkern, um auf einer Binsenmatte zu schlafen oder, in den Umhang gerollt, vor den Betten ihrer Herren. Drangvolle Enge war der Preis für die Nähe zur Macht. Sie selbst teilte sich mit vier, oft sogar sechs Kammerjungfern ein Lager – wenn sie es überhaupt aufsuchen konnte! Ihr halbes Leben fand bei Nacht statt.

»Im Palais du Louvre von Paris bewohne ich drei Gemächer. Jawohl. Drei!«

Dupois goss aus einer Kanne mit Wasser versetzten Wein in zwei Becher und reichte einen an Cass. Dankbar nahm sie einen Schluck. Dupois nippte kurz und stellte den Becher angewidert zurück.

»Ah, pauvre de Selve! Der König hat ihm immer noch keinen neuen Burgunder verehrt. Man behandelt uns zunehmend wie Kriegsgefangene! Pah. In meinem Empfangssaal in Paris drängen sich die Vornehmsten des Hofes, um mir ein Gewand abzuschwatzen.«

Cass gähnte verstohlen. Der König verlangte so häufig nach ihr wie de Selve, leider konnte sie dem Ruf des Marquis weit seltener folgen.

Sehnsüchtig glitt ihr Blick zu Dupois' Bettstatt. Vier Pfosten! Was für ein Traum es wäre, wenn sie sich dort einfach hinstrecken und sich ihren Gedanken hingeben dürfte an das, was er in einem noch prachtvolleren Bett heute Nacht endlich wieder mit ihr tun würde. Als mein Mann! Mein Mann!

»Und hier? Zwei schäbige Löcher. Ohne Luft und Licht.« Dupois plusterte sich auf – in Gedanken an sein Schicksal vertieft – und stolzierte zu den Fenstern der Dachkammern an der Themsefront. Er stieß eins auf. »Direkt über einer Kloake!« Angewidert schüttete er den Inhalt seines Weinbechers hinab. »Dieser Fluss stinkt erbärmlich.«

Unsinn, dachte Cass, er schwillt an vom reißenden Wasser des Frühlings, er bringt neues Leben, spült allen Unrat fort.

Dupois zog mit dramatischer Geste ein Stück Seidenstoff hervor, das er Taschentuch nannte. Mit Leidensmiene presste er es gegen seine beachtliche Nase. »Ich verschwende mich auf dieser Nebelinsel«, sagte er. »Man versprach mir, dass ich für den Obergewandmeister des Königs schneidern dürfe.«

Ah, er hätte diesen Engländern endlich Raffinesse beigebracht. Die Bilder von Edwards Vater zeigten deutlich, dass die königlichen Schneider keinen Geschmack hatten. Auf den Porträts von Meister Holbein erinnerte Heinrich der Achte an ein juwelenbesetztes Butterfass. Ein glitzernder Fettfleck. Er, der unvergleichliche Dupois, hätte Größeres vollbringen können. »Aber was ist? Voilà. Man sagt das Turnier zum ersten Mai ab. Einfach so.« Er schnippte mit den Fingern.

»Der König war zu krank«, warf Cass ein und biss sich

sofort auf die Lippen. Niemand, niemand durfte auch nur ahnen, dass sie mit Edward in enger Verbindung stand.

Der Schneider winkte ab. »Ihn plagte wie immer sein leidiger Husten, sonst nichts.« Er streichelte die Stoffballen, die auf einem Tisch beim Fenster aufgetürmt waren, als müsse er sie für ihren verpassten Auftritt trösten. Verdammter Frömmlerhof! Wehmütig versank er in Träumen aus flüsternder Seide und knisterndem Brokat, schnitt in Gedanken Schecken, Wämser, gepluderte Hosen, Prunkroben und Feststaat.

Cass Blick flog zu der Schneiderpuppe bei der Tür, die in ein üppig gepolstertes Wams für den Thronerben gehüllt war. Dünn wie die Zedernholzglieder der Puppe waren die Arme des Königs durch den zähen Husten. Sie sah ihn oft genug, um das zu wissen. Sir Henry Sidney, Edwards Erster Kammerherr, sorgte dafür. »Ihr tut ihm gut. Eure Gespräche beleben ihn.« Obwohl Sidney ein Schwiegersohn Dudleys war, schien er aufrichtig um den König besorgt zu sein. Beschämt senkte Cass die Lider. Anders als ich.

Mit einer Entschuldigung hatte zwischen ihr und Edward eine tastende Freundschaft begonnen. Zumindest für ihn.

»Es tut Uns leid, was mein … was Unser verstorbener Vater Euch angetan hat«, hatte der Tudor-Erbe an einem Abend mit vom Husten rauer Stimme gesagt. »Am Tag Unserer Volljährigkeit werden Wir Anne Askew zur Märtyrerin des neuen Glaubens erheben.« Eine Ehre, an der Cass so wenig lag wie an Jane Greys kindlicher Verklärung des qualvollen Sterbens.

Dankenswerterweise fiel Jane Greys Name nur noch selten zwischen ihr und dem König, Gedanken an sein Testament und damit an den eigenen Tod schienen Edward wenig erbaulich zu sein. Cass hoffte aufrichtig, dass er gesunden würde und dass sich Dudleys Pläne als unnötig erweisen würden, auch wenn sie sie widerwillig gutheißen musste. Alles war besser als Maria Tudor auf dem Thron, und der junge Herrscher hatte sich rasch bereit gefunden, die Thronfolge zu ändern.

»Käme sie an die Macht«, hatte er befunden, »würden in England bald wieder mehr Menschen als Kerzen brennen. Sie kann ihr spanisches Blut nicht verhehlen und hat die Reform unseres Vaters immer bekämpft.« Edward verabscheute Spaniens Inquisition und, wichtiger noch – er wollte regieren.

Cass straffte den Rücken. Nein, was sie tat, war kein Betrug. An niemandem. Schließlich diente sie dem Tudor-Erben nicht im Bett, sondern als heimliche Gefährtin für religiöse Dispute, die er mit seinen Lehrern und Höflingen nicht zu führen wagte. Edward nannte sie die Stimme seines Volkes, die er hören wollte. In ihrer Gegenwart schmiedete er mit Eifer Pläne für sein Reich Gottes auf Erden, in dem Barmherzigkeit Gesetz sein würde und man wieder über den Glauben diskutieren könne.

Selbst wenn er später nur einen Bruchteil von dem verwirklichen konnte, was er sich leidenschaftlich ausmalte, würde er ein großer König sein.

Rasch wandte Cass den Blick von der bunten Schneiderpuppe ab, die wie zum Hohn an ein Skelett erinnerte. Unsinn! Auch Edwards verstorbener Vater Heinrich, so hieß es, war in jungen Jahren schmal gewesen. Edwards wachsbleiche Haut war genau wie sein schütteres erdbeerrotes Haar ein Erbteil, das er mit seiner neunzehnjährigen Halbschwester Elisabeth teilte. Und die war zäh wie Ziegenleder.

Als wolle er ihre Gedanken bekräftigen, nahm Dupois sein Lamento wieder auf.

»Der junge Tudor hat schon viele Krankheiten überstanden. Die kritischen Jahre liegen hinter ihm, genau wie die kleinen Pocken im vergangenen Jahr. Ein Husten sollte ihn nicht von einem Fest abhalten. Krank, pah! Sagt man darum das Maiturnier mit fünfhundert Gästen ab?«

In Gedanken reihte er wieder die nicht geschneiderten Kostbarkeiten aneinander: Banner, Wimpel, Baldachine, ja sogar die Pferdeschabracken, die weit unter seiner Würde lagen. Immer noch besser, als gar nichts zu schneidern. Es war eine Katastrophe, unter diesem Knabenkönig zu arbeiten. Selbst die vornehmsten Damen wurden nachlässig, weil Edward dunklen Taft bei Frauen vorzog. Dem Allmächtigen sei Dank, dass wenigstens de Selve, der ihn überredet hatte, ihn an den Tudor-Hof zu begleiten, einige Frauen zu mehr Mühe hinriss.

Nur diese Cass nicht! Warum der Marquis Gefallen an dieser Betschwester fand, blieb dem Schneider ein Rätsel. Pah, er, François Dupois, würde es lösen. Mit Nadel und Faden. Mit wieder erwachtem Elan steckte er die Schnürbrust ab. Bon. Das Kind hatte einen schmiegsamen Leib. Die schmalen Hüften würde der Reifrock kaschieren, die gepolsterten Schleppärmel des Oberkleides würden ihr reizend stehen, das Dekolleté den schlanken Hals entblößen und ... Sein Blick prallte an Cass' Haube ab.

Dupois schüttelte angewidert den Kopf. »Diese plumpe Kopftracht ist unverzeihlich! Wie eine Dachtraufe hängt Euch das Scheusal in die Stirn. Setzt sie endlich einmal ab.«

Cass hob abwehrend die Hände. Tarnung war wichtiger denn je. Modische Veränderungen wurden bei Hof ebenso sorgsam registriert und entschlüsselt wie die codierten Nachrichten von Diplomaten und Spitzeln. »Mein Lord Dudley besteht darauf, dass ich sie immer trage.«

»Warum? Ihr dürft die Haare zeigen, schließlich seid ihr noch Jungf-?«

Cass errötete.

Dupois brach ab. Nein, das anscheinend nicht mehr. »Nun ja, sehr jung eben. Und Euer Lord Dudley ist nicht mein Herr!«

Mit einem Ruck zog er Cass das winkelförmige Gebilde vom Kopf und entfernte den darunterliegenden Haarbeutel. Sie tat einen überraschten Schrei und riss die Hände hoch, während sich ihr schweres Haar löste und über Nacken und Schultern herabfiel.

»Bien! Ein vielversprechender Anfang«, sagte Dupois und betrachtete die glänzenden Wellen in Cass' Rücken. Er drehte das Mädchen zu einem mit Silber unterlegten Glasspiegel. Cass erschrak über die Schärfe ihres Abbildes. Noch nie hatte sie sich selbst so klar gesehen, sie kannte ihr Bild vor allem als Spiegelbild auf Wasseroberflächen, blank geputzten Topfböden oder Fensterscheiben bei Nacht. Rasch wandte sie die Augen ab.

»Was soll das? Ich habe diese Kostbarkeit extra aus Venedig kommen lassen. Es ist ein dummer Aberglaube, dass in Spiegeln der Teufel hockt.«

Nein, keine Teufel, sondern etwas weit Entsetzlicheres. Ein Dämon ihrer Vergangenheit. Cass meinte zu fühlen, wie eine erbarmungslose Hand ihr ein rotes Seidenband aus den Haaren riss, das sie als Vierjährige voller Stolz hineingeschlungen hatte, um beim ersten Besuch der Dudleys zu gefallen. *»Trinke niemals aus dem vergifteten Brunnen der Eitelkeit«*, mahnte eine Stimme, *»und gehorche den Dudleys, sie werden sich immer um dich kümmern«*. Die Stimme von Anne Askew. Cass öffnete rasch die Augen. Die Erinnerung verblasste so plötzlich, wie sie aufgedämmert war.

Über ihre Schulter hinweg unterzog Dupois Cass' Gesicht zum ersten Mal einer genauen Prüfung. Er war verblüfft, wie reizlos die englischen Hauben machten. Parbleu, dieses Gesicht bot mehr Möglichkeiten als gedacht!

Gewiss, es war nicht ebenmäßig, aber das braune Haar kontrastierte mit sehr hellen Augen, die er zuvor als unbedeutend und farblos abgetan hatte. Mais non, sie waren von erlesenem Grau. Taubengrau? Kieselgrau? Zinngrau? Von allem etwas, und das in beständigem Wechsel. Oh, de Selve hatte einmal mehr seinen Blick für reizvolle Gesichter bewiesen, auch wenn dieses sich den Gesetzen der Geometrie widersetzte. Der Mund war zu breit, die Nase ein wenig schief, der Ausdruck zu lebhaft, aber alles in allem ... Cass wirbelte herum. Faszinierend! Sogar ein grünliches Schillern wie von Kupferspan war im Grau dieser Augen verborgen.

»Wie könnt Ihr es wagen!«, zischte Cass. »So darf ich mich niemals zeigen!«

Dupois straffte kämpferisch den Rücken. »Au contraire. So müsst Ihr Euch zeigen! Diese Haube mordet all Eure Farben. Dazu das Schwarz Eures Kleides.«

»Es ist dunkelgrau und schluckt Flecken«, wandte Cass wütend ein.

»Die Logik eines Waschweibs! Lernt Ihr die aus Eurer Bibel im englischen Gossenlaut?«

»Ich besitze nur zwei Kleider«, entgegnete das Mädchen heftig.

»Farblose Säcke! Wie gut, dass ich für das Unterkleid meergrüne Seide verwendet habe, dazu das Häubchen im gleichen Ton. Wartet.« Dupois eilte zu seinem Schneidetisch, griff nach einem mit Staubperlen besetzten Haarbogen und schob ihn vorsichtig in Cass' Haar. »Was für eine Stirn!«, murmelte er mit wachsender Begeisterung. »Und Haut wie Perlmutt! Schaut nicht so trist! Benehmt Euch wie eine Schönheit, dann könnt Ihr eine sein!« Beinahe zumindest.

Cass bückte sich und tastete nach der Giebelhaube. François Dupois – obwohl kein Sportsmann – kickte sie durchs

Zimmer wie einen der Lederbälle, die Englands alberne Höflinge gern in Manier ihrer Bauern über die Rasenflächen der Schlossgärten traten.

»Monsieur! Ich sagte doch schon. Die Dudleys schätzen es nicht, wenn ich den Eindruck von Eitelkeit erwecke oder mich über meinen Stand erhebe.«

»Tatsächlich? Gerade die Dudleys hätten Grund zu mehr Nachsicht. Die Eitelkeit der Lady ist so konkurrenzlos wie der Ehrgeiz ihres Gatten! Ich habe noch nie eine Frau gesehen, die so viel Federn zur Schau stellt. Dieser Pfauenkragen beim Dinner für unsere Gesandten! Und dazu Perlen in der Größe von Hühnereiern! Mich hätte nicht verwundert, wenn diese Bruthenne und Mutter neun missglückter Küken laut gegackert hätte.« Dupois zwinkerte Cass verschwörerisch zu, sie lachte wider Willen auf. »Seid froh, dass Ihr das Kukucksei im Nest wart.« Energisch schnürte François Dupois das Mieder zu.

»Hier«, sagte er und reichte ihr das fertige Untergewand aus Muschelseide, das später durch einen Schlitz im mantelartigen Obergewand blitzen würde. Cass streifte das Kleid über Schnürbrust und Flachshemd, der Marquis nestelte lose Ärmel aus gepufftem weißen Batist durch die Ösen in den Schulternähten. Ah, darüber die damastenen Schleppärmel der Robe und der Brustvorsatz!

»Magnifique! Die Farbe trifft es genau. Wartet, ich hole das Oberkleid. Es ist fast fertig. Und später versuchen wir es mit dem Reifrock.« Pfeifend eilte er in den angrenzenden Raum.

Cass warf einen schnellen Blick zum Spiegel. *Trinke nicht aus dem vergifteten Brunnen der Eitelkeit!* Verärgert runzelte sie die Stirn. *Schmücke dich nicht um der Bewunderung willen. Gottes Liebe allein ist unwandelbar.*

Schluss mit diesem Unsinn! Sie wusste sehr wohl, dass sie

keine Schönheit nach höfischem Geschmack war. Blond und sanft, aber ... Sie wagte es kaum zu denken: Jesus Christus! Sie konnte – auf ihre Weise – hübsch sein! Hatte Antoine de Selve sie schon immer so gesehen? Ihr nicht nur geschmeichelt?

Hör nicht auf die, die sagen, alles an dir sei grau wie von Stein. Du bist meine Taube, die Makellose!

Sie fühlte eine Welle unbändiger Freude in sich hochsteigen. Wie so oft in den letzten Tagen wurde ihr fast übel vor Glück. Fast? Verfluchtes Mieder! Cass drehte sich vom Spiegel weg, wollte noch die Hand vor den Mund schlagen. Zu spät. Sie erbrach sich in hohem Bogen auf die Truhe und ihr Wollkleid.

Sie keuchte, rang nach Atem, würgte noch einmal, spie Erbrochenes aus. Noch nie in ihrem Leben hatte sie sich so sterbenselend und ausgeliefert gefühlt. Diese plötzliche Übelkeit ... Cass stockte der Atem. Rührte sie von ... Gift? Sie meinte ersticken zu müssen, als ein trockenes Würgen ihre Kehle verschnürte. Angstvoll rang sie nach Atem, krümmte sich, biss die Zähne aufeinander, zwang den Anfall nieder.

Sie wischte sich zitternd die Stirn. Langsam richtete sie sich auf. Es hieß, ein weißes Pulver rufe genau diese Art des Erbrechens hervor, gefolgt von entsetzlichen Durchfällen. Schon unter Heinrich dem Achten war es mehrfach eingesetzt worden – damals gegen katholische Bischöfe und meist von bestochenen Köchen. Edwards Vater hatte eigens ein Gesetz über die Bestrafung von Giftmördern erlassen. Seither wurden sie bei lebendigem Leib in Öl gesotten. Vergebens! Die Giftmischerei blieb ein beliebtes Mittel der unblutigen Vernichtung.

Edward argwöhnte seit Kurzem, dass die Spanier oder Katholiken seines Kronrates ihm diesen Tod in kleinen Dosen verabreichten. Der ganze Hof schwirrte von dem Gerücht, seine Gegner wollten den Machtwechsel herbeizwingen. Der junge König hatte ihr einige seiner früheren Vertrauten aufgezählt, die aus unerklärlichen Gründen erkrankt und gestorben seien. Hatte sie sich verraten?

Aber sie war doch nur Cass, eine Ketzerwaise, die Ziehtochter von ... Sie starrte in den Spiegel. Nackte Todesfurcht starrte zurück.

Dudley!

Er würde nicht zögern, sie zu töten, falls er ihren Verrat entdeckt hatte!

10.

»He, wach auf!« Nat spürte eine harte Stiefelspitze zwischen den Rippen. Sie roch wie immer nach Pferdepisse. Er grunzte missmutig. Nichtstun war eine verdammt schwierige Aufgabe in Greenwich. Zumindest in den Stallungen. Auf den Palastkorridoren sah das anders aus. Unbedeutende Höflinge wie der Page – also die Mehrzahl – waren Meister im Nichtstun, bemantelten dies jedoch durch eifriges Geschwätz und sinnloses Gerenne. Verflixte Bohnenstange! Unwillig drehte Nat sich auf seinem Strohlager zum Pagen um.

»Wasn jetzt schon wieder?«

»Ich hab einen Auftrag für dich.«

Der Page beugte sich zu ihm herunter und schielte nach allen Seiten. Wichtigtuer! Als ob ihn hier jemand beachten würde! Die Stallungen von Greenwich glichen einem Bienenkorb, niemand zählte hier Gesichter. Jeder niedere Höfling quartierte zwischen den Pferdeboxen ein paar dienstbare Geister ein, die ihm laut Hofprotokoll und Rang nicht zustanden.

Junge Streuner wie Nat balgten sich nachts um die Strohlager und um das Essen, das ihre selbst ernannten Herrschaften aus den Küchen für sie abzweigten. Dafür verlangten diese Angeber eine Menge Gefälligkeiten. Schließlich waren sie auf den Korridoren so ausführlich mit Nichtstun beschäftigt, dass für Verrichtungen wie Stiefelputzen oder das Ausbürsten ihrer Kleider kaum Zeit blieb. Beides hatte Nat heute schon erledigt.

»Du musst sofort einen Brief überbringen.«

»Machs doch selber«, knurrte Nat.

»Werd nicht frech! Vor dem Audienzsaal im Königstrakt warten der venezianische und der französische Botschafter und Mitglieder des Kronrates. Man munkelt, der König will sich heute zeigen. Und Dudley! Ich muss da sein. Vielleicht erkennt mich der Lordprotektor und grüßt mich. Dann bekomme ich Dutzende Aufträge!«

»Du hast doch schon einen.«

Der Page schnaubte. »Eine Nachricht vom spanischen Botschafter Scheyfve an irgendeinen Sekretär. Ich bin doch nicht blöd und lass mich mit einem Briefchen von diesem feisten katholischen Gecken erwischen. Außerdem könnte ich Mylord Dudley und unseren König verpassen.«

»Warum haste den Brief dann angenommen?« Nat stand auf und klaubte sich Strohhalme aus dem Haar. Er lehnte sich über das Gatter der Pferdebox, neben der er geschlafen hatte, und lockte eine Stute heran. Die Pferde waren das Beste hier.

»Der Spanier zahlt gut, und außerdem dachte ich, dass was Interessantes drinsteht. Ist aber nur Schwachsinn über Klamotten. Die Raffinesse französischer Kleider und die Machart eines Kettenhemdes, das Sir Henry Sidney bei einem Londoner Rüstungshändler bestellen will. Über was anderes als Belanglosigkeiten würde Edwards Erster Kammerherr auch kaum mit diesem Scheyfve reden!«

Verdutzt kratzte Nat seinen Kopf. »Zeig her!«

Der Page verdrehte die Augen. »Du sollst den Unsinn nicht lesen, du sollst ihn nur zustellen. Scheyfve ist als Scherzbold bekannt. Ein flämischer Fresssack, der mit Gott und der Welt über nichts außer Essen, Mode oder Musik plaudert. Als sei die Staatskunst Nebensache, und er hätte nichts anderes zu tun, als sich nach Kräften zu amüsieren. Sogar auf Englands

Kosten! In einem Brief hat er sich mal über unser unbekömmliches Essen ausgelassen. Edwards Mahlzeiten seien überwürzt! Kein Wunder, dass der bald abgelöst wird.«

»Und wenns eine Geheimschrift is? Soll vorkommen.« Selbst Joshua Painbody verwendete ab und an Gaunerzinken, um Hehlerschenken zu markieren oder Gassen, in denen besonders pralle Pfeffersäcke wohnten.

»Für wie blöd hältst du mich, Grindkopf? Ein Dudley-Mann hat mir gesteckt, dass sie sämtliche Chiffrenräder auf Scheyfves Schmierereien angewendet haben. Der Flame schreibt wirklich nur Schwachsinn, und das ellenlang.«

Nat wandte sich wieder der Stute zu. Sie schnaubte leise.

»Dann wirf den Brief doch weg, Mann.«

»Scheyfve erwartet eine Antwort, und mit der kriege ich sogar Einlaß in den Audienzraum. Also los, es ist eilig.« Wieder schaute sich der Page nach allen Seiten um und zog ein Briefchen aus dem Ausschnitt.

Nat machte keine Anstalten, ihn zu nehmen, und kraulte die Pferdemähne. »Hast du mir mein Frühstück mitgebracht?«

»Wer nicht arbeitet, kriegt auch nichts zu essen.«

»Und wer nicht zu fressen kriegt, kann auch nicht arbeiten.«

»Schon gut, ich geh zum Küchentrakt und besorg was. Und du mach hin! Wenn die Kirchglocke zur achten Stunde läutet, dann will ich die Antwort von diesem ...« Er entzifferte laut buchstabierend den Adressaten. »Samuel van Berck. Er ist im Themsetrakt untergebracht, neben dem Latrinenhaus, wie alle Spanier. Da fällst du nicht auf.«

Nat entriss ihm den Brief. »Wie heißt der?«

»Samuel van Berck, du Rindvieh!«, schimpfte der Page und verschwand im Getümmel auf dem Stahlhof. Nat grinste, als ein Stallbursche ihn beiseite stieß, um mit Bürsten und Hufkratzer in die Box der weißen Stute zu treten. Schnell öffnete er den Brief und las.

»He!«, rief er den Burschen an. »Wird der Sekretär van Berck gleich wieder ausreiten?«

»Wie jeden Morgen, was fragste so dämlich?« Der Bursche begann das Fell des Pferdes zu striegeln.

Perfekt, dachte Nat. Er hatte – wie prophezeit – mal wieder zur richtigen Stunde am richtigen Ort gewartet. Neben dem Pferd von Samuel van Berck. Sein Freund aus der Kirche brachte ihm oft einen Leckerbissen mit. Endlich konnte er sich erkenntlich zeigen.

11.

»Was für eine Bescherung! Nun, darum ist es nicht schade.« Dupois war zurückgekehrt und betrachtete das besudelte Kleid. Er hielt eine Robe aus Damast auf Abstand, während er nach einer Kanne Wasser griff und sie schwungvoll über dem dunklen Kleid leerte.

»Fasst Euch! Bei meinem Oberkleid kann ich die Nähte auslassen und weiten. Für heute genügt die Breite eines Fingergliedes!« Er überschlug in Gedanken die Zeit, die die Änderungen benötigten. »Wie oft hat der cursus Euch schon im Stich gelassen?«, fragte er beiläufig. »Keine Angst, einem Schneider kann eine Frau alles anvertrauen. Es ist geradezu ihre Pflicht.«

Cass starrte in den Spiegel, ihre Wangen hatten wieder Farbe angenommen. »Mein ... mein cursus ... Ihr glaubt ...«

Bei Gott, nein! Das war schlimmer als Gift.

»Ich muss den Marquis finden. Ich muss ...« Cass stürzte zur Tür.

»Nicht so!« Dupois haschte nach ihrem Arm. Cass wich ihm aus, fiel auf die Knie, suchte die Dielen nach ihrer Haube ab.

»Liebes Kind! Bedenkt seine Stellung, seine Liebe zur Schönheit, seinen Stil. Angesichts Eures Zustandes wäre es fatal, wenn Ihr Euch Antoine de Selve nicht im allerbesten Licht zeigen würdet, und ich habe die Mittel dazu.«

»Mein Aussehen interessiert mich jetzt nicht. Er wird mich ja heute Nacht heiraten! Darum das Kleid. Aber ich kann nicht einen Tag länger bei Hof bleiben. Lord Dudley ...«

»Heiraten?!«, rief Dupois fassungslos aus. »Der Marquis? Das … das ist unmöglich.« Der Schneider brach ab. Es war nicht seine Aufgabe, dem Kind die Augen zu öffnen. De Selve würde es noch früh genug tun.

Cass beachtete ihn nicht weiter. Sie kniete auf dem Boden und angelte nach ihrer Haube. Sie riss sie an sich, sprang auf die Füße und presste sie schutzsuchend an sich, während in ihrem Kopf eine wilde Jagd gespenstischer Bilder tobte.

Denk nach, alberne Gans!, schalt sie sich stumm. Denk nach, was zu tun ist!

Totenbleich, sich die Lippen zerbeißend stand Cass bei der Tür und streichelte die Giebelhaube. Dupois erschauderte. Es war, als wiege sie ihr abgeschlagenes Haupt im Arm. Oder wurden unkeusche Jungfern, die sich einem möglichen Feind Englands hingegeben hatten, nicht als Hochverräterinnen gerichtet, sondern in ein Kloster verbannt? Parbleu, die waren auf dieser Insel ja abgeschafft! Je länger er darüber nachdachte, desto berechtigter schien ihm die Todesangst des Mädchens zu sein.

»Überlegt gut, was Ihr tut. Der Marquis verabscheut jammernde, drängende Mätre- … Frauen.« Und erst recht schwangere. De Selve fehlte eigenes Geld, um sie zu versorgen, weshalb er gemeinhin verheiratete Frauen als Bettgenossinnen bevorzugte, wie jeder gescheite Mann.

»Seid auf der Hut, wahrt das Geheimnis noch, fesselt sein Begehren!« Besser noch das eines anderen. »Ihr müsst strahlen, leuchten, ganz egal, wie es in Euch aussieht. Vergesst nie zu lächeln, Ihr wisst nie, wer sich in Euer Lächeln verlieben könnte!«

Vielleicht irgendein ehrgeiziger englischer Dummkopf aus niederem Schafzüchteradel? Frauen mit Verbindungen zum Haus Dudley waren auch ohne Mitgift ein begehrtes Heiratsgut. Wenn zudem er – François Dupois – seine Schneiderkunst bemühte und sie Gelegenheit fände, sich darin zu zeigen. »Lasst uns das Kleid zu Ende …«

Seine Warnungen prallten vom Türblatt ab. Das Mädchen war verschwunden. Mein Gott, dieses Kind hatte keinen blassen Schimmer, wozu ein Marquis de Selve fähig war, wenn gesundes Kalkül sein Begehren erstickte und die Prosa männlicher Vernunft über die Poesie weiblicher Herzen siegte.

Nun, wenigstens trug sie das seidene Unterkleid, darunter die halbwegs fertige Schnürbrust – wenn auch ohne Blankscheit. In einem Schlafgemach könnte das als leichtes Gewand durchgehen.

Sie würde hübsch aussehen heute Nacht, wenn auch nicht wie ein Ruhmesblatt seiner Kunst. Seufzend begutachtete er das Übergewand aus changierendem Seidendamast. Eine Schande, dass sie es wohl nie tragen würde! Gerade jetzt, wo sie vor seinen Augen erblüht war und er mit untrüglichem Instinkt die Farbtöne gewählt hatte, die ihr schmeichelten. Und all die viele Arbeit umsonst!

Non, das nicht! Wenn er sich Cass entledigt hatte, würde der Marquis das Oberkleid höchstwahrscheinlich seiner Verlobten in Frankreich verehren. Schließlich hatte er eine stattliche Summe für diesen Stoff gezahlt, und diese Summe stammte aus den Truhen der Duchesse de Malvois, wie aller Luxus, der ihn umgab und den er zu Recht schätzte. Oui, die Duchesse hatte ein Geschenk verdient.

»Allons, die Nadel muss fliegen!«

Dupois machte sich daran, die kunstvoll gefältelten Stoffmassen aufzutrennen. Die Witwe Malvois war ein sehr, sehr üppiges Weib. Immerhin schätzte sie Schnürbrüste, und sie hatte sie auch bitter nötig. Ob er es einmal mit Bleiplatten versuchen sollte wie die Spanier?

12.

Cass' Herz hämmerte bis zum Hals, sie lehnte sich an die Mauer des düsteren Dienstbotenflures und umklammerte ihre Haube. Dupois hatte recht. Gefühlsausbrüche waren fehl am Platz. Der Hof erwachte um diese Stunde zum Leben. Sie musste überlegen, was sie tun sollte. Jetzt war nicht die Zeit für vorschnelle Geständnisse, noch weniger durfte sie in diesem Aufzug die Gemächer des Marquis im umwimmelten Königstrakt aufsuchen. Verfluchtes Kleid, zum ersten Mal im Leben trug sie ein kostbares Gewand und konnte keine Zuflucht in der Unscheinbarkeit suchen.

Müde löste sie sich von der Wand, um sich über die verwinkelten Seitenflure in Lady Margarets Kammern zurückzustehlen und den Augenblick abzupassen, wenn die kichernde und tuschelnde Gänseschar der Jungfern und Aufwärterinnen zum Frühstück in die große Halle aufbrach.

Sie musste sich umziehen. Für einen elend langen Tag, umgeben von gespielter Fröhlichkeit, Geschwätz und dem Rattenschwanz von Höflingen. Auf Lord Dudleys Landgütern hatte ihr zum Nachdenken die Flucht in die Gärten offen gestanden, sie hatte einsame Streifzüge in Jagdwaldungen, zu den Teichen und den Obstwiesen gemacht. Sie hasste den Palast, sie hasste, hasste, hasste ihn!

Erschöpft lenkte Cass ihre Schritte auf eine Hintertreppe zu, als ein Geräusch sie aufhorchen ließ. Es klang wie das Schaben von Krallen, das Nagen scharfer Zähne oder – Cass' Herz setzte aus – das Kratzen einer Klinge, die Mauerwerk streifte. Jemand kam die Treppe hoch, und es war kein Lakai.

Wie ein gehetztes Tier schaute sich Cass nach einem Versteck um. Zur Hölle! In diesem Gang gab es keine Fensternischen wie in den Höflingskorridoren – aber einen gemauerten Bogen in der gegenüberliegenden Wand.

Lautlos glitt Cass zu dem Mauersturz. Es war ein Abgang zu einem der Lichthöfe, die die Gebäudetrakte verbanden. Ohne weiter zu überlegen, hastete sie die Stufenspirale hinab, fand einen Hof und eine Gitterpforte. Sie war unverschlossen. Cass zwängte sich hindurch und überquerte einen gekiesten Weg. Er mündete in einen Ziergarten, fest ummauert und menschenleer. Was für eine Wohltat!

In geometrisch angeordneten Beeten waren Buchsbaum und Berberitze auf Wadenhöhe gestutzt und so ineinandergepflanzt, dass sie Flecht- und Knotenmuster bildeten. Ein strenger Garten, ein besänftigender Garten. Ein Garten nach französischer Art und nach dem Geschmack des Marquis. Cass ließ sich auf einer steinernen Bank nieder. Genauso hatte Antoine ihren künftigen Garten gemalt. Ihr Atem beruhigte sich, während sie die Muster studierte und dem Rieseln einer künstlichen Quelle lauschte, die sich, von Greenwichs Wasserturm gespeist, in ein Steinbecken ergoss.

Der richtige Ort, um Gedanken zu ordnen. Vorsichtig betastete sie ihren Unterleib. Sie war also schwanger. Und verlobt! Früh und mühelos hatte sie empfangen, wie ihre Mutter. Aber anders als diese von einem Mann, den sie liebte.

Heute Nacht würde sie heiraten. Gewiss war das die falsche Reihenfolge, aber sie war keine beliebige Mätresse. Oh ja, sie hatte Dupois' unvollendeten Satz durchaus verstanden. Wie konnte dieser dumme Schneider es wagen, so etwas auch nur anzudeuten! Wie hässlich sprach er von Liebe.

»Ein schöner Morgen, aber etwas zu kühl für Eure unvollständige Bekleidung.«

Die Stimme riss Cass herum. Hinter ihr stand ein junger Mann in der schwarz-gelben Tracht der Spanier. Er trug ein gefiedertes Jagdbarett, Reitstiefel und Gerte. An seinem Ohr baumelte ein glitzernder Stein. Ein eitler Geck und unverschämt dazu.

Sie sah, dass er sie einer scharfen Musterung unterzog und dass diese nicht günstig ausfiel. Seine Miene verdüsterte sich, seine Augen waren schwarz vor Missbilligung.

Und ich habe sie für eine bedauernswerte Krähe gehalten, dachte Samuel van Berck. Für reizlos und liebeskrank. Das war noch zu freundlich gewesen. Und dumm. Fast hätte er die fliehende Frau im grünen Kleid nicht erkannt. Diese Cass verstand die Kunst der Täuschung weit besser als angenommen. Dudley war ein guter Lehrmeister und de Selve ein überaus großzügiger Hurenbock. Das Mädchen musste eine geschickte Verführerin sein, und sie hatte anscheinend bekommen, was sie wollte.

Zum Teufel. Warum sollte er ihr noch helfen? War er ein sentimentaler Narr wie Jehan Scheyfve?

»Ihr habt Euch erfolgreich um ein wenig Tändelei gedrückt«, hatte sein Dienstherr ihn gemahnt. »Vielleicht gefällt Euch wenigstens die Rolle des selbstlosen Retters? Gebt dieser Cass einen Hinweis, dass wir ihre Geheimnisse wollten, nicht ihren Kopf. Sie ist ja noch ein halbes Kind.«

Das Kind blitzte ihn jetzt hasserfüllt an und tastete nach der Haube in seinem Schoß.

»Bemüht Euch nicht. Der französische Perlenbogen steht Euch besser zu Gesicht«, bemerkte Samuel kalt und schwang sich von hinten auf die Bank. »Er enthüllt Euer bemerkenswertes Wesen. Die Welt sollte es endlich zu sehen bekommen.«

»Was tut ihr hier?«, fuhr sie ihn an und rückte von ihm ab.

»Ich suche Stille und Verschwiegenheit – Ihr nicht? Beides ist ein seltener Luxus an diesem Hof.«

»In der Tat, und darum wäre mir lieb, wenn Ihr so lautlos verschwinden würdet, wie Ihr gekommen seid.«

»Tatsächlich? Ihr wirkt verängstigt, als könntet Ihr ein wenig Aufmunterung brauchen.«

Cass holte scharf Luft. »Wundert Euch das? Die Männer des Kaisers sind an diesem Hof nicht als das munterste Volk bekannt, sondern als das verschlagenste.«

Samuel van Berck schüttelte tadelnd den Kopf. »Was ist nur aus der guten jahrhundertealten Feindschaft zwischen England und Frankreich geworden?«

»Die ist vorbei.«

»Zumindest für Euch, nicht wahr? Nun, die Franzosen sind große Poeten. *Du sanfte Taube im Felsennest, erhöre mich und schenk mir deine Gunst, erlöse, heile, liebe mich* … und Lügner.«

Cass sprang von der Bank auf. »In drei Teuf-… Zum Himmel! Wer seid Ihr, was wollt Ihr von mir?«

Samuel van Bercks Miene versteinerte. »Ich? Nichts. Schon gar nicht Erlösung durch Tauben im Felsennest. Das schwöre ich vor Gott. Ich bin nur beauftragt, Euch zu warnen.« Auch er erhob sich.

Cass wich einige Schritte zurück.

»Meidet den Marquis Antoine de Selve! Er ist nicht Euer Freund, genauso wenig wie er jemals ein Freund Englands war. Geht auf keinen Fall mehr zu ihm, wenn Euch Euer Leben lieb ist.«

»Marquis *wer?*«

Er fasste sie beim Handgelenk. »Der Mann, der Euch Liebesbriefe ins Gebetbuch schmuggelt. Der Euch umgarnt und betrügt. Oder ist es andersherum?«

»Nein, nein, was soll das ... Ich ... ich meine, ich kenne diesen Mann überhaupt nicht!«

»Das würde ich auch wünschen, aber immerhin seid Ihr sein Bettschatz.«

»Was fällt Euch ein! Ich bin die Vorleserin von Lady Margaret!«

Samuels Blick fuhr über das grüne Kleid. »Eine großzügige Dame. Lassen wir das alberne Spiel! Das Kleid ist von Dupois. Ihr könnt stolz sein, de Selve stattet nicht alle seine Huren wie Damen aus. Gebt Euch damit zufrieden und sucht Euch einen neuen Liebhaber. Besser noch, einen Ehemann – das ist auf Dauer einträglicher. Nehmt einen alten Bock, dann dürft Ihr auf die Freuden einer langen, reichen Witwenschaft hoffen.«

Cass holte aus und schlug ihm mit der Giebelhaube in der Hand hart ins Gesicht. Dann raffte sie die Kleider und rannte los.

Zur Hölle mit dieser unbelehrbaren Kratzbürste! Samuel van Berck rieb sich die schmerzende Wange.

»Sollte sie für Warnungen nicht empfänglich sein«, hatte Scheyfve ihn angewiesen, »dann müssen wir zu anderen Mitteln greifen. Diese Cass muss vom Hof verschwinden, und wenn es Euren hübschen Hintern kostet!«

Samuel straffte sich und verließ den Garten. Nicht weit entfernt wartete Nat mit seiner Stute.

Interessant, der Sekretär hatte sich mit einer Frau getroffen. War das endlich die Braut, von der der Prophet gefaselt hatte? Er hatte eine Frau mit fliegenden Röcken aus dem Garten rennen sehen. Eine ziemlich wütende Braut. Hm. Und ein ziemlich lädierter Bräutigam. Samuel van Bercks Wange zeigte rote Striemen, an seinem Ohr baumelte nach wie vor der Opal.

»Und? Wart Ihr erfolgreich«, fragte der Junge so beiläufig wie möglich.

»Ich hab nur meine Pflicht getan.«

Das sollte Liebe sein? Sah so aus, als hätte die Lady im grünen Kleid mehr erwartet. Hübsches Kleid. Von Mode war doch in der Nachricht die Rede gewesen.

»Habt Ihr 'ne Antwort auf den Brief, den ich Euch gab?«

Samuel van Berck packte den Widerrist des Pferdes, setzte den Fuß in den Steigbügel und schwang sich hinauf. »Du kannst ausrichten, dass französische Kleider mich abstoßen und dass ich Sir Henry Sidneys Interesse an Kettenhemden teile«, knurrte er, schloss die Schenkel um den Leib seiner Stute und stob davon.

Nats Blicke folgten Samuel van Berck. Er bog nicht in den Weg zu den Jagdwaldungen ein, sondern nahm Kurs auf den Themsepfad Richtung Southwark und London Bridge. Plante er einen Besuch bei seinen Eltern? Natürlich! Das Haus van Berck handelte mit Waffen und gewiss auch mit Kettenhemden. Aber warum wollte ein Spanier eins für König Edwards Kammerherrn Sidney besorgen? Die beiden müssten Erzfeinde sein.

Nat schüttelte ratlos den Kopf. Reichlich aussichtslos, in diesem Palast der Intrigen zwischen Lüge und Wahrheit zu unterscheiden.

13.

Greenwich Palace in der Nacht zum 10. Mai

Wieder lag die Nacht wie Samt vor den hohen Bogenfenstern. Die Apfelbäume des Königs waren voll erblüht. Für Cass vertropfte die Zeit in den Kammern des Marquis qualvoll zäh. Antoine bestand auf dem von ihm choreographierten pas de deux der Verführung, den sie so viele Nächte genossen hatte. Die Lust war neu für sie und fremd wie die terra incognita, doch an diesem Abend fehlte der lockende Glanz. De Selve wusste noch nichts von ihrem Unglück. Nein, nein, beschwor sich Cass, es musste gar kein Unglück sein!

De Selve war ja unverändert, er hatte sie aufmerksam empfangen und mit Köstlichkeiten bewirtet: den zartesten Stücken von Rebhuhn und Lamprete. Sie musste nur ihren Verstand beisammenhalten, um nichts falsch zu machen und ihre Hoffnung zu zerschlagen. Die, dass der Marquis wirklich der außergewöhnliche Mann war, den sie liebte, und dass sie kein … Bettschatz! Verfluchter Spanier!

De Selve hatte sie bis auf ihr Flachshemd entkleidet. Jetzt führte er sie zu seinem Bett, liebkoste sie mit seinen Augen. Ihr Blick huschte zu der Stundenkerze auf dem Nachtkasten. Sie war schon auf den Ring zur dritten Stunde heruntergebrannt. Bald würde der Mond der Dämmerung weichen. Wann endlich kam der versprochene Priester?

Es würde ein französischer Katholik sein. Natürlich, aber ihr war es recht, von einem Mann getraut zu werden, der – anders als die Reformer – nicht nur die Taufe und das Abendmahl, sondern auch die Ehe für ein heiliges Sakrament hielt. Zudem blieb keine Zeit für Glaubensgegensätze. Was sie brauchte, war Gottes ungeteilte Barmherzigkeit und de Selves Liebe.

Der Marquis nahm auf der Kante seines Bettes Platz, wollte sie zu sich herabziehen. »Antoine, bitte nicht!«

»Warum? Schenk mir – bis der Priester kommt – wenigstens *dieses* bescheidene Vergnügen! Du weißt, ich zügele meine Begierde und gehe nie über einen gewissen Punkt hinaus.«

Er hatte es ein Mal getan und nichts damit erreicht. Sie hatte es genossen, war jedoch verschlossen geblieben wie zuvor. Eine Niederlage, die er kein zweites Mal hinnehmen wollte. Die Lust schien für dieses erstaunliche Mädchen ein Spiel zu sein – genauso wie für ihn. Sie spielt es mit Anmut, ohne die albernen Taktiken einer lüsternen Hofdame, aber leider ohne sich in die Karten schauen zu lassen oder unbedacht Trümpfe aus der Hand zu geben. Sie war ihm beinahe ebenbürtig. Beinahe.

Er zauberte ein halb ergebenes, halb gequältes Lächeln auf sein schönes Gesicht. Er hatte es für sie einstudiert und seinem umfangreichen Repertoire hinzugefügt.

Umsonst. Cass entzog ihm ihre Hand und wich seinem Blick aus.

»Warum ist der Priester noch nicht da?«

»Ma petite, er begibt sich in Lebensgefahr für uns. Immerhin sind katholische Zeremonien in England verboten und werden mit dem Tod bestraft. Vielleicht muss er noch einer armen Seele heimlich Sterbesakramente und Letzte Ölung erteilen? Auch wenn wir an verschiedene Kirchen glauben, so ist Trost für einen Sterbenden sicher eine Handlung, die du zu würdigen weißt.«

Sacre du nom! Ihre Widerspenstigkeit verlor langsam an

Reiz. Er hatte ein fabelhaft teures Brautgewand schneidern lassen, also gleichsam die Ehe versprochen. Reichte das nicht? Sie musste endlich Edwards Geheimnisse preisgeben! Noch in dieser Nacht! Der französische Botschafter wartete auf Nachricht. Man musste Verhandlungen mit Maria Tudor oder Elisabeth aufnehmen. Und die Spanier hatten ein Geheimnis, das er noch nicht kannte – schlimmer noch, in Spitzelkreisen verspottete man ihn. Auch de Selves Blick streifte die Stundenkerze.

Heftigkeit. Er würde es mit Heftigkeit versuchen. Er würde überwältigt sein vor Leidenschaft, wie von Sinnen, und sie mitreißen. Bedauerlicherweise hatte sie nur einen Spatzenschluck von dem Schlafmohn gekostet. Mais bien! Er konnte auch ohne das berauschend sein.

Antoine de Selve packte Cass beim Handgelenk und warf sie aufs Bett. Im selben Augenblick war er über ihr, nestelte den Kragen ihres Hemdes auf, riss es von ihren Schultern herab. Das hätte er längst tun sollen. Cass schlug nach ihm. Er küsste sie hart auf den Mund, ihr Widerstand ließ nicht nach.

De Selve löste seinen Mund von ihrem, lockerte seinen Griff. »Verzeih!«, keuchte er. »Verzeih mir!« Als wäre er entsetzt über sein Vergehen, als müsse er seine Fassung zurückerobern, schloss er für einen Lidschlag lang die Augen. »Bald, wenn unser Bund besiegelt ist, darf ich dich wieder besitzen«, flüsterte er im Ton unbezähmbaren Verlangens. Mon Dieu, selbst in seinen Ohren klang das hinreißend und so männlich.

Er richtete sich auf und streifte voller Selbstbegeisterung sein Hemd über den Kopf, gab den Blick auf das Muskelspiel seiner mit Kampfnarben veredelten Brust frei. Den Oberkörper eines Kriegers, den die Frauen so gern bewunderten. Den Körper eines Siegers. »Ich kann es kaum erwarten, dass wir einander wieder erkennen, wie es in der Bibel heißt. N'est-ce pas, kleine Betschwester?«

Cass fuhr hoch.

Verdammt! Die Betschwester war ein Fehler gewesen.

»Nenn mich nicht so! Du weißt, ich mag es nicht.« Sie tauchte unter seinem Körper weg, schwang die Beine über die Bettkante. »Ich will bereit sein für den Priester. Ich werde mich anziehen.«

De Selve fing sich rasch und hielt sie am Arm zurück, warf ihr einen gekränkten Blick zu.

»Warum so ungeduldig, er wird schon kommen. Glaubst du mir etwa nicht? Habe ich dir mit meiner Geduld nicht meine Liebe bewiesen? Oder hast du mir deine Leidenschaft, dein Gefühl nur vorgespielt? War es dir nur um die Heirat zu tun, den Titel, ein Vermögen?«

Der Marquis griff nach seinem Hemd. Die Miene des tödlich Beleidigten gelang ihm glaubhaft – gekränkte Ehre lag ihm. »Eine Ehe mit einer ehrgeizigen Gans kann ich jederzeit schließen! Und eine weit vorteilhaftere dazu. Heuchlerinnen und vertrocknete Witwen umsurren mich wie lästige Sommerfliegen.« Eine davon würde er demnächst heiraten. Seine Miene verriet aufrichtige Trübsal.

Cass verfluchte sich. Was hatte sie getan, warum musste sie ihn so reizen und kränken?

»Verzeih mir«, sagte sie besänftigend und streckte sich wieder im Bett aus, ihre Haare fächerten sich über den Kissen. »Bitte, Antoine, es war nur die Ungeduld einer … Braut. Verzeih mir. Du kannst nicht ahnen, wie sehr ich mich auf unsere Heirat freue. Sie bedeutet mir alles.« Wenigstens das war die Wahrheit.

Der Marquis erlaubte sich ein Zögern, dann lächelte er wie erleichtert und halbwegs versöhnt. »Bien. Ich will dir glauben und nicht nachtragend sein. Es ist noch Zeit, ich werde sie uns köstlich vertreiben.«

Er zog eine Phiole aus dem Kasten, der auf einem Tisch neben dem Bett bereitstand, und küsste ihre Stirn. »Trink das. Es ist ein wundervoller Likör, eine Essenz der Lust.«

Cass schüttelte den Kopf. »Ich liebe und begehre dich auch so.«

De Selve gab den Versuch auf und wählte eine andere Phiole.

»Dann atme diesen Duft, er ist betörend.«

Cass schnupperte kurz an dem Fläschchen. »Sandelholz?«

»Non. Weit wertvoller. Lass dir Zeit und versuche es noch einmal. Ohne hinzuschauen.«

Cass schloss die Augen und sog den Duft tiefer ein. Er war eine Verheißung, sie weckte in ihr sonnige Bilder. Ihr Liebhaber ließ das Fläschchen unter ihrer Nase kreisen, als wolle er einen Verhungernden mit dem Speck ewiger Sättigung locken. Cass stieß einen ungeduldigen Seufzer aus, erschrak und ließ ihn in verlangendes Stöhnen übergehen. Die körperliche Liebe war für de Selve nun einmal eine hohe Kunst, und er genoss es, wenn sie eine gelehrige Schülerin war.

Eine von vielen? Was für ein hässlicher Gedanke! Zu spät. »Der Marquis hasst jammernde, drängende Mätressen«, hallte Dupois' Stimme in ihrem Kopf. »Nicht alle seine Huren stattet er wie Damen aus«, ergänzte der dreiste Spanier. Schluss! Gleichgültig, wofür man sie in der hässlichen Welt des Hofes hielt, sie würde nicht an Antoine zweifeln. Nie. Er war ihr Schicksal, von ihm hing alles ab. Und er hatte viel mehr Grund, an ihrer Aufrichtigkeit zu zweifeln – sie war abweisend gewesen.

»Du bist nicht bei der Sache«, mahnte ihr Liebhaber. Und abwesend, ja. Seine Stimme klang gekränkter denn je. Cass krauste die Nase, schnupperte, um das Ratespiel fortzusetzen. Störend mischte sich dem Duft der tranige Geruch von Talglichtern bei. Bienenwachskerzen waren nur dem König gestattet. Edward. Er ruhte nur wenige Räume entfernt. Ihr Herz klopfte schneller. Gebe Gott, dass er seiner Gesundung entgegenschlief. Vielleicht würde er nachträglich eine Heiratserlaubnis erteilen. Er hatte die Macht dazu, er schätzte sie, und er verehrte ihre tote Mutter.

Das Knacken von Tannenzapfen, die im Kamin zerbarsten, ließ sie zusammenzucken. Cass kämpfte gegen das Auffluten von Angst an, grub die Fingernägel in ihre Handballen, bis sie schmerzten.

»Nun?«, fragte de Selve ermunternd.

»Es ... Es ist Ambra«, riet sie hastig und blinzelte zu ihrem Ritter hoch. Der Schein des Kaminfeuers in seinem Rücken ließ die Konturen von Antoines Gesicht scharf hervortreten, die schmale Nase, den wie von Künstlerhand gemalten Amorbogen seiner Lippen. Es erinnerte an die versunken blickenden Statuen von Heiligen, die längst verboten und zerschlagen waren.

Es war und blieb das Gesicht ihres Himmels.

Wenn sie erst verheiratet waren, vielleicht konnte er sie sofort nach Frankreich schaffen? Edward liebte de Selve, der König war ein Freund der Barmherzigkeit, und Anne Askew war seine Heilige. Die du nicht bist! Der kalte Dolch der Schuld bohrte sich in ihr Herz.

»Hoffst du, dass es Ambra ist?« De Selves Mund hob sich zu einem seltsamen Lächeln. Es erinnerte ein wenig an Dudleys Lächeln. Nein! Ihre verfluchte Angst spielte ihr einen Streich.

»Ganz sicher«, hauchte Cass und schloss rasch die Augen.

Bei Gott, Antoine war schön, und er liebte sie. Er liebt mich, versicherte sie sich inbrünstig wie im Gebet. Er muss mich lieben!

»Der Duft gefällt dir?«, mischte sich de Selves Stimme sanft wie Balsam in ihre Gedanken.

Cass nickte wie ertappt, bemühte sich um ein schmelzendes »Ja«.

Sie schlug die Augen auf und tastete mit ihren Blicken nach de Selve.

Der träufelte gerade einige Tropfen des seltenen Öls in die Fläche seiner linken Hand, verrieb das Öl mit den Fingern seiner rechten Hand und ließ diese aufreizend langsam in den Bund seiner Hose gleiten.

Cass unterdrückte ein Gefühl des Widerwillens. Warum tat er das? Sie musste sein Begehren auf sich lenken, ihn fesseln, ihm zeigen, dass sie ihn für immer glücklich machen konnte.

»Du hoffst also, dass ich dich wie beim ersten Mal mit Ambra salbe?«, fragte de Selve, während er sich sanft massierte.

Cass nickte. »Bitte, tu es.«

De Selve stöhnte auf und legte den Kopf in den Nacken, doch er streckte seine freie Linke nicht wie sonst nach ihr aus.

»Bitte, Antoine!«, wisperte sie. »Bitte berühre mich wie sonst auch!« Sie sehnte sich nach einem Beweis seiner Begierde, spürte gar, wie sich das Blut im Puls der Lust heiß zwischen ihren Schenkeln sammelte, während ihre Brustwarzen zu Knospen gefroren.

»Repitita non placent, meine kleine Betschwester. Wiederholungen langweilen mich. Du musst noch vieles lernen. Vor allem wahre Hingabe.«

Er rieb sein Geschlecht, schien sich ganz an sich und diesem vermaledeiten Geruch zu berauschen. Beschämt und verwirrt wandte Cass den Blick von ihm ab. Wie konnte er in Gedanken an ihre erste Nacht Langeweile empfinden?

Trotz all ihrer Angst reagierte ihr Körper in Erinnerung daran mit wachsender Lust. Wie dicht lagen Furcht und Erregung beieinander! Cass tastete nach dem neben ihr knienden Geliebten, suchte sein Geschlecht, fühlte, wie es unter seinen Liebkosungen hart wurde.

De Selve schob ihre Hand fort. Weil sie sich ihm zuvor entzogen hatte?

Das Fuchslächeln ihres Vormundes blitzte vor ihrem inneren Auge auf. Schmal wie ein Messerrücken.

»Antoine, wann kommt der Priester?«, drängte Cass voller Unwillen. Rasch setzte sie hinzu: »Ich möchte dich spüren, ich möchte, dass du dich wieder in mir verströmst. Das wir für immer eins und ganz beieinander sind.«

Wie zur Antwort stöhnte de Selve heftig auf. Neben ihr knisterte das gestärkte Laken, als er aufstand, der Duft verblasste. Cass runzelte die Stirn. Verletzt nahm sie den salzigen Geruch war, der verriet, wie weit er mit sich gegangen war. Und ohne sie. Ihre Brüste schmerzten vor enttäuschter Lust und Scham. Oder war es nur ein weiteres Zeichen dafür, dass sie schwanger war.

»Antoine, bitte, komm zurück!«, bat sie und hasste sich dafür. Nie in ihrem Leben hatte sie um irgendetwas gebettelt, schon gar nicht um Zuneigung. Bei wem auch? »Ich muss ...« Verdammt, jetzt klang sie sogar drängend!

»Du *musst?* Mon Dieu! Genieße die köstlichen Schmerzen des Verlangens,«, sagte der Marquis. Seine Stimme war spröde wie verdorrtes Leder. »Du warst mit deinen Gedanken die ganze Zeit woanders. Und dabei sagst du, dass du mich liebst.«

Erstaunlich, ihm gelang der Ton des Beleidigten ganz außerordentlich! Und ihr misslang der Ton der Flehenden. Ah, er würde sie noch weiter treiben. Dahin, wohin die Lust sie noch nie getrieben hatte. De Selve wandte sich ab und gestattete sich ein triumphierendes Lächeln.

»Das tue ich, aber ...«, setzte Cass an.

Der Marquis unterbrach sie zürnend: »Du hast den Reiz von Unwissenheit und Unschuld verflucht schnell verloren! Bist du wie alle Engländerinnen? Ein ungestümes, ungeduldiges Geschlecht! So grob wie deine Giebelhaube. Ich dachte, darunter würde sich ein anderes Geschöpf verbergen. Reizvoll und doch rein, wie eine sich öffnende Blüte, zu einer Hingabe fähig, die mit den Jahren reift und an Süße gewinnt. Kurz, ich hoffte, dass du mich liebst.«

Bei Gott, das war gut! Ihr Blick grenzte an Verzweiflung. Verzweifelte Weiber redeten sich schnell in die Hölle.

»Das tue ich«, protestierte Cass. »Und ich werde die Haare bald nur nach französischer Art schmücken ... Sobald wir verheiratet sind.« Sie schluckte, ihr Hals war trocken. »In Frankreich wird alles anders. Vielleicht können wir ja ein wenig früher dorthin?«

»Schon wieder nichts als Ungeduld!«

»Antoine, versteh doch, es könnte mich den Kopf kosten, wenn hier bei Hof jemand den Grund für meine französischen Vorlieben entdecken würde«, raunte sie und strich sich verstohlen über den Bauch.

Très bien. Jetzt kamen sie der Sache näher. »Wen sollte eine Vorleserin fürchten?«

»Jeden ... Du kennst diesen Hof und seine Geschichte. Anne Boleyn führte offenes Haar und eure frivolen Samthäubchen in England ein. Sie legte sie am Ende ab, um ihren Kopf auf den Henkersblock zu betten. Danach waren französische Häubchen jahrelang passé.«

»Mein Kopf sitzt so locker wie deiner«, erwiderte de Selve kühl. »Ihr Engländer seid so verdammt stolz auf den Anschein von Keuschheit. Das Leben und die Liebe sind für euch nicht mehr als eine lästige Krankheit.«

Cass richtete sich in den Kissen auf und riss jäh die Augen auf. Ihre Scham wich erwachendem Zorn.

»Das ist nicht wahr! Jede Frau am Hof kokettiert mit dir und darf ungestraft deinem Charme erliegen. Schließlich bist du eine königliche Geisel, Edwards Favorit und Günstling. Nur ich ...« Sie brach ab, als de Selve spöttisch die Brauen hob.

»Willst du behaupten, dass du ein Vorbild an Tugend bist? Zu spät!«

Cass errötete. De Selves Grausamkeit schmerzte mehr als die Stockhiebe, die sie in ihrer Kindheit wegen Unaufmerksamkeiten beim Gebet oder Getuschel während der Bibellesung erduldet hatte. Warum war er mit einem Mal so roh, so gefühllos? War Unaufmerksamkeit gegenüber dem Liebhaber so gefährlich wie Nachlässigkeit im Glauben?

De Selve stand bei einem Waschtisch und reinigte sein Geschlecht und seine Hände. Mit zärtlicher Sorgfalt trocknete er sich ab.

»Was heißt schon Favorit! Die Gunst von Königen welkt rascher als ein Salatkopf«, bemerkte er. »Denke an die Launen Heinrichs. Kaum einer seiner Günstlinge hat seine Zuneigung überlebt. Er hat jeden vernichtet, der sich seinem Willen in den Weg stellte – gleichgültig, ob er dem Papst oder dem neuen Glauben anhing. Junker Tudor wollte Gott sein und tun, wonach ihm gelüstete. Was er wünschte, wurde zum Glaubensartikel über Leben und Tod!«

Was interessierte sie Heinrich der Achte! »Edward ist anders. Er ist ein sanfter und charakterfester Mensch.«

»Tatsächlich? Kennst du die Geschichte über seinen Jagdfalken?«

»Das ist ein Märchen, das seine Feinde erzählen. Die Katholiken, die Spanier ...«

»Non, kein Märchen. Ich war dabei! Er hat das wundervolle Tier, das ihm vertraute, gepackt und mit seinen dürren Händen zerrissen, aus Wut darüber, dass der Kronrat ihm ein belangloses Gesetz oder eine Abrechnung nicht vorgelegt hatte. Er wütete wie sein Vater, der seine Lieblingshunde unter Trommelwirbel aufhängen ließ, weil sie im Wettkampf einen Löwen gerissen hatten, auf den er Geld gesetzt hatte. Ich sage dir, die Tudors sind wahnsinnig und besessen von ihrem Aufstieg aus der Riege des Schafzüchteradels zur Ehre der Krone.«

Cass erbleichte. Niemand durfte wagen, so über Englands Regenten zu sprechen. Niemand.

»Ich kenne Edward ...«

Endlich! »Ja?«

»... kaum, aber ich weiß, dass du ihn verzauberst. Keiner außer dir darf ihn vom theologischen Studium weglocken, hinaus zu Turnieren, zur Jagd, zu Maskeraden und Tanz.«

Verflucht, wann würde dieses Mädchen endlich die Waffen strecken? Engländer reagierten gemeinhin auf Majestätsbeleidigung wie gereizte Tanzbären und kopflos. Nicht diese Cass. Er musste es mit dem Glauben versuchen.

»Nun, ihr Reformierten seid so prüde wie verführbar. Das Verbotene lockt euch wie der Apfelbaum im Garten Eden. Ich traue diesem König so wenig wie jedem anderen Reformer, zumal Dudley ihn wie eine Puppe führt. Edward ist ein willenloses Werkzeug des Bösen.«

»Du irrst.« Cass biss sich auf die Lippen. Sie wollte keine religiösen Dispute mit Antoine führen. Sie wollte überhaupt keine Dispute mit ihm führen. Sie wollte ihn lieben, einfach lieben, verdammt. Sie zügelte ihren flammenden Zorn. »Das Einzige, was zählt, ist, dass du Edward guttust. Seit du bei

Hof bist, geht es mit seiner Gesundheit aufwärts. Seine Wangen haben Farbe angenommen.«

»Du scheinst ihn sehr genau zu kennen und zu beobachten.«

»Nicht mehr als andere.«

»Es heißt, seine Tage verprasseln wie Regen.«

Cass öffnete entsetzt den Mund. »Nein! Nein. Es ist nur ein unbekanntes Fieber. Seine Ärzte werden ihn retten. Edward muss leben, sonst wird es zum blutigen Bürgerkrieg um den Glauben kommen, wie auf dem Kontinent! Keiner, der an Gott glaubt und seinem Gewissen folgt, soll in diesem Land je wieder als Ketzer sterben.«

»Und daran glaubst du?«

Cass nickte. »Daran glaube ich. Daran glaube ich wirklich.«

»Wie reizend und vergebens. Ihr türmt Gebirge von Hoffnungen auf die schmalen Schultern dieses Knaben. Wie auch immer, er ist kein Messias, der über das Wasser laufen kann, sondern ein Sterblicher wie wir alle.«

»Antoine, bitte schweig. Erst gestern hat man vor den Toren der City einen Mann verbrannt, der von Edwards Krankheit sprach. Hierzulande ist es Hochverrat, wenn man über den möglichen Tod des Königs spekuliert!«

»Spekulieren? Wie ich höre, spuckt Edward nachts schwarzes Blut und riecht, wenn sein Kammerherr Sidney ihn seiner parfürmierten Kleidung entledigt, nach Verwesung. Stimmt das?«

»Wie sollte ich das wissen?« Cass presste die Lippen aufeinander. Neugier war das größte Laster des Marquis. Das Laster aller Höflinge.

Der Marquis nahm einen Schluck Wein, verzog den Mund und schüttete den Rest des Becherinhalts zu dem benutzten

Waschwasser. »Wieder dieses saure Gesöff. Ihr versteht wirklich nichts von den sinnlichen Freuden des Lebens. Eure Reformation tötet jede Lust.«

»Antoine, wie kannst du das sagen! Wäre es so, würde ich dich nicht begehren und lieben«, flüsterte Cass in die Stille.

»Wenn du von der Liebe so viel verstehst wie von der Lust, dann bist du wahrlich nicht mehr als eine verdorrte Betschwester. Ich ließ dich eben teuerstes Patschouli riechen. Was für eine Verschwendung! Jede Französin hätte es in Raserei versetzt, aber dir scheint einzig der Geruch von jungfräulichem Lavendel oder Weihrauch vertraut.«

Was trieb de Selve dazu, so ungerecht und grausam zu sein? Mal warf er ihr Ungestüm vor, dann wieder einen Mangel an Leidenschaft. Cass stemmte sich aus den Kissen hoch. Ihre Augen loderten wie die Flammen eines Ketzerfeuers.

»Ich verabscheue Weihrauch. Er ist Teil des katholischen Priesterzaubers. Er vernebelt die Gedanken der Gläubigen und verschleiert das Licht der Wahrheit. So wie Mönche und Papisten es seit Jahrhunderten tun.«

Antoine de Selve legte den Kopf in den Nacken und lachte schallend auf.

»Ma petite! Wut steht dir noch besser als französische Häubchen. Und bei Weitem besser als Demut. Sie macht dich zum lauernden Raubtier. Der Geruch brennender Mönchskutten und verkohlender Nonnenschleier entflammt also deine Leidenschaft? Ich dachte es mir.«

Cass schob die Decken zur Seite und sprang aus dem Bett. Mit wenigen Schritten war sie bei de Selve. Ihre Hände waren zu Fäusten geballt, während sie ihn von unten her anfunkelte. Ihre Stimme klang dunkel, fast bedrohlich.

»Wie kannst du so etwas Widerwärtiges sagen? Für die Wahrheit Gottes sind in England, in Deutschland, in Holland und auch in deiner Heimat Frankreich mehr Menschen durchs Feuer gegangen, als es in England Mönche gibt. Sie sind unendlich qualvoll gestorben, wie ...« Sie brach ab.

De Selve hob abwehrend die Hände. »Spar mir deine Predigten! Du und ich, wir wissen, wie rasch du deine heiligen Wahrheiten vergisst, wenn unsere Leiber miteinander sprechen. Und der meine ist katholisch, durch und durch. So inständig wie ihr Protestanten um das Leben Edwards betet, so inständig bete ich um seinen Tod. Das Volk braucht eine starke Hand, es braucht kein Recht auf Disputationen. Was soll einer mit der Freiheit, seinen Kopf zu gebrauchen, anfangen, der sein Leben lang nur Kopfnüsse darauf bekam? Es wird Zeit, dass Maria Tudor den Thron besteigt und die universale Ordnung wieder herstellt!« An der Seite eines französischen Gemahls natürlich.

»Heinrich hat seine Tochter Maria zum Bastard erklärt«, versetzte Cass hitzig.

»Sie ist die Erstgeborene, das allein zählt. Und wenn man sie klug verheiratet, wird man über ihr Geschlecht hinwegsehen, und sie wird keinen Schaden anrichten. Der Eheherr sei der Schöpfer seiner Frau, so steht es in der Bibel, n'est-ce pas? Und zu deinem Trost: Ich denke, der Geruch brennender Protestanten unterscheidet sich nicht deutlich von dem meiner Glaubensgenossen. Du wirst auf deine Kosten kommen.«

Rasend vor Wut holte Cass aus, um ihm mit der flachen Hand ins Gesicht zu schlagen. Geschickt wie ein Raubvogel fing Selve ihre Hand beim Gelenk und bog sie nach unten. Er lachte leise. Er war nur noch wenige Schritte von seinem Ziel entfernt.

»Ich wusste es, in dir tobt la bête, ein Biest! Das ist es, was dich reizvoll macht, nicht deine Frömmelei. Es ist ein Vergnügen, das Raubtier in dir zu wecken.«

»Nie würde ich meinen Glauben für dich verraten! Nie!«, fauchte Cass. In ihrem Kopf hallte eine ferne Stimme, die einen ganz ähnlichen Satz herauspresste – nein, schrie. Es war ihre Mutter.

Cass erschauerte. Wann und zu wem hatte ihre Mutter diesen Satz gesagt?

»Du hast deinen Glauben längst verraten, mon bébé. Du hast das Lager mit einem möglichen Feind Englands geteilt oder meinst du ernsthaft, dass das Bündnis unserer Länder von Bestand ist, wenn Edward auf dem Thron bliebe?«

»Mich interessieren politische Bündnisse nicht. Du interessierst mich. Du!«

»Oh Cass, ich zweifle mit derselben Wonne an der Unschuld deiner Gefühle wie an der Wahrhaftigkeit deines Glaubens! Sei endlich du selbst! Die Wollust sollte deine Religion sein, dein Leib ein Nachtgebet. Er ist herrlich anzusehen! Habe ich dir das nicht oft genug geschrieben?«

Beiläufig beugte er sich zu ihr hinab, fing ihre funkelnden Augen mit seinen Blicken, näherte seinen vollen Mund dem ihren.

Cass wollte den Kopf zurückziehen, doch seine Augen – karamellfarben wie die des jungen Königs – hielten sie fest. Er unterließ jede Berührung, und doch meinte sie seinen Kuss auf ihren Lippen zu spüren. Ein lockendes Brennen. Antoines Mundwinkel hoben sich zu einem Lächeln, dem Bewunderung und ein Hauch Geringschätzung beigemischt war.

Nein, keine Verachtung. Er darf mich nicht verachten, gerade jetzt nicht, nicht unter diesen Umständen.

»Bitte, verspotte meinen Glauben nicht. Er ... Er hat mein ganzes Leben bestimmt«, wiederholte Cass eindringlich.

De Selve nahm den Kopf zurück und zog Cass an ihren schmalen Schultern zu sich heran. »Die Liebe sollte dein

Leben bestimmen. Geh zurück ins Bett, meine Schöne«, bat er leise.

Widerstrebend befolgte Cass seine Aufforderung. Warum war er mit einem Mal wieder zärtlich? Und weshalb verspürte sie plötzlich solche Todesangst vor ihm?

Sie wagte nicht, weiter darüber nachzudenken. Sie musste ihm gefallen, sie wollte und durfte seine Gunst nicht verlieren. Kaum hatte sie sich niedergelegt, schwang de Selve sich geschmeidig und kraftvoll über sie, als wolle er eins der Jagdpferde besteigen, die Edward ihm verehrt hatte.

Zögernd streckte Cass sich ihm entgegen.

»Antoine«, begann sie stockend, »ich will ...«

»Schssscht, nicht jetzt.« Antoine kniete reglos über ihr, stütze die Hände neben ihrem Kopf auf und hielt die Lust in der Schwebe, bis sie widerstrebend die Augen schloss und ihm den Mund darbot.

»So ist es gut«, flüsterte de Selve. »Sehr gut. Und nun verrate mir, was Edward in den letzten Nächten mit dir getrieben hat?«

»Edward? Wie ... Wie kommst du darauf?«

»Weil du ihn nachts besuchst.«

Cass riss die Augen auf. »Das ...«

»Ist die Wahrheit. Leugne nicht. Du kennst ihn besser als jeder seiner Kronräte, als alle Diplomaten Europas. Die er wohl kaum in sein Bett laden würde.«

Bei Gott, er ließ sie noch immer beobachten. Cass wandte den Blick ab. Warum?

»Hat er dich hier berührt?« De Selve ließ eine Fingerspitze über den Stoff ihres Spitzenhemdes gleiten, fand ihre rechte Brustwarze, kniff sie leicht.

War es möglich, dass ihr Liebhaber eifersüchtig war? Ging es darum?

Cass sah den Mann über ihr empört an. »Wie kannst du so etwas fragen!«

»Er ist der König. Kein englisches Mädchen würde ihm widerstehen. Er hat viel zu bieten.«

»Antoine, er ist fünfzehn ...«

»Seine Urgroßmutter heiratete mit zwölf und gebar Edwards Großvater mit dreizehn! Die Tudors waren nie zimperlich, wenn es um den Fortbestand ihrer Dynastie ging.«

»Für was hältst du mich, ich bin viel zu gering.«

»Vraiment, aber Edward ist ein junger Mann, er wird Bedürfnisse haben.«

»Für diesen König wäre allein der Gedanke an so etwas Sünde ... Er hat mich noch nie berührt. Wenn du wüsstest ...«

Touché!

»Ma petite! Ich will es ja wissen. Alles. Versteh meine Wut, meine Befürchtungen, meinen Zweifel! Deine Brüste runden sich mit jedem Tag mehr. Dein Gang ist geschmeidiger geworden. Ich sehe mit Vergnügen und Besorgnis, dass einige Höflinge sich inzwischen nach dir umdrehen. Ein Sekretär der Spanier verfolgt dich seit Wochen mit Blicken, sobald du mit Lady Margarets Damen einen Empfangssaal betrittst.«

Nicht deshalb, dachte Cass erbittert.

»Ah, wenn er ahnen könnte, welche Wonnen du zu schenken vermagst! Du bist kein unscheinbares Mädchen mehr, du bist eine Frau. Ich will, dass du nur mir gehörst und dass es zwischen uns keine Geheimnisse gibt, kein Netz aus Lügen, in dem bei Hof alles verfangen ist. Sage mir endlich die Wahrheit!«

Cass schluckte. Konnte er ahnen, wie sehr sie sich gerade danach sehnte? Bei Gott, der Zeitpunkt war gekommen, Antoine war ihr so nah.

»Ich gehöre dir schon ganz, nichts wird uns je trennen ...«, flüsterte sie. »Ich glaube, ich bekomme ein Kind von dir!«

De Selve schnellte nach oben. Sein Leib straffte sich wie eine frisch gespannte Bogensehne.

»Ein Kind? Von mir? Unmöglich!«

Verletzt biss Cass sich auf die Lippen. »Von wem sollte es sonst sein?«

»Wir haben nur ein einziges Mal …! Impossible.«

»Gott hat es möglich gemacht. Freut es dich nicht?« Schwach setzte sie hinzu: »Deutschlands Luther schreibt: Frauen werden mit der Mutterschaft zum Werkzeug Gottes.«

»Lass das Glaubensgeschwätz. Wie konntest du das geschehen lassen?«, zürnte Antoine. »Jede hergelaufene Hofdame weiß sich zu schützen. Ich habe dir Kräuter und einen polierten Onyx gegeben, mit dem du deinen Unterleib verschließen solltest gegen die Empfängnis. Verflucht, hast du ihn nicht genutzt?«

Cass schüttelte den Kopf. »Ich hatte Angst. Ich wusste nicht, wie man mit solch einem Stein verfährt, und es ist Sünde, sich selbst an diesem Ort zu berühren …«

»Aber du unbedarfte Närrin willst wissen, dass du schwanger bist und dass ich der Vater des Kindes bin?«

»Antoine, unsere Liebe ist gesegnet. Versteh doch! Fühlst du nicht, dass nur du der Vater sein kannst?«

Sie sah, dass de Selves Hände sich zu Fäusten verschlossen.

»Das kann kein Mann wissen«, sagte er schroff.

»Aber ich weiß es! Ich weiß es! Freut es dich denn gar nicht?«, fragte Cass.

»Welcher Dummkopf würde sich über sein Todesurteil freuen?«

14.

London Bridge, das Haus van Berck um dieselbe Stunde

Blut!

Verärgert hob Lambert van Berck den Kopf und spähte zum Fenster seines Schreibkontors. Die Bleiverglasung klirrte. Das Herandonnern galoppierender Pferdehufe erschütterte die London Bridge und hatte ihn aufschrecken lassen, während er eine Schreibfeder zuschnitt. Stirnrunzelnd legte der Fernhändler Federmesser und Kiel zur Seite und saugte an seinem blutenden Daumen. Ein Stockwerk tiefer jagte eine Reiterkavalkade durch die nachtdunkle Gasse, die zwischen den dicht stehenden Brückenhäusern verlief.

Funken schlugen aus dem Pflaster. Bettler und herumlungernde Landsknechte sprangen in den Hauseingängen hoch, für die sie von den Besitzern das Recht auf Bettelei gepachtet hatten. Schlaftrunken erklommen sie Stufen, pressten sich gegen Türen. Nicht selten wurden sie von Edelleuten auf ihren Jagdpferden zwischen den vier- und fünfstöckigen Häusern niedergeritten. Weshalb es regelmäßig mehr Bettler mit zerschlagenen Knochen gab und sich fünf Bader, sowie ein Sargmacher in Lambert van Bercks Nachbarschaft gesunder Einkünfte erfreuten.

Flüchtig wie ein Spuk verschwanden die Reiter in der Dunkelheit in Richtung City. Lambert van Bercks Augen verengten sich zu Schlitzen.

Wer hatte den Trupp um diese Stunde durch das südliche Tor bei Southwark eingelassen? Die Glocken der Brückenkappelle hatten noch nicht einmal vier geschlagen. Die Zugänge waren noch nicht entriegelt, um den alltäglichen Strom von Bauern, Fischweibern, Pastetenbäckern, Gauklern und Kiepenkerlen nach London hineinzulassen und mit ihnen den Lärm des Tages, das Fluchen und das Werbegeschrei.

Konnte es sein, dass es Eilboten aus Greenwich waren? Dudleys Boten, die den Tod des Königs verkünden würden? Sein Sohn hatte ihn heute Morgen gewarnt. Samuels Dienstherr Scheyfve glaubte, Edward habe schon sein Testament gemacht, und Katholiken wie Protestanten rüsteten zum Gefecht um die Thronfolge. Es war höchste Zeit, Vorkehrungen zu treffen, die geheime Korrespondenz der Opal-Bruderschaft zu sichten und das Notwendige zu verbergen. Die Zeiten gemäßigter Toleranz konnten bald zu Ende sein.

Das Knarren der Kontortür riss Lambert van Berck aus seinen Gedanken. Er klappte seinen Schreibkasten zu, verräumte Tintenfass, Siegellack und Streusandbüchse, als ließe sich am Schreibwerkzeug der Inhalt der Botschaften ablesen, die er nachts verfasste. Eine Stimme riss ihn herum.

»Du hast wieder nicht geschlafen?«

Lunetta, seine Frau, stand im Türrahmen, hielt ein Talglicht in der Rechten und schaute ihn sorgenvoll an.

»Doch, doch«, beschwichtigte Lambert sie, glitt aus seinem Lehnstuhl und zog sie über die Schwelle ins Kontor und in seine Arme.

»Guten Morgen, meine Schöne.« Er nahm Lunettas Gesicht zwischen beide Hände und küsste ihre Stirn. So wie er es seit neunzehn Jahren an jedem Morgen tat, wenn er nicht auf Reisen war. Lunetta lehnte sich still an ihn. In einer Stunde würde das Kaufmannshaus zum Leben erwachen, und es bliebe weder Zeit noch Gelegenheit für vertrauliche Gespräche. Lambert strich eine Strähne ihres dunklen Haars aus ihrer Stirn. Lunetta griff nach seinem Daumen. »Du blutest?«

»Nur ein Unfall mit dem Federmesser. So wie es sich für einen biederen Kaufmann gehört«, scherzte ihr Mann.

»Es könnte ein Omen sein«, flüsterte Lunetta. Sie griff nach einer Karaffe mit uisge beatha – jenem schottischen Wasser des Lebens, das in London immer beliebter wurde –, schenkte einen Schluck davon in einen Pokal und benetzte den Daumen ihres Mannes mit der Flüssigkeit.

»Das brennt«, tadelte ihr Mann, »und außerdem trinke ich ihn lieber.« Er nahm den Pokal und leerte ihn in einem Zug. »Möchtest du auch?«

Lunetta schüttelte den Kopf. »Ach Lambert, ich habe kein gutes Gefühl dabei, gerade jetzt eine Glaubensverfolgte zu beherbergen! Wenn Edward stirbt, brechen ungewisse Zeiten an. Ein Machtwechsel zieht immer Verhaftungen nach sich. Wir hätten diesmal ablehnen sollen.«

Lambert zog sie wieder zu sich heran. »Lunetta, beschwöre keine Geister. Deine Zeiten als Tarotspielerin sind lange vorbei! Wir sind sicher. Jahrelang haben wir die neue Bibel heimlich unter Waffenlieferungen herschmuggeln müssen, aber seit Edward auf dem Thron sitzt, macht sie uns reich. Das Wort Gottes ist ertragreicher als Kölns Schwerter und Solingens Klingen, und im Gegenzug helfen wir verfolgten Katholiken. Da soll einer sagen, Toleranz sei dumm. Sieh mich an. Ich bin Mitglied des Londoner Magistrats und der Gilde der City Merchants. Ein feister Pfeffersack, wie Samuel sagt.«

Lunetta trat nachdenklich ans Fenster. »Gebe Gott, dass ihm nichts geschieht. Nenn mich feige, aber ich wollte nie, dass Samuel sich in unsere Geheimnisse verstrickt. Ich will, dass er seinen Weg geht, auch wenn es ein anderer ist als unserer.«

»Er hat einiges wiedergutzumachen. Seine alten Geheimnisse hätten uns weit gefährlicher werden können«, erwiderte Lambert ungeduldig.

Lunetta legte ihm besänftigend eine Hand auf die Schulter. »Du nimmst ihm noch immer übel, was er als Vierzehnjähriger getan hat. Er ist reifer geworden, Lambert. Verzeih ihm seinen damaligen Leichtsinn und seine Leidenschaft.«

Der Kaufmann ballte seine Hände zur Faust und starrte auf die gegenüberliegende Häuserfront. Schlagläden wurden aufgestoßen. Ein Nachbar, den wohl auch die Pferde aus dem Schlaf gerissen hatten, hielt ein Nachtlicht in die Gasse und grüßte gähnend herüber. Lambert verneigte sich kurz, während er Lunetta mit wutbebender Stimme antwortete: »Leidenschaft, pah! Hätte Samuel die nur auf unsere Hausmägde gelenkt anstatt auf Politik und Religion! Davon versteht ein junger Hitzkopf nichts.«

Lunetta seufzte. »Sei froh, dass er unter unserem Gesinde kein allzu großes Unheil angerichtet hat! Mein Gott, die Mädchen haben ihn verfolgt wie der Faden das Weberschiffchen. Er ist hübsch und wird reich erben, zudem weiß selbst unsere Spülmagd, dass wir sie im Falle eines Malheurs nicht im Stich gelassen hätten. Sie hätte für immer ausgesorgt.«

Lambert machte eine wegwerfende Handbewegung. »Die meisten von ihnen haben wir vor dem Tod im Ketzerfeuer gerettet oder als verstoßene Nonnen vor einem Bettelleben auf der Straße bewahrt. Keine würde uns auf diese Weise benutzen und hintergehen.«

»Nicht jedes Opfer hat eine schöne Seele«, warf Lunetta skeptisch ein. Nein. Vor allem nicht Eliza, ihre erste Magd, die mit keiner noch so großen Auszeichnung und keinem noch so üppigen Geschenk zufrieden zu sein schien. Sie hatte Samuel beständig nachgestellt und kämpferische Frömmigkeit geheuchelt. Sie hatte Samuels Schwachstelle genau erkannt. Vor diesem Hintergrund war es gut, dass ihr Sohn nicht mehr im Hause, sondern bei Hof weilte.

Lambert überging den Einwurf seiner Frau. »Das Feuer der Jugend gehört nicht in die Politik. Wie konnte Samuel je so dumm sein, Flugblätter gegen Heinrichs Kirchenplünderungen in Londons Spelunken zu verteilen und an Tore zu nageln!«

»Er hat gegen das Unrecht gekämpft, das er als Schüler in Canterbury mit ansehen musste. Das Aufbrechen der heiligen Schreine, die Plünderung von Sankt Dunstans Ruhestätte, die Entweihung heiliger Leichname und ...«

»Menschen sind keine Heiligen, ich dachte, darin wären wir uns einig«, knurrte Lambert unwillig.

»Und darin, dass jeder Mensch seinen eigenen Weg zu Gott finden darf. Die Heiligen von Canterbury sind und waren vielen Gläubigen Europas heilig, und die Frömmigkeit der Mönche, die die Schreine hüteten, war echt. Samuel musste zusehen, wie man sie erbarmungslos tötete«, verteidigte Lunetta ihren Sohn.

»Die meisten Nonnen und Mönche Englands wurden verschont, sogar mit Pensionen versehen.«

»In Canterbury haben die Reformer gehaust wie die Reiter der Apokalypse. Das hat Samuel gesehen, und er hat sich für die Opfer von Heinrichs Willkür und Gier eingesetzt. Für Menschen, die er liebte. Hättest du anders gehandelt?«

»Mit Flugblättern kann man Scheiterhaufen entfachen, nicht löschen! Wir versuchen, Menschenleben zu retten und keins zu riskieren«, brauste Lambert auf. »Unser ganzes Haus und die Opal-Bruderschaft hätte wegen Samuel untergehen können. Wir alle wären hingerichtet worden, wenn man ihn enttarnt und aufgespürt hätte. Wem wäre damit geholfen gewesen? Samuel kann so ein verflucht unberechenbarer Heißsporn sein.«

Lunetta lächelte verstohlen, legte ihre Hand an seine Wange und drehte sein Gesicht vom Fenster weg.

»Gerade du müsstest Verständnis haben für unseren Sohn,

Liebster. Du warst in seinem Alter nicht anders! Sogar noch schlimmer. Denke daran, was du im Haus deines Vaters getan hast. Bei einem Festmahl hast du ihm die abgetrennten Hände eines gehängten Ketzers auftischen lassen, um deinen Glauben zu demonstrieren und gegen seinen einträglichen Waffenhandel aufzubegehren.«

»Ich gebe zu, das war albern und sogar widerwärtig. Auch ich war ein grüner Junge. Aber wenigstens stand ich nicht auf der falschen Seite«, verteidigte sich ihr Mann. Sein Gesicht war so flammrot wie sein Haar. »Wenn Samuel Kölns verlogene Katholiken kennengelernt hätte, genauso wie ich, müsste er sie verachten. Heuchler unter dem Krummstab beherrschten die Domstadt, verbrannten einen aufrechten Mann wie Clarenbach. Wenn er erlebt hätte, wie die katholischen Landesfürsten Deutschlands aufständische Bauern jagten und schlachteten wie Vieh …«

»Das taten die lutheranerischen Landesfürsten am Ende auch!«

»Nur jene, die ihr Fähnlein nach dem Wind drehten und …«

»Lambert, blinder Hass und Grausamkeit herrscht längst auf beiden Seiten. Denke an die Herrschaft der Wiedertäufer von Münster, denke an Calvin in Genf! Seine Schergen verbrennen Menschen, weil sie eine Spielkarte berühren, heimlich zu einem Heiligen oder Engeln beten oder zu tanzen wagen! Und denke an Lord Dudley, der unter dem Deckmantel reformerischer Glaubenstreue den König betrügt und seine Gegner ausschaltet.«

»Ich weiß, ich weiß …«, knurrte Lambert widerwillig, »aber dass unser Sohn mir unterstellt, ich handelte aus Gier, und es darum ausgerechnet mit der Halbspanierin Maria Tudor hält! Er weiß nichts darüber, was dir und der Familie Zimenes in eurer Heimat von Spaniens Inquisition angetan wurde. Wer garantiert, dass Maria sie nicht auch in England einsetzen wird.«

Lunetta legte ihm einen Zeigefinger auf die Lippen. »Schscht, nicht so laut. Vergiss nicht, was wir uns geschworen haben: Wir wollen – so weit es in unserer Macht steht – allen Glaubensverfolgten beistehen, und wir wissen beide, dass einige reformierte Bischöfe und Mitglieder des Kronrates von England so mitleidlos handeln wie Spaniens Inquisitoren. Wie du zweifle ich daran, dass Gott zu irgendeiner Kirche hält.«

»Unser Sohn sieht das anders. Seine fanatische Verehrung für diese neuen Jesuiten ist grotesk. Diese Papstanbeter sind mir nicht geheuer.«

»So wie es deinem Vater die Lutheraner nicht waren. Sei beruhigt, noch ist Samuel kein Mönch. Jehan Scheyfve gibt gut auf ihn Acht. Auf sein Anraten hin habe ich Gabriel geschrieben. Er wird kommen. Du weißt, dass mein Onkel großen Einfluss auf Samuel hat ...«

»Weil er selber einmal Novize war? Soll er ihm von Schweigeexerzitien und Askese vorschwärmen?«

»Er hat sich aus gutem Grund für die Welt entschieden, genau darum habe ich ihn gebeten zu kommen. Wenn wir Samuel nicht überzeugen können – Gabriel Zimenes schafft es bestimmt. Er hat auch dich gezähmt und aus dem verbohrten Protestanten den Gründer der Opal-Bruderschaft gemacht.«

»Nein, das warst du allein.«

»Ich hoffe, es war deine Überzeugung, dass Zukunft allein in der Versöhnung liegt«, mahnte seine Frau. »*Omnia vincit amor*, die Losung der Bruderschaft stammt von dir. Eine sehr weise Losung.« Sie zog seinen Kopf zu sich herab und küsste ihn auf die Stirn, suchte lächelnd seinen Mund.

Lambert erwiderte ihren Kuss flüchtig, sie legte ihre Hand fordernd in seinen Nacken.

Ihr Mann zog sie vom Fenster weg. »Was sollen die Nachbarn von uns denken, Weib?«, raunte er und erwiderte ihr spitzbübisches Lächeln mit leisem Schmunzeln. »Es ist nicht recht, wenn du mich mit meinen eigenen Worten und mit Küssen widerlegst.«

Im Schutz der Wand zog er sie an sich heran, zeichnete mit dem Zeigefinger seiner Rechten den Schwung ihrer Lippen nach. Lunetta genoss seine Zärtlichkeiten und sparte sich weitere Bemerkungen über die enge Seelenverwandtschaft von Vater und Sohn. Wie Samuel war Lambert in seiner Jugend abwechselnd hohen Idealen und Weiberröcken hinterhergejagt und mit beinahe vierzig Jahren noch immer ein sinnlicher und leidenschaftlicher Mann.

Wie zum Beweis grub Lambert sein Gesicht in ihr Haar und sog den vertrauten Geruch von Kräutern und Blumen ein, die Lunetta in einer Art schwebendem Gärtchen zog, der über der Themse wie ein Schwalbennest am Hause klebte. Eine Loggia nach dem Vorbild ihrer südlichen Heimat.

»Und du, meine Schöne?«, fragte er. »Was hat dich so früh aus unserem Bett getrieben? Plagt einen unserer Nachbarn wieder ein eingebildetes Fieber oder das Gliederreißen? Wusste eine Wehfrau nicht weiter, weil ein Kind quer zur Welt kommen wollte?«

Lunetta senkte halb schuldbewusst den Blick. Lambert missfielen ihre nächtlichen Besuche bei Kranken, da sie seine Frau in den Ruf einer Kräuterhexe brachten. Erst recht, da Lunettas Tinkturen und Medikamente sich als wirksam erwiesen. Anders als die Kuren obskurer Drecksapotheker, Steinschneider und Urinbeschauer waren sie zudem kostenlos.

»Nein, ich habe keine Nachtbesuche gemacht. Ach Lambert, ich sorge mich. Seit Mitternacht liege ich wach und bete darum, dass Samuel nichts geschieht. Er ist jung. Sein ganzes

Leben liegt noch vor ihm. Er sollte studieren, sich verlieben und genießen, was die Welt einem begabten Jüngling zu bieten hat. Er sollte uns nicht helfen.«

»Er tut es freiwillig.«

»Nicht ganz. Scheyfve und Sir Henry Sidney haben ihn zu dir geschickt. Und unser künftiger Gast soll glühende Protestantin sein.«

»Nun, vielleicht begreift Sam endlich, dass Toleranz jedem Christen besser zu Gesicht steht als Verbohrtheit.«

»Warum muss das Mädchen nur fliehen? Wohl kaum aus Glaubensgründen. Sie soll eine Vertraute von Edward sein. Ich habe kein gutes Gefühl bei dieser Sache. Verfolgte Bürger und einfache Menschen aufzunehmen ist redlich, aber wir sollten uns nicht in die Hofpolitik verstricken. Das ist Scheyfves und Sidneys Welt, nicht unsere. Und schon gar nicht Samuels.«

Lambert seufzte. »Beruhige dich. Er ist nicht nur so stur, sondern auch so unverwüstlich, wie ich es war! Und Geheimnisse liegen ihm ja.«

Lunetta strich mit der Rechten über Papier, das exakt gestapelt auf dem Schreibtisch ihres Mannes lag. »Ob das Mädchen einer der neuen Sekten angehört und sich damit bei Hof verbrannt hat?«

»Ich weiß es nicht. Ich wünschte nur, die Menschen würden allesamt weniger glühend glauben. Egal, an welchen Gott«, erwiderte Lambert.

»Wenn wir nur mehr über sie wüssten!«

»Liebste, du kennst unsere Verbindungsmänner! Scheyfve und Sir Henry Sidney lüften Geheimnisse nur sehr spärlich. Sie wollen mit allen Mitteln verhindern, dass Mitstreiter der Bruderschaft unter der Folter Brauchbares ausplaudern können.«

Lunetta schauderte. »Du machst mir Angst!«

»Die höfische Protektion ist unsere Lebensversicherung.

Scheyfve und Sidney tun viel für die Opal-Bruderschaft. Dank ihnen konnten wir vielen Menschen helfen, egal, ob sie an Messbuch oder Bibel glauben, das Mysterium der Hostie verehren oder verabscheuen. Es ist nur redlich, ihnen auch in diesem Fall zu dienen.«

»Aber in was verstricken sie unseren Sohn?«

Lambert zog Lunetta zurück in seine Arme. »Hab Mut. Vielleicht gibt es ja eine einfache Erklärung für Samuels ungewöhnliche Hilfsbereitschaft. Es könnte sich um einen sehr speziellen Fall von *Omnia vincit amor* handeln.« Lambert zwinkerte seiner Frau aufmunternd zu. »Ich habe dich, als wir uns kennenlernten, für eine verschlagene Kartenleserin gehalten und dann ... hat die Liebe mich überwunden. Nehmen wir einfach an, Samuel schlägt auch in dieser Hinsicht nach mir.«

Lunetta lächelte flüchtig. »Ach Lambert, das wäre die beste aller Erklärungen. Jetzt sehne ich mich geradezu danach, diese Cass kennenzulernen! Müsste sie nicht längst hier sein? Es tagt bald.«

»Vielleicht kommt sie erst morgen, oder man hat eine andere Möglichkeit gefunden, damit wären unsere Sorgen ...«

Weiter kam er nicht. Wieder erbebte die Brückengasse unter dem Donnern von Pferdehufen. Ein großer Trupp schien heranzureiten.

Lunetta stürzte zum Fenster zurück und spähte hinab.

»Leibgardisten des Königs und – Yeoman vom Tower! Was haben die Gefängnisbüttel hier zu schaffen?«

Lambert drängte sich neben sie an das Fenster. Gemeinsam sahen sie die Uniformierten auf ihr Haus zuhalten. Sie trugen Fackeln und hieben Gaffer zur Seite. Vor der Eingangstür des Handelshauses van Berck zügelte der Anführer sein Ross und winkte Männer in geschlitzter grün-weißer Tudor-Tracht zu sich heran. Mit der Rechten wies er auf van Bercks Kontor.

Die Soldaten glitten vom Pferd, zogen ihre Schwerter, sprangen die Treppe hinauf und hieben mit den Klingenkörben gegen die Tür.

Lunetta suchte mit schreckgeweiteten Augen Lamberts Gesicht. Es hatte jede Farbe verloren. Die Schatten unter seinen Augen ließen ihn grau aussehen, fahl, wie ein Mann, der den Tod kommen sieht.

»Lambert van Berck«, scholl die Stimme des Anführers an den Hauswänden hoch. »Macht auf. Sofort!«

Lunetta schüttelte stumm den Kopf, wie eine mechanische Puppe.

Ihr Mann ging zur Tür.

»Nein!«, rief Lunetta. »Öffne nicht!«

Lambert wandte sich im Türrahmen zu ihr um.

»Verstecke alles, was auf die Bruderschaft hindeutet! Sollte man mich mitnehmen, so lebe unauffällig, gehe dem üblichen Tagwerk nach.«

»Bleib!«

Ihr Mann öffnete die Tür.

15.

De Selve hatte sein Gesicht von Cass abgewandt und lange geschwiegen. Endlich sprach er sie wieder an. »Ein Kind, nun gut, es ist nicht zu ändern.«

Cass schmiegte sich erleichtert an ihn.

»Aber, ma petite, ich kann dir nur vertrauen, wenn du mir die ganze Wahrheit über deine Begegnungen mit Edward sagst. Was also geschieht in euren Nächten?«

Cass drehte den Kopf zur Seite.

»Bitte, Antoine. Keiner hat je meinen Leib besessen, außer dir. Der König und ich sprechen nur miteinander.«

»Worüber? Über die Liebe? Ich muss es wissen. Ich kann mich unmöglich zu einem Kind bekennen, wenn es ein Bastard Edwards sein könnte! Oder man ihn auch nur dafür halten könnte. Du weißt, was für die Favoritinnen eines Königs gilt: *Graviert in Diamant und aufgereiht um ihren hübschen Hals. Man lesen kann, noli me tangere. Cäsar bin ich geweiht!* Ein Gedicht eines Verehrers von Anne Boleyn – man hat alle ihre angeblichen Liebhaber geköpft. Obwohl jedermann wusste, dass keiner sie auch nur berührt hatte. Das kann ich von mir kaum behaupten.«

Der Marquis zeichnete mit den Fingern den zarten Spalt zwischen ihren Brüsten nach, zog eine Linie bis zu ihrem Nabel und ließ sie im Flaum ihres Schamhaars kreisen. Cass presste ihre Schenkel zusammen.

»Er ist mein Freund, Antoine«, beteuerte sie.

»Und sonst hast du mir nichts zu sagen?«

Wie enttäuscht er klang! Als schmeichle es ihm, ein Rivale des Königs zu sein. Konnte Liebe so hässliche Abgründe haben?

Cass schüttelte den Kopf und senkte den Blick.

De Selve neigte sein Gesicht ganz nah an ihr Ohr. Es war Zeit für einen direkten Angriff. »Man sagt, der kleine König hat begonnen, sein Testament zu schreiben. Weißt du, was darin stehen wird?«

Cass erstarrte. Abwehrend legte sie die Hand auf seine Brust. »Ich werde alles für dich tun, ich werde dich immer lieben, aber zwing mich nicht, den König zu verraten.«

De Selve richtete sich entschlossen auf.

»Bon, dann dreh dich um.«

»Warum?«

Er legte seine Linke über ihre Lippen, packte sie mit der Rechten bei der Hüfte. »Ich, Antoine de Selve, ein Marquis von Frankreich, habe dir lange genug das Hohelied meiner Liebe gesungen! Es ist dir nichts wert! Du belügst und hintergehst mich! Zertrittst mein Fleisch, marterst meine Seele und verachtest mich.« Mein Gott, war er gut!

»Das ist nicht wahr! Ich liebe dich.«

»Und das soll ich einer Frau glauben, die mir Unschuld und Frömmigkeit vorheuchelt, um mir ein Heiratsversprechen abzuschmeicheln? Die mir ein Kind anhängt, um mich zu binden?«

De Selve drehte sie mit Gewalt auf den Bauch. Bog ihr die Arme roh auf den Rücken, umklammerte ihre Gelenke mit seiner Rechten und schob ihr Hemd nach oben. »Du verlogene Betschwester! Ich werde dir die Beichte von hinten abnehmen, wie man es bei einer verschlagenen Hure vom Smithfield für einen weit geringeren Preis als die Ehe tut, und ohne die Gefahr, sie zu schwängern. So wie ich es von Anfang an hätte tun sollen.«

Cass glaubte unter seiner Berührung zu verbrennen.

»Lass mich los!«, schrie sie voller Entsetzen. »Das kannst du unmöglich tun!«

»Du hast die Bibel zu nachlässig studiert: *Nicht die Frau verfügt über ihren Leib, sondern der Mann!*«

Er schwang sich auf sie, presste sie mit seinem ganzen Gewicht in die Matratze, drückte ihr Gesicht in die Kissen und erstickte ihre Schreie. Scharf bohrten sich Kiele von Daunenfedern in ihre Wangen.

Allein die Liebe Gottes ist unwandelbar, höhnte die Stimme ihrer toten Mutter. Nein, sie wimmerte voller Qual!

»Nun, gelobst du, mir Trost und Freude zu sein bei Tisch und im Bett, bis der Tod uns scheidet?« De Selve griff nach ihrer Scham, spreizte sie kurz mit den Fingern, suchte den Weg zu ihrem Anus. Cass wand sich unter ihm, biss in den Stoff des Kissens. Das war schlimmer als der Tod! Herr, ich flehe dich an, lass das nicht wahr sein, lass das nicht geschehen!

So unvermittelt, wie der Marquis sie gepackt und herumgeworfen hatte, löste er mit einem Mal den Griff um ihre Gelenke und gab sie frei, zog ihr nach oben gerutschtes Leinenhemd über ihren bloßen Hintern zurück.

»Non!«, rief er und sprang wie angeekelt vom Bett. »Deine Niedertracht widert mich an! Ich werde meine Gefühle nicht verraten. Es wäre ein Verrat an mir selbst, denn sie waren echt.«

Cass hob keuchend den Kopf, riss die Decke weg und stieg zitternd aus dem Bett. Halt suchend lehnte sie sich an einen der reich geschnitzten Pfosten.

»Antoine, warum bedrohst und beleidigst du mich in dieser widerwärtigen Weise? Für was hältst du mich nur?«

Langsam drehte er sich zu ihr um. Schwer wie die Glieder einer Kette waren seine Worte. »Für das, was du bist. Eine Spionin von Lordprotektor Dudley.«

Cass erbleichte. Ihre Finger krallten sich in das Holz. »Zum Teu-!« Sie schluckte. »Das bin ich nicht.«

De Selve hob den Kopf und näherte sich wieder dem Bett. Cass erschrak über den Ausdruck kalten Vergnügens in seinem Gesicht.

»Du bist wie immer bezaubernd, wenn du lügst.«

»Ich lüge nicht. Ich liebe ... Ich habe dich geliebt, das ist die Wahrheit. Sonst hätte ich mich nie in diese Gefahr begeben.«

»Bébé, Unschuld ist keine glaubwürdige Verteidigungsstrategie für ein Mitglied des Haushaltes Dudley. Schon gar nicht, wenn du tatsächlich schwanger bist. In wenigen Wochen wird jede Unschuldsbeteuerung lächerlich sein. Du wirst meine Hilfe brauchen! Oder willst du dich deines Nachwuchses so stilvoll und herzlos entledigen, wie deine Mutter es mit dir getan hat, um ihrem Götzendienst zu frönen?«

Cass prallte zurück. Er hatte sie ausspioniert bis in die letzten Winkel ihrer Seele.

»Meine Mutter war keine Götzendienerin!«, rief sie mit sich überschlagender Stimme. »Und sie war nicht herzlos. Sie war eine Märtyrerin des neuen Glaubens.« Heiß drängten sich Tränen in ihre Augen, sie wischte sie fort. »Sie ... Sie hat sich meiner nicht entledigt, sie hat mich weggegeben, um mich zu schützen, um ...«

»Indem sie dich einem Satan wie Dudley auslieferte? Damit du seinen verschlagenen Ränken dienst?«

»Meine Mutter gab alles hin für Gott. Ihr ganzes Glück. Ich wünschte, ich wäre wie sie.«

»Das tust du nicht. Du willst leben, du willst dein Dasein auskosten, und du willst die Macht, dein Schicksal frei zu gestalten! Genau wie ich. Führe ich dich etwa nicht in Versuchung?«

Cass zitterte. Sie spürte, dass ein Korn Wahrheit in dem

steckte, was Antoine de Selve sagte. Sie hatte nie für ihr Seelenheil sterben wollen wie ihre Mutter. Schon gar nicht, nachdem sie den Marquis kennengelernt hatte. Und das nicht nur, weil sie verliebt war.

Als habe er ihre Gedanken gelesen, fuhr der Marquis fort: »Dich fasziniert der Duft der Macht. Der Herzog von Northumberland verströmt ihn überreich.«

»Ich hasse Dudley!«, schrie Cass erbost.

De Selve stand nun direkt vor ihr. Sie maßen einander mit Blicken.

»Bon, das klingt ehrlich. Lass uns endlich offen miteinander sein.«

Er zog das sich sträubende Mädchen an seine Brust, zerwühlte mit seiner freien Linken ihr Haar und führte seinen Mund an ihr Ohr.

»Dein Hass ist berechtigt. Männer wie Dudley sind Verräter und Heuchler.«

Cass erstarrte. War de Selve der Verbündete, den sie immer gesucht hatte? Ein Mensch, so zerrissen wie sie? Heiß strömte sein Atem in ihr Ohr, doch Cass begann unter seinen Worten zu frieren.

»Du bist keine Närrin, Cass! Benutze deinen Verstand. Dudley betrügt ganz England im Namen der Reformation, die in Wahrheit ein Schlachtfest eures Adels ist. Er und seine Anhänger bereichern sich seit Heinrichs Herrschaft systematisch am Kirchenschatz. Sie verwandeln Abteien in Landhäuser, graben medizinische Kräutergärten für alberne Blumenbeete um, zerstören die klösterlichen Äcker der Armenfürsorge, um sie als Jagdgründe zu nutzen. Sie alle haben im Namen des Glaubens ihren Reichtum vergrößert und ihre Macht über das Volk in Tyrannei verwandelt. *Sie* sind Gott! Und darin sind sie sehr erfolgreich. Begreifst du?«

Eine Mischung aus Abscheu und Bewunderung lag in de Selves Stimme, als er fortfuhr.

»Dudley hat erkannt, dass das Christentum nichts anderes ist als ein einträgliches Märchen für die Masse. Darin liegt seine Stärke. Wer das Glaubensgeschwätz durchschaut und für seine Zwecke nutzt, kann die Welt regieren.«

Cass versuchte sich aus seinem Griff zu befreien. Ihr schwindelte.

»Das ist nicht wahr!«, rief sie hilflos aus. »Das ... Nein! Edward ist anders. Er wird den Reichtum der Kirche in die Gründung von Schulen und Hospitälern stecken, er wird das Gemeindeland wieder für die Bauern freigeben, er bringt die Bibel unter das Volk. Er will, dass alle nach dem Evangelium Gottes leben.«

»Oh heilige Einfalt! Das hat schon sein Vater versprochen und alle Kirchgelder und Spenden in die eigene Kasse fließen lassen, um den Adel zu kaufen und seinen Prunk zu finanzieren. Er hat sich von Rom gelöst, um die Hure Anne Boleyn zu heiraten. Er hat aus Geilheit und Gier ein Volk verraten!«

»Edward ist anders«, wiederholte Cass verzweifelt. »Er will den Armen und den einfachen Menschen helfen, er will eine Nation nach den Gesetzen der Barmherzigkeit gestalten. Er wird ein großer König sein ...«

»Er stirbt, und die Reformation wird mit ihm untergehen. Maria wird den Thron besteigen und die Messe wieder einführen. C'est tout.«

»Das wird nicht geschehen. Edward wird eine Dynastie des Glaubens hinterlassen, keine des Blutes! Er hat die Thronfolge geändert und Jane Grey eingesetzt ...« Cass brach entsetzt ab.

De Selve nickte. »So ist es recht, kleine Verräterin, nun kenne ich euer nächtliches Geheimnis! Du darfst deine Belohnung empfangen.« Er riss sie an sich und presste seinen Mund auf ihren.

Cass befreite sich von ihm, taumelte gegen den Bettpfosten und griff Halt suchend nach hinten. Sie spuckte seinen Kuss aus und wischte sich über den Mund. Ihre Augen blitzten wie Waffenstahl.

Wie erstaunlich, ihre Kraft brach nicht, sie wuchs. Noch mehr erstaunte den Marquis, wie groß die Begierde war, die dieses Mädchen in ihm weckte. Größer, als ihm lieb war.

»Du bist widerwärtig! Wie konnte ich mich so in dir täuschen!«, zischte Cass.

»Nicht du hast dich in mir getäuscht, sondern ich habe mich in dir getäuscht«, erwiderte de Selve. »Wir sind beide vom selben Temperament. Mach dich frei von allem Glaubensgeschwätz und genieße, was diese Welt uns zu bieten hat.«

Er drängte sie mit all seiner Kraft gegen den Pfosten, schob ihr Flachshemd hoch, griff nach ihrem Gesäß und schob sie auf seine bloßen Hüften. Cass wehrte sich verzweifelt. »Lass mich los! Du Teufel!« Sie stemmte ihre Hände gegen seine Brust, schlug nach ihm. »Lass mich los! Dazu hast du kein Recht!«

»Weil wir nicht verheiratet sind?« De Selve lachte. »Wehr dich nicht! Öffne dich deiner verborgensten Lust. Ma petite, warum arbeitest du nicht für Frankreich? Kannst du das Testament des Königs noch verhindern? Zusammen könnten wir Dudley vernichten …«

»Hör auf damit! Hör auf!« Cass versuchte ihn abzuwehren, doch de Selve war stärker.

»Non, auf diesen Augenblick habe ich lange gewartet.«

Sein Geschlecht stieß gegen ihre Scham. Er verschloss ihren Mund mit rohen Küssen, ließ seine Zunge tanzen, als wolle er sie ein weiteres Mal entjungfern, und erstickte Cass' Schreie, als sein Glied den Weg in ihre Pforte fand. Hart stieß er in sie hinein, bewegte sich keuchend.

Ein Pochen an der Tür unterbrach seine Raserei. Blitzschnell zog er sich aus ihr zurück und wirbelte herum.

Cass erstarrte. War das möglich? Konnte es der Priester sein? Gerade jetzt? Übelkeit überkam sie.

Der Marquis griff nach seinem Hemd, streifte es mit geübter Hast über und wandte sich zur Tür.

»Qui est là? Wer ist da?«, rief er.

»Öffnet die Tür! Im Namen des Königs!«, antwortete – gedämpft vom Holz der schweren Tür – eine befehlsgewohnte Stimme.

Panisch suchte Cass den Blick de Selves, unfähig ihr Hemd herunterzuziehen oder ihr Gesicht in jene Maske zu zwingen, die ihr Überleben am Tudor-Hof sicherte und die de Selve so meisterhaft beherrschte.

»Habe ich das dir zu verdanken?«, zischte der Marquis in ihre Richtung. »Non, dafür bist du zu klug!«

»Öffnet die Tür!«

»Je suis dans le costume d'Adam«, antwortete de Selve mit gespielter Fröhlichkeit.

»Dann zieht euch an! Wir sind nicht gekommen, um französische Kronjuwelen zu bewundern«, kam die hitzige Antwort von der anderen Seite der Tür.

Cass öffnete den Mund, das Bild des Mannes in gelb-schwarzer Tracht blitzte kurz vor ihr auf. »Der Spanier! Er muss uns verraten haben. Das ist unser Tod.«

»Unser? Wer mich angreift, greift Frankreichs König an. Glaubst du ernsthaft, ich hätte für ein wenig Spaß mein Leben riskiert? Man wird mich vielleicht des Landes verweisen, c'est tout. Aber dich? Die Tochter einer Heiligen des neuen Glaubens! Das liebste Spielzeug des Königs! Wie bedauerlich, dass es nun ein Loch hat, und le petit prince hat es nicht einmal selbst benutzt! Ah, was wird Lord Dudley zu all dem sagen?«

Cass erbleichte.

»Öffnet endlich die Tür!«, drang es wieder zu ihnen.

De Selve streifte Beinkleider und Wams über, wandte sich zur Tür und rief laut: »Un moment!«

»Antoine, hilf mir! Denk an unser Kind!«

»Willst du mir drohen?«

»Ich will leben! Und hast du nicht alles bekommen, was du wolltest?«

De Selve schien kurz zu überlegen. Dann glitt er rasch zu dem Nachttisch mit den Phiolen, zog eine Schublade hervor und griff nach einem Messer.

»Sacre bleu!«, schrie er laut. »Wo sind nur meine Hosen!« Blitzschnell war er wieder bei Cass und hielt ihr das Messer hin. »Nimm das! Und versuch den Männern zu entkommen, die da draußen warten. Es werden nicht viele sein.«

»Woher willst du das wissen?«

»Weil sie so ausgesprochen höflich und geduldig sind. Ein Trupp Dudley-Männer hätte längst die Tür eingetreten.«

Zweifelnd betrachte Cass die schmale Klinge.

»Pass einen günstigen Augenblick ab, und dann versuch zum Westturm am Kai zu gelangen. Dort werde ich dich erwarten.« Er berührte flüchtig ihre Wange. »Wie schade, dass wir eben nicht zum Ende gekommen sind, n'est-ce pas? Wir hätten es uns verdient.«

Cass zuckte unter der Berührung zusammen und nickte zögernd.

»Bonne chance! Wir werden uns wiedersehen.«

Er warf Cass die starre Schnürbrust und das grünseidene Kleid vor die Füße. Sie bückte sich fröstelnd nach den Kleidungsstücken. Der leise Patschouliduft, der ihnen entströmte, mischte sich mit dem kalten Geruch ihrer Angst. De Selve ließ ihr keine Zeit, das Gewand überzustreifen. Er riss die Tür auf und rief übermütig wie ein angezechter Narr: »Entrez, mes amis! Die Nacht ist jung wie wir und unser Leben ein Fest.«

Drei Augenpaare hefteten sich auf Cass, glitten über ihr zerrissenes Flachshemd und das gelöste Haar. Eins gehörte dem Spanier mit dem Pechhaar. Cass schloss ihre Linke um die Klingenspitze, die aus dem Ärmel ihres Hemdes bis in ihre Handfläche ragte. Zur Hölle mit allen Verrätern! In ihr war genug Hass, um zu töten.

16.

Die Sohlen ihrer Samtschuhe glitten mechanisch über den Steinboden des Korridors. Vor den Bogenfenstern verblassten die Sterne, die Nacht verabschiedete sich mit müdem Grau. Würde sie je wieder einen Sonnenaufgang sehen? Die Kerker Londons waren finstere Gelasse, und die Ehre einer Haft im Tower würde man ihr kaum gewähren. Cass suchte den Blick auf die nahe Themse. Der Fluss schwoll vom Eindringen der Flut. Schwäne lösten sich mit nassen Schwingen aus der Strömung, umtanzt von segelnden Möwen.

Könnte ich nur fliegen wie ihr, dachte sie. Sie wunderte sich, dass niemand den hämmernden Schlag ihres Herzens vernahm. Er hallte in ihrem Kopf so laut, als wolle er ihn zersprengen wie Januarfröste einen tönernen Krug.

Das ist das Ende, pochten ihre Gedanken. Von allem. Wenn es nur schneller gehen würde! Sie stolperte über eine Steinkante. Jäh setzte ihr Herzschlag aus. Sie taumelte kurz.

Eine Ohnmacht wird dir nichts nutzen, schalt sie sich. Denke nicht an die Stricke, das Feuer, den Gestank, die Mutter ... Etwas vergessen wollen, heißt, daran denken, mahnte sie sich und zwang sich, den Kopf zu heben. Noch lebst du. Sie umklammerte die dünne Schneide des Briefmessers und fixierte den Rücken des Mannes, der vor ihr ging.

De Selve hatte recht behalten. Ihn hatte man in seinen Gemächern gelassen, bewacht von einem einzigen Leibgardisten Edwards, den er unbekümmert zu einem Becher Wein geladen hatte. Der Marquis hatte nicht wirklich danach ausgesehen, als wolle er sie jemals wiedersehen. Sie war auf sich allein gestellt.

Aber bei Gott, vor ihr ging ein Mann, den sie unmöglich töten konnte. Sir Henry Sidney. Edwards Kammerherr, sein bester, vielleicht einziger Freund seit dessen Kindertagen. Zumindest hielt Edward ihn dafür. Der dreiundzwanzigjährige Sidney war der Hüter seiner intimsten Geheimnisse. Er war es, der den König als Erster am Morgen begrüßte, der ihn wusch und kleidete, der ihn des Nachts verabschiedete, nachdem er sich über die Matratze von Edwards Bett gerollt hatte, um zu prüfen, ob tödliche Springmesser darin verborgen waren. Ein ergebener und verschwiegener Höfling, der sie heimlich geholt hatte, wenn der Tudor-Erbe nach ihr verlangte.

Nie jedoch aus den Gemächern eines Liebhabers. Und Spions. Cass' Wangen brannten.

Sidney hatte nie gezeigt, wie tief es ihn kränkte, als der Tudor-Sohn seine Zuneigung auf den schillernden Franzosen lenkte. Dabei hatte er alles getan, um Edward nah bleiben zu können. Vor zwei Jahren hatte er gar Dudleys älteste Tochter geehelicht, um als Kammerherr nicht gegen einen der zahlreichen Dudley-Söhne ausgetauscht zu werden.

Der treue Sidney hatte nicht triumphiert, als er sie entdeckt hatte. Er hatte seinen Umhang abgestreift und ihr um die Schultern gelegt. Er hatte sich abgewandt, während sie mit zitternden Fingern versucht hatte, das starre Korsett umzulegen und im Rücken zu verschnüren.

Sir Henry hatte mehr Contenance gezeigt als de Selve, der die aberwitzige Komödie des betrunkenen Hallodris gegeben hatte, und mehr Feingefühl als sein Begleiter, der ihr mit grimmiger Genugtuung zugeraunt hatte: »Hatte ich dich nicht gewarnt?« Und verraten! Verdammter Spanier.

Der Mann mit dem Pechhaar und dem funkelnden Ohrschmuck ging jetzt hinter ihr. Sie meinte seine Verachtung in ihrem Rücken zu spüren – kalt wie die Spitze eines Degens. Als sei Sterben nicht schrecklich genug. Abschätzig wie ein Rosshändler hatte er sie begutachtet, umgedreht und dann geschnürt. So fest und unnachgiebig, dass ihr der Atem vergangen war. Als sei er der Henkersscherge, der sie binden würde, um sie ins Feuer zu stoßen. Auf Hochverrat am König stand der Flammentod.

Wenn sie ihre Schwangerschaft ins Feld führen würde, würde man sie nach altem Gesetz in ein Gefängnis stecken, die Geburt abwarten und sie danach auf den Scheiterhaufen schicken. Vielleicht würde man ihr Pulversäckchen um Füße und Hals binden, damit sie durch die Explosion schneller starb. Eine Gnade, die ihre von Folter gezeichnete Mutter abgelehnt hatte. Stattdessen hatte sie in wirren Worten zu ihrem Gott gebetet, bis der Henker – ein hässlicher stoppelbärtiger Flegel – so viel feuchtes Reisig ins Feuer geworfen hatte, dass ihr der Qualm die Luft zum Atmen nahm.

In der Tat, sie starb ohne Schrei, dafür mit einem Röcheln, das nichts Menschliches mehr hatte. Mit blauschwarzem Gesicht und aus dem Mund quellender Zunge war sie erstickt. Triumphierend hatte man das grotesk anzuschauende Haupt ihrer kaum fünfundzwanzigjährigen Mutter an Stangen durch die City getragen, es anschließend in Kümmelwasser gekocht, um es zu konservieren und auf der London Bridge auszustellen. Diese Ehre würde ihr nicht zuteil werden, dafür würde sie noch jünger sterben – und mit ihr ein Kind.

Cass betastete das Messer. Noch stehe ich nicht am Brandpfahl. Ich werde nicht lautlos sterben wie eine Märtyrerin. Wieder hämmerte Cass' Herz gegen ihre Rippen. Nein, als Bettschatz!, höhnte es in ihr.

Urplötzlich zog der Spanier sie beiseite, um Platz für einen

Kerzenpagen zu machen, der heruntergebrannte Talglichter aus den Wandhalterungen riss. Er blies sie aus und warf sie zu anderen Wachsresten in einen Korb, um sie später zu neuen Lichtern zusammenzuschmelzen.

»Geh schneller!«, zischte der Spanier und stieß sie in die Mitte des Korridors zurück.

Das scharrende Geräusch von Reisigbesen verriet, dass alte Bodenstreu aus Rosmarin und Schilf aus den Fensternischen gekehrt wurde, in denen sich niedere Höflinge erleichterten oder nach durchzechter Nacht zusammenrollten. Ein aufgestörter Schläfer grunzte, ließ einen Wind ab und fragte nach der Stunde.

»Fünf hat's geschlagen«, brummelte eine Greisenstimme und setzte nach genau kalkulierter Pause ein »Sir« hinzu.

Der Hof erwachte. Niemand scherte sich darum, wohin eine Zofe geführt wurde, die den König betrogen, gedemütigt und verraten hatte. Erst am hellen Morgen würde sie das Geschwätz der Empfangssäle sein. Nein, nicht einmal das. Die Lücke, die sie hinterließ, würde sich unbemerkt schließen. Es sei denn, dass sie Gelegenheit fände, einen ihrer Bewacher zu töten, und dass de Selve ihr wirklich zu Hilfe käme.

Sidney bog zu Edwards Gemächern ab. Der sich anschließende Korridor war erfüllt von Lavendelduft. Cass' Ledersohlen versanken in lilafarbenen Blüten. Sie galten als heilsam und reinigend, weshalb man das Kraut dick wie einen Teppich vor Edwards Räumen verstreute. Konnte es sein, dachte sie mit einem aberwitzigen Anflug von Hoffnung, dass dies nur ein Gang zum König war?

Nein. Nicht zu dieser Stunde und nicht in ihrem Aufzug, mit offenem Haar, in den Gewändern einer Kurtisane. Und mit dem Spanier im Rücken. Sie konnte seinen Atem auf ihrem Nacken spüren.

Sidney blieb abrupt stehen und drehte den Kopf nach allen Seiten. So wie es Höflinge taten, die etwas mitzuteilen wünschten, das über bloße Konversation hinausging.

Endlich wandte er sich ihr zu. Sein Gesicht war ein Schatten.

»Ich muss zurück zum König, Jungfer Cass. Mein Begleiter wird Euch den Weg hinaus zeigen«, flüsterte er verschwörerisch.

»Hinaus«, erwiderte Cass ungläubig.

Statt zu antworten, schob Sir Henry eine schwere Draperie zur Seite. Dahinter erkannte sie einen Mauerspalt, kaum breit genug, um sich seitwärts hineinzuzwängen.

»Dieser Gang führt in die Gärten beim Fluss. Ein Themseschiffer wartet auf Euch. Die Flut schwillt ihrem Scheitelpunkt entgegen. In etwas weniger als einer Stunde könnt ihr London Bridge erreichen. Fragt dort nach Lunetta van Berck. Nennt keinen Namen, stellt Euch nur als die neue Magd vor.«

»Lunetta van Berck«, wiederholte Cass verwirrt.

»Die Frau eines deutschen Fernhändlers. Ihr könnt ihr vertrauen. Sie wird Euch zu einer Flucht auf das Festland verhelfen. Sie und ihr Mann haben schon vielen englischen Katholiken das Leben gerettet.«

»Katholiken? Aber ich …«

»Fragt nicht länger, geht.« Sidney fasste Cass beim Arm und schob sie auf die schmale Öffnung zu.

»Ihr wisst, wer meine Mutter war. Und wofür ich stehe …«

»Tut ihr das tatsächlich?«, fragte Sidney kühl.

Cass nickte trotzig. »Ja! Warum also wollt Ihr mir helfen, wenn Ihr es anscheinend mit den Katholiken haltet?«

Kurz brannte Ärger in Sidneys Gesicht auf, dann verschloss sich seine Miene. »Es ist gleichgültig, was ich bin. Ich helfe Euch, weil die Barmherzigkeit es befiehlt und weil seine Majestät, der König, es wünscht.«

»Heißt das, Edward weiß, dass ich und de Selve …?«

»Man hat Euch gewarnt, oder?«, sagte Sidney, sein Blick glitt zu dem Spanier in ihrem Rücken. »Der König fragte heute um Mitternacht nach euch. Sollte ich einen Schwerkranken belügen?«

»Edward …« Cass schluckte und reckte tapfer das Kinn. »Er muss mich verabscheuen.«

»Es scheint, er kann nicht verabscheuen, was er verehrt hat. Ihr wart für ihn ein Lichtblick. Auch wenn er noch ein halber Knabe ist, weiß er sehr wohl, dass ein König ungezählte Schmeichler, aber kaum Freunde haben kann«, bemerkte Sidney schroff. »Bedauerlicherweise hielt er Lord Dudley stets für einen der letzteren und vertraute ihm blind. Wie Euch, seinem Mündel.«

Cass wandte den Blick ab. »Ihr habt recht, mich zu hassen. Ich habe Edwards Rücksicht nicht verdient«, flüsterte sie. »Bitte vergebt mir.«

»Ich habe Euch nichts zu vergeben. Was ich tue, tue ich für meinen König«, erwiderte Sidney schlicht und schob sie von sich weg. Sein Gesicht verschattete sich weiter. »Edward befahl mir, Euch einen letzten Gruß zu entbieten: *Perfer et obdura. Finis coronat opus.*«

Cass übersetzte stumm die lateinische Botschaft: Vollbringe und halte aus. Das Ende krönt das Werk. »Was soll das heißen?«

»Der König kämpft mit dem Tod.«

Erschrocken schüttelte Cass Sidneys Arm ab. »Das ist nicht wahr! Seine Ärzte probieren ein neues Mittel. Gestern sagten sie, er erhole sich.«

»Dafür werden diese Tölpel bezahlt, und zu etwas anderem als Geschwätz sind sie ohnehin nicht fähig«, knurrte der Spanier in ihrem Rücken abfällig.

Cass beachtete ihn nicht, beschwörend starrte sie in Sidneys

Gesicht. »Er war voller Pläne, er lachte, sprach von der Jagd, vom Frühling ...«

Sidney schüttelte wieder den Kopf. Diesmal energisch. »Das Fieber ist trotz Purgation und regelmäßigem Schröpfen zurückgekehrt. Edward ist sicher, dass er sehr bald seinen Frieden mit Gott machen muss. Er wollte Euch sehen, um Abschied zu nehmen.«

»Bitte!«, flehte Cass. »Ich will zu ihm. Ein letztes Mal. Ich will ihm danken, für ihn beten, ihm sagen ...«

»Du wirst kein weiteres Unheil mehr anrichten, dein Spiel ist aus«, zischte der Spanier.

»Genug!« Sidney hob die Hand und brachte ihn zum Schweigen. An Cass gewandt, sagte er. »Er will Euch unter keinen Umständen mehr sehen. Und ich würde es unter keinen Umständen mehr zulassen.«

Cass erschrak. Neues Misstrauen regte sich in ihr. So hatte es Edwards Vater mit seinen Vertrauten, Frauen und Freunden gehalten, wenn er ihren Tod bestimmt hatte. Heinrich dem Achten war es möglich gewesen, noch am Abend vor einer Verhaftung behaglich und voller Zuneigung mit denen zusammenzusitzen, deren Todesurteil er gerade unterschrieben hatte. *Die Gunst eines Königs welkt rascher als ein Salatkopf*, hatte de Selve sie gewarnt. Edward musste sie hassen. Und warum sollten Sidney und sein grimmiger Begleiter ihr helfen? Der eine – so schien es – ein heimlicher Katholik und der andere Spanier!

Schaudernd betrachtete Cass den Mauerspalt und spürte die feuchte Kälte, die daraus hervorkroch und nach ihr griff. Wenn sie nur noch einmal zu Edward könnte! Ihm erklären, was de Selve ihr bedeutet hatte. Mit ihm reden ... Worüber? Verrat? Oder das Testament, das sie ihm im Auftrag von Dudley schmackhaft gemacht hatte?

Das Testament!

Bei Gott, darum ging es hier. Edwards letzter Wille. Er war bislang nur ein Entwurf, noch nicht beglaubigt und vom Parlament abgesegnet. Die Katholiken des Hofes und die Spanier schienen es zu kennen! Vielleicht hofften sie, den König auf dem Sterbebett noch zu einer Änderung bewegen zu können. Dabei war sie im Weg, darum hatte man sie denunziert. Darum hatte man nur sie abgeführt, nicht de Selve, der in diesem Punkt die gleichen Interessen wie die Spanier und die anderen Papisten hatte! Sie musste bei Hof bleiben und einen Weg zu Edward finden. Zur Not musste sie Dudley einweihen.

Sidney schob sie auf den Mauerspalt zu.

»Nein!«, brachte sie stammelnd hervor. »Ich ... Ich kann unmöglich in meinem Aufzug nach London. Noch dazu allein. Man würde mich für ...«

»... das halten, was du bist, ein Dirne«, raunte der Spanier.

Sidney überging den gehässigen Einwurf. »Vertraut uns, Jungfer Cass, es ist für alles gesorgt. Ein Fährmann hält am Kai die Kleider einer Magd bereit. Ihr werdet in der ersten Zeit in Lunetta van Bercks Haushalt leben. Unauffällig und unerkannt.« Er wandte sich an seinen Begleiter. »Ihr habt Euch um alles gekümmert?«

Sein Gefährte nickte widerwillig. »Obwohl das Gewand einer van Berckschen Magd bei Weitem zu gut für sie ist.«

Sir Henry hob sacht die Hand. »Ich kann mich hoffentlich auf Euch verlassen?«

»Ich habe mein Ehrenwort gegeben. Gegen meinen Willen, gegen meinen Glauben und gegen mein Gewissen. Was wollt ihr noch?«

Cass drehte sich zornbebend zu ihm um. De Selve hatte recht, verlogenes Glaubensgeschwätz war widerlich. Hielt er sie für dumm? »Was nutzt mir das Ehrenwort eines Spaniers und Verräters? Euer Kaiser will seine Großnichte Maria auf dem Thron sehen. Man munkelt, er schreckt nicht einmal vor Gift zurück, um Edward zu vernichten und England unter sein Zepter zu zwingen!«

»Es braucht kein Gift, um Gottes Gerechtigkeit zum Sieg zu verhelfen! Und obwohl in meinen Adern spanisches Blut fließt, schlägt mein Herz für das Wohl Englands«, versetzte der Fremde scharf. »Was man von dir nicht behaupten kann.«

»Genug!«, unterbrach Sidney die beiden. Mit angespanntem Gesicht sah er wieder über seine Schulter. Im Korridor hinter ihnen vernahm man das Klirren von Sporen, das Kratzen von Schleppdegen auf nacktem Stein. Am Ende des langen Korridores zogen rot-gelbe Gardisten ein.

»Das sind Dudleys Wachen. Rasch!«

Der Spanier drängte Cass in den Gang hinter dem Wandteppich. Kälte umhüllte sie wie ein Mantel, die Wände atmeten den Dunst der nahen Themse. Sie vernahm ein von Samt gedämpftes Klimpern schwerer Münzen. Dann war der Spanier direkt hinter ihr. Anscheinend brauchte es also mehr als das Ehrenwort von einem Sekretär des Kaisers, um eine Protestantin zu retten. Oder – Cass erschauderte – um mich zu beseitigen. Er war ein Verräter, das wusste sie längst.

So wie du! Ihr Verstand rebellierte – und ihr Magen. Das Kind. Herr, ich trage ein Kind in mir, lass es leben, es ist ohne Schuld! Sie schrak zusammen, als der Spanier von hinten ihren Kopf nach unten drückte. Der Tunnel senkte sich ab.

Sie hoffte, dass er tatsächlich in die Gärten zu führte. Sie hatte immerhin ein Messer bei sich, ein vages Versprechen von de Selve und – weit wichtiger – die feste Absicht, von nun an nicht mehr auf Barmherzigkeit oder Liebe zu vertrauen, sondern allein auf sich selbst.

Bonne chance.

17.

Nach wenigen Yards kamen sie nur noch gebückt voran. Schließlich musste Cass in die Knie gehen, um sich in Finsternis und Stille voranzuarbeiten. Ihre Hände – eine streckte sie immer wieder aus, um den Weg zu ertasten, die andere schloss sich um das Messer – waren taub vor Kälte. Eiskaltes Wasser nadelte von der Tunnelwölbung in ihren Nacken. Ihre Knie würden wund geschürft sein, wenn sie je das Ende dieser Mauerröhre erreichten, die sich tiefer und tiefer in die Erde zu bohren schien. Sie würde den Schmerz begrüßen. Alles war besser als diese Finsternis, als die Kälte, die sich in ihr ausdehnte, und als diese schreckliche tote Stille. Bei Gott, es wäre schwer, im Frühling zu sterben und in dem Wissen, dass ihre Liebe nur Irrtum gewesen war.

»Schneller!«, drängte der Spanier von hinten.

Ihr Begleiter bewegte sich geräuschlos, gelegentlich kratzte sein Dolch, den er am Gürtel trug, gegen Stein und erinnerte sie daran, dass er sie hier mit Leichtigkeit töten konnte – und wohl auch wollte.

Denk nach!, befahl sie sich, denk über irgendetwas anderes nach als deinen Tod! Sie schmeckte Salz auf den Lippen, die wund waren von de Selves Küssen. Salz. Es musste von der Meeresbrise rühren, die bei Greenwich die Themseluft würzte. Sie trug Leben in sich. Dieser heilsamen Luft wegen, die nicht den Pesthauch und die Ausdünstungen der City mit sich trug, hatte man Edward von Whitehall Palace hierhergebracht.

Noch im April hatte er kraftvoller gewirkt, war mit de Selve geritten, hatte an Jagden teilgenommen ... Sie sah Edwards scheues Lachen ... Und er hatte sein Testament begonnen, in dem er Jane Grey zur Thronerbin bestimmte.

Es war ein verzweifelter und gefährlicher Schritt für die Reformation. Würde er einen Krieg auslösen im Namen Marias? Würde das Volk sich erheben? Würden andere Adelsfamilien alte Anrechte auf Englands Thron anmelden? Viele Machthaber Europas würden diese Selbstzerfleischung Englands im eigenen Interesse schüren. De Selve hatte recht gehabt: Die Anhänger der neuen Lehre hatten Gebirge von Hoffnungen auf die schmächtigen Schultern eines Knaben getürmt. Nur wenn er lebte, bestand Aussicht auf einen friedlichen Glaubenswandel.

Der Gang senkte sich weiter ab. Cass fühlte das Mauerwerk auf ihren Schulterblättern lasten. Angstvoll schnappte sie nach Luft.

»Wie weit noch?«, fragte sie japsend.

Ein tonloses Lachen war die Antwort.

»Ich kann kaum mehr atmen!«

»Du hast es gleich hinter dir.« Der Spanier robbte näher an sie heran, schob sich über sie. Cass spürte, wie die Klinge ihres eigenen Messers ihr die Hand zerschnitt. Sie wollte sich umdrehen, ihn abschütteln. Der Spanier presste sie erbarmungslos auf den Stein. Cass' Atem setzte aus, als sein Dolch unter ihr Kleid fuhr.

Herr, ich flehe dich an. Hilf mir. Wenn du mich leben lässt, werde ich meinen Glauben nie mehr verraten. Das gelobe ich!

Nat fuhr auf. Das Knacken von Zweigen hatte ihn geweckt. Im Gebüsch zankten Amseln. Ihr übliches Tagwerk. Die Sonne würde gleich aufgehen. Er fror, und seine Glieder waren steif. Eine Nacht in den Obstgärten war verflixt unbequem. Aber leider hatte er gestern den Kampf um eine Strohschütte gegen einen Stallburschen verloren. Besser gesagt, zwei. Diese Saustricke hielten zusammen wie Pech und Schwefel. In London wär ihm das nicht passiert. Unter der Bridge hatte er einen unantastbaren Stammplatz. Dafür sorgte Joshua Painbody. Der König der Themsekais hielt strenge Ordnung unter seinen Bettlern und Dieben.

Verdammte Hurenscheiße, jetzt sehnte er sich schon nach Meister Malefiz! Nee, nach Abwechslung und der brodelnden City, danach sehnte er sich. Er hatte die nutzlosen Tage in Greenwich satt. Das Herumlungern vor Toren, das ständige Abtauchen in Nischen, die Suche nach Verstecken vor argwöhnischen Lakaien und das Warten auf den Pagen, der ihm Botengänge aufhalste, den Herrn spielte und ihn Stiefel mit Pferdepisse putzen ließ. Pah, selbst der Gerstenbrei mit Speck hatte an Glanz verloren.

Nat reckte die steifen Glieder und wollte unter einem Haselstrauch hervorkriechen. Wirklich klamm, diese Nächte im Garten, auch wenn es hier keine zwickenden Wanzen gab … Wieder knackten Zweige.

Holla, das waren keine Amseln, das war … Er kniff die Augen zusammen … ein Mann in losem Hemd und nachlässig geschnürten Beinkleidern. Sah aus, als sei er hastig aus dem Bett aufgestanden. Nicht mal ein Wams hatte er sich übergeworfen, dafür trug er eine Armbrust mit eingelegtem Pfeil. Kurz sah Nat ein Gesicht zwischen zwei Apfelbäumen aufleuchten. Nicht nur die Waffe, auch der Mann schien geladen zu sein. Reichlich früh für die Hasenjagd.

Rasch kroch Nat zurück unter den Haselstrauch. In der Ferne – wahrscheinlich vom Palast her – ertönte ein Schrei.

Ein Schrei der Angst. Schien ein turbulenter Tag zu werden. Immerhin besser als Nichtstun.

Ein reißendes Geräusch zerschnitt die Dunkelheit, als der Spanier die Schnürung von Cass' Mieder auftrennte. Sie atmete stoßweise, gierig füllten sich ihre Lungen mit Luft.

»Besser so?«, knurrte der Spanier und robbte wieder nach hinten.

»Ich dachte, du wolltest mich töten.«

»Ich bin kein Narr. Wärest du erstickt, hätte mir dein Leichnam den Weg nach draußen versperrt. Und ich habe keine Lust, mit dem Hintern voran in die Arme von Dudleys Soldaten zurückzukriechen. Vorwärts!«

Cass stemmte sich vom Boden hoch, tastete mit der Rechten nach den Tunnelwänden, spürte über sich weiche, seidige Rundungen, die raschelten und sich wieder beruhigten. Erst jetzt schrie sie auf und riss ihr kümmerliches Messer hervor. »Was zur Hölle ist das?«

»Fledermäuse.« Der Spanier schien etwas zu ahnen. Er tastete an ihrem Arm entlang bis hoch zur Hand, entwand ihr zornig die Klinge und warf sie hinter sich. »Vollkommen harmlos. Was man von einer Schlange wie dir kaum behaupten kann.«

Verflucht! Jetzt war sie unbewaffnet, und er brauchte nur noch auf einen günstigeren Ort zu warten, um sich ihrer zu entledigen.

»Ich will hier endlich raus!«, schrie Cass gellend.

»Beruhige dich, selbst eine bissige Ratte würdest du mit dem Duft, den du verströmst, betäuben. Es ist Patchouli, nicht wahr? Der Duft von allen Huren von de Selve. Er zeichnet sie damit, wenn er ihrer überdrüssig ist. Der halbe Hof stinkt wie eine Schar rolliger Katzen, und alle fahren die Krallen aus, wenn sie einander begegnen.«

Cass' Herz schlug hart und schmerzhaft gegen ihre Rippen.

Alle Huren von de Selve?

Sie biss sich auf die Lippen und kroch weiter, um den Fragen zu entkommen, die sie dem Spanier gern gestellt hätte. Wie albern du bist!, schalt sie sich. Um den Duft der Begierde willen wirst du vielleicht sterben. Was kümmert es dich noch, wie viele Mädchen Antoine bei Hof genossen hat, wie viele er in seinem Bett verführt und geschwängert hat ... Nein, das nicht.

Ihr Schmerz verwandelte sich in trotzigen Zorn. Und de Selve hat mich nicht mit Patchouli gezeichnet. Er hat das Öl nur für sich verwandt. »Bonne chance, wir werden uns wiedersehen«, ertönten seine letzten Worte in ihrem Kopf. So zügellos er vor ihrer Entdeckung auch gewesen sein mochte, so teuflisch er ihr erschienen war ... Vielleicht war der Marquis in diesem Augenblick ehrlich gewesen? Sie war weder Hure noch gewiefte Hofdame. Und sie war nicht ihre Mutter, ausgeliefert ... Sie wagte nicht weiterzudenken, ihr Atem stockte. Weshalb dachte sie ausgerechnet jetzt an sie, die Märtyrerin? Welche Sünde sollte Anne Askew, die Unantastbare, mit ihr gemein haben? Keine!

Der Tunnel begann sich zu weiten, und sie vermeinte eindringende Wärme zu verspüren.

»Barmherziger!« Mit neuer Energie robbte sie nach vorn. »Licht, da ist Licht«, flüsterte sie.

»Bete lieber, dass es nicht allzu hell draußen ist. Wir haben noch den Weg durch die Obstgärten vor uns. Es wäre ungünstig, wenn wir sie bei strahlender Morgensonne durchqueren müssten. Greenwich beherbergt mehr Soldaten als eine Kaserne.«

Cass beachtete ihn nicht. Wenn sie erst hier heraus war, konnte sie allem entkommen. Sie kroch dem Dämmerstrahl entgegen und zwängte sich über lehmglatte Erde ins Freie, vernahm den Morgengesang der Tauben. Standen die Tauben nicht für Geburt und Erneuerung? Noahs Taube konnte nach der Sintflut sehen, was Menschen verborgen war, sie brachte ihm den Ölzweig, das Zeichen neuen Lebens. Cass spürte taufeuchtes Grün unter ihren Händen, sprang auf und murmelte ein Dankgebet. Sie war weder auf dem Weg in den Kerker noch war sie tot.

»Kannst du nicht ein Mal den Namen des Herrn aus dem Spiel lassen«, bemerkte ihr Begleiter, als er hinter ihr aus dem Tunnel kroch. »Lauf schon los!«, drängte er und gab ihr einen Schubs in Richtung der Obsthaine. Cass stieß einen Laut des Unwillens aus und hieb ihm ihren Ellbogen nach hinten in die Brust. Der junge Mann taumelte überrascht.

Cass schürzte Kleid und Flachshemd und lief los. Schnell und schneller. Der Kies eines Zierweges bohrte sich in ihre Ledersohlen, Rosenhecken krallten nach ihren Röcken, Haselzweige peitschten ihr ins Gesicht. Cass achtete nicht darauf, lief immer schneller und durchquerte mit ausgreifenden Schritten den Torbogen zu den Obstgärten.

Vor ihr erstreckte sich ein Labyrinth aus Baumalleen: Kirsch-, Pflaumen-, Birnen- und Apfelbäume mit erblühten Kronen. Haselnuss- und Maulbeersträucher gliederten die Reihen, brachen den Wind und sorgten dafür, dass man sie nicht sah. Cass schaute heftig atmend zurück. Von ihrem Begleiter war nichts zu sehen. Prachtvoll. Sie hatte den Spanier abgeschüttelt.

Rasch verbarg sie sich zwischen einer mannshohen Weißdornhecke und einem Haselstrauch, schöpfte so leise wie möglich Luft. Sie rollte das Dupois' Unterkleid bis über die

Brust und riss sich das aufgeschnittene Mieder vom Leib. Es hatte sich beim Laufen gelöst. Weiß leuchtete ihr Unterhemd unter dem grünseidenen Kleid.

Die Farben der Tudors, dachte sie, während sie geschmeidig wie eine Katze in einen Baumschatten floh und sich hinter dichten Büschen verbarg. *Prefer et obdura.* Vollbringe und halte aus! Daran würde sie sich halten.

Sie wagte einen Sprung über einen Bewässerungsgraben, lief im Zickzack an Heckenreihen und Schöpfbrunnen vorbei, verschwand wieder hinter einem Baum. Der Boden war dicht mit Gras bewachsen und schluckte jedes Geräusch. Sie achtete darauf, dass sie keinen Ast zertrat. Wachsam und immer neue Haken schlagend, arbeitete sie sich voran.

Endlich entdeckte sie vor sich die Mauer, die den Palastgarten vom Themsekai trennte. Mit einem beherzten Satz war sie dort. Ihr Blick huschte über die Ziegelwand auf der Suche nach einem Vorsprung, an dem sie sich hochziehen konnte.

Nein, da war nichts. Geduckt lief sie an der Mauer entlang. Da. Ein kleiner Tritt, den ein Gärtner angelegt haben musste, um das Spalierobst zu beschneiden, das die Mauer berankte. Rasch erklomm sie die geziegelten Stufen und griff nach einem kräftigen Ast, der sich ins Ziegelwerk krallte. Doch als sie sich zur Mauerkrone hochziehen wollte, wurde sie zurückgerissen und heruntergezogen. Cass spürte, wie sich das Rankwerk in ihren Händen knirschend von den Ziegeln löste. Stufe um Stufe schlidderte sie zurück. Dann drehte jemand sie unsanft um.

18.

Hurenscheiße! Was wollten die jetzt alle? In der Frau hatte Nat die Lady im grünen Kleid von heute Morgen wiedererkannt. Es war das Mädchen aus der Kapelle. Hatte sich prima gemacht, die mögliche Braut. Sie war direkt an seinem Versteck vorbeigehetzt und hatte sich nur eine Armlänge von ihm entfernt ihres Mieders entledigt. Für ein Stelldichein? Mit wem? Den Mann mit der Armbrust hatte er aus den Augen verloren. Aber bewaffnet wollte er doch wohl kaum zu einem Schäferstündchen. Dafür musste der dritte Mann zuständig sein. Hm, reichlich ungehobelter Kavalier, draufgängerisch wie Bess' Landsknechte, aber verflucht geschickt im Anschleichen. Die dunkle Gestalt war wie aus dem Nichts aus dem Boden gewachsen. Nat kniff die Augen zusammen, um von seinem Posten unter dem Haselstrauch den Mann zu studieren, der das Mädchen eben sehr energisch von der Mauer weggerissen hatte. Es war …

Zur Hölle mit diesem Spanier, dachte Cass! Er musste ihr die ganze Zeit auf den Fersen gefolgt sein. Erbost blitzte sie ihn an.

»Nicht hier, du Närrin!«, stieß ihr Verfolger gedämpft hervor und packte sie beim Handgelenk.

»Ich brauche keine Hilfe, um über eine Mauer zu klettern!«, zischte Cass. Sie stemmte die Fersen in den Boden und vergrub ihre Hände im Spaliergezweig. »Mag sein, aber du würdest auf der anderen Seite direkt einem Wachposten in die Arme springen.«

Der Spanier zerrte sie von der Mauer weg. Von der anderen Seite klangen dumpfe Rufe zu ihnen herüber.

»He, wer da?«

»Mach keinen Aufstand, gleich is Wachablösung! Is sicher nur ein verirrtes Wildschwein«, antwortete eine übernächtigte Stimme. »Solln sich die Gärtner drum kümmern! Wir stehn nicht hier, um Äpfel zu bewachen.«

Cass erstarrte. Verdammt, ihr Verfolger hatte recht. Ein Sprung über die Mauer an dieser Stelle hätte ihre Flucht sofort beendet. Widerwillig ließ sie sich mitziehen und stolperte hinter dem Spanier her.

Wieder wehten soldatische Stimmen über sie hinweg. Diesmal brüllten sie Kommandos zum Wachwechsel, das übliche *Gott schütze unseren König* folgte, dann ein kurzer Fanfarenstoß, das exakt getaktete Stampfen von Stiefeln auf dem Pflaster.

Flink und lautlos folgte der Spanier dem Mauerverlauf. Sein Geschick verriet den geschulten Waffengänger – und Spitzel. Cass versuchte, mit ihm Schritt zu halten. Was blieb ihr übrig?

Die Glocken der ehemaligen Franziskanerkirche schlugen zwei Mal an. Noch eine halbe Stunde, dann war es sechs Uhr. Der Spanier hielt an und presste sich eng an die Mauer.

»Hier«, flüsterte er und wandte sein Gesicht Cass zu. Es verriet höchste Anspannung.

Im ersten Licht des Morgens wirkte es weniger grimmig und düster als beim wechselhaften Schein der Fackeln. Er war nicht viel älter als sie, sein Haar schwarz wie Rabenschwingen, in kristallfarbenem Blau fing sich Licht in dem Opal an seinem Ohr.

»Wartet auf der gegenüberliegenden Seite wirklich ein Bootsmann?«, fragte sie misstrauisch.

Der junge Mann nickte knapp. »Was sonst? Die Losung

lautet *omnia vincit amor*, die Liebe überwindet alles. Kannst du dir das merken?«

»Ich verstehe das Lateinische sehr gut.«

»Aber nichts von der Liebe«, konterte der Spanier abfällig.

Das Knacken verdorrter Äste ließ beide zusammenzucken. Tastende Schritte wurden in den Obsthainen laut. Cass duckte sich und spähte gehetzt zurück zum Palast. In den Korridoren des königlichen Flügels verloschen letzte Lichter, auch de Selves Gemächer lagen im Dunkeln. Wieder das Geräusch von brechendem Holz.

Cass' Herz raste. Konnte es sein? War das *er?* Sie öffnete den Mund, aber bevor sie rufen konnte, packte der Spanier sie und zog sie hinter einen Strauch. Sein Dolch blitzte auf. Mit schlanken Fingern hielt er den Griff umklammert und drückte die Klinge gegen ihren bloßen Hals.

Verdammte Hurenscheiße! War er jetzt am richtigen Ort, zur richtigen Zeit, wie Enoch vorhergesagt hatte? Nat verzog nachdenklich den Mund. Was er gerade bei der Mauer gesehen hatte, sah fast danach aus. Obwohl Samuel van Berck wirklich alles andere als ein Kavalier war. Ein Mädchen nach nem bisschen Gewisper einfach so ins Gebüsch zu zerren, noch dazu eins, das nur halb bekleidet war!

Er zuckte mit den Achseln, Liebe war nun mal seltsam. Vielleicht würde dieser van Berck bei dem, was er im Gebüsch vorhatte, seinen Opal-Ohrring verlieren, und er selber wäre alle Sorgen los. Wäre sicher kein Diebstahl, den Stein hinterher aufzulesen. Nicht wirklich jedenfalls, und ziemlich ungefährlich.

Sofern der Kerl mit der Armbrust nicht irgendwo lauerte.

Lautlos robbte er sich dichter an das Gebüsch bei der Mauer

heran, wo das Paar verschwunden war. Eine Stimme ließ ihn innehalten. Die Stimme von Samuel van Berck.

»Versprich mir, dass du nicht wieder schreist«, zischte er. »Ich habe deine Widerspenstigkeit gründlich satt! Mach endlich, was ich sage, wenn dir dein Leben lieb ist.«

Nat spitzte die Ohren. Sagte so was ein verliebter Mann? Nie und nimmer!

Wenn er sichs recht überlegte, hatte das Mädchen aus der Kapelle noch etwas gut bei ihm. Schließlich hatte sie ihn vor Dudleys Soldaten gerettet. Er tastete nach seiner Schleuder. Da traf ihn ein harter Schlag, bevor er sie aus dem Hosenbund ziehen konnte. Ein beiläufiger Schlag. Achtlos, wie für einen lästigen Köter bestimmt.

Als die Geräusche im Obsthain endlich verstummten, ließ Samuel van Berck den Dolch sinken und löste seine Finger zögernd von Cass' Mund.

»Die Pest über dich, *du* Mistkerl!«, zürnte sie und stieß ihn von sich weg. »Jetzt du hast mich zum zweiten Mal zu Tode erschreckt. Verschwinde endlich. Ich hasse dich!«

»Das steht dir frei«, zischte der Spanier. »Allerdings habe ich dir gerade das Leben gerettet. Irgendwer treibt sich hier herum. Vielleicht Dudleys Leute, und die sind keinem von uns beiden wohlgesinnt.«

Samuel zerrte sie am Handgelenk wieder auf die Mauer vor dem Themsekai zu. Er drehte sie zu der Ziegelwand, beugte sich leicht vor und bildete mit den Händen einen Korb.

»Nun mach! Setz deinen Fuß hinein und zieh dich an der Mauer hoch. Ich muss zurück. In weniger als einer Viertelstunde ist es taghell.«

Ungläubig betrachtete Cass seinen gebeugten Rücken, das

gesenkte Haupt, die verschlungenen Finger. Wie alt war sie gewesen, als sie das letzte Mal einen kräftigen Stallburschen überredet hatte, ihr die Räuberleiter zu machen, um einer Gebetsstunde mit Lady Dudley oder der Hundegerte von Lord Dudley zu entgehen? Sechs Jahre? Zehn? Mit vierzehn hatte sie einen Stallburschen küssen müssen, um sich ein Pferd für einen heimlichen Ausritt zu leihen. Sie hatte das Küssen zuvor beim Karpfenteich geprobt mit einem sehr verschwommenen Spiegelbild, und sie war sich reichlich albern dabei vorgekommen. Doch lange nicht so albern wie jetzt.

»Du willst mir wirklich helfen«, stammelte sie, ohne nachzudenken.

Der Spanier riss fassungslos den Kopf hoch. »Nein, ich spiele nur gern mit meinem Leben. Was soll diese dumme Frage?«

Ein Kichern stahl sich in Cass hoch. Schnell presste sie die Hand vor den Mund. Noch einmal meinte sie, den kalten Klingenstahl von Samuel van Bercks Dolch auf ihrer Kehle zu spüren. Und die grenzenlose Erleichterung, als er ihn weggesteckt hatte. Konnte es sein, dass dieser Mann wirklich ihr Retter war und sonst nichts?

»Ich dachte, du hättest den Auftrag, mich zu töten«, platzte sie heraus.

Samuel starrte sie kopfschüttelnd an. »Sidney hat dir gesagt, dass ich mein Ehrenwort gegeben habe, dich aus dem Palast zu bringen!«

»Und vorher hast du mich verraten«, entgegnete Cass.

»Ich habe dich gewarnt! Du bist die undankbarste, dreisteste Dirne, die mir je untergekommen ist. Du selbst hast dich verraten. Schon damals in der Kirche! Ich arbeite nun einmal für die Spanier, und du arbeitest anscheinend für den, der am meisten zahlt.«

Cass holte aus. Samuel schlug ihre Hand zur Seite. »Das

hatten wir schon. Es soll Freier geben, die solch eine Behandlung schätzen! Ich gehöre nicht dazu.«

»Nenn mich nicht ständig Hure. Immerhin hast du Geld genommen, um mich herauszubringen! Gegen deine Überzeugung und gegen deinen Glauben. Wie nennt man solche Geschäfte? Ein frommes Werk?«

»Das Geld, das ich bekommen habe, dient einer guten Sache. Es gibt Flüchtlinge, die keine mächtigen Beschützer haben und die weit weniger komfortabel ausgestattet sind als du.«

»Ich besitze nichts weiter als die Kleider auf meinem Leib.«

»Die sind zugegeben spärlich. Nun, du wirst sie gleich gegen das Kleid einer Magd eintauschen.«

Cass schüttelte den Kopf. »Das ... Das kann ich nicht ... Bitte gib mir das Geld, das du bekommen hast«, flehte sie. »Ich ...«

»Zur Hölle mit deiner Gier!«, schnitt Samuel ihr das Wort ab. Er fasste sie kurzentschlossen um die Hüften und stemmte sie nach oben. Cass ruderte mit den Armen und fasste nach einem vorstehenden Bänderwerk aus Ziegeln. Der junge Mann gab ihr einen Schubs. Mit dem rechten Fuß fand sie Halt auf einem vorspringenden Stein und hievte sich auf die Mauerkrone. Gelenkig schwang sie ein Bein hinauf und kam rittlings auf der Brüstung zu sitzen.

»Und nun spring!«, befahl van Berck. »Ich muss zurück, bevor deine Torheiten mich das Leben kosten.«

Samuel drehte sich um, zerteilte mit den Händen eine Hecke.

»Bitte ...«, rief Cass leise. »Es ist ... Das Haus van Berck ist katholisch, oder?«

Kopfschüttelnd drehte der junge Mann sich um. »Komm mir jetzt bloß nicht mit deinem Glauben! Ausgerechnet du!

Hast du etwa nicht mit einem französischen Katholiken das Bett geteilt?«

»Das ...«

»Geht mich nichts an, ich weiß! Aber sei beruhigt, im Haus van Berck stellt niemand die Glaubensfrage, auch wenn es besser wäre, man täte es.«

»Woher willst du das wissen?«

»Weil ich der Sohn des Hauses bin. Samuel van Berck.«

Cass krallte sich ins Mauerwerk. »Aber du bist strenger Katholik!«

»Und kein Verräter.«

»Ich bin es so wenig wie du.«

Der junge Mann schnaubte.

»Ich, ich habe de Selve geliebt, und damit du es weißt, er hatte mir die Heirat versprochen. Glaubst du, ich hätte sonst ...«

»Spar dir deine Geständnisse.« Samuel duckte sich, um im Gezweig einer Hecke zu verschwinden.

»Versteh doch, ich erwarte ein Kind!«, rief Cass. »Ich brauche Hilfe.«

Der Spanier schnellte zurück. Zweige schlugen ihm in Gesicht, als er sich zu ihr umdrehte. Mit zusammengezogenen Brauen und dem Ausdruck höchster Überraschung starrte er sie an. »Zum Teufel! Stimmt das?«

Cass biss sich beschämt auf die Lippen. Wie albern sie war! Weshalb wollte sie sich diesem unverschämten Kerl so dringend erklären? Weil es schwer ist, mit all dem allein zu sein, antwortete Cass sich selbst.

»Ist es das Kind von ...«

Weiter kam van Berck nicht, ein sirrendes Geräusch zerschnitt die Luft. Einen winzigen Augenblick lang sah Cass den Pfeil, der auf sie zujagte. Kaum eine Handbreit sauste er an ihrem Kopf vorbei. Sie duckte sich.

Das nächste Geschoss traf Samuel van Berk wie ein Fausthieb, als er seinen Dolch zog. Roher Schmerz breitete sich vom Rücken her bis in seinen Brustkorb aus und riss ihn von den Beinen. Cass hörte das Pfeifen, als seinen Lungen Luft entwich.

Noch ein Pfeil zischte durch die Luft. Sie schrie auf. Mit einem Satz war sie auf den Füßen. Kurz schwankte sie auf der Mauerbrüstung. Sie drehte den Kopf suchend zum Fluß und sah, dass sich ein einsamer Kahn vom unbefestigten Ufer löste und in den Strom drehte. Der Bootsmann! Er stand aufrecht in der Mitte und stakte hastig durch Schilf und morastigen Grund in Richtung Strömung. Ihr Schreien musste ihn vertrieben haben. Schon ergriff die Flut den Kahn und schwemmte ihn fort. Ein vierter Pfeil sauste über das Wasser. Der Mann in der Barke ging in Deckung und ruderte kauernd und mit kurzen Schlägen auf London zu.

Cass wollte ihn um Hilfe anrufen, besann sich aber eines Besseren und lief los, ohne sich noch einmal zu der Stelle umzuschauen, an der der Spanier liegen musste. Zweige peitschten ihr ins Gesicht, das Mauerwerk scheuerte die Sohlen ihrer Schuhe auf, zerschnitt ihre Fußsohlen. Sie schürzte Kleid und Hemd bis weit über die Knie und lief schneller.

Sie achtete nicht mehr auf das Ufer zu ihrer Rechten, sah nicht das glitzernde Band des Flusses oder das lachende Grün des Palastgartens. Nur weg hier, weg von den heimtückischen Pfeilen, weg! Die Mauer verbreiterte sich zu einem Wehrgang. Sie hielt auf einen Turm zu, der sich schwarz gegen das Morgenrot abzeichnete. Ein Turm mit festen Wänden. Wänden, die für den Fall eines Angriffs von der Themse aus Kanonenschüsse abhalten konnten. Und gewiss Pfeile. Es waren keine Soldaten postiert, trotzdem hörte sie, wie sich jemand von hinten näherte. Cass rannte schneller. Atemlos erreichte sie die

Pforte, die in den Turm führte, stieß sie auf, tauchte unter dem Mauersturz ab, fand eine schmale Wendeltreppe und hetzte sie – zwei Stufen auf einmal nehmend – hinauf.

Vom obersten Treppenabsatz sprang sie auf eine unbedachte Plattform, die den Turm krönte. Mächtige Zinnen umkränzten die Schutzwehr. Wind fing sich in ihren Haaren und spielte mit losen Strähnen.

Cass lief zur flusswärtigen Seite, zwängte sich zwischen zwei Zinnen und sah die Themse unter sich dahinfließen. Saugend schwappte das Wasser mehr als dreißig Fuß unter ihr gegen das Fundament. Der Anblick ließ sie zurückprallen. Ihr schwindelte, ihr Magen krampfte sich vor Furcht zusammen.

Aber bei Gott, es gab keinen anderen Ausweg, und sie hatte schwimmen gelernt. Im Karpfenteich. Von dem küssenden Stallburschen. Sie konnte dem Tod entrinnen. Immer noch. Mit einem gewagten Sprung. Cass schloss die Augen. Vom Fuß der Turmtreppe drangen Tritte zu ihr herauf. Nicht nur ein Verfolger schien ihr auf den Fersen zu sein. Metall klirrte gegen Stein, jemand zog mit schneidendem Geräusch einen Degen.

Sie musste springen! Wenn nicht für sich, dann doch, um das werdende Leben in ihrem Leib zu bewahren. Unmöglich konnte sie zwei Todsünden begehen, sich selbst und eine ungeborene Seele dem sicheren Tod zu ergeben. Spring!

Ihre Hände gehorchten ihr nicht, gruben sich tiefer ins Mauerwerk. »Mach schon, du dumme Gans!,« feuerte sie sich an. »*Prefer et obdura.*« Sie löste die Hände von den Steinen.

Da griff jemand nach ihrem Arm. Cass' Herz setzte aus, wild schüttelte sie die Hand ab und schnellte herum. Sonnenlicht blendete sie.

Sie sah in karamellfarbene Augen, als sie ein harter Stoß mitten auf der Brust traf. Sie suchte Halt, krallte sich in Haare,

Haut, Stoff. Ihre Füße glitten vom Stein. Sie hörte Todesschreie, während sie stürzte. Es waren nicht ihre. Cass fiel stumm, wie verwundert und mit weit aufgerissenen Augen, die rechte Hand zur Faust geballt. Sie umschloss darin etwas Glattes, Hartes. Nichts, das sie würde retten können.

Mit einem Klatschen landete sie im Fluss. Der Aufprall war schmerzhaft, die Wasseroberfläche starr wie Schiefer, in einem mächtigen Schwall schlug die Themse über ihr zusammen.

Wild um sich schlagend, kämpfte Cass sich nach oben. Der Geschmack von Salz, vermischt mit Bodensatz und Bracke, verstopfte ihre Kehle, ihre Nasenlöcher, ihre Ohren. Endlich konnte sie wieder Luft schnappen. Sie spie und spuckte, hustete alles aus.

Die Strömung packte sie und riss sie mit sich wie das lose Strauchwerk und den aufgeblähten Leib eines ertränkten Hundes, der im Strom kreiselte. Der Kadaver hüpfte auf und nieder, versank und schoss wieder nach oben. Wie Treibgut wurde auch Cass zur Mitte des Stroms gezogen, während sie darum kämpfte, an der Oberfläche zu bleiben. Wasser schien in ihrem Brustkorb zu gefrieren, sie konnte kaum noch atmen, so schmerzhaft war jeder Luftzug. Und obwohl ihr Herz in trotzigem Lebenswillen pumpte und hämmerte, spürte sie, dass sie im tiefsten Inneren, im schwärzesten, schmerzerfülltesten Teil ihrer Seele, aufhören wollte, gegen das Unvermeidliche anzukämpfen.

Sie sehnte sich danach, vollkommen still zu werden und alles einfach geschehen zu lassen. So wie ihre Mutter.

Unwillkürlich verkrampfte sich Cass' rechte Hand. Noch immer hielt sie den kleinen Gegenstand fest, den sie einem ihrer Angreifer entrissen hatte. Der Fluß nahm eine Biegung, sie erkannte mit schwankendem Blick das Ufer auf der anderen Seite, wurde darauf zu- und wieder abgetrieben. Ihre

Arme beendeten den vergeblichen Kampf gegen die Strömung. Ihr Körper schien von einem Kokon umschlossen zu sein, der sie gnädig ersticken würde.

Der Tod in den eisigen Fluten würde unendlich viel sanfter sein als der Tod im Feuer. Sie würde die Besinnung verlieren, einfach hinübergleiten in das Reich der Toten. Sie spürte, wie sie wieder versank, über ihr verschwamm der Himmel in schmutzigem Flaschengrün. Wieder schluckte Cass Wasser.

Nein, der Tod war kein Schlummertrunk.

Wie von selbst begannen ihre Beine zu zucken, ihr Körper kämpfte darum, ihr Blut in Bewegung zu halten, er zwang ihr seinen Lebenswillen auf. Cass kämpfte sich wieder nach oben, schnappte nach Luft.

Mit plötzlich aufschießender Kraft versuchte sie, mit den Beinen zu treten, immer und immer wieder. Verzweiflung packte sie, irgendetwas hatte sich um ihre Beine gerankt. Ihr Kleid verhedderte sich in Flussalgen oder in einem alten Seil. Nein, nicht so, so wollte sie nicht sterben. Ohne Wahl. Hilflos. Ausgeliefert.

Sie versuchte, ihre Beine anzuziehen und ihre fühllosen Hände dazu zu zwingen, sich zu befreien. Sie bemerkte, dass ihre rechte noch immer zur Faust geballt war, zu einer eisernen Faust, und aus tiefstem Gund flüsterte die Stimme ihrer Mutter Wörter, deren Sinn ihr vor Ewigkeiten entfallen war. »*Ol sonf vorsag* – vergiss nie die Sprache der Engel.«

II. Teil

Erzengel Sandalphon
(Gottes Gärtner)

Ich bin der Engel der Lebensfreude und Glückseligkeit, ein Heiler aller Herzenswunden. Ich schenke euch reich ein. Einst wandelte ich als Prophet Elias auf Erden. Moses nannte mich »der grosse Engel«, der Herr bestimmte mich zum Sarim, einem Prinzen der Engel. Mein Zwilling ist der Erzengel Metatron, der nah bei Gott sitzt und wie ich vom Menschen zum Engel erhoben wurde. Einst hiess er Enoch. An der Seite von Erzengel Michael führen wir den endlosen Kampf gegen Samael, den Prinzen der Dunkelheit. Ich trage eure Gebete zu Gott und übermittle euch seine Botschaften als sanfte Einflüsterungen. Meine Stimme ist leiser als der Flügelschlag des Schmetterlings. Nur die können ihn vernehmen, die der dunklen Seite abschwören.

Im Auftrag des Herrn beschütze ich die Liebenden, und ich bin der Geist aller Musik.

Farbe: Goldtöne

Edelstein: Türkis

Symbol: Kelch

Tiere: Schmetterling

Tarotkarte: Der Narr

Sandalphons Botschaft: Genieße den Augenblick und sei gewiss, dass Dunkelheit stets Licht gebiert.

1.

Greenwich Palace
Pfingstsonntag, 21. Mai 1553

Gemächlich löste sich die königliche Barke vom Bootsanleger. Mit einem Schlürfen tauchten die Ruder ins Wasser und hoben sich wieder. Das grün-golden bemalte und beflaggte Prunkboot drehte sich in die Strömung. Im Hafenturm von Greenwich Palace wurden zum Abschied Taschentücher geschwenkt. Ein Knall. Der Wind ergriff die karmesinroten Segel, und die Ruder wurden überflüssig. Die Ruderblätter hoben sich aus dem Wasser, die Bootsleute ließen sie in der Luft verharren, während der Steuermann Kurs auf eine Flottille aus unzähligen Booten nahm, die sich in der Mitte des Flusses versammelt hatte.

Eine heiße Maisonne sog aus den Ufern die Feuchtigkeit heftiger Regenfälle, Dunstschleier trieben über das Wasser und hüllten Teile der Festgesellschaft in Nebel. Auf den Decksplanken brannten Fackeln und glommen Kohlebecken.

Der halbe Hof war auf der Themse versammelt. In gebührendem Abstand schaukelten Barken von Handwerkszünften, Kaufmannsgilden und Klerus auf den Wogen. Am gegenüberliegen Ufer wimmelte es vor Mietbooten, Nachen und Flößen, in denen schaulustige Landarbeiter und Gesellen sich bei Käsebroten, Ale und Zwiebeln auf das Spektakel eines höfischen Hochzeitszuges freuten.

»Dudley verliert keine Zeit, um seine Macht zu sichern«, bemerkte Sir Henry Sidney angewidert und wandte sich von dem geöffneten Palastfenster ab, durch das er beobachtet hatte, wie die Staatsbarke ablegte. Nebelschleier drangen in den Raum.

Fahle Spiegel an den Wänden vervielfachten den Schein von Kerzen, die den Dunst gelblich beleuchteten.

Lunetta van Berck interessierten die Sorgen des Höflings ebenso wenig wie die Ambitionen des Lordprotektors Dudley, der heute seinen Sohn mit der möglichen Thronerbin Jane Grey vermählen würde. Lunetta stand wartend abseits, ihre Hände umklammerten einen Leinenbeutel, als wolle sie den Stoff würgen.

»Sagt mir endlich, wo Samuel ist«, forderte sie und fixierte Sidney mit kaltem Blick. »Nach allem, was wir für Euch und unsere Bruderschaft getan haben, verdiene ich zumindest diese Auskunft.«

Sidney wich ihren Augen aus.

Lunetta trat näher an ihn heran, ihre Hände waren so kalt wie ihr Blick. »Ist er tot?«

»Ich weiß es nicht.«

»Warum forscht Ihr nicht nach ihm? Warum veranlasst Ihr keine Bekanntmachung über das Verschwinden eines Höflings und reichen Bürgersohns von London? Warum schickt Ihr keine Männer aus, um ihn im ganzen Land zu suchen?«

»Das kann ich unmöglich offen tun«, wehrte Sidney ab. »Er ist Sekretär des spanischen Botschafters, ein heimlicher Anhänger der Jesuiten, und ich bin der Freund des Königs ...«

»Und ein weit heimlicherer und feigerer Katholik als mein Sohn«, sagte Lunetta heftig. »Samuel handelte in Eurem Auftrag. Ihr habt versprochen, ihn zu schützen, so wie wir immer und immer wieder Eure Freunde und Glaubensbrüder geschützt haben! Ihr seid Opal-Bruder, vergesst das nicht.«

»Ich kann nichts tun. Nicht jetzt.«

Eine Kanonensalve wurde abgefeuert, Fanfarenstöße begleiteten die Fahrt der Königsbarke. Sidney wandte sich – froh über den Lärm – stumm dem Fenster zu.

Der Wind drehte und wehte den Klang von Lautenspiel über das Wasser, begleitet von perlendem Lachen. Auf Flößen mit bizarren Pappaufbauten, Burgen, Bergen, Elfenpalästen, begannen Gaukler und Tänzer einen Kampf mit Riesen und Höllengetier. Sogar einen Drachen hatte man auf schwimmende Bohlen montiert. Sein mechanischer Schwanz peitschte über das Holzdeck. Aus glühenden Nüstern spie er Feuersalven über die Köpfe der kreischenden Zuschauer. Funken regneten auf das Wasser hinab und verloschen.

Wieder rollte eine Kanonensalve über das Wasser. Die Schar der Boote teilte sich und öffnete der Staatsbarke einen Pfad. Ihre Segel knatterten und blähten sich in der Brise, die Nebel lichteten sich. Auf einem Podest im Bug standen Seite an Seite die Verlobten. Sie reisten ihrer Hochzeitsfeier in Dudleys Wasserpalast Durham entgegen, einem ehemaligen Bischofssitz in Westminster. Das Paar hatte einander offensichtlich nichts zu sagen. Die winzige fünfzehnjährige Jane Grey stand starr neben dem zwei Jahre älteren Guildford Dudley, dem Sohn des mächtigen Lordprotektors.

Jane Grey trug jungfräuliches Weiß, ihr mausbraunes Haar flatterte im Wind. Ihr Bräutigam trug Selbstbegeisterung und eine lächerlich gebauschte Pluderhose aus Goldbrokat zur Schau. Ein Stoff, der eigentlich königlichen Abkömmlingen vorbehalten war. An seinem grellgelben Barett wippten rote, blaue und purpurne Federn – ein Tumult aus Farben.

»Dieser Grünschnabel hält sich für den König von England«, knurrte Sidney. »Dabei ist er die Marionette seines Vaters, schlimmer noch als Edward und weit lächerlicher. Bei Gott, der Lord ist fintenreich wie kein Zweiter.« Seine Stimme war von Abscheu und Widerwillen getränkt.

Und was bist du anderes als Dudleys Puppe, dachte Lunetta. Hast du geglaubt, du könntest die Rollen vertauschen, indem du eine Tochter aus dem Haus Dudley heiratest? Dem Lordprotektor nahekommen, ihn aushorchen und insgeheim entmachten?

Sidneys Augen suchten und fanden Dudley. Sein Schwiegervater stand beim Mast der Barke und gab sich so demonstrativ bescheiden, dass es die höchste Form der Eitelkeit verriet. Edward war zu krank gewesen, um ihm die Staatsbarke zu verweigern. Und Jane Grey!

Verfluchte Jungfer Cass. Er hatte gehofft, den König von seinen Testamentsplänen abringen zu können, wenn dieses Mädchen erst einmal verschwunden war. Enttarnt als Hure und Verräterin. Aber seit sie fort war, schien dem jungen König alle Widerstandskraft entzogen worden zu sein. Willenlos hatte er sich Dudley ergeben und hielt eiserner als zuvor an der neuen Thronfolge fest.

Als die Bootskarawane Kurs auf Westminster nahm, hob der Herzog von Northumberland die Hand zum Gruß. In der Manier eines Monarchen winkte er dem Volk zu. Er wurde mit dem Applaus, dem Trommeln und dem Gröhlen bezahlter Claqueure belohnt, die er am gegenüberliegenden Ufer postiert hatte. Nur wenige Londoner schlossen sich dem bezahlten Jubel an, selbst Kopfnüsse und Rippenstöße von Dudleys Söldnern richteten wenig aus gegen ihr beredtes Schweigen.

Sidney registrierte es mit Befriedigung. »Der Prunk begeistert den Pöbel, aber nicht die Ehe einer königlichen Verwandten mit einem Emporkömmling«, sinnierte Sidney. »Nun, noch ist Dudley nicht da, wo er hin will. Wir müssen es verhindern.«

»Wir?« Lunettas Frage war ein deutliches Nein.

Sidney drehte sich mit einem Seufzer zu ihr um.

»Es besteht immer noch Hoffnung, dass Euer Sohn lebt. Meine Spitzel unter den Gärtnern haben den ganzen Park durchkämmt. Sie fanden keine Spur, die verraten könnte, was mit Samuel in jener Nacht geschehen ist, nachdem ... Er muss einen Fluchtweg gefunden haben.«

»Aber er sollte Euch Bericht erstatten! Er wollte uns schreiben.«

Sidneys Miene gefror. »Vielleicht fühlt er sich einem anderen Herrn inzwischen mehr verpflichtet als der Bruderschaft ... etwa den Jesuiten.«

»Mein Sohn ist kein Verräter!«, zischte Lunetta. »Wenn er sein Wort gibt, hält er es. Zudem will er wie Ihr, dass Maria Tudor die neue Königin von England wird.«

»Hoffen wir es«, sagte Sidney knapp. »Und nun kommt, wir müssen zu Edward, bevor seine Bewacher sich wieder an ihre Pflicht erinnern, statt Dudleys Mummenschanz zu bejubeln.«

Lunetta blitzte den Kammerherrn zornig an. »Wie könnt Ihr erwarten, dass ich Euch weiterhin helfe? Seit zwölf Tagen versprecht Ihr mir Auskunft über Samuel und vertröstet mich jedes Mal, sobald ich Euch zu Diensten war ...«

»Es ist ein Dienst an unserem König, und ich entlohne Euch fürstlich.«

»Das Geld reicht gerade aus, um die Gefängniswächter meines Mannes bei Laune zu halten. Unser Vermögen ist beschlagnahmt. Lambert ist immer noch in Haft, und mich bringt ihr mit Euren Forderungen in Lebensgefahr. Man könnte mich als Kräuterhexe brandmarken, die den König mit Gift und Zauberei tötet.«

Hastig unterbrach Sidney sie: »Ich kann auch Eurem Mann nicht offen beispringen, das würde unsere ganze Arbeit gefährden.«

Lunetta hob zornig den Kopf. »Und Euch, nicht wahr?

»Ja! Und das wäre das endgültige Ende der Bruderschaft!

Dudley weiß mehr, als wir geahnt haben. Er lässt jeden verhaften, der als Freund der Papisten bekannt ist. Er besitzt eine Liste von allen Häusern, in denen noch Messen gelesen werden, und mit Namen von Fluchthelfern, wie Ihr es seid. Immerhin zahle ich dafür, dass Lambert in einer geheizten privaten Kammer sitzt und Ihr ihn versorgen dürft.«

»Was für ein Trost! Die Kammer liegt in der Immunität von Newgate und zählt zum Gefängnis. Jeden Tag kann man meinen Mann in eins der stinkenden Turmverliese verlegen! Wer garantiert mir, dass Ihr ihn und die Bruderschaft nicht einfach missbraucht habt, um katholische Freunde zu retten? Wenn Ihr Maria Tudor auf den Thron gebracht habt und offen zu Euren papistischen Neigungen stehen könnt, werdet Ihr uns nicht mehr brauchen. Sollte hingegen Dudley siegen, dann sind wir mehr als nur lästig für Euch.«

Sidneys Rücken straffte sich. »Was haltet Ihr von mir? Ich habe den Treueeid der Opal-Brüder geleistet, weil ich wie Euer Mann für Toleranz in Glaubensdingen kämpfe. Das werde ich auch unter Maria Tudor tun. Lambert wird nichts geschehen, das verspreche ich Euch.«

Lunettas Augen verengten sich zu Schlitzen. »So wie Ihr meinem Sohn versprochen habt, dass ihm keine Gefahr droht?«

»Er muss meine und Scheyfves Anweisungen missachtet haben.«

»Was geschah mit der jungen Protestantin, der er zur Flucht verhelfen sollte?«

»Sie ist ertrunken. Ein Wachmann am Themsekai sah, wie sie ins Wasser fiel. Es gab einen Kampf. Jemand stieß sie von einem Mauerturm herab.«

»Wer?«

»Euer Sohn war als Letzter bei ihr. Ein Wachmann erkannte einen jungen Mann, schwarzhaarig und in spanischer Tracht, der über die Turmzinnen herabschaute«, versetzte Sidney schneidend. Lunetta erbleichte. »Und die Gärtner fanden bei ihrer Suche ... eine zerfetzte Schnürbrust und ein kölnisches Messer mit dem Monogramm Eures Handelshauses.«

Lunettas Finger krallten sich in ihren Beutel. »Nie würde Samuel eine unschuldige Frau ... nie ...!« Sie brach ab. Allein es auszusprechen wäre ein unverzeihlicher Verrat.

»Das Messer steckte im Rücken eines Franzosen. Und diese Cass war alles andere als unschuldig. Sie war Dudleys Mündel. Sie selbst hat den König auf das Niederträchtigste betrogen«, sagte Sidney mühsam beherrscht. »Beim Blute Christi, wenn jemand den Tod verdient hat, dann sie! Dieser Überzeugung war auch Euer Sohn.«

»Ihr klingt selbst wie ein Mörder. Seid Ihr das?«

»Warum befragt Ihr nicht die Karten?«, bemerkte Sidney erbost. »Man munkelt, dass Ihr einst das zweite Gesicht besessen habt und deshalb in Spanien auf der Todesliste steht. Wie konntet Ihr der mächtigsten Inquisition der Welt entkommen? Durch Hellseherei? Nun denn, beweist Eure Kunst! Aber seid vorsichtig, denn darauf steht auch im protestantischen England der Tod.«

Voller Zorn senkte Lunetta die Lider.

Bei Gott, wie oft hatte sie sich in den vergangenen Tagen über ihr altes Tarotspiel gebeugt, in der Hoffnung, den Karten Botschaften und Fingerzeige zu entlocken. Aber die Bilder sprachen nicht mehr zu ihr. Es entsetzte sie, dass sie immer und immer wieder Karten wie den Gehängten oder den gesprengten Turm zog. Zeichen von Ohnmacht und Vernichtung. Sie wusste, dass dies nicht umsonst geschah. Wie bei allen Tarotkarten mussten diese Bilder auch auf eine Lösung hinweisen, Licht in sich tragen, aber sie erkannte es nicht. Sie hatte die Gabe für immer verloren.

Sidney musterte sie forschend, sah ihren Schmerz. Verlegen räusperte er sich. »Verzeiht, ich wollte Euch nicht drohen. Ich wünschte tatsächlich, wir könnten einen Blick in die Zukunft werfen.« Wieder versteinerte sich seine Miene. »Der halbe Hof bemüht sich derzeit darum. Angeblich gibt es in Newgate einen Mann, der in dieser Kunst bewandert ist.«

Lunetta riss den Kopf hoch. »Wen?«

»Er wird Enoch der Prophet genannt. Er sitzt im öffentlichen Tollhaus von Newgate und begeistert London mit wirren Visionen. Der Kerl saß jahrelang im Tower. Irgendwann hat er so getan, als sei er irre, um nach Newgate zu kommen. Was zeigt, wie schlau er ist ...«

Lunetta schrak zusammen. »Er saß im Tower?«

Sidney runzelte die Stirn. »Kennt Ihr ihn?«

Lunetta schüttelte den Kopf. »Nein, das ist unmöglich. Der Mann, den ich kannte, ist tot. Er muss tot sein! Er hieß Aleander von Löwenstein. Ein spanischer Inquisitor, der die Verbrennung meiner Mutter anordnete. Er kam in London zu Fall, weil er als Spitzel Verrat an König Heinrich beging.«

»Löwenstein? Nein, der Mann heißt Enoch, und er ist sehr lebendig, sein Geschäft blüht. Dudleys Spitzel schleichen beständig zu ihm, genau wie Scheyfves Leute. Abergläubisch wie Waschweiber!«

»Was sagt dieser Mann voraus?«, fragte Lunetta vorsichtig.

»Gefährlichen Unsinn, mehr will ich nicht wissen«, erwiderte Sidney abweisend. »Er fiel mir nur ein, weil er Karten benutzt. War das nicht auch Eure Spezialität?«

Lunetta öffnete verblüfft den Mund. »Woher wisst Ihr das?«

Sidney hob die Brauen. »Es ist überaus wichtig, seine Helfer so gründlich zu prüfen wie seine Gegner. Sogar noch gründlicher. Habt Ihr je von einem Tarot der Engel gehört?«

»Ein Tarot der Engel? Nein, nie.« Sie verzog nachdenklich die Stirn. »Aber es gibt Karten, auf denen Engel zu sehen sind.«

»Dann müssen diese Karten Blend- und Teufelswerk sein!«

»Wer sie richtig deutet, findet darin göttliche Fülle und Weisheit«, erwiderte Lunetta fest.

»Ich halte nichts von Mystikern und einsamer Gottesschau. Die Religion gehört in die Hände von geweihten Priestern.«

»Wenn Ihr das glaubt, warum wolltet Ihr dann einer Protestantin und Verräterin helfen?«

»Weil ich auch als Katholik dem Gesetz der Opal-Bruderschaft genauso treu bin wie ihr: Toleranz. Zudem war es Edwards Wunsch. Als Christ ist mir der Papst heilig, als Engländer der gesalbte König.«

»Weil Ihr ihm alles verdankt?«

Sidney fasste sie mit eisernem Griff beim Arm. »Genau wie Ihr! Kommt. Seiner Majestät geht es sehr schlecht. Er muss leben und sein Testament ändern, damit Dudley niemals durch Jane Grey regieren kann.«

Lunetta wusste, dass es zwecklos war, weiter nach Samuel zu fragen. Sidney interessierte sich nicht für das Schicksal ihres Sohnes, seine Pläne für England gingen vor.

Sie schlang den mitgebrachten Leinenbeutel fest um ihr Handgelenk und folgte dem Kammerherrn in einen der Dienstbotenkorridore, die den Königstrakt von Greenwich wie einen Ameisenbau durchzogen.

Der Gang war düster, nur Mauerschlitze ließen Tageslicht herein. Nachdem sie mehrmals kreuz und quer gegangen waren, schlugen ihnen unvermittelt Uringeruch und der Gestank von Exkrementen entgegen. Auf ihren Eilgängen von Gemach zu Gemach hatten sich viele Lakaien, Küchenpagen und Boten angewöhnt, sich hier zu erleichtern. Im Korridor war man unbeobachtet, anders als im großen Abtritt des Latrinenhauses, wo es auf zwei Stockwerken nur jeweils einen langen Donnerbalken gab und den Senkgruben infernalischer Dunst entstieg.

Der Korridor führte über einige Stufen nach oben und endete bei einer Treppenschnecke, die sie gebückt hochsteigen mussten. Sie erreichten wieder eine Tür. Henry zog einen Schlüssel hervor, den er an einer feinen Goldkette um den Hals trug.

Lunetta registrierte den schillernden Stein am Kettchen, das Erkennungszeichen der Bruderschaft. Samuel trug ihn als Ohrring, bei anderen steckte er in der Gürtelschnalle. Sie selbst hatte den seltenen Opal vor vielen Jahren vorgeschlagen, weil er die Kraft besaß, alle Farben auf sich zu vereinen. Arabern galt er darum als Stein der Hoffnung, gelehrte Griechen nannten ihn Freudentränen des Zeus, für Mystiker besaß er die Kraft der Erleuchtung, in der Bibel wurde er als Schmuck auf den Toren des himmlischen Jerusalem erwähnt.

Für Lunetta war es der Stein der sich erfüllenden Träume – Lambert und sie trugen ihn im Ehering. Was, wenn Samuel für ihre Träume sein Leben gelassen hatte? Gegen seinen Willen und als Opfer der ewig gleichen Machtspiele bei Hof? Samuel war nicht verschlagen, er hasste die Winkelzüge höfischer Intriganten. Wo zum Himmel steckte er nur?

Der Kammerherr stieß die Tür auf. Sie schlüpften in einen dunkel getäfelten Raum. Die Schlagläden vor den Fenstern waren geschlossen, in eisernen Schalen verglommen Guajakholz aus der Neuen Welt und Harze. Dichter als Themsenebel lag der Rauch in der Kammer, sodass sie kaum etwas erkennen konnten. An der gegenüberliegenden Wand stand ein Prunkbett, dessen Vorhänge zugezogen waren.

Lunetta hustete, der Rauch legte sich beißend auf ihre Lungen. »Bei Gott, habe ich Euch nicht gesagt, Ihr sollt Licht und Luft in den Raum lassen? Der arme Mensch erstickt ja!«

Sir Henry zuckte mit den Achseln. »Die Ärzte seiner Majestät wollen die schädlichen Miasmen vertreiben. Sie sagen, dass es eine feuchte Krankheit ist, die den König quält, feucht wie die Gifte und Ausdünstungen des weiblichen Schoßes. Solchen Übeln muss man mit Trockenheit, Hitze und Feuer begegnen.«

So wie man Hexen ins Feuer stößt, dachte Lunetta voller Ekel. Was für Tölpel!

Wenn sie nur an die maurischen Ärzte in ihrer Heimat Spanien dachte! Die meisten von ihnen waren längst verbrannt und mit ihnen ein Großteil ihres Wissens, etwa dass Sauberkeit eine Voraussetzung für Gesundheit war, dass Baden keineswegs lebensgefährlich war und dass weder frische Luft noch heißes Wasser Krankheiten verbreiteten.

Entschlossen legte sie ihren Leinenbeutel beim Bett ab, ging zu den verglasten Fenstern und riss eins nach dem anderen auf.

»Lasst die Schlagläden zu!«, warnte Sir Henry Sidney flüsternd. »Wenn Ihr sie öffnet, werden Edwards Leibwachen Dudleys Bootskarneval vergessen und sofort aus dem Garten hochstürzen!«

»Leibwächter!«, stieß Lunetta verächtlich hervor. »Alle Vorrichtungen, die hier getroffen wurden, sind geeignet, den Tod des Königs so schnell wie möglich herbeizuführen.«

Wie zur Antwort erklang ein Stöhnen hinter den Vorhängen. Rasch war Lunetta beim Bett und schob die Vorhänge zur Seite. Was sie im blakenden Licht einer Wandfackel sah, erschreckte sie, obwohl sie den Anblick von Siechtum und Tod gewohnt war.

Der fünfzehnjährige König glich jenen Monstren aus gelbem Wachs, die gern in Kuriositätenschauen gezeigt wurden. Seine Arme und Beine sahen schwarz und knochendünn aus, die papierdünne Haut war von Wunden übersät. Süßlicher Verwesungsgeruch entströmte dem offenen Fleisch, weiß schimmerten an einigen Stellen die Knochen durch. Edwards Bauch hingegen war bis zum Bersten angeschwollen. Von seinem rötlichem Haar – einem typischen Tudor-Erbteil – waren wenige Büschel geblieben, die grotesk in die Höhe standen. Wimpern und Brauen waren ausgefallen, das Gesicht glich schon einem Totenschädel mit tief in ihren Höhlen versunkenen Augen.

Lunetta legte ihre Hand sanft auf die Stirn des jungen Königs.

»Kühl«, seufzte er rau. »Wunderbar kühl.«

Lunetta griff nach ihrem Leinenbeutel und bat Sidney um einen Becher Wasser. Der Höfling schenkte aus einer Kanne ein, schnupperte gewohnheitsmäßig daran und trank.

»Kein Gift«, stellte er fest und goss den Becher wieder voll.

Lunetta wies ihn an, das Wasser in einem kleinen Dreibein über dem Kaminfeuer zu erhitzen, während sie einige Kräuter in einen Mörser schüttete und zerrieb. Sie arbeiteten rasch und in stummem Einvernehmen, während der junge König sich unter Krämpfen wand. Er war nur halb bei Bewusstsein. Sidney reichte Lunetta den Becher mit abgekochtem Wasser. Sie streute ihre Kräuter hinein, wartete, seihte den Sud schließlich durch ein Leinentuch in einen zweiten Becher und brockte Stücke einer zähen schwarzen Substanz in das Gebräu.

»Was ist das?«, fragte der misstrauische Sidney.

»Latwerge mit Schlafmohn und Opium. Es hilft gegen die Schmerzen.«

»Opium? Man sagt, es erzeugt Wahnsinn, es verwirrt die Sinne.«

»Dieser Junge …«

»Der König!«

»Er stirbt unter entstetzlichen Qualen. Opium lässt Schmerzen vergessen, und das ist das Gnädigste, was man noch für ihn tun kann.«

»Könnt Ihr sein Leben denn nicht doch noch retten oder wenigstens verlängern? Die Posse von Guildford Dudleys Vermählung mit Jane Grey muss enttarnt werden. Edward muss sein Testament ändern, sonst droht England ein blutiger Bürgerkrieg, vielleicht sogar Krieg mit Spanien, in jedem Fall aber Dudleys uneingeschränkte Tyrannei! Glaubt mir, ich liebe unseren König wie einen Freund, aber an ihm hängen so viele Leben.«

Lunetta schob ihren rechten Arm unter die dürren Schultern des Knaben und richtete ihn auf. Stöhnend legte er seinen Kopf zur Seite. Vorsichtig flößte sie ihm kleine Schlucke des Trankes ein. Sie sah, dass ihm das Schlucken Schmerzen bereitete, sie sah aber auch, wie sich sein Gesicht nach einigen Atemzügen entspannte. Wieder fiel sein Kopf gegen ihre Schulter. Sie ließ den Jüngling zurück in die Kissen gleiten, wo er in einen traum- und schmerzlosen Schlaf fiel. Sie betrachtete ihn nachdenklich, dann wandte sie sich zu Sidney um.

»Ihr kostet wirklich alles vor, was König Edward zu sich nimmt?«

»Seit er zehn Jahre alt ist, ist dies meine Pflicht«, bestätigte Sidney gekränkt. »Ich bin ihr stets nachgekommen.« Lunetta unterdrückte einen Seufzer. Ob Vorkoster, Hüter des Toilettenstuhls oder Prügelknabe – echte Höflinge liebten die Erniedrigung, die sie der Macht nahe brachte.

»Die ausgefallenen Brauen und die Magenkrämpfe verwundern mich«, sagte sie laut. »Wann begannen Edwards Haare auszufallen?« Sie griff nach den blauschwarz verfärbten Händen des Kranken. »Und seine Fingernägel!«

»Vor etwa vier Wochen, als ich ihn kämmte, fielen mir erstmals Büschel seiner Locken in den Schoß! Aber da schien er erstaunlich gesund zu sein, er blühte sogar auf. Erst in den letzten beiden Tagen wurde er beinahe vollständig kahl.«

Lunetta ließ ihre Augen über den Nachttisch gleiten, auf dem sich Tiegel, Fläschchen, Räucherwerk und Klistiere aneinanderreihten. An einem tönernen Töpfchen blieb ihr Blick hängen. Sie griff danach, hob den Korkdeckel und sog den Duft ein. »Was ist das?«

Sidney runzelte die Stirn. »Ein Salbe aus Skorpionöl, Moschusochsentalg und orientalischen Ölen. Sie soll die Wunden schließen und den scheußlichen Geruch von Verwe-... Nun ja, den Geruch ... bekämpfen. Der König bat mich, sie mit Patchouliöl zu beduften, dass ihm de Selve geschenkt hat. Ist Patchouli ein Gift?«

»Nein. Es vermag Motten und einiges Ungeziefer zu vertreiben. Die anderen Zutaten bewirken nichts.« Lunetta schüttelte den Kopf. »Wer gab dem König diese Salbe?«

»Es war ...«

Der harte Tritt von Stiefeln unterbrach ihn.

»Die Wachen!«, flüsterte Sidney. »Ihr müsst verschwinden.«

Lunetta ließ das Töpfchen in ihren Leinenbeutel gleiten. »Ich kenne jemanden, der uns Auskunft über die Bestandteile dieser Salbe geben kann.« Sie erhob sich betont langsam.

»Macht schon, geht!«

»Nicht bevor Ihr dafür sorgt, dass ich eine Audienz beim spanischen Botschafter Scheyfve bekomme! Ich will hören, was er über Samuel weiß.«

»Ich weiß nicht, wo Scheyfve sich aufhält.«

»Er liebt Feste und wird da sein, wo der Rest des Hofes hindrängt, bei der Hochzeit von Jane Grey.«

»Ich kann Euch dort unmöglich hinbringen«, wehrte Sidney ab. »Scheyfve wird Euch ohnehin nicht mehr viel nutzen.

Er ist nur noch wenige Wochen im Amt. Der Kaiser hat seinen Nachfolger schon bestimmt. Simon Renard.«

»Scheyfve ist der Dienstherr meines Sohnes. Besorgt mir ein schnelles Pferd. Ich werde allein nach Durham Palace reiten.«

Sidney lauerte an der Tür. Er schüttelte den Kopf. »Allein könnt Ihr nichts ausrichten.«

»Ich habe in meinem Leben schon weit gefährlichere Dinge getan.« Lunetta reckte das Kinn. Die Stiefeltritte wurden lauter, schon hörte man die Stimmen der Wächter. Sidney drängte Lunetta zu der geheimen Tür.

»Geht, geht! Ihr spielt mit Eurem Leben!«

»Und mit Eurem«, erwiderte Lunetta kalt. »Es wäre Eurem Ansehen bei Hof kaum förderlich, wenn man Euch mit einer Kräuterhexe am Bett des Königs entdecken würde! Euer Schwiegervater Dudley würde keine weitere Erklärung verlangen, bevor er Euer Todesurteil gegenzeichnet. Also, wo ist mein Pferd?«

2.

Er musste endlich von hier weg! Und erst recht das Mädchen! Lange würde sie den Quälereien von Joshua Painbody nicht mehr standhalten. Der ehemalige Folterknecht verlor langsam die Geduld mit einer Beute, die sich nicht versilbern ließ.

Hurenscheiße! Vielleicht ergab sich heute eine Möglichkeit, ihm zu entfliehen. Der König der Themsekais plante einen großen Beutezug, bei dem jeder auf eigene Faust arbeiten würde. Da wäre er unbeobachtet. Nats Blick fiel auf Cass, die, an eine Mauer gelehnt, schlief. Sie schien zu frieren. Behutsam zog er den Kittel, den sie trug, enger über ihrer Brust zusammen. Im Schatten des Brückenbogens war es kalt, selbst an diesem strahlenden Maitag. Der Morgendunst saß noch in den Ritzen des Mauerwerks. Er verdichtete sich zu Wasserrinnsalen, die vom Gewölbe und von den Pfeilern rieselten. Ein qualmendes Feuer aus Schwemmholz spendete kaum Wärme.

Das Rauschen des zwischen den Pfeilern durchschießenden Flusses betäubte die Ohren und versetzte Painbodys Schar in einen ewigen Dämmer. Kreisende Branntweinkrüge taten ein Übriges. Erst das Dröhnen von Trommeln und der Schall von Fanfaren brachte Bewegung in den Haufen.

Nat sprang auf die Füße, lief zur Kante des Brückenfundaments und spähte flussabwärts. Er kniff die Augen zusammen und suchte einen Wald von Schiffsmasten ab, der die Themse bedeckte. Wie immer waren östlich der Brücke unzählige Schiffe vertäut: venezianische Galeeren, spanische Galeonen, niederländische Koefs, dazu die Boote von Austernfischern und Pennyfähren. Der Junge sah, dass die Fahrrinnen in der Mitte frei gerudert und Schiffe dichter an Kais und Anleger gezogen wurden.

»Sie kommen!«, rief er. »Der Hochzeitszug! Sie werden gleich die letzte Biegung nehmen!« Mit Kennermiene prüfte er die Strömung. »In einer Viertelstunde werden sie in Sicht sein, in weniger als einer halben die Brücke passieren.«

Er wusste, dass er recht behalten würde. Schließlich ging er seit Jahren seinem Geschäft als Themseschwalbe nach. Selbst bei Nacht konnte er jedes Treibgut ausspähen, und an ruhigen Stellen zog er lohnenden Abfall mit Eisenstangen aus der Flut.

Am meisten Wert legte Joshua Painbody auf ertrunkene Bootsmänner, die ein Opfer der Stromschnellen vor der Brücke geworden waren. Fette Beute, falls der Schiffer Fährlohn bei sich trug. Noch lukrativer war das Auffischen eines Schiffsgastes, der dumm oder betrunken genug gewesen war, nicht auszusteigen, bevor die Pfeiler passiert wurden. Vernünftig war, wer vor der Brücke ausstieg, sie zu Fuß umging und den Kampf mit den Stromschnellen dem Fährmann überließ. »Aber wer ist in dieser Stadt schon vernünftig?«, pflegte Painbody zu sagen. Sicher war die Flusspassage allein in der Mitte der London Bridge und in festen Barken und Schiffen, doch das Heben der Zugbrücke kostete Geld und Zeit.

Nat drehte sich zu der schlafenden Cass um. »He du! Wach auf! Wir gehen heute nach Westminster.« Verstohlen schaute er sich um und senkte die Stimme. »Im Getümmel dort können wir endlich entkommen.«

Cass öffnete langsam die Augen. »Wohin?«

»Lass das mal meine Sorge sein, ich kenn einen, der uns Geld geben kann.«

Cass' Blick blieb seltsam entrückt und teilnahmslos, sie

schien wie losgelöst zu sein von diesem Ort. Um ihren Kopf waren schmutzige Lumpen gewunden, sie trug einen unförmigen Kittel aus Sackleinen, unter dem ein Flachshemd vorblitzte, ihre Füße waren mit Lederfetzen umwickelt.

»Ich bin müde«, sagte sie endlich. »Ich will nirgends mehr hin.«

Der Junge verzog verärgert die Stirn. »Aber ich. Und du wirst mitkommen, hörst du? Ich ...«

»Nat, du Ratte, was hast du wieder mit dem Mädchen zu tuscheln«, mischte sich heiser ein schmieriger Hüne in Gerberkluft ein. Painbody rappelte sich hoch. Der Mann hatte ein knochiges Gesicht mit einer Nase, deren Krümmungen verrieten, dass sie mehr als ein Mal gebrochen sein musste. Er entriss einem Bettler den Branntweinkrug, tat einen Zug und kam auf die Beine. Cass drängte sich dichter an die Mauer.

Der König der Themsekais zog seinen Fellschurz zur Seite und pinkelte in den Fluß, dann wischte er sich die Hände am Schurz und rülpste. Die üblichen Verrichtungen seiner Morgentoilette.

»Es wird Zeit, aufzubrechen«, sagte er und wandte sich Cass zu. »Deine Schonzeit ist vorbei. Du wirst uns diesmal begleiten und zwar zum Betteln. Noch keinen einzigen Penny hast du uns dabei eingebracht.«

»Ich bin eben keine Bettlerin«, sagte Cass tonlos.

»Was auch immer du bist. Faulenzer können wir nicht gebrauchen.« Grinsend betrachtete er Nat. »Sag ihr, wie wir es mit Faulenzern und Verrätern halten.«

Der Junge biss sich auf die Lippen.

»Mach schon!«, bellte Painbody und hob seine prankengroße Hand zum Schlag.

»Sie werden gebunden und in den Fluss geworfen«, presste Nat zwischen den Zähnen hervor.

»Genau. Oder wir machen sie bettelreif.«

Er riss ein Schabemesser unter seinem Handwerkerschurz hervor und trat auf Cass zu. »Eine abgetrennte Hand, durchschnittene Kniesehnen, das vermag in manchen Fällen das Mitleid der Brückenbürger zu wecken. Dazu dein blasses Dämchen-Gesicht. Nun …?«

Cass verharrte reglos bei der Mauer. »Ich werde euch nicht bei Diebestouren begleiten«, protestierte sie schwach. »Ich bin nicht wie ihr.«

Der Gerber beugte sich drohend zu ihr hinunter. »Wie bist du denn dann? Zu vornehm, um uns deinen Namen zu verraten, hä? Nun, wir sind nicht vornehm und müssen schauen, wo wir bleiben. Wenn es freilich einen gäbe, der ein Lösegeld für dich zahlen könnte …«

»Ich habe dir schon mal gesagt, mein Name ist Cass, und mehr weiß ich nicht.«

»Cass von Katherine?«

»Nein«, sie runzelte die Stirn, während sie sich bemühte, einen aufblitzenden Gedanken zu fassen. »Von Cassandra«, sagte sie schließlich. Ja, Cassandra war richtig, das wenigstens wusste sie. Irgendwann einmal war sie auf diesen Namen getauft worden.

»Und weiter?« Der Gerber fixierte sie mit blutunterlaufenen Augen.

»Ich … Ich weiß es nicht«, stammelte Cass. »Ich weiß es wirklich nicht.« Sie schlug die Hände vors Gesicht. Ja, sie kannte ihren Vornamen, sie kannte sogar einige der Gassen rund um die London Bridge, die sie in den vergangenen Tagen mit Painbodys Bande auf der Suche nach essbarem Abfall oder prallen Geldkatzen durchstreift hatte. Sie wusste, sie war in der City von London, sie erkannte die Gerüche der Stadt, das Gerumpel von Kutschrädern war ihr ebenso vertraut wie der

Anblick knarrender Wirtshausschilder und die Zunftwappen der Werkstätten.

Aber mit nichts von alledem verband sie Erinnerungen oder Gefühle, dass sie dorthin gehörte. Es war, als habe sich eine Tür zu ihrem Gedächtnis verschlossen, der Zugang zu ihrem Leben, zu allem, was einen Menschen ausmachte. Mit niemandem, auch nicht mit sich selbst fühlte sie sich verbunden. Ihr Kopf glich einem unbewohnten Haus voller leerer Zimmer, ihre Gedanken waren unbeseelte Gegenstände, die sie betrachten und benennen, aber nicht fühlen konnte.

All das ängstigte sie ohnehin schon, aber zusätzlich lag über allem eine tiefe, bedrohliche Furcht. Todesfurcht, die bei Nacht in Bildern lebendig wurde. Sie sah einen Turm, eine Gestalt, die nach ihr griff, eine andere, die an ihr zerrte, und dann fiel sie.

Sie besaß nichts, was an ihr vergangenes Leben erinnerte, außer dem Flachshemd unter dem Kittel und ... Sie tastete vorsichtig nach dem seltsamen und kostbaren Stein, den sie im Hemdsaum verborgen hatte. Eine innere Stimme riet ihr, diesen Stein nicht an Painbody weiterzugeben – er würde nur noch mehr verlangen.

Rasch ließ Cass ihre Hand wieder in ihrem Schoß verschwinden.

»Ich weiß es nicht«, äffte Painbody sie nach. »Willst du mit dieser dünnen Lüge mein Mitleid erwecken?«

Cass schaute ihn wie aus weiter Ferne an. Dieser Mann war widerlich, aber sie wusste, dass er nicht der Grund für ihren elenden Zustand war und auch nicht für ihre tiefsten Ängste. »Ich lüge nicht, und ich weiß, dass ich hier nicht hingehöre.«

»Und wohin dann?«

Greenwich, dachte Nat, aber das musste sein Geheimnis bleiben, bis er einen Weg gefunden hatte, mit Cass von Painbody wegzukommen, und auch dann wäre der Palast sicher nicht der richtige Ort für dieses Mädchen. Den konnte allein Master Enoch wissen. Es war ein Fehler gewesen, Cass herzubringen, aber er hatte sie aus dem Fluss gezogen und Hilfe benötigt, um sie vom Ufer wegzutragen.

»Vielleicht sollten wir es mit einem Gefängnis versuchen«, schlug Painbody mit listigem Blick vor. »Oder mit dem Tollhaus von Newgate? Wärst kein schlechter Augenfang, so blutjung unter den schreienden und sabbernden Irren. Nat, was meinst du, du treibst dich doch ständig dort rum?«

Der Junge nickte, froh darüber, die Aufmerksamkeit von Painbody auf sich zu lenken. »Soll ich mit ihr hingehen?«, fragte er vorsichtig.

Der König der Kais richtete sich auf und lachte. »Ah, ich wusste, dass du mir entwischen willst. Aber du gehörst mir! Der elende Prophet hatte mir reiche Beute versprochen, stattdessen hat er dich wochenlang durch die Gegend gehetzt, ohne das sonderlich viel dabei rausgesprungen ist.«

»Ich hab immer was abgeliefert«, protestierte Nat.

»Das meiste hast du für Vergnügungsfahrten auf dem Fluss verplempert. Der Prophet ist ein Schwätzer. Hab dem Kerl nie getraut, schon im Tower nicht. Der schien jede Folter zu genießen.« Er musterte Cass, die unbeeindruckt zu sein schien, egal, wie sehr man sie quälte.

»Hm, man könnte ihre Haare versilbern. Die reichen ja bis auf den Hintern. Kenn da einen Perückenmacher.« Er riss an einer Strähne und legte sein Schabemesser an. Cass schrie auf.

Nat drängte sich dazwischen. »Lass sie endlich in Ruhe, Joshua«, warf er tapfer ein. »Sie ... Sie steht unter meinem Schutz.« Mit dünner Stimme setzte er hinzu: »Der Verkauf ihrer Gewänder könnte uns ein hübsches Sümmchen bringen.«

Der strahlende Klang einer Fanfare riss Painbody herum, er kniff die Augen zusammen und erkannte Schiffe des Hochzeitszuges auf dem Fluss.

Er beeilte sich, seine Kumpane mit Fußtritten zu wecken. Nat drängte sich näher an die zitternde Cass heran.

»Wir müssen hier weg! Begreif es endlich!«, flüsterte er. Cass tastete nach seiner Hand und drückte sie mechanisch. Sie wusste, dass dieser Nat es gut mit ihr meinte, aber seine Zuneigung erzeugte kein Echo in ihr. Hatte sie immer ein so kaltes Herz besessen, das nur dann schneller schlug, wenn sie Angst hatte? Oder hasste sie alle Menschen?

»Was heckt ihr zwei jetzt wieder aus? Ich weiß, dass ihr Geheimnisse habt.« Painbody hob warnend die Stimme. »Geht es um ein Weiberunglück, das dich zum Sprung ins Wasser getrieben hat? Na? Hat dich ein Knecht geschwängert? Oder war es ein Adelsbübchen?«

Cass schreckte unwillkürlich hoch. Ihr Blick war mit einem Mal hellwach und lauernd.

Painbody kostete ihre Furcht aus. »Ah, jetzt kommen wir der Sache näher«, sagte er und gab seiner Miene den Anschein großväterlicher Güte. »Nun, schwing deinen Hintern und gib mir vom Morgenbrei oder willst du erst meine Rute spüren?«

Grinsend griff er sich an den Schurz. Gelächter belohnte seinen Scherz. Mit angeekelter Miene krabbelte Cass auf einen Kessel zu, der über dem Feuer hing. Sie fasste nach einer Holzkelle und rührte eine Blasen werfende Masse aus Gerste und Fleischfetzen um.

»Hab gestern Abend noch Häute und Därme vom Hundeschläger abgezweigt. Ich tippe auf entlaufenes Schoßhündchen«, brabbelte ein zahnloser Knochensammler, der neben dem Topf Nachtwache gehalten hatte, und grinste. Mit leuchtendem Blick starrte er auf Cass' schimmernden Hals und tastete sich mit den Blicken zu ihren Brüsten vor, die sich unter dem Sackkittel abzeichneten.

»Hör nicht auf Joshua!«, wisperte er verschwörerisch. »Du bist ein appetitliches Weibsstück. Der Brei wird dich rund und prall machen.« Laut fuhr er fort: »Was scheren einen geilen Bock schon die Haare, wenn nur die Äpfelchen hübsch saftig sind.«

Painbody lachte und versetzte dem Knochensammler einen Tritt. »Bist ein echter Kavalier, du Hurensohn. Nun, wenn sie wieder Fett ansetzt, können wir sie wirklich auf Londons Geckenparade ansetzen: Landsknechte, Matrosen, Studenten und Adelsgeschmeiß, dem nachts das Bockshorn schwillt.«

Cass schoss ihm einen wütenden Blick zu.

Painbody grinste. »Ah, mir scheint, bei dir dämmerts. Dein Leib hat sein Gedächtnis also nicht verloren.«

»Du wirst mich zu gar nichts zwingen!«, schrie Cass und riss drohend die Kelle aus dem Topf. Nat kauerte sich neben sie und richtete seinen mageren Oberkörper auf.

Painbody lachte nur, seine Kumpane schlossen sich an. Er entriss ihr den Holzlöffel, band eine Schale von seinem Gürtel und füllte sie mit dem Brei. Schlürfend leerte er sie. Die anderen drängten sich um den Kessel, tauchten die Hände hinein und fraßen ihn in Windeseile leer.

Painbody nickte. »Also, Cassandra ohne Namen. Du wirst uns heute Beute im Wert von – sagen wir – einem Hurenlohn beschaffen. Als Kostgeld. Nat kann dir zeigen, wie so was geht. Er ist meine beste Taschenelster.«

»Ich stehle nicht!«

Der Gerber machte einen Kratzfuß. »Verzeiht, werte Lady, Ihr haltet es also mit der Moral? Zu spät, Mädchen, dafür bist du etwas zu schwanger, und Moral macht nicht satt.« Dann wandte er sich seinen Gefolgsleuten zu. »Macht voran, damit wir heute Abend was Besseres zwischen die Zähne bekommen. Vielleicht Hühner mit Honigkruste oder einen Pfauenschlegel.« Er zog Rotz hoch und spuckte ihn genau vor Cass' Füße. »Erinnerst du dich an solche Köstlichkeiten, kleine Lady? Hast du sie je genossen?«

»Du hast kein Recht, mich so zu behandeln.«

Painbody griff nach ihrem Kittel, wand ihn vor ihrer Brust zu einem Knoten und zog sie dicht an sich heran. »Kein Recht? Wie wahr! Ich habe keine Rechte. Und darum habe ich auch keine Pflichten, mein Mädchen! Verdammt, wenn du uns deinen Namen verraten würdest, könnten wir deine Familie suchen. Gegen einen saftigen Finderlohn habe ich nichts einzuwenden. Nun? Wer vermisst dich? Oder hast du ein so schweres Verbrechen begangen, dass du dich nicht erinnern willst?«

Cass schüttelte den Kopf. Der schmutzige Verband löste sich und entblößte eine blutverkrustete Wunde an ihrem Hinterkopf. »Ich ... Ich erinnere mich an nichts. Wirklich nicht!«, stieß sie hervor.

»Nun denn!«, brüllte Painbody. »Dann bist du ab jetzt die Königin der Gossenschwalben. Mein schmutzigster Traum und – wenn ich will – mein Stoßgebet. Komm, ich führe dich zu einem prächtigen Fest!« Er tänzelte eine kleine Pavane. »In Lord Dudleys Palast!«

Die Brückenbögen hallten von Gelächter wider, während sich die zehnköpfige Lumpenschar aufrappelte.

»Dudleys Palast? Der Weg ist viel zu weit ...«, begann Cass, als das Gelächter verebbte.

Hurenscheiße! Wusste das Mädchen doch mehr, als es bislang verraten hatte?

Painbody drehte sich langsam zu ihr herum.

»Du kennst Dudleys Haus an der Themse?«, fragte er.

Cass öffnete den Mund und schloss ihn wieder. Sie war selbst verblüfft. Ja, sie kannte es, und sie kannte Lord Dudley. Sie wusste, wer er war, sie wusste auch, dass der Fußweg durch das Gassengewimmel der City bis nach Westminster einer Tortur glich, weil sie ihn einmal gegangen war. Müde, erschöpft, auf sehr kurzen Beinen. An der Hand einer Frau. Stolpernd und voller Angst. Wann? Nur wann?

Painbody starrte interessiert auf sie hinab. Er winkte mit der Hand nach Nat. »Hol ihr Kleid. Mach schon.«

Der Knochensammler lief zu einem Sack, der vom Mauergewölbe herabbaumelte, ließ ihn auf den Boden und zog ein Bündel grün-weißer Seide heraus. Zärtlich faltete er es auseinander. Nat riss es ihm aus den Händen. Cass drehte den Kopf und erkannte, dass man die verdorbene Seide gereinigt und mit Steinen geglättet haben musste. Ein Stich fuhr ihr ins Herz, als sie das Kleid sah, das sich in einem lauen Windstoß blähte. Es schien, als tanze es zu dem Lautenklang, der von den Barken zu ihnen herüberwehte und sich zu einem hohlen Echo verstärkte, als er von Steinpfeiler zu Steinpfeiler sprang. Die Schiffe von Greenwich passierten die Brücke.

Cass spitzte die Ohren, in ihrem Kopf setzten sich die Töne zu einer Melodie zusammen. »O come ye beautiful maidens …« Eine schmelzende Ballade. Ihr Hirn formte mühelos die folgenden Textzeilen. Painbody beobachtete sie genau.

»Bringt ihr Wasser für ihr Gesicht.« Er wandte sich an Cass. »Und du, zieh das an. Für ein Fest sollte man hübsch sein. Mir scheint, Dudleys Palast ist genau der Platz, der deinem müden Hirn auf die Sprünge hilft. Keine Bange, wir werden nicht zu Fuß gehen. Ich spendiere eine Fahrt im Kahn.«

Er machte eine kurze Pause, während Nat mit einem nassen Lumpen gelaufen kam. Eifrig wusch der Junge Cass' Gesicht und Arme. Sie ließ es geschehen.

»Nicht schlecht«, brummte Painbody. »Vielleicht können wir dich ja in Dudleys Haushalt an den Mann bringen. Und wenn nicht, wirst du dich doch sicher an eine Seitenpforte erinnern, ein Schlupfloch in der Gartenmauer, einen Weg über die Küche. Es gibt kein Adelshaus ohne geheime Zugänge, und ich bin mir sicher, du kennst sie.«

3.

Auf der Strasse nach Canterbury zur selben Stunde

Langsam schaukelte der Reisewagen über die alte Römerstraße von Dover nach London. Die Eisenräder sprangen über Lehmkrusten, der Wagen knarrte und neigte sich zur Seite. Ein Reiter in Gelehrtentracht löste sich aus dem Gefolgszug und schloss zu dem Gefährt auf. In Höhe des Kutschbocks zügelte er sein Pferd.

»Verflixt, Goswin! Geht es nicht schneller?«

Der alte Kutscher hob zu wortreichen Erklärungen an. »Das is ne bescheidene Straße, Zimenes, eine äußerst bescheidene Straße. Beim letzten Schlagloch ging einer Eurer Glaskolben zu Bruch. Dabei heißt es immer, die Engländer hätten beste Handelswege für ihre Wolle! Pah! Und der Stellmacher, der die Karrosse gezimmert hat, gehört vor ein Zunftgericht! Die Achse ächzt und seufzt wie ein altes Weib beim Holzmachen, die Pferde sind widerborstig und ...«

»Du hast schon ganz andere Wagen gelenkt, und sogar Spaniens Pässe haben wir ohne Schaden überwunden«, unterbrach ihn der Reiter, dessen dunkle, vornehme Züge die südländische Herkunft verrieten, obwohl er in deutscher Zunge mit dem Kutscher sprach.

Goswin brummelte, war aber ob des versteckten Lobs besänftigt. Er suchte das Gewirr aus Fahrrinnen vor sich ab und lenkte das Gefährt in tiefer ausgefahrene Bahnen. Der Reiter dirigierte sein Pferd zum Heck des Wagens.

»Mit diesem elenden Karren werden wir noch Tage bis London brauchen, Señor Scheyfve«, beschwerte er sich bei einem beleibten Flamen, der im Wageninneren auf einem Berg aus Daunenkissen thronte. Der Dicke trug die spanische Tracht seines kaiserlichen Dienstherrn Karls V. Gelbliche Flecken, Spuren von Hafer und Fett, verunzierten den gestickten Wappenadler und verrieten die Speisefolge von Scheyfves Frühstück: Eier, Brei und Speck.

Gesättigt hatte es den Flamen offensichtlich nicht. Mit der linken Hand umfasste er eine Hartwurst, mit der rechten klammerte er sich an einen Haltegurt am Wagenrahmen.

Träge steckte er den Kopf hervor und sah zum Himmel. »Gegen Mittag werden wir in Canterbury sein«, gab er kauend Auskunft. »Also bald.«

»Ich weiß, wie die Sonne steht, und Canterbury interessiert mich nicht«, erwiderte Gabriel Zimenes verärgert. Scheyfve übertrieb es nicht nur mit dem Essen, sondern auch mit den diplomatischen Tugenden – ausweichen, vertrösten und ablenken.

»Canterbury sollte Euch interessieren«, versetzte der Botschafter heiter. »Es ist eine Stadt heiliger Wunder, auch wenn der verstorbene Heinrich sie ihrer schönsten Schätze beraubt und viele Kapellen geschleift hat! Denkt an die alten Pilgergeschichten und die Kathedrale. Sie ist immer noch einen Besuch wert. Die Wandmalereien haben dem Bildersturm widerstanden, weil den Farben gemahlene Edelsteine beigemischt sind. Eine Pracht! Die Katholiken verstehen sich auf die Kunst.«

Zimenes hatte die Posse aus munterer Konversation, die beide seit ihrem Zusammentreffen in Dover vor zwei Tagen spielten, gehörig satt. »Señor Scheyfve, lasst den Unsinn! Ich dachte, Ihr wollt so rasch als möglich nach London und dann in den Norden, um Maria Tudor beizustehen.«

»Eile mit Weile, lieber Zimenes, und *carpe diem!* Das wird uns beiden gut bekommen.«

»Ich will keine Fresken bestaunen. Ihr wisst, warum. In Dover erhielt ich eine alarmierende Nachricht von Lunetta. Meine Nichte leidet Todesängste um ihren Sohn, der spurlos verschwunden ist. Ihr Mann Lambert wurde verhaftet, und ihr plaudert von nichts als Würsten und Kirchen. Ich muss nach London, um Samuel zu suchen.«

Scheyfve klopfte die Kissen zurecht. »Ich weiß, aber mitunter kommt man auf Umwegen schneller zum Ziel und wird mit einer Ahnung von Gottes Wundern belohnt. Vertraut mir: Alles kommt zu dem, der warten kann.«

»Wollt Ihr mir nicht endlich sagen, wo Samuel steckt?«, brauste Zimenes auf.

Zwei spanische Wachsoldaten schlossen zu ihnen auf und tippten hochmütig an ihr Barett, dann preschten sie zur Spitze des Zuges, den ein weiterer Hofbeamter in Prunkuniform anführte.

Scheyfve schaute den Soldaten hinterher. Sein mondrundes Gesicht verriet Unmut. »Das war knapp, Zimenes! Ich habe Euch gewarnt: Sprecht nicht so offenherzig von Euren Absichten, wenn Soldaten meines Nachfolgers Renard in der Nähe sind. Vergesst Eure Tarnung nicht, sonst kann ich nichts für Euch tun: Ihr seid als der künftige Leibarzt von Maria Tudor hier und als glühender Anhänger der spanischen Politik.«

»Warum zum Teufel ist es so gefährlich, von Samuel zu reden?«, zischte Zimenes. »Er ist Euer Sekretär. Warum hat er Euch nicht nach Dover begleitet, wenn er noch lebt?«

»Weil er dann kaum noch mein Sekretär wäre.« Scheyfve schnupperte zärtlich an seiner Wurst. »Noch einmal: An der Spitze des Zuges reitet Renard. Er gebärdet sich schon wie der Herr und hält Euch und sogar mich für seine tumben Knechte. Lassen wir ihm diesen Glauben, und spielen wir die Narren, die er in uns sehen will.«

Scheyfve biss von der Wurst ab. Beim Kauen verwandelte sich sein Gesicht in seliges Lächeln. »Ah, dass Ihr mir diese Wurst aus meiner niederländischen Heimat mitgebracht habt, werde ich Euch nie vergessen. Wie habe ich diese Pfefferwürste vermisst! Ihr seid ein wahrer Freund.«

»Zum Teu-«

»Vorsicht!«, raunte Scheyfve lächelnd. »Und guckt nicht so streng!«

Zimenes Gesicht erstarrte zur Maske, als weitere Soldaten Renards ihren langsamen Wagen passierten. »Als Arzt, Señor Scheyfve, rate ich Euch, fette Speisen nicht in solchen Unmengen zu Euch nehmen. Sie verkürzen Euer Leben.«

Scheyfve seufzte. »Ach, Zimenes. Mein Leben war lang genug. Ich bin sechzig. Was sollte meinen alten Tagen noch Würze geben, wenn nicht das Essen? Die hohe Kunst der Politik versteht mein Nachfolger besser.«

Als Renards Soldaten außer Sicht waren, versuchte Zimenes noch einmal sein Glück. »Was verheimlicht Ihr mir?«

Wieder wich Scheyfve aus. »Englands Hofköche haben nie besonders einfallsreich gekocht, aber schmackhaft. Neuerdings verderben sie das Essen nach französischer Sitte. Bah! Frischen Fisch verdirbt man mit Moschus, ertränkt ihn in Rosenwasser und bepudert des Königs Speisen dick mit Goldstaub! Das soll sein Herz und die Lungen kräftigen. Dudley, dieser Kretin, übernimmt solchen Unsinn, um die Diplomaten vom unermesslichen Reichtum Englands zu überzeugen. Mich nicht! Die Kassen des Königs sind leer wie die unseres Kaisers, aber ich gebe nicht mit prachtvollen Kutschen an.«

»Worauf wollt Ihr nun wieder hinaus?«, fragte Zimenes mit wachsender Ungeduld. »Für einen guten Wagen sollte das Gold, das Renard aus Spanien mitgebracht hat, wohl langen.«

Scheyfve richtete sich in den Kissen auf und hielt nach weiteren Reitern Ausschau, sah aber nur die eigenen Leute. »Lasst Renard sein Gold, es ist wenig genug. Der Kaiser kann sich keinen weiteren Krieg leisten und hofft, dass ein bisschen Bestechung hier und da Englands Minister dazu bringen wird, Edwards Testament für Jane Grey anzufechten. Ah, sie werden die Dukaten wie Birnen nehmen! Aber helfen wird das nicht, ich kenne sie. Bestechung kann Maria Tudor nicht retten. Anders als Renard setze ich auf die Weisheit der Opal-Bruderschaft: *Omnia vincit amor.*«

»Was soll das heißen?«

»Das englische Volk liebt Maria Tudor und wird sich auf ihre Seite stellen, wenn es erst erfährt, was Dudley treibt. Und daran arbeite ich. Dazu brauche ich Zeit und Männer, die bereit sind, im Namen des Kaisers gegen ihn und für die Gerechtigkeit zu arbeiten.« Scheyfve senkte die Stimme, sein Gesicht wurde ernst. »Hört gut zu, Zimenes. Dudley verheiratet um diese Stunde seinen Sohn mit Jane Grey. Vermutlich hat er schon längst Mörder gedungen und Giftmischer unter die Köche von Maria geschmuggelt, um sie zu töten, sobald Edward stirbt. Wenn es so weit ist, braucht sie einen Leibarzt, der sich mit Giften auskennt.«

»Mag sein, aber mein Interesse gilt zuallererst der Familie und nicht der Politik.«

»Das ist mir durchaus bewusst, aber bedenkt, dass Ihr nur so lange sicher seid, wie Ihr meinen Schutz genießt.«

»Wollt Ihr mich erpressen?«

Scheyfve winkte ab. »Wir kennen uns seit Jahren. Haltet Ihr mich für so einfallslos? Wenn Ihr wüsstet, was ich für Euch und Eure Familie schon alles getan habe und im Augenblick tue, würdet Ihr Euch genauso wie ich entspannen. Wie wäre es mit einem Schluck?« Er griff nach einem Tonkrug. Plötzlich kippte der Wagen, begleitet von einem hässlichen Knirschen, zur Seite und hielt an. Scheyfve purzelte von den Kissen und verschluckte sich.

Zimenes zügelte seinen scheuenden Hengst. »Diese verfluchten Schlaglöcher!«

»Helft mir!«, krächzte Scheyvfe mit puterrotem Gesicht.

»Verflucht!« Zimenes sprang vom Pferd, kletterte zu Scheyfve und klopfte ihm, der unter einer Hustenattacke blau anlief, den Rücken. Scheyfve spuckte einen Wurstzipfel aus und schnappte nach Luft. »Fette Kost bekommt Euch wirklich nicht«, spottete Zimenes.

»Das Kräuterbier war schuld«, protestierte Scheyfve.

Hinter ihnen hielten die Reiter ihre Pferde an und nutzten die unverhoffte Pause, um aus ihren Sattelflaschen zu trinken.

Zimenes kroch zu seinen Kisten und untersuchte die Halterungen. Er stopfte die Decken, die die Wagenstöße abdämpfen sollten, fester um Glaskolben, irdenes Geschirr, Mörser und Phiolen.

Sie hörten, wie Goswin fluchend vom Bock sprang.

»Diese verfluchte Wagenachse!«, brummte er und kroch unter die Karosse, um den Schaden zu untersuchen.

Scheyfe war hinter Zimenes von der Ladefläche herabgestiegen. Er hob die Brauen und schüttelte bedächtig den Kopf. »Liebe Freunde, glaubt mir, dieser Wagen ist ein Geschenk Gottes. Ich habe ihn persönlich ausgewählt, genau wie die Pferde.«

»Von Würsten versteht Ihr entschieden mehr«, sagte Zimenes und beugte sich zu Goswin hinab.

»Was ist?«

»Glatter Achsenbruch«, knurrte der Kutscher. »Das war es dann für heute. Ich werde voranreiten und einen Stellmacher auftreiben müssen.«

Zimenes ballte die Fäuste. »Ich werde dich begleiten und dann allein nach London weiterreiten.«

Eine weiche Hand legte sich auf seine Schulter. »Das werdet Ihr nicht tun.«

Gabriel Zimenes drehte sich wütend zu seinem flämischen Reisegenossen um. Der reckte das Kinn in Richtung des Horizontes. »Der Turm der Kathedrale von Canterbury. Ein Fingerzeig Gottes. In London erwartet uns nichts dergleichen.«

»Zum Teufel, ich habe Eure Scharade satt, Scheyfve. Was soll dieses ständige Gerede von Würsten, Kirchen und ...«

»Musik!«, dröhnte der Diplomat fröhlich. »Musik gehört auch zu meinen Leidenschaften. Schade nur, dass am englischen Hof seit Edwards Krönung die schwerblütige Motette in Mode ist und die geistlichen Gesänge.« Er schüttelte sich. »Ich schätze heitere Melodien. Kennt Ihr die?« Lauthals stimmte Scheyfve ein derbes Lied seiner Heimat an. Zimenes wollte sich abwenden, als er aus den Augenwinkeln die Wachsoldaten heranreiten sah, die vorhin zum Trossführer Renard aufgeschlossen hatten.

»Ola!«, riefen sie auf Spanisch. »Warum habt Ihr angehalten?«

»Ein plötzlicher Achsenbruch«, antwortete Scheyfve an Zimenes' Stelle im Ton aufrichtigen Bedauerns. »Wir werden in Canterbury bleiben müssen, um die Reparatur des Wagens abzuwarten, während Señor Renard seinen Weg fortsetzt. Seine Mission für Maria zwingt ihn zur Eile.«

Einer der Soldaten verzog misstrauisch das Gesicht. »Der Arzt wird allein mit uns weiterreiten.«

Zimenes machte Anstalten sein Pferd zu holen. Scheyfve hielt ihn am Ärmel zurück.

»Er kann nicht mit Euch kommen. Es wäre zu riskant, die Ausrüstung unbewacht zu lassen. Sie ist unersetzlich. Bestellt das Renard! Immerhin braucht Señor Zimenes die Gerätschaften zur Herstellung von sehr speziellen Giften.« Zimenes stutzte. Scheyfve lächelte unbekümmert. »Und Gegengiften.«

»Er kann die Ausrüstung in einen von Señor Renards Wagen umladen und dann mit uns weiterziehen«, gab der Soldat unwirsch zurück.

Plötzlich tauchte Goswins Kopf unter der Kutsche vor.

»Imposible!«, knurrte er auf Spanisch. »Imposible, compadre! Mir sind mit diesem Wagen schon mehrere Teile der Ausrüstung zu Bruch gegangen. Wir brauchen ein spezielles Gefährt, und ich brauche den Rat meines Dienstherrn, wie die Ladefläche gestaltet werden muss.«

Scheyfve nickte eifrig. »Genau. Und zudem müssen wir einen Glasbläser aufsuchen, der Ersatz für zersprungene Gefäße fertigen kann. Bestellt das Renard. Und sagt ihm, ich vertraue ihm voll und ganz. Gern kann er in London meine Amtsgeschäfte übernehmen und mit den Ministern verhandeln. Wir werden in einigen Tagen nachkommen. Allerhöchstens zwei Wochen werden wir brauchen.«

Zimenes bemühte sich, seine wachsende Verblüffung zu verbergen. Er spürte einen sanften Druck auf seinem Arm, sein Blick glitt über Scheyfves Hand und fiel auf den glitzernden Opal-Ring am Mittelfinger. Zögernd nickte er. »Es stimmt. Ich muss mich um neue Geräte kümmern, sonst nutzt mir all meine Kunst wenig.«

Die Wachsoldaten berieten sich flüsternd. »Wir werden es Señor Renard bestellen. Aber wir müssen Eure Leibwache mitnehmen. Sie kennen sich besser aus und sind mit den Gefahren dieses Landes vertraut.«

Scheyvfes Mondgesicht leuchtete auf. »Aber gewiss! Alles, was der Sicherheit meines geschätzten Nachfolgers dient, soll geschehen. Es ist mir eine Freude. Macht Euch um uns keine Sorgen. Man wird uns schon nicht behelligen.«

Er winkte nach seiner Garde. Es war eine Gruppe von zehn Männern. Sie trabten mit feindseligem Gesicht auf Renards

Leute zu. Scheyfve empfing sie mit dem Lächeln eines gutmütigen Priesters, der stolz auf seine brave Gemeinde ist.

»Gute Männer, ihr werdet Señor Renard nach London geleiten. Zügig! Ich will, dass er so sicher und so rasch als möglich in meinem Stadthaus unterkommt. Bewacht ihn auf allen Wegen, begleitet und schützt ihn. Comprende?«

Scheyfves Männer hieben ihren Pferden die Fersen in die Flanke und preschten los. Renards Wachleuten blieb nichts anderes übrig, als sich ihnen anzuschließen.

Scheyfve kicherte. »Ah, meine Männer werden Renards Brut wie Schatten an den Füßen kleben ... Jetzt sind wir sicher.«

Goswins Hand schnellte vor, er packte Scheyfve beim Pelzkragen des Umhangs und riss ihn zu sich heran. »Señor, Ihr habt diesen Wagen ausgewählt. Ich nehme an, Ihr habt auch die Achse ansägen lassen. Habe ich recht?«

Scheyfve schlug mit seiner runden Hand nach ihm. »Selbstverständlich hast du recht, du Eseltreiber!«, keuchte er.

Zimenes riss Goswin zurück. »Es ist gut. Wenn ich Euch recht verstehe, Scheyfve, fürchtet Ihr, dass Renard mich als Giftmischer und Mörder von Edward missbrauchen könnte.«

Scheyfve nickte und rieb sich den Hals. »Falls die Bestechung nichts nützt, läge es nahe, Edward zu töten, bevor er das Testament dem Parlament vorlegen und unterzeichnen kann.« Er wandte sich an Goswin. »Und du hast lange genug getrödelt. Spann die Kutschpferde aus! Es sind geübte Reittiere und keine Wagenrösser. Mach schon! Wir müssen uns beeilen. Es geht um Leben und Tod!«

Zimenes erbleichte. »Redet Ihr von Samuel?«

4.

London, Durham House am Nachmittag

Silbern kräuselte sich das Wasser der Themse im Nachmittagslicht. Am Anlegesteg von Dudleys Palast dümpelten die Prunkbarken von Ministern und Hofbeamten. In der Strömung waren die Boote der weniger hochgestellten Gäste verankert. Painbodys Lumpenschar entstieg auf der Höhe der schmalen Ivy Lane einem Fischerkahn. Sie wateten durch Schlamm und Schwemmgut zum Ufer. Dort reihten sie sich in die Flut von Schaulustigen ein, die in Richtung Durham Haus drängte. Nat und Cass bildeten den Schluss des Zuges.

Halb London war zusammengeströmt und – so schien es – der ganze Bodensatz der Metropole: Ein Lumpenvolk aus Bettlern, Fischweibern, fahrenden Scholaren, Winkelkrämern, Branntweinhökern, Huren und Lastträgern durchsetzte die lärmende Menge. Angeheitert von Freibier, das von Fassträgern in Holzbecher, Kuhhörner oder aufgerissene Mäuler ausgeschenkt wurde, stimmten Studenten und Trunkenbolde gröhlende Gesänge an. Einige Zecher verwickelten sich in Raufhändel, zwei Bären tanzten, Wirtshausmusikanten forderten mit spitzen Flötentönen zum Tanz auf.

Nat schlängelte sich wie ein Aal durch das Gewoge aus hüpfenden und dampfenden Leibern und zog Cass hinter sich her. In der Hitze, der drangvollen Enge und dem Gestank von ungewaschener Kleidung, von vergorenem Bier und den Faulgasen schlecht verdauter Zwiebeln, den viele ausdünsteten, kämpfte sie gegen eine Mischung aus Hunger und Übelkeit an.

Nat hatte ihr Hilfe versprochen, aber würde er auch Wort halten? Sie wollte hier weg, bevor die Galgenvögel sie zu ihrer Komplizin gemacht und damit endgültig in der Hand hätten. Wenn sie nur kräftiger wäre, wenn ihr nur nicht ständig schwindelig sein würde! Sie bereute es, dass sie nichts von dem Morgenbrei gegessen hatte. So widerlich er war, sie musste zu Kräften kommen und endlich ihr Gedächtnis zurückerobern. Die Erinnerung an den Namen Dudley war ein Hinweis, dass sie es konnte und dass sie nicht so unbedeutend war, wie es schien.

Denk nach! Denk nach!, befahl sie sich, während sich ihr Magen beim Geruch eines muffig riechenden Käses verkrampfte, von dem ein Bauer neben ihr dicke Scheiben herunterschnitt. Nat zog sie weiter, immer tiefer in die Menge hinein. Sie musste zu Menschen, die sie kannten, die ihrer Erinnerung aufhelfen konnten. Nur wohin?

Nachts, im Traum, sah sie Gesichter, die ihr vertraut waren, doch sie entglitten ihr und blieben namenlos.

Nat hatte erklärt, er habe sie an einem Morgen im Mai aus dem Fluss gezogen, auf der Höhe eines Fähranlegers. Ein Gestrüpp sei ihre Rettung gewesen, es hatte sich in ihre Kleider und Haare verkrallt und sie über Wasser gehalten. Nat glaubte, dass sie sich an ein Treibholz geklammert haben musste und bei Flut auf die City zugetrieben worden war. Er hatte Painbodys Männer geholt, die sie zur London Bridge gebracht hatten und keinen Wert darauf legten, dem Brückenvogt Meldung über die beinahe Ertrunkene zu machen. Versuchte Selbsttötung war ein todeswürdiges Verbrechen. Nat hatte aus Gutmütigkeit gehandelt, daran zweifelte sie nicht.

Nur seinem flinken Geist war es zu verdanken, dass Painbody und seine Kumpane sie nicht einfach entkleidet, vergewaltigt und wieder in den Fluss geworfen hatten. Nat hatte die

Bande auf die Idee gebracht, sie so lange bei sich zu behalten, bis ein Verwandter oder Freund von ihr gefunden wäre, der bereit war, ein Lösegeld für sie zu zahlen. Ein Gedanke, dem Painbody sofort zugestimmt hatte.

Gab es einen solchen Menschen? Gab es irgendjemanden, der sie suchte? Oder gab es vielleicht einen, der Geld dafür gezahlt hatte, dass man sie *nicht* fand? Trotz der Hitze schauderte Cass. Wie kam sie darauf? Was gab ihr einen solch entsetzlichen Gedanken ein? Hatte sie etwas getan, das den Wunsch erwecken konnte, sie zu töten? Und das Kind? Bei Gott, sie brauchte Hilfe, und wie es schien, war ein struppiger Gossenjunge und Dieb der einzige Freund, den sie noch besaß.

Painbody war plötzlich hinter ihr, schob sie tiefer in die dichte Menschenmenge und verschuf ihnen mit Püffen und Schlägen Platz. Ein gehässiges Grinsen überzog sein Gesicht, als sie sich zu ihm umdrehte. Er gab seinen Kumpanen ein Zeichen. Sie schwärmten nach allen Richtungen aus und begannen, in aller Gemütsruhe ihrem Handwerk nachzugehen.

»Schau zu und lerne«, knurrte Painbody in Cass' Richtung. Sie sah, dass seine Männer zu zweit arbeiteten. Einer gab von vorne den Betrunkenen oder den Scherzbold und lenkte das Opfer ab, während der andere von hinten mit fliegenden Fingern Beinkleider, Wämser und Gürtel nach baumelnden Börsen, lose sitzenden Perlenbesätzen, Ketten und Geldkatzen abtastete. Es waren gut geschulte Diebe, wie Cass feststellte. Fündig geworden, tauchten Painbodys Männer rasch in der Menge unter, suchten ihren Anführer und steckten ihm die Beutestücke unauffällig zu, sodass eine Durchsuchung ihnen nichts anhaben konnte.

»Er lässt uns mit einer Klingelpuppe üben«, erläuterte Nat, »einem Lumpenkerl, den er an eine Leine hängt. Hat überall am ganzen Körper Glöckchen.« Stolz fügte er hinzu. »Hab einen ganzen Winter geübt, bis kein Glöckchen mehr bimmelte.«

Painbody drängte sich zu ihnen. »Und jetzt ihr. Da vorn beim Torhaus.« Er wies zum Themsezugang von Durham Haus, wo bezahlte Platzhalter sich bemühten, Raum für vornehmere Zaungäste freizuhalten. Ihre Kundschaft – Kaufleute und Handwerksmeister – hofften auf einen sicheren Stehplatz und die Gelegenheit, einem königlichen Minister beim Verlassen des Festes ein Bittgesuch und Bestechungsgeschenke zustecken zu können. Nat nickte Cass verstohlen zu. »Da is ne Menge los, komm. Wir finden schon eine Möglichkeit.«

Dank Nats Geschick und Painbodys Körpereinsatz gelangte das Trio bis zu dem dichten Sperrring, den Dudleys Söldner vor dem flusswärtigen Schmiedetor von Durham gebildet hatten.

Nat reckte den Hals, sprang auf und ab und tat so, als wolle er einen Blick auf den gepflasterten Innenhof, die Kapelle und die von Marmorsäulen getragene Festhalle werfen, in der sich der Tudor-Hof vergnügte.

»Mach, dass du wegkommst!«, schnauzte ihn ein Soldat an, lenkte den Schaft seiner Hellebarde in Nats Richtung und spuckte auf den Boden. Die Spuren gierig grabender Finger und rutschender Sohlen zeichneten sich im Lehm ab. Sie zeugten von dem üblichen Münzenregen, den das frisch verheiratete Paar den Zaungästen zugeworfen hatte.

Mehr als zwei Stunden war es her, dass das hohe Bimmeln der Kapellenglocke den Vollzug der Trauung verkündet hatte. Nach Tradition einer Königshochzeit war das Paar danach über einen hohen gezimmerten Schausteg zum Tor geschritten, um sich dem Volk zu zeigen.

»Hier gibt es nichts mehr zu holen«, brummte der Soldat.

Und für ihn nichts zu verdienen an einem Hänfling wie Nat, der keinen Penny springen lassen könnte, um sich in die Schlange der Bittsteller einzureihen, die um die Aufmerksamkeit der Soldaten buhlten. Das erste Hindernis, das es zu überwinden galt, wenn man nah an einen Höfling heran wollte.

Als der Wachmann wieder seine Hellebarde auf Nat lenkte, zog Cass an seinem Hemd. »Lass uns jetzt verschwinden!«, drängte sie mit Blick auf den Waffenrock des Dudley-Mannes. »Bitte!« Etwas in ihr reagierte mit hellem Entsetzen auf Wappen und Farben des Herzogs von Northumberland. »Die Gelegenheit ist günstig, Painbody spricht gerade mit dem Knochensammler.«

Nat schaute kurz in ihre taubengrauen Augen. Zum ersten Mal sah er darin entsetzliche Todesangst, nicht mehr matte Gleichgültigkeit oder flüchtigen Zorn. Was erschreckte das Mädchen so sehr, nachdem es in den vergangenen Wochen so teilnahmslos gewesen war?

Eins hatte er in seinem jungen Leben gelernt: Man musste immer misstrauisch sein. War es ratsam, seinem verrückten Wunsch, der jungen Frau zu helfen, weiter nachzugeben? Woran erinnerte Cass sich noch außer an das Haus Dudley? Und warum hatte sie mit Samuel van Berck gekämpft? Dass es dabei nicht um ein Schäferstündchen gegangen war, hatte Nat längst begriffen.

Entschlossen straffte er seinen mageren Rücken. »Weißt du wirklich nicht, wer du bist? Oder was dir widerfahren ist, bevor du ins Wasser gefallen bist?«

Gestoßen, ich wurde gestoßen, dachte Cass plötzlich, sagte es aber nicht, sondern schüttelte den Kopf. »Ich werde alles herausfinden, wenn ich erst wieder frei bin und nicht immer in Todesangst leben muss«, flüsterte sie eindringlich. Frei sein und ohne Furcht.

Nat seufzte, so ganz von dieser Welt war sie noch immer nicht. Ein bisschen wie der Prophet, der ihn angewiesen hatte, nach einer ziemlich heiligen Braut Ausschau zu halten.

Cass sah die Zweifel in Nats Gesicht, bückte sich und befingerte ihren Rocksaum. Rasch kam sie nach oben, öffnete kurz ihre Hand. »Schau, was ich habe.«

Nat erkannte den Opal sofort. Bei Gott, er hatte ihn gefunden. Er hatte ihn endlich gefunden! Das allein zählte. »Okay, komm! Wir müssen in die City zu Master Enoch.«

Eine Parade von Stelzengängern versperrte ihnen den Weg.

»Enoch?«, fragte Cass erstaunt. »Wer ist das?«

»Der Prophet von Newgate, ich erklärs dir später.« Entschlossen packte er Cass beim Arm, wollte sie hinter sich herziehen, als Joshua Painbody sie von hinten trennte.

»Habt ihr schon wieder Geheimnisse?« Er zog Cass an sich heran. »Am Anleger tut sich was. Scheinen erlesene Gäste zu kommen. Nat, das ist die Gelegenheit für dich, den albernen Gaffern und Lacken hier kräftig in die Taschen zu langen. Und dich, kleine Frau, wollen wir mal weiter vorne postieren. Vielleicht kommt jemand, den du kennst.«

Die Schreie von Bootsleuten bestätigten Painbodys Ankündigung. Cass sah durch eine Lücke, dass auf dem Wasser eine Barke mit Wappensegeln beidrehte. Pagen und Bootsjungen des Herzogs von Northumberland sprangen von Pollern auf, eilten auf den hölzernen Anleger zu und fingen Taue auf. Kraftvoll zogen sie das in der Strömung schaukelnde Boot längsseits an gepolsterte Pfeiler.

Während die Bootsjungen die Barke vertäuten, nahmen die Soldaten Haltung an, präsentierten die Hellebarden. Der Zeremonienmeister von Durham Haus erschien, begleitet von einem Ausrufer, beim Tor. Er erkannte das Lilien- und Löwenbanner Edwards am Bug, nickte knapp und ließ das Tor öffnen.

Vor dem Ausrufer stolzierte er durch die Gasse, die die Soldaten gebildet hatten. Beim Anleger angekommen, gab er dem Ausrufer ein Zeichen. Wie jedermann spitzten auch Painbody, Cass und Nat die Ohren und reckten den Hals, als der Ausrufer mit monotoner, weit tragender Stimme den Gast ankündigte.

»Sir Henry Sidney, Erster Kammerherr seiner Majestät.«

Cass erbleichte, als der stattliche Höfling an Deck auftauchte. Unwillkürlich wich sie einen Schritt zurück und prallte gegen Painbodys ausladenden Bauch. »Was is?« Himmel! Sie durfte sich vor dem Diebeskönig nichts anmerken lassen. Nat war einmal mehr ihre Rettung.

»An wen soll ich mich ranmachen, Josh?«

Painbody schaute sich suchend um.

Cass atmete auf. Sie kannte den Mann an Bord des Schiffes. Auch er löste keine angenehmen Gefühle in ihr aus, auch kein Vertrauen. Wind zerrte an seinem kurzen Mantel wie eine ungeduldige Geliebte. Eine Planke wurde über den Rand der Barke auf den Steg geschoben. Die Schaulustigen tauschten tuschelnd ihr Wissen über den hochrangigen Hofbeamten aus. Etliche Bittsteller drängten nach vorne, während ihre Gattinnen Mutmaßungen über die Frau anstellten, die abseits von ihm unter dem Baldachin stand. Eine hübsche Frau in mittleren Jahren, zweifellos, aber eine Bürgerliche, man sah es an der Kleidung. Es handelte sich also nicht um Lady Sidney.

Painbody stieß Nat in Richtung eines feisten Mannes in Kaufmannstracht, der sich von einem Platzhalter den Weg frei schubsen ließ und ihn dafür reich entlohnte.

»Da, der ist gut.«

»Ein Soldat beobachtet uns«, warnte Cass.

»Darum kümmern wir uns«, entgegnete Painbody und zerrte sie am Handgelenk an seine Seite. Mit leutseligem Lächeln näherte er sich dem Wächter, der sie misstrauisch über die Schulter musterte.

»Lasst uns ein wenig näher ran! Meine Frau und ich sind den ganzen Weg von Kent hierher gelaufen. Gönnt armen Leuten die Aussicht auf einen prachtvollen Hof und auf vornehme Leute!«

»Arm? Mach, dass du wegkommst, du Lump, mit deiner Hure, bevor ich mir ihr grünes Kleid genauer anschaue!«

»Oh, das ist ein Erbstück. Wir waren nicht immer besitzlos. Aber ihr wisst, wie es gehen kann in Zeiten wie diesen ... Man presst den gemeinen Mann aus bis aufs Blut und kennt kein Erbarmen.«

»Recht hat er!«, schrie ein Betrunkener, mutig geworden durch zu viel Branntwein. Einige Bettler murmelten Zustimmung. Painbody grinste.

»Mach hier keinen Aufstand, Mann!«, herrschte der Soldat ihn an. »Kannst froh sein, dass Lord Dudley keinen Aufruhr will und ich heute keine Lust aufs Rattenschlachten hab.« Er stieß mit dem Schaft seiner Hellebarde nach hinten, traf mitten in Painbodys Bauch und drehte hochmütig den Kopf weg. Der Diebeskönig gab einen Schmerzenslaut von sich und ging in die Knie – ohne Cass' Handgelenk freizugeben. Sein Auftritt verschaffte Nat die Gelegenheit, sich weiter auf den Kaufherrn zuzudrängen. Der Mann wirkte hoch konzentriert und abwesend zugleich. Hin und wieder schloss er die Augen und murmelte juristische Floskeln. Offensichtlich versuchte er, die Akten eines Gerichtsfalles zu memorieren, aus denen er vorzutragen wünschte. Dabei tastete er immer wieder nach einem feinen Lederband an seinem Hals.

Cass registrierte das wissende Lächeln, das sich in Nats Augen stahl. Der murmelnde Bittsteller hatte ihrem Freund gerade eben verraten, wo er sein Schmiergeld verwahrte. Mehr noch, er lockerte den Knoten der Schnur, um sich den Beutel rasch vom Hals ziehen und ihn unauffällig anbieten zu können.

»Tu es nicht!«, wisperte Cass inbrünstig. Ihr Blick streifte einige Soldaten beim Bootsanleger, die sich wieder den Schaulustigen zuwandten, nachdem Sidney und seine Eskorte sie passiert hatten.

»Wenn du deinem Busenfreund helfen willst, warte nicht länger! Lenk den Kaufmann ab!«, fuhr Painbody sie an. »Na los! Geh den Fettsack um ein Almosen an oder mach ihm schöne Augen!«

Cass' Körper versteifte sich. Sie schüttelte den Kopf und spürte dabei einen stechenden Schmerz, der von der Wunde in ihrem Schädel ausstrahlte.

»Mach schon! Der hat genug von allem, was uns fehlt! Schau auf die Ringe an seinen Händen.«

Er gab ihr einen herzlosen Stoß in Richtung des Kaufherrn. Cass taumelte auf ihn zu. Als sie den glitzernden Schmuck sah, den der Mann trug, schossen ihr Lichtblitze ins Auge – das blutrote Funkeln von Granat, das durchscheinende Blau eines Aquamarins und die sanfte Kühle eines milchweißen Mondsteins. Was für ein eitler Geck ... Ihr schwindelte, als plötzlich ein Bild in ihr hochschoss. Das Gesicht eines jungen Mannes mit Pechhaar und Augen, dunkel wie die Nacht, und dabei schillernd wie der Opal an seinem Ohr. Ein gut aussehender Mann, ein anziehender Mann ... Er hatte sie bedroht. Warum?

Weiter, mach weiter!, feuerte sie sich an. Ihre Gedanken begannen eine fieberhafte Jagd. Sie hatte ihn *den Spanier* genannt. Aber er hatte keinen spanischen Namen. Der Turm ... Sie stand im Licht der aufgehenden Morgensonne auf dem Turm ... Sie suchte Halt ... Ihre Hände krallten sich unwillkürlich in den Stoff ihres Kleides.

»Hilf mir!«, schrie sie und fiel auf die Knie. Soldaten wirbelten herum, legten ihre Hellebarden vor. Das Tuscheln der Menge verstummte, alle Blicke ruhten auf Cass, die sich krümmte und würgend die Arme um die Mitte ihres Leibes schlang.

»Nicht schlecht! Wer hätte das gedacht? Sie ist gar nicht schlecht«, murmelte Painbody, während er aus den Augenwinkeln Nats flinke Finger in den schwammigen Nacken des Kaufmanns gleiten sah. Ein Ruck würde genügen. Die Rufe und Schmeicheleien der Bittsteller hoben wieder an. Der Kaufmann tat sich besonders hervor. »Heil unserem König Edward! Und Heil Euch! Sir Sidney, einen Augenblick nur! ... Hierher, seht hierher! ... Gewährt einem treuen Untertan einen Augenblick Eurer kostbaren Aufmerksamkeit! ... Ihr seid der erste und beste Mann des Königs, Sir, darum wende ich mich an euch!«

Painbody verschränkte zufrieden die Arme vor der Brust. Niemand hatte Augen für Nat. Der Pöbel sammelte sich um das Mädchen am Boden und gaffte neugierig.

»Sieht aus, als wär sie dem Gottseibeiuns begegnet ... Muss was Falsches gegessen haben.«

»Oder was Giftiges.«

»Wie das?«, grölte einer dazwischen. »Die Reste von Dudleys Fest sind doch noch nich verteilt worden!«

Gelächter folgte.

»Dir werden sie dein Schandmaul noch mit Eisen ausglühen! Die hat ne schlechte Pastete erwischt oder von den gesottenen Kaldaunen da drüben probiert. Sauzeug!«

»Füllt aber den Ranzen und macht schön satt!«

»Lasst mich durch, vielleicht kann ich der jungen Frau helfen.« Eine selbstbewusste Stimme ließ die Runde aufhorchen. Sie gehörte der Frau, die eben noch unter dem Baldachin von Sir Henrys Barke gestanden hatte.

Ohne auf ihr teures, wenn auch nicht höfisches Kleid zu achten, sank Lunetta van Berck neben Cass auf die Knie, legte ihren Arm um die Schulter des Mädchens und richtete es vorsichtig auf.

»Was ist mit dir? Hast du Schmerzen?«

Cass öffnete den Mund, um zu antworten. Painbody wollte schon einschreiten, als ein quiekender Schrei ertönte.

»Ein Dieb! Man will mich bestehlen! Ein Dieb!«

Joshua Painbodys Augen flitzten zu dem feisten Kaufmann, der den strampelnden Nat beim Kragen gepackt und in die Luft gehoben hatte. Nat trat mit den Beinen und biss ihm in die Hand. Der Kaufmann ließ ihn fallen. »Sauschwanz! Packt den Galgenstrick! Packt ihn! Wer ihn fängt, bekommt einen blanken Shilling von mir.«

Ein Tumult brach los.

Lunetta legte schützend die Arme um Cass. Leute sprangen über sie hinweg, der Tritt eines Soldaten traf Lunetta in der Seite. Sie schrie auf, aber niemand beachtete die beiden Frauen. Die Hatz auf einen ertappten Beutelschneider versprach mehr Aufregung als ein krankes Mädchen und eine verrückte Bürgerin im Schlamm. Cass hob den Kopf, ihre Blicke suchten Nat. »Hilf ihm, Herr!«, flüsterte sie. »Hilf ihm! Er ist doch nur ein Kind!«

»Wen meinst du«, fragte Lunetta.

»Nat, den Dieb.«

»Du kennst den Jungen?«

Cass hielt den Blick gesenkt. Lunetta fragte nicht weiter. »Sei beruhigt, er hat die Beine in die Hand genommen und ist längst über alle Berge. Komm, die Menge ist abgelenkt, das ist günstig. Wir müssen dich in Sicherheit bringen. Auf der Barke kann dich niemand festnehmen. Kannst du aufstehen?«

Cass nickte und ließ sich von Lunetta auf die Beine helfen.

Erst dann schaute sie ihrer dunkelhaarigen Retterin offen ins Gesicht. »Wer seid Ihr?«

»Lasst nur!«, mischte sich plötzlich Painbodys Baritonstimme ein. Er hatte sich zum Schein an der Hatz auf den Dieb beteiligt, jetzt war er zurück und mimte triefende Leutseligkeit. Cass wusste, dass er sie nicht einfach gehen lassen würde. Lunetta legte ihren Arm um sie. Painbodys falsches Lächeln wurde noch breiter.

»Meine Frau ist nur schwanger, das is alles. Und bisschen zu dürr. Ich bete zu Gott, dass sie die Frucht meiner Lenden bis zur Reife bringt. Komm, mein Täubchen, es ist Zeit, heimzugehen!«

Er wollte Cass bei der Schulter packen, doch Lunetta schlug seine Hand weg.

Sofort verwandelte sich Painbodys Leutseligkeit in Grobheit. »Was fällt Euch ein!«

»Ihr habt sie im Dreck liegen lassen, ohne Euch einen Deut um sie zu scheren. Fast wäre sie niedergetrampelt worden! Und woher stammen eigentlich ihre Wunden?«

»Geht Euch nichts an. Lasst das Mädchen los, es gehört mir. Hab schon den Jungen verloren ...«

»Wenn Ihr nicht aufpasst, verliert Ihr Euren Kopf dazu«, sagte Lunetta kalt und rief nach einem der Soldaten, die nach dem Tumult um die Taschenelster grimmig gegen arme Gaffer vorgingen und sie von den vornehmeren Bittstellern wegstießen. Lunetta gelang es, einen von Dudleys Gardisten auf Painbody aufmerksam zu machen. Der Mann zog drohend sein Schwert.

Painbody strich die Segel. »Das wird dir noch leid tun«, knurrte er in Cass' Richtung. »Wir sehen uns wieder.« Dann zog er sich in den Schutz der immer noch tobenden Menge zurück.

»Wo wollt Ihr mich hinbringen?«, wandte sich Cass hastig an ihre Retterin.

»Als Erstes auf die Barke, dort wird niemand Fragen stellen. Sie gehört Sir Henry Sidney. Er wird uns in unser Haus auf der London Bridge bringen.«

Ausgerechnet Sidney! Cass erbleichte, als ein neuer Wirbel von Bildern in ihrem Kopf einsetzte. Wieder der Turm. Doch plötzlich war da auch ein Tunnel, feucht und klamm, sie spürte den Druck von Mauerwerk auf ihren Schultern … Ihre Knie gaben nach, sie fühlte, wie sie alle Kraft verlor, wie eine unsichtbare Kraft sie zu Boden zog. Erbarmungslos wie ein Strudel … Algen … der Schlick der Themse. Ein Fluss des Todes.

Lunetta fasste sie unter dem Arm.

»Ich will nicht auf dieses Boot!«

»Unsinn. Es ist der sicherste Ort, und du brauchst Hilfe.«

Energisch dirigierte sie das am ganzen Leib zitternde Mädchen in Richtung des Anlegestegs. »Hab keine Angst, ich kenne mich mit Schwangerschaften aus. Wie lange leidest du schon unter diesen Krämpfen und der Übelkeit?«

Cass verzog unter Schmerzen das Gesicht. »Ich weiß es nicht. Von Anfang an, glaube ich.«

»Was du brauchst, ist ein Bett, viel Ruhe und gute, kräftige Kost. Nun sträub dich nicht, wir werden dein Kind retten.«

Lunetta legte die Hand um Cass' Taille, als das Mädchen wieder schwankte und sich krümmte.

»Wo wollt Ihr mit dem Mädchen hin?«, fragte ein Soldat am Kai.

»Auf die Barke des Kammerherrn«, sagte Lunetta knapp.

Der Gardist zögerte, dann erkannte er in ihr den Bootsgast. »Dann kommt.«

Lunetta und der Soldat nahmen Cass in ihre Mitte und

geleiteten sie zum Steg. Ruderleute halfen den Frauen über die Planke. Lunetta führte Cass einen Niedergang in eine Empfangskajüte hinab, die mit gepolsterten Bänken, Teppichen und anderen Bequemlichkeiten ausgestattet war und in der sie vor den Ohren und Augen anderer abgeschirmt waren.

Rasch richtete sie für Cass ein weiches Lager aus Kissen und zwang sie mit sanfter Gewalt, sich hinzulegen. Sie schenkte Wein aus einer silbernen Karaffe in einen Becher, öffnete hastig ihren Leinenbeutel und zog Tontöpfchen hervor. Sie öffnete einige und schüttelte verärgert den Kopf, als sie aus einem den Geruch von Patchouli wahrnahm. Die Salbe aus dem Sterbezimmer des Königs. Cass' Leib verkrampfte sich, sie rollte sich angstvoll zur Seite und presste ihre Hand gegen den Mund.

Rasch verschloss Lunetta das Töpfchen. »Verzeih! Ich weiß, dass solch starken Gerüche bei Frauen, die guter Hoffnung sind, leicht Übelkeit auslösen. Ist dir oft schlecht?«

Cass schüttelte den Kopf. »Nein, nur manchmal quälen mich Krämpfe. Glaubt Ihr, ich werde das Kind verlieren?« Cass legte schützend die Hände auf ihren Bauch.

»Ich werde dir in meinem Haus eine Tinktur aus Frauenmantel und Tausendgüldenkraut geben. Hier kann ich die Kräuter nur mit Wein mischen.« Sie zerrieb die Kräuter über dem Becher und gab ihn Cass. Das Mädchen nahm einen tiefen Schluck und spürte das belebende Feuer, das der Wein durch ihren Körper schickte.

»Nicht so hastig!«, mahnte Lunetta. »Du hast einen leeren Magen.«

Cass fiel erschöpft und leicht benommen in die Kissen zurück. »Ich danke Euch. Ich danke Euch vielmals. Wer … Wer seid Ihr?«

»Mein Name ist Lunetta.«

Cass fuhr aufgeregt hoch. »Warum wollt Ihr mir helfen?«, entfuhr es ihr, und sie wusste, dass sie diese Frage schon einmal gestellt hatte. »Kennt Ihr mich?«

Ihre Retterin schüttelte verblüfft den Kopf. »Nein, ich tue nur meine Christenpflicht.« Sanft drückte sie Cass zurück auf das Lager. »Und nun keine weiteren Fragen. Du musst dich ausruhen. Versuche zu schlafen, ich kümmere mich um alles.«

Nein, dachte Cass, sie konnte jetzt nicht ausruhen. Nicht bevor sie wusste, warum dieser Name ihr so wichtig erschien. Lunetta ... Woran erinnerte er sie nur? *Die Liebe überwindet alles.* »Kannst du dir das merken?«, fragte eine männliche Stimme in ihrem Kopf. Sie gehörte dem Mann mit dem Pechhaar. Es glänzte schwarz wie Rabenschwingen im Licht einer aufsteigenden Sonne. War er der Vater ihres Kindes? Ihr Herz schwieg. Hatte sie keine Liebe für ihn empfunden? »Ich verstehe das Lateinische sehr gut«, hörte sie aus der Ferne ihre eigene Stimme. Voller Zorn. »Aber nichts von der Liebe«, erwiderte der Mann mit dem Pechhaar schroff. Sie hatten einander gegenübergestanden und gestritten. Die Erinnerung drohte ihr zu entgleiten. Cass presste die Augen zusammen, ballte die Fäuste. Flüsternd beschwor sie ihr Gedächtnis: *Omnia vincit amor.*

Alle Geräusche versanken um sie, das Schmatzen der Wellen, die gegen den Bootsrumpf schwappten, das Krächzen von Möwen, Lunettas Stimme, die dem Bootsführer vom Niedergang aus anwies, abzulegen, die scharfen Erwiderungen des Kommandanten.

»*Omnia vincit amor.*« Warum hatte der Spanier das gesagt? Hatte er sie geliebt? Nein. Und der Spanier war auch kein Spanier, verflucht ... Sein Name war ... Sie klammerte sich an die Formel. »*Omnia vincit amor*«.

Cass' Kiefer verkrampften sich. Wie aus dem Nichts flutete

eine Welle aus Schmerz über sie hinweg. Sie bäumte sich auf, krümmte sich wie ein gequältes Tier. Es war sinnlos. Der Schmerz presste sie gegen die Decksplanken, etwas schien sie von innen zu zerreißen. Und dann verebbte der Schmerz. Sie spürte Feuchtigkeit, Schweiß strömte ihr aus allen Poren. Cass keuchte, fühlte, wie ihr Körper sich wieder dem Schmerz entgegenbog. Sie schrie auf. »Helft mir!«

Lunetta unterbrach ihr Wortgefecht mit dem Kommandanten, drehte sich zu ihr um und entdeckte einen hellen Blutfleck, der sich im Schoß des Mädchens bildete und den die Seide ihres Kleides aufsog.

»Legt ab, legt sofort ab!«, schrie sie nach oben und eilte zu Cass. Sie sah, dass deren Augenlider flatterten, als müsse sie darum kämpfen, sie zu öffnen. Ihre blutleeren Lippen bewegten sich wie im Gebet. Aber was betete sie da? »*Ol sonf vorsag…*«

Das Boot schaukelte, draußen tauchten mit schlürfendem Geräusch Ruder ins Wasser. Durch die Kajütenfenster sah Lunetta einen glitzernden Schaumbogen. Sie beugte sich über die halb bewusstlose Cass. »Kannst du mich hören?«

Die junge Frau nickte schwach, sie hielt die Augen geschlossen, aber ihre Miene entspannte sich.

»Ich muss dich untersuchen«, sagte Lunetta.

Wieder nickte Cass. Jetzt, wo es ruhig war, lag auf ihrem Gesicht eine Zartheit, die Lunetta ans Herz ging und die sie Hoffnung schöpfen ließ. Diese junge Frau wollte leben, und sie schien auch zu wollen, dass ihr Kind lebte – obwohl es von einem so schrecklichen Menschen wie ihrem Begleiter gezeugt sein musste.

Behutsam schob Lunetta Cass' Kleid hoch und untersuchte sie mit kundigen Händen. Die Schwangerschaft war noch jung. Die leichte Blutung war zum Stillstand gekommen und der Muttermund fest geschlossen. »Es droht kein Abort. Halte durch, in weniger als einer halben Stunde sind wir bei der Brücke. Ich werde dir helfen. Im Haus van Berck bist du sicher – auch vor dem Mann, der … Verzeih.«

Cass hatte die Augen aufgerissen. Van Berck … Das war der Name, den sie gesucht hatte. Der Name des Spaniers. »Samuel van Berck«, stammelte sie erschöpft.

»Was sagst du?« Lunetta riss das Mädchen an den Schultern hoch. »Mein Sohn! Du kennst meinen Sohn? Wo ist er?«

»Ich dachte, er ist tot«, stieß Cass kraftlos hervor. »Der Pfeil.« Sie riss die Hände schützend vor ihr Gesicht, dann schlug sie nach Lunetta. Die ließ sofort ihre Schultern los. Die junge Frau sank in die Kissen, umfangen von gnädiger Bewusstlosigkeit.

III. Teil

Metatron
(Deinem Thron nahe stehend)

Dem Thron Gottes stehe ich am nächsten.
Man nennt mich den König der Engel,
wiewohl ich unter ihnen der jüngste bin.
Als Enoch, der Gelehrte,
wandelte ich einst auf Erden,
und da Gott mich liebte,
erhöhte er mich zu seinem Schreiber,
ohne dass ich starb.
Ich bin der Hüter aller Menschen und ihrer
Wünsche.

Farbe: weiss, gold, violett und orange
Edelstein: Amethyst
Tiere: Salamander, Schlange
Tarotkarte: alle, denn durch ihn wurden sie
offenbart

Metatrons Botschaft: Alles wird erkannt,
sobald es dem Licht ausgesetzt wird, und was immer dem Licht
ausgesetzt wird, wird selber zu Licht.

1.

Canterbury
Sonntag, 11. Juni

Gabriel Zimenes stand bei der offenen Dachluke einer Gasthauskammer und betrachtete die Kathedrale von Canterbury. Brausendes Glockengeläut füllte den Vorplatz. Im Vierungsturm schlug Bell Harry – umwimmelt vom hektischen Bimmeln kleiner Glocken – die elfte Stunde. Bunt gekleidete Bürger und graue Pilger aus fernen Ländern, die noch an die Wunder des heiligen Thomas Becket glaubten, strömten zum Gottesdienst. Der blaue Himmel barg das Flimmern des Sommers.

»Ich sagte es doch, diese Kirche ist wundervoll!« Jehan Scheyfve trat neben Zimenes und sog gemütvoll die Luft ein, nahm einen Schluck Ale und biss von einem Käse ab. »Ein steinernes Buch des Glaubens«, schwärmte er kauend, »und zugleich ein Bauwerk des Volkes voller Frohsinn und Leichtigkeit. Habt Ihr das Gesims mit den trunkenen Mönchen und den lüsternen Nönnchen entdeckt? Dazu das Kreuzgewölbe ...«

Zimenes unterbrach ihn unwirsch. »Maldito, Scheyfve! Ich hatte die letzten zwei Wochen Zeit genug Zeit, Verstrebungen, Pfeiler, Grabmäler und den anderen Prunk zu studieren. Es langt. Ich will jetzt endlich nach London. Lunetta wartet voller Ungeduld. Wo ist Samuel?«

»Austreten. So viel Zeit muss sein. Und bei allem Mitgefühl für die Ungeduld eines Mutterherzens – Samuel ist erwachsen. Seine Mutter hat Nachricht von seiner Rettung, und die vielen

Briefe, die sie ihm schrieb, haben Samuel regelrecht zornig gemacht. Zu viele Ermahnungen, wie ich annehme.«

»Ich hoffe, Ihr nehmt es nur an und wisst es nicht.«

Jehan Scheyfve war ganz Empörung »Was denkt Ihr von mir!«

»Dass Ihr unter der Berufskrankheit aller Hofdiplomaten leidet. Ihr steckt Eure Nase in alles hinein.«

Scheyfve hob bedauernd die Brauen. »Und Ihr seid ein Arzt, dessen Gedanken sich zu oft mit Krankheit, Verfall und Zersetzung beschäftigen. Mein Freund, ich werde mich bald aus dem Diplomatenamt zurückziehen und möchte meine Karriere mit einem Meisterwerk krönen, nicht mit unnötiger Schnüffelei. Traut mir endlich! Ich habe Euch genug Grund dazu gegeben.«

»Und ich werde zum Dank Maria Tudors Leibarzt.« Zimenes wandte sich vom Fenster ab. »Aber vorher bringe ich Lunetta ihren Sohn zurück, und ich werde dafür sorgen, dass Lambert aus dem Gefängnis freikommt. Die van Bercks haben in Eurem Namen genug Abenteuer erlebt.«

Scheyfve seufzte. »Das Gefängnis ist für Lambert ein sicherer Ort. Dudley hat inzwischen Dutzende ehrsamer Londoner Kaufleute und Gildeherren verhaftet. Er braucht sie. Sie müssen ebenso wie das Parlament der Testamentsänderung von König Edward zustimmen. Wenn Lambert klug ist, unterschreibt er für Jane Grey, und er ist frei.«

»Er lässt sich nicht erpressen, er ist ein Mann von Ehre.«

»Und stur wie ein Bock. Das scheint bei Euch eine Familienkrankheit zu sein. Man muss sich den Notwendigkeiten zu beugen wissen. Sobald Maria Tudor auf dem Thron sitzt – und das wird sie –, kann ich dafür sorgen, dass man Lamberts Unterschrift wieder vergisst! Es ist also in Eurem Interesse, dass wir sofort Richtung Norden, zum Landsitz der künftigen

Königin reisen.« Scheyvfe biss energisch von seinem Käse ab.

Zimenes schüttelte den Kopf. »Erst bringe ich Samuel nach London. Goswin hat Pferde und eine Kutsche besorgt. Wir reisen heute Mittag.«

»Gewiss! Gen Norden. Es ist dringlich. Der junge Edward spuckt seit Tagen nichts als Blut.« Scheyfve unterbrach kurz sein Kauen, um flüchtig ein Kreuzzeichen zu schlagen.

»Das ist doch nicht neu«, winkte Zimenes ab.

»Neu ist, dass Dudley Maria Tudor an den Hof zitiert hat. Ohne Zweifel, um sie zu töten. Wir müssen Englands wahre Königin warnen und in Sicherheit bringen, bevor er sie mit Gewalt holt.«

»Ich sage, es geht zuerst nach London!« Zimenes drehte sich ungeduldig zu einem Flechtbett um, auf dem zerwühltes Bettzeug lag. »Wo bleibt Samuel nur?«

»Er wird sich waschen. Wie Ihr legt er erstaunlich großen Wert auf Sauberkeit, und Eure Wundtinkturen in allen Ehren ... Einige riechen recht streng.«

»Nicht anders als Euer Käse.«

»Das ist nichts gegen den Gestank, als ihr Samuels Wunde mit heißem Öl ausgebrannt habt«, konterte Scheyfve und wischte sich die Finger am kaiserlichen Wams ab. »Entsetzlich.« Der Botschafter bekreuzigte sich wieder.

»Das Kauterisieren ist barbarisch, aber es war die einzige Möglichkeit. Das Fleisch rund um den Einschuss war brandig. Wäre der Pfeil tiefer eingedrungen, hätte er Samuels Lunge durchbohrt, und jede Hilfe wäre zu spät gekommen.«

Scheyfve reckte sich und präsentierte seinen Spitzbauch. »Aber nie und nimmer Jehan Scheyfve! Gott sei Dank war Samuel klug genug, das Kettenhemd zu tragen, das ich ihm empfahl. Meine Männer fanden ihn, nachdem wir vergeblich auf seine Meldung gewartet hatten, auf dem Wachturm! Samt Kettenhemd. Ein folgsamer junger Mann, mein bester! Ich danke dem Herrn, dass er bald wieder gesund und flink sein wird wie ein Wiesel.«

»Aber nicht bereit für neue Dummheiten, dafür werde ich sorgen«, versetzte Zimenes verärgert. Er trat an Samuels Bett und ordnete mit fahrigen Gesten die Decken. »Wenn er zurückkommt, werde ich ihm sagen, dass sein Vater in Newgate sitzt. Lunetta bat mich, es ihm zu verschweigen, aber ich glaube, das wird ihn von der Lust auf Abenteuer nach Eurer Manier kurieren.«

»Euer Neffe ...«

»Großneffe«, korrigierte Zimenes.

»... ist mir unentbehrlich und wie Ihr von wachem Verstand.«

»Daran habe ich so meine Zweifel.« Zimenes' Blick glitt über eine Truhe, die neben dem Bett stand. »Wo ist seine Kleidung? Der dunkle Talar und dieser Hut mit der breiten Krempe?«

»Wo schon? Er wird sie anziehen, nachdem er sich gesäubert hat.«

»Auf keinen Fall!«

»Warum nicht? Er kann eine kleine Aufmunterung gebrauchen.«

»Aufmunterung? Diese Lumpen sind nichts anderes als die Ausstattung eines Bettelstudenten.«

»Er will wenigstens aussehen wie sein Vorbild, gönnen wir es ihm!« Scheyfve seufzte. »Die Mitglieder der Societas Iesu tragen solche Kleider mit Stolz. Ignatius von Loyola war ein bettelnder Student, als er im Jahr des Herrn 1534 seinen Orden in Paris gegründet hat, um die Welt wieder katholisch zu machen. Bis in den letzten Winkel.«

»Was für ein Unsinn! Der Riss ist da, er geht durch ganz Europa. Wem hilft die Papsttreue eines Loyola, der von seinen Getreuen einen unbedingten Gehorsam fordert?«

»... *ac si cadaver essent?*«

Zimenes schnaubte. Viel hätte nicht gefehlt und der Sohn seiner geliebten Nichte Lunetta, wäre tatsächlich ein *Kadaver* gewesen. »Er wird auf dem Ritt nach London weltliche Kleidung tragen. Ich lasse nicht zu, dass er sich als Jesuit kostümiert und damit zur Zielscheibe aller Protestanten macht!«

»Oder zum kommenden Helden, wenn wir direkt zu Maria Tudor reiten, um mit ihr um den Thron zu kämpfen«, warf Scheyfve ein. »Samuel wäre ein gemachter Mann. Ihm stünde eine glänzende Karriere bei Hof offen.«

»Mit all dem ist ab sofort Schluss! Ich werde seine Verbände wechseln und ihm eins von meinen Gewändern leihen. Lunetta will ihren Sohn auf keinen Fall als Mönch in Empfang nehmen.«

Scheyfve straffte sich. »Ich garantiere Euch: Das wird sie nicht. Aber mit Verboten und Beschimpfungen kommen wir nicht weiter. Ich verfolge einen Plan, der unser aller Interessen sinnvoll miteinander verbindet.«

Mit gerunzelter Stirn schnitt Zimenes Leinenbinden zurecht. »Erspart mir Eure Lust an Verwicklungen.«

»Welche Verwicklungen? Ich habe wie immer alles sorgsam bedacht: Samuel wird kein Mönch, aber kämpft für die Sache. Ihr sorgt dafür, dass Maria unversehrt zu Englands erster Königin gekrönt werden kann und irgendwann einem strammen Knaben das Leben schenken wird.«

»Samuel geht mit mir nach London. Das ist der einzig vernünftige Plan.«

Scheyfve verzog den Mund. »Zu einfallslos! Euer Neffe ist kein Mann, der seine Ziele leichtfertig opfert, mein Freund. Er braucht das Abenteuer. Er ist wie Ihr. Habt Ihr nicht selber einmal die Mönchskutte getragen?«

»Das war nichts als eine jugendliche Dummheit.«

Scheyfve lächelte süßlich. »Und was hat Euch kuriert?«

»Ihr wisst, dass ich ein Mann der neuen Wissenschaften bin, und Ihr habt auch Sidonia kennengelernt.«

Scheyfve hob die Brauen und breitete schwärmerisch die Arme aus. »Ah, was braucht ein Mann mehr, um die Welt zu lieben! Eine gute Arbeit und ein wenig ... *Omnia vincit amor.* Beides gemeinsam kann ihn zu Höchstleistungen beflügeln. Und darum ...«

»Was ist das?«, unterbrach ihn Zimenes und stürzte zur Dachluke. Das heftige Wiehern eines Pferdes, Geräusche hart aufschlagender Hufe und wütendes Männergeschrei hallten zu ihnen herauf.

Scheyfve drängte sich neben Zimenes. »Bei allen Heiligen! Wer hätte das nur gedacht!«

Auf dem Vorplatz der Kathedrale versuchte ein Reiter mit einer Hand sein steigendes Pferd zu beruhigen, in der anderen schwang er drohend eine Reitgerte. Die Drohung galt Goswin, der in das Zaumzeug des Tieres zu greifen versuchte. Der Reiter ließ die Gerte auf die Hand des Kutschers niedersausen, dann stob er davon.

Scheyfve seufzte entzückt. »Was für ein Reiter! Samuel ist wirklich überreich mit Talenten gesegnet. Nun, es scheint, als habe Euer Großneffe andere Reisepläne als Ihr. Und sehr dringende!«

Langsam wandte Zimenes Scheyfve das Gesicht zu, seine Augen waren schmal vor Argwohn. »Sind es seine oder Eure Pläne?«

»Guter Freund! Eure ständigen Unterstellungen kränken mich! Samuel hat seinen eigenen Kopf.«

»Den Ihr mit Flausen füllt!« Zimenes griff nach seinem Reitmantel.

»Was denkt Ihr! Ich hätte Euren Großneffen niemals angewiesen, den treuen Goswin mit der Gerte zu schlagen! Das ist nicht nett, nein, nein, das ist gar nicht nett. Und nicht im Sinne von *Omnia vincit amor.* Wobei auch Euer Kutscher nicht immer nett ist. Mein Hals schmerzte drei Tage, nachdem er mich gewürgt hatte. Ich konnte nur Brei zu mir nehmen.«

Zimenes drückte sich ein Barett in die Stirn. »Ihr seid ein verfluchtes Schlitzohr, Scheyfve, und ich bin ein verdammter Idiot! Ihr habt mich die ganze Zeit hingehalten, damit dieser Narr türmen kann.«

»Seid nicht so hart mit Euch, Zimenes. Ich versichere Euch, alles dient der Sache und geschieht im Sinne der Opal-Bruderschaft.«

»Ich nehme an, ich muss meine Reisepläne den Euren anpassen, wenn ich Samuel wieder einfangen will«, sagte Zimenes kalt.

»In der Tat. Auf nach Norden! Ah, ich liebe den vorzüglichen Lammbraten dort!«

2.

London Bridge, das Haus der van Bercks
Dienstag, 13. Juni, abends

Paracelsus, der große Meister der Medizin, hatte recht: *Die Dosis macht das Gift.* Im Licht eines Kienspans betrachtete Lunetta nachdenklich die tote Ratte zu ihren Füßen. Ihr Fell war schütter und stumpf, der Leib aufgequollen, vor dem Maul hatte sich weißer Schaum gesammelt. Es gab keinen Zweifel, das Tier hatte Gift gefressen.

Ein Gift, das nach Patchouli duftete. Lunetta lenkte ihren Blick auf das Töpfchen in ihrer linken Hand. Sie hatte die darin enthaltene Salbe mehrfach in Brotkrumen geknetet und dabei die Dosis so lange erhöht, bis sich eine Wirkung zeigte. Das Tier hatte schließlich begonnen, sich zu erbrechen, hatte Fell verloren, sein Todeskampf hatte einige Tage gewährt. Immer wieder war sie abends in den Keller hinuntergestiegen, um nach der verendenden Ratte Ausschau zu halten. Jetzt hatte sie den Beweis für ihren Verdacht. Die Salbe, die sie am Hochzeitstag von Lady Jane Grey auf dem Nachttisch des Königs entdeckt hatte, diente nicht dazu, seine Wunden zu schließen oder deren Geruch zu mildern.

Alles sprach dafür, dass irgendjemand dem König nach dem Leben trachtete. Auf eine Weise, die auch ein gründlicher Vorkoster wie Sir Henry Sidney nicht verhindern konnte.

Aber warum war die Beimischung der tödlichen Substanz so gering gehalten, dass sie erst in großer Dosis eine Ratte zu töten vermochte, und auch das nur sehr langsam? Es gab viele Menschen, die ein Interesse am Ableben des jungen Edward hatten, aber warum sollte ein Königsmörder so schleichend vorgehen?

Alle Welt wusste durch Londons Bänkelsänger, dass es bei Hof schon wirksame Anschläge durch vergiftete Gewänder gegeben hatte, um besonders mächtige Höflinge zu vernichten. Mit Eisenhutextrakten gelaugte Stoffe töteten innerhalb weniger Stunden. Es wäre ein Leichtes gewesen, auch die Salbe so stark mit Gift zu versetzen, dass eine rasche und unumkehrbare Wirkung einträte. Was bezweckte der Mörder mit solch einer qualvollen Tötungsart? Nun, Sir Sidney musste wissen, von wem die Salbe stammte. Sie würde ihn danach fragen. Doch auch dann wäre das Rätsel um die verzögerte Wirkung noch nicht gelöst. Wenn sie nur Gabriel fragen könnte! Er war der beste Arzt, den sie kannte.

Die Tür zum Keller öffnete sich. »Frau van Berck!«, rief eine Magd von oben. »Rasch. Er ist da!«

Lunetta ließ das Töpfchen mit der Salbe in die Tasche ihrer Zierschürze gleiten. Die Ratte war vergessen. Mit einer Hand raffte sie die Röcke und eilte – immer zwei Stufen auf einmal nehmend – die Steinstiegen hinauf. Dort drückte sie der Magd den Kienspan in die Hand.

»Wo ist er?«

»Im Kontor eures Mannes. Ich wusste nicht, ob ich ihm sagen soll, dass Herr Lambert im Gefängnis ist.«

Lunetta winkte ab. »Ich werde es ihm zu gegebener Zeit sagen. Jetzt gilt es, Dringenderes zu erledigen. Rasch, besorge einen Boten! Er soll zur Kirche der deutschen Hansekaufleute beim Stahlhof laufen, du weißt, warum. Mach schon, mach!«

Lunetta griff nach der Börse, die an ihrem Gürtel hing und suchte zwei Kupfermünzen heraus. »Das sollte reichen. Sieh dich nach dem kleinen Burschen mit den flinken Beinen um. Er ist verlässlich.«

Die Magd nickte, deutete einen Knicks an und verschwand, während Lunetta über den Korridor zwischen den Warenlagern zu einer reich geschnitzten Holztreppe eilte, die in den ersten Stock des Hauses führte. Atemlos erreichte sie die Tür zum Kontor. Sie versagte es sich, die Tür einfach aufzureißen, schloss kurz die Augen und sandte ein Stoßgebet zum Himmel. »Herr, gib mir die Kraft der richtigen Worte und zügele meine Ungeduld! Du weißt, ich liebe ihn. Ich will nicht glauben, dass er ein herzloser Mensch ist«. Oder gar noch Schlimmeres.

Sie strich Kleid und Schürze glatt, fühlte das Salbentöpfchen und stellte es rasch auf eine Wandtruhe. Darum würde sie sich ein anderes Mal kümmern. Jetzt ging es um Samuel. Behutsam öffnete sie die Tür.

Sie sah ihren Sohn am Schreibtisch beim Fenster stehen. Gedankenverloren fuhr er mit den Fingern über einen geschäftlichen Brief mit der Schrift seines Vaters. Scharf wie ein Schattenriss zeichnete sich sein Profil gegen das schräg einfallende Abendlicht ab. Seine Miene war bei Weitem zu düster für einen jungen Mann, der glücklich dem Tod entronnen war. Sie hoffte, es war ein Zeichen dafür, dass er sich größere Sorgen um Cass machte, als seine spröden Briefe bislang verraten hatten.

»Samuel! Endlich!«

Er hob den Kopf. Seine Mutter lief ihm mit ausgebreiteten Armen entgegen, er öffnete die seinen. Sie umarmten sich schweigend. Zögernd löste Lunetta sich von ihm, um seine kraftvolle jugendliche Gestalt in sich aufzunehmen. Gabriel hatte ganze Arbeit geleistet, er verstand seine Profession. »Ich danke dem Herrn dafür, dass er dich verschont hat.«

Die Mundwinkel ihres Sohnes hoben sich zu einem müden Lächeln. Seine Augen erreichte es nicht. »Der Dank gilt vor allem Kölns Harnischmachern, mit deren Kettenhemden unser Haus handelt. Ist Vater in Geschäften unterwegs?«

Lunetta nickte vage. Sie wollte diesen Abend nicht mit der Geschichte um die Verhaftung seines Vaters verdunkeln. Heute gab es Anlass für Freude und Dankbarkeit. So hoffte sie zumindest.

»Oh Samuel! Ich bin so froh, dass die Zeit der Ungewissheit vorbei ist, sie dehnte sich endlos, und als dieses verzweifelte Mädchen sagte, du seiest tot ...«

Ihr Sohn wandte sich ungeduldig ab. »Wo ist sie?« Seine Stimme hatte einen frostigen Klang.

Zögernd legte Lunetta ihre Hand auf seinen Arm. »Sie wird gleich kommen. Willst du nicht wissen, wie es ihr geht?«

Ihr Sohn schwieg und starrte in die Brückengasse hinab.

»Deine Cass ...«

»Das ist sie noch nicht! Gönn mir die letzten Augenblicke der Freiheit, ich werde die Fesseln, die ich mir aus Dummheit selbst geschmiedet habe, lange genug tragen müssen.«

Lunetta fuhr zurück. »Samuel, was redest du da? Das Mädchen hat wie du Entsetzliches erlebt, der Sturz in die Themse, das grässliche Gesindel, mit dem sie sich herumtrieb, als ich sie fand! Sag mir endlich, wer sie ist, woher sie stammt und was euch verbindet!«

»Nichts außer einem unverzeihlichen Fehler.«

»Du hast ihr deinen Opal gegeben, sie hütet ihn wie einen Schatz. Ihr müsst Euch einmal geliebt haben! Stoße sie nicht so von dir! Du bist ihre einzige Verbindung zur Vergangenheit. Hilf ihr, dass sie sich wieder erinnern kann.«

Samuels Miene verhärtete sich immer mehr. »Ich bin ihre Zukunft, das wird ihr reichen, glaube mir.«

Seine Mutter schüttelte den Kopf. »Das wird es nicht. Cass kann sich nicht an ihre Herkunft, an ihre Familie oder an Freunde erinnern. Das muss grausam quälend sein, die schrecklichste Form der Heimatlosigkeit.«

Ihr Sohn hob einen Herzschlag lang die linke Braue. Ein müder Abglanz seiner Spottlust. »Ich finde die Leistungen ihres Gedächtnisses in entscheidenden Fragen überaus bemerkenswert.«

»Was willst du damit sagen? Was ist in jener Nacht in Greenwich geschehen und was davor?«

Ihr Sohn wich ihrem Blick aus. »Ich habe versucht, das Leben einer Glaubensverfolgten zu retten, getreu den Gesetzen der Opal-Bruderschaft und gegen meine Überzeugung, und dafür habe ich Unverzeihliches getan. Mehr musst du nicht wissen.«

»Wie kannst du so gefühllos sein! Ich erkenne dich nicht wieder.« Unmöglich konnte es hier nur um eine Frage von unterschiedlichem Glauben gehen. Worum dann?

»Glaube mir, Mutter, ich habe sehr viele Gefühle für diese Frau, aber keins davon würde dir gefallen. Hätte ich sie nicht – wie manch anderer – einen Augenblick lang für einen Engel in Menschengestalt gehalten, würde sie mir jetzt nicht wie eine Teufelin erscheinen.«

Lunetta schwieg betroffen. Womit und wozu auch immer das Mädchen ihren Sohn verführt haben mochte, zumindest Barmherzigkeit hatte Cass verdient. Lunetta hatte sie während ihrer Genesung als tapfere junge Frau kennengelernt. Ein Mädchen, das nur zögernd Vertrauen fasste und einen verzweifelten Kampf gegen einen brennenden Zorn in sich führte. Sie war sich nicht sicher, wie viele Erinnerungen Cass sich inzwischen zurückerobert hatte, aber sie fühlte, dass die Gegenwart dieser jungen Frau eine Wunde war und die Vergangenheit ein Netz aus schlecht verheilten Narben. Warum blieb ihr Sohn so kalt? Wut stieg in Lunetta hoch und damit die Erinnerung an die eigene Jugend als heimatlose Tochter einer Tarotspielerin, die man auf dem Scheiterhaufen verbrannt hatte.

»Samuel! Das Mädchen erwartet dein Kind!«

Er straffte wie zur Abwehr den Rücken und schwieg. »Darum bin ich hergekommen«, sagte er schließlich. »Deine Briefe nach Canterbury waren mehr als deutlich. Du verlangst, dass ich heirate. Ich werde meine Pflicht tun.«

»Bedeutet dieses Mädchen dir denn gar nichts?«

»Das spielt keine Rolle.«

Lunetta legte ihre Hand auf seinen rechten Arm. »Bitte«, sagte sie eindringlich. »Sie ist noch immer schwach. Ich hatte große Sorge um sie, sie war schwer krank und verzweifelt. Ich glaube, allein der Gedanke an das in ihr wachsende Leben hat auch sie am Leben erhalten.«

»Tröste dich. Dein großes Herz, dieses wundervolle Haus und deine Medizin werden ein Übriges getan haben«, sagte Samuel trocken.

»Freu dich wenigstens, dass sie und das Kind leben!«, rief seine Mutter empört.

»Ich habe Cass niemals den Tod gewünscht, und ich habe alles getan, um ihn zu verhindern. Aber verlange von mir weder Freude noch Dankbarkeit dafür, dass sie sich so unverhofft ihrer Liebe für mich erinnert. Was ich tue, tue ich, weil ich mein Gewissen nicht zum Schweigen bringen kann. Sie besitzt darin mehr Übung.«

Lunetta sah, wie sich seine Hände zu Fäusten ballten und Zorn wie ein Blitzschlag durch seinen Körper fuhr.

Vor der Tür wurden Schritte laut. »Das wird sie sein. Ich werde euch eine Weile allein lassen.«

»Wir haben nicht viel miteinander zu bereden. Ich muss noch heute Nacht nach Greenwich zurück. Zumindest als Scheyfves Spitzel kann ich meinen Überzeugungen treu bleiben.« Er lachte bitter auf.

Lunetta unterdrückte einen Seufzer. »Bitte, Samuel, sei

freundlich zu Cass. Ich weiß, sie hat es verdient. Jeder Mensch ist wie der Mond, er hat eine dunkle Seite. Dein Vater sagt immer, es kostet mehr Mut, sich der Hoffnung zu stellen, als sie aufzugeben.«

»Hoffnung? Worauf? Ich gebe meine Freiheit und mein höchstes Ziel für dieses Mädchen auf, das sollte genügen.«

»Die Freiheit hättest du auch als Jesuit verloren!«, versetzte seine Mutter aufgebracht.

»Aber immerhin wäre das *meine* Entscheidung gewesen«, erwiderte Samuel schroff.

»Du hast nicht das Recht, Cass ins Unglück zu stürzen, nur weil du der Lust deiner Lenden gehorcht hast! Sie ist noch ein halbes Kind. Sei um Gottes willen nicht so hart! Schon gar nicht zu einem Menschen, der dich einmal geliebt hat.«

Samuel wandte sich von ihr ab. »Glaube mir, Mutter, mit Gott und Liebe hat das Ganze nichts zu schaffen. Weder auf meiner noch auf ihrer Seite.«

Nein, es hatte mit der List einer niederträchtigen Betrügerin zu tun, die seine gütige Mutter geblendet hatte. Und damit, dass er sich einem Kind verpflichtet fühlte, dessen Vater er getötet hatte. Rücklings, ohne Vorwarnung und – das war das Schlimmste – mit Genugtuung. Eine Weile hatte ihn das Gefühl, damit eine grausam hintergangene Frau zu rächen, darüber hinweggetäuscht, dass er zu dem gleichen blindwütigen Hass fähig war wie die Menschen, die er verabscheute. Er war dem teuflischen Gefühl erlegen, dass, wer straft, mächtig ist. Seine Buße würde es sein, sich mit einer Frau zu verbinden, die sieben Leben zu haben schien und keine Lüge scheute. Sie war die leibhaftige Rache des Hässlichen an allem, was schön war. Er hatte sie verdient.

3.

Auf den Themsekais zur selben Stunde

Nat drückte sich an einer Hauswand entlang auf eine schmale Gassenmündung zu. Hin und wieder warf er einen Blick zurück auf die Themsekais bei der London Bridge. Auf den Fersen schien ihm keiner zu sein, er sah nur Grüppchen von Netz- und Reusenfischern, die in der Abenddämmerung ihre Fanggeräte ausbrachten, dazu ein paar Schwemmgutsammler und Zechbrüder. Angsthase!, schalt er sich, die Luft ist rein. Naja, bis auf die Tatsache, dass London in der Sommerhitze anfing zu stinken, als brüte es faule Eier aus.

Arsch und Gesangbuch! So nervenaufreibend wie in den letzten Tagen war seine Arbeit lange nicht gewesen. Genau genommen noch nie, bevor er sich auf den Propheten von Newgate eingelassen hatte. Verdammt anstrengendes Geschäft, ehrlich zu sein! Immerhin hatte er für diesen Botendienst stattliche zwei Pence eingestrichen und einen Rest Pastete. Mit ein bisschen viel Grünzeug drin, aber ansonsten ließ sich diese Lunetta van Berck nicht lumpen.

Seit er im Auftrag von Master Enoch vor dem Brückenhaus der van Bercks Posten schob, hatte er einige Aufträge abgestaubt, und diese Lunetta nahm nicht mal Pachtgeld für das Recht, auf ihren Stufen zu schlafen. Alles in allem kein verkehrtes Leben, wenn er nur endlich diesen dämlichen Opal finden würde und Painbody nicht wäre. Vorsichtig nach allen Seiten spähend, schlich Nat weiter. Musste es im Juni so ekelhaft lang hell bleiben?

Nach der Sache bei der Dudley-Hochzeit wäre es mit einer Tracht Prügel nicht getan, wenn der König der Themsekais ihn erwischte. Bestimmt hatte er ein Kopfgeld auf ihn ausgesetzt. Schon aus Prinzip – niemand stahl sich davon vom König der Diebe.

Vor Nat ragten die Entladekräne des Hansekontors Stahlhof in den Abendhimmel. Sie sahen aus wie schwarze Drachen mit ihren hochgereckten Hälsen und dem bezahnten Räderwerk. Aber von dort lauerte keine Gefahr, die Niederlassung der deutschen Fernhändler glich einer Schutzfestung. Die Kaufleute verließen sie nur selten und hatten die Wachen verdoppelt, seit die Gerüchte um einen möglichen Thronfolgekrieg fett wie Sommerfliegen durch London schwirrten. Ja, nicht nur er war angespannt, die ganze City hielt den Atem an. Gestern hatten sie einen Balladenverkäufer bei den Ohren an den Schandpfahl genagelt, weil er – rein vorsorglich – ein Klagelied auf den Tod des Königs hatte drucken lassen.

Nat erreichte die Einmündung zur Church Lane und spähte um die Ecke. Zwei Schatten bewegten sich vom Ende der Gasse auf ihn zu. Blitzschnell duckte er sich. Sein Herz pochte heftig. Hurenscheiße! Es war nach acht, und ehrliche Leute zogen sich Schlag sieben in ihre Häuser zurück. Konnten das Leute von Painbody sein? Diese ewige Angst, erwischt zu werden, machte ihn langsam wie eine Schnecke. Nicht die beste Voraussetzung, um sich als Laufbursche durchzuschlagen.

Das Rumpeln von hölzernen Rädern setzte einen Augenblick lang aus und wurde von schiefen Pfiffen und Stimmen übertönt. Nat atmete auf. Nee, so einen Krach machte kein vernünftiger Dieb, wenn er bei Dämmerung auf Beutezug ging. Er schob sich in die Gasse. Zwei Burschen von zwölf oder vierzehn Jahren mühten sich mit einem mannshohen geschlossen Karren ab, den sie an einer Deichsel aus dem Morast zerrten. Ihr Gespräch verriet ihm, dass es Mistschräffler waren. Und Schlitzohren.

»Haste das Loch im Karren groß genug gemacht?«

»Jo, noch die Gasse hier, und wir sind den dämlichen Schmiedzinther los. Den Rest kippen wir in die Themse. Ich sag doch, den Weg bis vor die Stadttore kann man sich mitn bisschen Verstand sparen. Vollkommener Unsinn, diese Müllgesetze! Hat schon mein Vater gesagt.«

»Danach gehen wir aufn paar Krüge Ale. He, mach Platz, du Läusemelker, wir haben zu tun!«

Nat drückte sich an eine Mauer und ließ die beiden passieren. Hinter ihnen war die Gasse frei. Gerade wollte er loswetzen, als ihm eine prachtvolle Idee kam.

»He ihr!«, rief er hinter den beiden Karrenzieher her.

Einer drehte sich um. »Was is?«

»Habt ihr Lust, nachher nochn bisschen was draufzuverdienen, statt euch die Nasen blau zu saufen?«

»Kommt drauf an, wofür?«

»Ich muss in der Kirche da vorne einen abholen und zur London Bridge bringen.« Das war die Gelegenheit, um fix und unerkannt zum Haus van Berck zurückzukommen.

Die beiden Burschen musterten ihn argwöhnisch. Nat kramte in seinen Taschen und zog die Kupfermünzen hervor, die er eben von einer Magd der van Bercks erhalten hatte. »Hier.« Für das Glück musste man auch mal etwas springen lassen. »Und das is nur ne Anzahlung. Später gibts das Doppelte noch mal, wenn ihr mich bis Newgate bringt.«

Er musste dringend zu Master Enoch. Der Prophet erwartete seinen Bericht, und heute gab es was zu berichten, wofür der Seher einen satten Batzen springen lassen würde. Das Ziel schien greifbar nah zu sein. Und er würde am Ende vielleicht endlich genug einstreichen, um sich bei einem Lehrherrn einzukaufen.

Die Burschen beratschlagten sich. »Du musst es ja ganz schön dicke haben«, sagte der eine schließlich. »Verrätst du uns den Trick, wien Grünschnabel wie du an so viel Geld kommt?«

»Och, so schlau wie eurer is er nicht. Ich hab mich auf gute Werke verlegt«, erwiderte Nat keck.

»Angeber! In Ordnung, wir fahren dich, aber wehe, du zahlst nicht.«

Prachtvoll! »Bin gleich zurück!«, rief Nat und verschwand in Richtung von All Hollows, der Kirche der deutschen Fernhändler. Der Kanzelschwätzer von da wurde im Brückenhaus sehnsüchtig erwartet. War ja wohl klar, wozu.

Es gab eine Braut mit einem Opal und einen Bräutigam! Genau wie Master Enoch prophezeit hatte. Mit der Liebe zwischen dem Paar schien das allerdings immer noch so eine Sache zu sein.

Begeistert hatte Samuel van Berck nicht ausgesehen, als er am frühen Abend mit erhitztem Pferd auf das Haus zugesprengt, vom Sattel gesprungen und auf das Haus zugestürmt war. Samuels Hast hatte Nat keine Gelegenheit gegeben, ihre alte Freundschaft wieder aufzufrischen und nach dem Stand der Dinge zu fragen. Hm, wäre sicher auch nicht einfach, einen Kerl dazu zu bringen, von Liebe zu schwatzen. Ihm müsste man den Mund mit Sand ausscheuern, bevor er so was über die Lippen brächte. Siebensakrament!, fluchte Nat im Stillen, ich kann mich schließlich nicht um alles kümmern. Er ballte seine schmale Hand zur Faust und hämmerte gegen eine Seitenpforte von All Hallows.

4.

Die Braut trug schwarz. Was sonst? Schließlich war sie schwanger, und sie war sich in einem sicher: Der Mann, der das Kind in ihrem Schoß gezeugt hatte, war nicht ihr Freund gewesen, dafür trug sie nach wie vor zu viel Furcht und Zorn in sich. Cass hatte allen Überredungskünsten Lunettas widerstanden. Sie wollte sich nicht schmücken. Allein ihr Haar floss offen über ihre Schultern. Es war ein befreiendes Gefühl, keine Verbände mehr zu tragen, und Hauben jeder Art bereiteten ihr Widerwillen. Sie würde sie als verheiratete Frau noch lange genug tragen müssen, aber niemand konnte sie zwingen, in fröhlichen Kleidern vor den Priester zu treten.

Langsam stieg Cass die Treppe vom Dachgeschoss zum Kontorflur hinab, mied den Blick in einen Spiegel, der sie im Korridor empfing, und näherte sich zögernd dem Schreibzimmer des abwesenden Hausherrn.

Sie straffte die Schultern. Sie war entschlossen, dem Mann mit dem Pechhaar, der ihre unentwirrbaren Träume von Turm und Todessturz beherrschte, kühl und würdig entgegenzutreten. Was sie tat, tat sie für das Kind. Sie hatte es empfangen und sich mit diesem Teil ihres dunklen Schicksals versöhnt. Sie würde es – so Gott wollte – gebären. Das Kind sollte ein glücklicheres Leben führen als sie. Ihr eigenes gab sie verloren, genauso wie die Hoffnung, dass sie sich je wieder an alles, was geschehen war, erinnern würde. »*Allein die Liebe Gottes ist unwandelbar*«, murmelte sie düster.

Ein dürrer Trost, der einzige, der blieb. Sie verharrte vor der

Tür zum Kontor und holte tief Luft. Entsetzen packte sie, als ihr ein schwerer, süßlich herber Geruch in die Nase stieg. Patchouli. Ihre Augen fanden ein Salbentöpfchen auf der Truhe. Es musste Lunetta gehören. Rasch pochte sie an die Tür des Kontors. Ledersohlen glitten über Dielenboden. Die Hausherrin öffnete die Tür und ergriff ihre Hand.

»Ich freue mich, dass du hier bist«, sagte sie ein wenig zu eindringlich, wie Cass fand. Lunetta zog sie über die Schwelle und führte sie in die Mitte des Raumes. »Deine Braut, Samuel.«

Ihr Sohn stand mit dem Rücken zu ihnen beim Fenster. Er machte keine Anstalten, sich umzudrehen. Die einsetzende Dunkelheit umfing ihn wie ein weiter Mantel. Seine Mutter entzündete mit einem Kienspan mehrere Kerzen. Warm fing sich der Schein der Flammen auf der Vertäfelung des Raumes und verlieh den Farben der Wandbehänge Glut und Tiefe. Freundliche und leidenschaftliche Liebesszenen waren darauf zu Bildern verwoben, Geschichten von Eros, Venus und Psyche.

Wehmütig dachte Lunetta an die Behaglichkeit und den Frieden, den Lambert und sie all die Jahre über in diesem Raum gefunden hatten. Ihre Liebe hatte auf einem Fest in Köln begonnen. Wider Willen. Zumindest auf Seiten Lamberts, den sein Prunk liebender Vater gezwungen hatte, als geflügelter Amor neben ihr als Psyche auf einer Schaubühne zu posieren. Ein tableau vivant, das sehr lebendig geworden war und sie auf immer verbinden würde. Gott würde ihren Gatten schützen und diese beiden halben Kinder segnen, vielleicht gab es noch Hoffnung.

»Ich werde unten auf den Priester warten.«

Lunetta ging zur Tür. Auf der Schwelle warf sie einen Blick zurück in den Raum. Aufrecht und reglos verharrte Cass in der Mitte des Kontors, ihr Sohn stand immer noch beim Fenster. *Die da viel lieben, die schweigen selig*, hieß es bei Mechthild von Magdeburg, aber in diesem Fall lag die Sache anders. Ihr Sohn und Cass trugen ein stummes Gefecht aus. Leise verließ Lunetta den Raum. Die Tür glitt ins Schloss, seufzend schnappte der Riegel ein.

Das Geräusch ließ Cass zusammenzucken. Es war ihr merkwürdig vertraut, und wie der Duft von Patchouli war er der Nachhall einer Erinnerung. Sie schloss die Augen. Endlose Korridore bei Nacht ... eine Tür zu einem Raum, in dem ein Mann auf sie wartete ... wie jetzt ... weiter, weiter ... Ihr Gedächtnis war ein grausamer Scherzteufel, ihm gefiel es, scharfe Bilder zu verweigern und stattdessen immer und immer das Gefühl größter Bedrohung in ihr zum Leben zu erwecken. Auch jetzt überkam es sie, aber da war noch etwas ... Cass riss die Augen auf. Verlangen!

Samuel van Berck hatte sich zu ihr umgedreht. Er war der Mann aus ihren Träumen, und er war zugleich ein Fremder. Ihre Blicke kreuzten sich. Seine waren feindselig, wie sie erwartet hatte, aber etwas daran stimmte nicht. Die Farbe seiner Augen war falsch. Sie waren zu dunkel, und der Widerwillen darin war zwar deutlich, aber er jagte ihr nicht das Entsetzen ein, das sie bei Nacht einholte und hochschrecken ließ.

Hatte sie einmal lichte Gefühle, Begehren, sogar Liebe für ihn empfunden? Und er für sie? Zaghafte Hoffnung glomm in ihr auf und verlosch wie ein Funken auf feuchtem Zunderschwamm. *Wenn das Begehren verblasst, verblasst gemeinhin auch die Liebe,* flüsterte es in ihr. Wann hatte sie das gesagt? Vorsicht!, mahnte ihr Verstand. Ihr Herz schwieg. Nein, entschied Cass, ich kann keine liebevollen Gefühle mit diesem Mann in Verbindung bringen, die Furcht überwiegt.

Samuel van Berck sprach als Erster. »Keine grüne Seide

diesmal? Nicht einmal ein Perlenbogen im Haar? Bescheidenheit mag eine Zier sein. Sie steht dir so wenig wie dieses Schwarz«, sagte er kalt.

»Ich finde, es erfüllt seinen Zweck«, gab Cass nicht weniger eisig zurück und hielt seinem Blick stand.

»Bei meiner Mutter scheint das zuzutreffen. Sie hat ein überaus gütiges Herz.«

»Anders als *Ihr*, wie mir scheint.«

»Ihr? Warum so förmlich, Cass? Aber gut, ich sehe, wir können uns darauf einigen, wenigstens voreinander keinen Wunsch nach Nähe oder Gefühle zu heucheln, die wir nie füreinander empfinden werden.« Samuel trat an den Schreibtisch seines Vaters, strich ein Dokument glatt und legte einen Federkiel zurecht. »Das ist der Heiratsvertrag. Er ist nicht lang, da du, verzeiht, *Ihr*, keine Mitgift einbringen werdet. Außer der Begabung zu raffiniertestem Schwindel.«

Cass warf ihm einen zornigen Blick zu: Wer oder was gab ihm das Recht, so voller Abscheu über sie zu sprechen? Was auch immer sie getan haben mochte, sie war kein gefühlloses Biest! Seine Art von Ehrlichkeit und Kälte war widerwärtig!

Sie reckte das Kinn. »Was die Zukunft angeht, stimme ich Euch zu.« Heftig und wie gegen ihren Willen fuhr sie fort: »Aber irgendwie muss ich dich Teufel einmal geliebt haben, sonst hätte ich mich kaum mit dir eingelassen und mein Leben riskiert!« Das Aufbegehren, sogar der Wortlaut dieses Satzes hatten einen vertrauten Klang. Samuel van Berck musste sie grausam im Stich gelassen haben.

Auch jetzt machte er einen drohenden Schritt auf sie zu. »Was soll das? Willst du mich mit solchem Irrsinn reizen? Danke dem Herrn dafür, dass du lebst, und genieße von mir aus den Triumph deiner ewigen Lügen, aber treibe keine merkwürdigen Scherze mit mir.«

Cass sah, dass sein Zorn echt war und dass sich darunter eine tiefe Kränkung verbarg. Sie spürte es, weil sie die Mischung aus beidem genau kannte, nur dass bei ihr mit einem Mal die Gefühle von Demütigung und Scham überwogen. Unsicher wich sie zurück, tastete nach Halt – nach einem Bettpfosten mit reichem Schnitzwerk. Bettpfosten? Ihr schwindelte, ein Schrei stahl sich in ihr hoch, zugleich fühlte sie, wie ihr die Kehle zu eng dafür wurde und sich eine lastende Schwere auf ihre Brust senkte. Ein reißender Schmerz durchfuhr ihren Schoß, fuhr ihr klingenscharf bis in die Brust. Er hatte nichts mit den Beschwerden ihrer Schwangerschaft zu tun. »Lass mich los, du Teufel!«, brach es aus ihr hervor. »Du bist widerwärtig!«

Sie spürte, wie alle Kraft von ihr wich und – in diesem Augenblick ein Segen – auch ihr Gedächtnis. Die Wahrheit schien zu hässlich zu sein. Aber verflucht, sie wollte sie kennen. Cass riss das Gesicht hoch, suchte das von Samuel.

Van Berck hatte sich zu ihr herabgebeugt. Was war das? Schon einmal hatte sie ihn in dieser Haltung gesehen, dazu den Ausdruck von Fassungslosigkeit in seinen Augen. Was fehlte, war der Zorn. Mitleid war an dessen Stelle getreten. »Cass, von wem sprichst du? Was hat de Selve …« begann er und wurde von einem Klopfen an der Kontortür unterbrochen.

»Samuel, der Priester ist unten. Ich bringe den Ring«, rief seine Mutter und öffnete. In den Händen trug sie einen Samtbeutel, auf dem Gesicht lag ein hoffendes Lächeln. Es gefror, als sie Cass vor Samuel kauern sah. »Mein Gott!« Sie flog durch den Raum zu der jungen Frau, drängte ihren Sohn zur Seite und legte den Arm um sie.

Cass wehrte sie ab, während in rascher Folge Bilder grell und blendend wie Blitzschläge auf sie niederzuckten. Sie hatte einmal geliebt, und sie war geschändet worden. Von einem

Mann, dem sie vertraut hatte und der sie verraten hatte. Von einem Mann mit karamellfarbenen Augen und Balsamstimme, der Stimme eines Franzosen. Dank Samuel van Berck buchstabierte ihr Gedächtnis mühelos seinen vollen Namen – Antoine de Selve – und verabschiedete sich mit dem Bild eines vollendet schönen Mundes. Er zerfloss wie formloser Nebel und hinterließ hellen Schmerz.

»Was hast du getan, Samuel?«, rief Lunetta erbost.

»Nichts!«, schrie Cass voller wütender Verzweiflung. In Samuels Richtung fuhr sie flüsternd fort: »Warum willst du mich heiraten? Du hasst mich zu Recht, und dieses Kind kannst du unmöglich lieben.« Sie schluckte. »Verzeih mir, was auch immer ich dir angetan habe, es muss schrecklich gewesen sein.«

Lunetta warf ihrem Sohn einen vorwurfsvollen Blick zu. Alle Kälte schien von ihm gewichen zu sein, jedoch keinem Ausdruck von Wärme, sondern Zweifeln und Unentschlossenheit. Nicht die besten Voraussetzungen für eine Ehe.

»Er wird dich zur Frau nehmen«, sagte Lunetta scharf, »einerlei, was er dabei empfindet.« Sie riss den Samtbeutel auf, zog den Ring hervor und schob ihn auf Cass' Finger. »Hier, sein Opal, ich habe ihn fassen und den Wahlspruch unserer Familie eingravieren lassen. *Omnia vinci t* ...«

Samuel hob die Hand. »Mutter, nicht! Lass uns bitte allein, ich muss mit ihr reden ...«

»Du hast genug angerichtet. Ich will nichts mehr hören«, sagte Lunetta scharf. Energisch winkte sie nach dem verdutzt dreinschauenden Priester in der Soutane eines anglikanischen Geistlichen.

»Eh, soll ich wirklich?«

»Ja«, antwortete Samuel van Berck fest und deutlich.

Cass befreite sich aus Lunettas Armen los. »Nein! Ich kann dich nicht heiraten. Das wäre unerträglich.«

»Ich will es«, sagte Samuel eindringlich. »Bitte glaube mir.«

»Nein. Ich gehöre nicht hierher.«

»Dann nimm wenigstens Geld«, bat Samuel. »Du ...«

Bevor er fortfahren konnte, war Cass auf den Beinen, stieß den Priester zur Seite, rannte zur Tür und flog den Korridor entlang zur Treppe. In wenigen Sätzen nahm sie die Stufen nach unten, riss die Tür auf, sprang in die dunkle Gasse. Wie getrieben hetzte sie zwischen den vorkragenden Häusern entlang auf das Brückentor zu. Herr, lass es offen sein! Hilf mir! Das ist mehr, als ich ertragen kann.

Zwei Burschen, die einen schwankenden Karren in dieselbe Richtung zogen, versperrten ihr den Weg. »Lasst mich durch!«, schrie Cass und warf einen schnellen Blick hinter sich. Die Ladeklappe des Karrens fiel nach unten. »Hurenscheiße!«

»Mein Gott, Nat! Dich schickt der Himmel.«

»Das sagt der Prophet auch immer. Steig ein. Gut, dass du Schwarz trägst. Is schmutzig wie Hölle hier drin.« Er streckte Cass seine Hand entgegen. Sie packte sie und zwängte sich durch eine Klappluke in den Karren, der scharf nach Zinther roch. Nat zog die Ladeluke hoch und hakte sie ein. »Übrigens ... hübscher Ring an deiner Hand.« Er pochte gegen die Seitenwand der Karre. »Ab nach Newgate.«

»Ins Gefängnisviertel?«, rief Cass entsetzt.

»Is halb so wild. Kein Käfig ist enger als der unserer Herzen, sagt Master Enoch. Ich hab dir doch bei Jane Greys Hochzeit von ihm erzählt! Er will dich schon seit Wochen sehen. Endlich ist es so weit.«

5.

Auf dem Weg nach Hunsdon
Freitag, 14. Juni

Die Nacht neigte sich dem Ende zu. Das Krächzen der Kolkraben klagte den Morgen herbei. Zimenes und Scheyfve führten ihre Pferde beim Zügel. Über ihnen verblasste die Aussaat der Sterne. Zimenes ließ seine Fackel mit zischendem Laut in einer Wasserlache verlöschen. Seine Blicke schweiften über das sumpfige Marschland nahe Gravesend, das sich aus den Schatten der Nacht schälte. Zimenes wies mit dem Kopf in nördliche Richtung. »Da geht es lang.« Als geübter Waffengänger orientierte er sich am anschwellenden Rauschen der Themse. Es trug den Prall der Meereswogen in sich, die mit der Flut von der Ostküste landeinwärts rollten. »Wenn es hell wird, können wir wieder aufsitzen. Die Pferde sind dann ausgeruht.«

»Aber ich nicht. Wir haben seit Canterbury keine Rast eingelegt«, ächzte Jehan Scheyfve, der hinter ihm ging und sein widerstrebendes Pferd durch eine Wasserlache zerrte. »Ich hätte da noch einen Schinken in der Satteltasche …«

»Ein wenig körperliche Beanspruchung bekommt Euch besser«, gab Zimenes ungerührt zurück. »Das macht schlank.«

»Wer legt denn schon auf so was wert! Ich ahnte nicht, dass dieser Weg so öde und beschwerlich ist. Himmel, ich verabscheue die Natur!«

»Klagt nicht! Ihr selbst habt diese umständliche Strecke ausgewählt.« Zimenes lachte trocken. »Wer auch sonst?«

Scheyfve stieß ein Brummen aus. »Nicht aus Vergnügen,

mein Freund, sondern aus triftigen Gründen. Auf den Hauptstrecken nach Norden sind Dutzende von Dudley-Männern postiert, und bedauerlicherweise sitzen in jeder Schenke von Kent seine Spitzel über Apfelwein. Der Lord ahnt, dass Boten und vielleicht schon Kampfgefährten zu Maria unterwegs sind. Gerade aus Kent. Die Grafschaft ist ihr treu ergeben.«

»Seid Ihr sicher, dass Samuel diesen Weg gut kennt? Bislang haben wir keine Spuren entdeckt.«

Scheyfve reckte stolz das Kinn. »Ich sage doch, er ist mein bester Mann. Er hat diese Strecke selbst ausgekundschaftet, als Maria vor wenigen Wochen eine Flucht auf den Kontinent erwog. Von der ich sie Gott sei Dank abhalten konnte. Stellt Euch nur vor, sie hätte einfach aufgegeben und die Krone verschenkt wie ein Spielzeug!«

Zimenes überging Scheyvfes politische Betrachtungen. »Mich wundert, dass wir nach unserem Gewaltritt noch nicht zu Samuel aufgeschlossen haben, selbst wenn er wie der Teufel reitet.«

»Ich denke, er reitet noch schneller«, murmelte Scheyfe vergnügt in sich hinein.

»Wie?«

»Nichts von Bedeutung.«

Schweigend trotteten sie durchs Zwielicht.

»Da«, sagte Zimenes irgendwann und deutete zum Horizont. Scheyfves Blick folgte dessen Zeigefinger, und er machte die Umrisse von Gravesend aus.

Zimenes nickte befriedigt. »In weniger als einer Stunde können wir eine Fähre nach Norden erreichen.«

»Und vorher eine Rast einlegen«, freute sich Scheyfve.

»Still!« Zimenes neigte aufhorchend den Kopf. »Hört Ihr das?«

Scheyfve spitzte ratlos die Ohren.

»Hufschlag«, flüsterte Zimenes. »Gedämpft von Sumpf und Marsch. Ein oder zwei Reiter schätze ich. Kommt!«

Wortlos winkte er Scheyfve zu und lenkte sein Pferd auf eine verwilderte Weißdornhecke zu, die ihnen Sichtschutz bot. Wie Scheyfve legte er keinen Wert auf überraschende Begegnungen.

Zimenes zog sein Schwert und hieb mit energischen Schwüngen eine Öffnung in das Gestrüpp. Scheyfve wickelte sich mit Blick auf die dornigen Zweige fester in seinen Reitumhang und schlug sein bewährtes Kreuzzeichen. Beide Männer griffen in das Zaumzeug ihrer Tiere und zogen sie energisch in den Schutz der Hecke hinein.

Zimenes entdeckte eine Schneise, die vor nicht allzu langer Zeit ein Reiter in das Gewucher aus Zweigen hineingehauen haben musste. Die herunterhängenden Blätter waren noch nicht einmal halb verwelkt. »Das muss Samuel gewesen sein.«

Scheyvfe nickte befriedigt. »Wirklich der Beste. Und nun zum Schinken«, sagte er fröhlich. Zimenes legte den Zeigefinger an die Lippen. »Nicht so laut!«

»Ach, habt Euch nicht so«, fuhr Scheyfve unbekümmert fort. Er warf den Zügel seines Pferdes über einen Ast, rollte die Schultern und legte sich massierend eine Hand in den Nacken.

Vorsichtig teilte Zimenes mit der Schwertschneide die Hecke und spähte in die Richtung, aus der sich leiser Pferdegalopp näherte. »Sobald der oder die Reiter die Hecke passiert haben und außer Hörweite sind, sitzen wir auf. Ich will so rasch wie möglich weiter.«

»Löblich«, befand Scheyfve schmatzend. »Aber es wäre doch schade, wenn wir im Übereifer Samuel verpassen würden! Ich habe ihn erst gegen Mittag aus London zurückerwartet. Aber Amors Flügel haben ihn anscheinend schnell wie den Wind gemacht.«

Zimenes wirbelte mit erhobenem Schwert herum, Zweige peitschten ihm in den Nacken. »London? Was soll das heißen?«

Scheyfve hob zur Abwehr die Schweinekeule. »Tut dem Schinken nichts zuleide! Der Reiter, den ihr fürchtet, wird Samuel sein. Er bringt die neuesten Berichte vom Hof. Ich hielt es für sicherer, unsere Wege für eine Weile zu trennen und ihn allein zu schicken. Sonst hättet Ihr gewiss der Neigung nachgegeben, bei ihm zu bleiben und ihn auf die Familie einzuschwören! Dabei sind gelegentliche Trennungen so heilsam. Liebe ist ein Kind der Freiheit, heißt es. Nun, Samuel ist das beste Beispiel dafür!«

Zimenes erbleichte vor Zorn. »Ihr habt mich wieder einmal zum Narren gehalten? Was für ein Mensch seid Ihr nur? Wie könnt Ihr einen jungen Mann und meine Familie so gnadenlos Euren elenden Zwecken und den Ränkespielen der Politik unterwerfen?«

Scheyfve wischte sich über den Mund. »Ihr unterschätzt wie immer meine Leidenschaft für diplomatische Kompromisse. Entscheidend ist in der Politik immer dreierlei: die Seite, die ich kenne, die Seite, die der andere kennt, und die Seite, die beide nicht kennen. Nur Hohlköpfe ziehen das Einerlei vor. Im Krieg wie in der Liebe. Aber davon verstehen die Menschen, die von Letzterer übermäßig befallen sind, leider ebenso wenig wie Tyrannen von Dudleys Art.«

Zimenes riss ihm zornig den Schinken aus der Hand und schleuderte ihn ins Gebüsch. »Ein für alle Mal, Scheyfve! Redet nicht dauernd in Rätseln!«

»*Omnia vincit amor*, Zimenes!«

Scheyfve leckte sich das Fett von den Fingern. »Ich habe

Samuel nicht einfach als Geheimkurier losgeschickt, sondern ihm einen kleinen Umweg im Sinne der Opal-Bruderschaft gestattet. Zugegeben, nicht ohne Eigennutz. Ich halte einfach nichts von Kampfgefährten, deren Scharfsinn durch unerfüllte Leidenschaft verklärt ist. Lunetta hat Samuel in ihren Briefen nach Canterbury aufgefordert, heimzukehren, um seine schwangere Braut zu heiraten.«

»Welche Braut?«

»Cass Askew. Beruhigt Euch, sie ist ein faszinierendes Geschöpf, so unberechenbar wie Samuel.«

Zimenes ließ verblüfft sein Schwert sinken. »Ihr redet von dieser jungen Protestantin, die er in Eurem Auftrag auskundschaftete und deren Rettung vor Dudley ihn fast das Leben kostete? Das muss ein Irrtum sein.«

»Die Liebe mag ein Fehler sein, aber nie ein Irrtum. Ich muss zugeben, ich habe schneller mit diesem Ergebnis gerechnet: Ein hübsches Mädchen in Not, ein junger Mann, der ein Abenteuer sucht! Nun, Liebe war nie mein Hauptgeschäft, und leider widersetzt sich das Leben gelegentlich dem besten Strategen.«

Zimenes hob zweifelnd die Brauen. »Oder Samuel. Ich kann nicht glauben, dass er verliebt ist. Mir schien er in den vergangenen Wochen grimmig und abweisend.«

Scheyfve grinste. »Mein Freund, das lag an dem Jesuitengewand, das ich ihm geschenkte habe! Erfüllte Wünsche entpuppen sich rasch als Fluch. Das Mönchshabit muss ihm höchst unbequem vorgekommen sein, nachdem er sich als rächender Engel für eine hübsche Frau versucht hatte. Ihr seht, Umwege sind eben auch Wege. Freut Euch mit mir. Euer Großneffe ist von seinem Wunsch nach Weltentsagung gründlich kuriert, und jetzt können wir endlich Maria dienen.«

Zimenes Rappe hob witternd die Nüstern, stellte die Ohren

auf und tat einen Satz. Jenseits der Hecke ertönte ein leises Wiehern.

Scheyfve nickte zufrieden. »Ah, das muss Samuel sein.«

»Für einen verliebten Ehemann hat er es ziemlich eilig, von seinem Weib wegzukommen«, wunderte sich Zimenes.

»Samuel ist eben ein pflichtbewusster Mann. Er wird die Hochzeitnacht ausgelassen haben. Nun ja, sie war ja auch schon vollzogen, wie ich den Briefen Lunettas entnehmen konnte.«

Scheyfve zwängte sich erstaunlich wendig durch das Gebüsch. Davor stand schnaubend und scharrend eine weiße Stute. Samuels Stute aus den Ställen von Greenwich. Doch der Reiter war ein anderer. Er trug eine schwarze Pagentracht, war dünn wie eine Bohnenstange und bemühte sich um eine stolze Sattelhaltung.

»Wer bist du«, fragte Scheyfve höchst überrascht.

»Euer Sekretär schickt mich aus Greenwich. Ich soll Euch sagen, der König ist wieder bei Kräften. Ihr sollt sofort kommen.«

Scheyfve schüttelte ungläubig den Kopf. »Edward ist genesen?«

Der Page zuckte die Achseln. »So heißt es, er wird in den nächsten Tagen eine Audienz halten. Auch seine Schwestern Maria und Elisabeth will er empfangen.«

Scheyfve war verblüfft. »Das kann nicht wahr sein! Du musst dich irren.«

Der Page schüttelte den Kopf. »Euer Sekretär bat mich, Euch das zu geben, um Eure Zweifel zu zerstreuen.« Der Jüngling zog ein Kettchen unter seinem Wams hervor, daran baumelte ein Stein. Er glomm im Licht der aufsteigenden Sonne.

»Sir Sidneys Opal!«, stieß Scheyfve hervor. »Beim Blute

Christi! Er muss es wissen. Wie überaus ärgerlich, das bringt meine sorgfältigen Pläne durcheinander.«

»Das kommt davon, wenn man Gott spielt!«, ertönte hinter ihm die trockene Stimme von Zimenes. »Auf nach Greenwich! Ich nehme an, diesmal verzichtet Ihr lieber auf Umwege. Wir nehmen ein Schiff. Die Flut wird für eine schnelle Passage sorgen.«

Scheyfve seufzte und betrachtete den Opal. »Nun denn, *omnia vincit amor!*«

»Ich glaube kaum, dass es darum geht«, erwiderte Zimenes nüchtern.

6.
London
Sonntag, 16. Juni

Das fahle Morgenlicht fand keinen Weg in die verklausterte Dachkammer der Hurenschenke am Markt von Newgate. Cass lag an eine Bretterwand gepresst. Sie zitterte. Wenn nur dieses Keuchen, Schnaufen und Stöhnen nicht wäre! »Schlaf immer schnell ein und hör nicht drauf, was nebenan geschieht«, hatte Nat geraten, als er sie vor zwei Nächten hier einquartiert hatte. »Bess hat mir versprochen, dass sie nur in dringenden Fällen ihren Geschäften nachgeht.« Vor wenigen Stunden hatte er sich, wie immer, wenn es dunkel wurde, auf den Weg zum Tollhaus gemacht.

»Bist feurig heut, das is gut!«, gurrte Bess hinter der Bretterwand und stöhnte übertrieben auf. »Und so groß! So riesengroß! Ja! Ja, Ja! Mach, mach schneller! Mach schon!«

»Halts Maul und stör mich nicht«, schnaufte ihr Freier.

»Echte Kerle mögen das«, erwiderte Bess beleidigt. »Aber du …«

Cass zuckte zusammen, als sie klatschende Geräusche vernahm, gefolgt von einem unterdrückten Wimmern, das seinen Zweck zu erfüllen schien. Der Freier keuchte voller Wollust.

»Die Blattern über dich und deinesgleichen!«, schrie Bess.

Cass hielt den Atem an und fuhr von ihrem Lager hoch. Wie konnte die Hure so unbedacht sein? Sie hatte es geahnt: In schneller Folge prasselten Schläge auf nacktes Fleisch.

Ekel und Wut flammten in Cass auf. Sie kroch von dem Strohsack, den Nat ihr in dem geteilten Giebel der Hurenschenke angemietet hatte, und tastete sich im Dunkeln an der

Wand entlang. Und immer wieder die Schläge und das schmerzvolle Winseln! Koste es, was es wolle, sie würde der Frau beispringen.

Cass wollte schon die Tür, die die schäbigen Dachkammern miteinander verband, aufreißen, als jemand losschimpfte: »Schluss damit, du Bohnenstange. Ich lass mich nich von nem verdrehten Piephahn wie dir abschlecken.« Cass prallte zurück. Das war Bess, die so gar nicht mehr verängstigt klang. Der Mann hingegen grunzte und quiekte nur noch und flehte: »Bitte, Bess! Für zwei Pence muss Küssen auch mal drin sein. Ich hab so einen anstrengenden Ritt hinter mir.«

Bess lachte schrill auf. »Aber nicht auf mir. Hat ja ewig gedauert diesmal. Hau ab, du Wanze von Greenwich, bevor ich demnächst das Doppelte dafür verlange, dass ich dir den Hintern versohle.«

Verwundert hörte Cass mit an, dass der Freier mit einer sich überschlagenden Jungenstimme antwortete. Er konnte kaum älter sein als fünfzehn oder sechzehn. »Schlag das nächste Mal fester zu, Bess, dann überleg ich es mir. Bitte! Ich mag dich.«

»Reiß dein Maul nicht so weit auf, meinste, ich bin zum Vergnügen hier?«

»Kann ich nachher nochmal kommen? Ich muss nur kurz zum Propheten.«

»Nee, heute nich, ich hab nebenan zahlenden Nachtbesuch und will mal vor Sonnenaufgang Schluss machen.«

»Auch nicht für drei Pence? Ich kann was abzwacken, hab reichlich verdient. Ich nehm inzwischen von allen Seiten Aufträge an und begeb mich in jede Gefahr. Nur für dich. Wenn alles klappt, hol ich dich hier weg, wie versprochen.«

In Bess' Verschlag wurde die Stiegenluke aufgerissen. »Einen Tritt in den Arsch kannst du Gernegroß umsonst kriegen, und jetzt raus!«

Kopfschüttelnd stand Cass in der stockfinsteren Kammer. Ein plätscherndes Geräusch verriet ihr, das Bess ihr Nachtgeschirr nutzte. Dann schob sie sich ächzend auf ihr Lager, gähnte vernehmlich und verabschiedete sich mit einem Gebet in den Schlaf. »Jessas, was fürn Schafskopf! Na, schütz mir den Trottel und lass ihn lang leben. Amen.«

Cass tastete sich zurück auf ihr Lager. Wie hässlich und roh der Handel mit der Lust war. Wie trostlos und beschämend.

»Wir alle sind geboren im Käfig der Sünde! Genieße es, öffne dich deiner verborgenen Begierde«, forderte de Selves Stimme in ihr.

Nein! Nein! Sie schüttelte den Kopf. Das stimmte nicht. Sie war gewiss keine ... »Hure«, vollendete Samuel van Bercks Stimme ihren Gedanken. Ein Wort wie ein Messer, es traf auf eine sehr frische Wunde. Hure – wie konnte dieses Wort nur auf sie und den Mann mit dem Pechhaar passen? Und warum – wenn es doch passte – hatte er sie heiraten wollen? Weder ihr Geist noch ihr Herz oder ihr Körper gaben Erinnerungen an ihn preis. Keine Gerüche von Sinnlichkeit, keine intimen Berührungen und – so stellte sie verblüfft fest – keinen Schmerz. Außer den Schmerz der Sehnsucht.

Sie schlich sich in Gedanken zurück zu dem Augenblick im Kontor, als Samuel mit gebeugtem Rücken vor ihr stand, staunend und – voller Mitgefühl. Cass begann zu zittern. Seine Kälte schien ihr mit einem Mal um vieles erträglicher. Frische, ungetrübte Erinnerungen an Lunettas Fürsorge in den vergangenen Wochen drängten nach. Die Stunden, in denen die heilkundige Frau an ihrem Bett gesessen hatte, obwohl eigener Kummer auf ihr zu lasten schien. Entschlossen hatte diese Unbekannte alles getan, um sie und das wachsende Leben zu retten. Weil sie es für ihr Enkelkind hielt. Jeden Morgen hatte Lunetta ihr liebevoll das Haar gebürstet und erzählt, dass man in ihrer Heimat Spanien sage, jeder Kammstrich zöge eine Sorge aus dem Haar. Wenn es nur so sein könnte!

Das Haus van Berck war ein Haus der Liebe, der Fürsorge und der gegenseitigen Achtung, doch Cass' Herz hatte darauf keine Antwort gehabt. Wie tot und steinschwer hatte es in ihrer Brust gelegen, voller Angst und Abwehr. Seit heute Abend wusste sie, warum: Tief in ihrem Innern hatte sie geahnt, dass alles an dieser Zuneigung auf Täuschung beruhen musste.

Sie gehörte nicht in dieses Haus. Sie wollte keine unverdiente Barmherzigkeit. Nicht von einer Frau, die sie – wenn auch unwillentlich – hintergangen hatte. Und erst recht wollte sie kein Mitleid von Samuel, dem Mann mit dem Pechhaar. Sie brauchte etwas anderes.

Omnia vincit amor, flüsterte es in ihr. Rasch zog sie die zerlöcherte Decke aus Rupfleinen über ihr Gesicht. Zum ersten Mal, seit sie in diesem Leben ohne Vergangenheit und voller bedrohlicher Schatten erwacht war, brach der steinernen Ring, den Furcht, Angst und Zorn um ihre anderen Gefühle gelegt hatte. Sie würgte, presste Tränen wie unter Wehen hervor, spürte dünne Rinnsale auf ihren Wangen, weinte, als müsse sie es erst üben, schluckend und schluchzend, bis sie schließlich still wurde.

Was folgte, war kein sanfter Frieden, sondern ein trotziger Entschluss. »Ich brauche meine Vergangenheit nicht«, flüsterte Cass. »Alles was ich noch will, ist überleben. Von einer Stunde zur anderen.« *Perfer et obdura.* Vollbringe und halte aus. Darauf schien sie sich gut zu verstehen. Sie musste nur lernen, das Konzert der hässlichen Stimmen in ihrem Innern zu beherrschen. Vielleicht wäre sie dann auf immer frei von Zorn, von Schmerz und von dem Verlangen nach Liebe.

7.

London, Newgate Market
Mittwoch, 19. Juni

Federn durchflockten die Luft. Kükenflaum stahl sich in Nats Nase, und er musste niesen. Auf dem Markt hatte das übliche Toben und Treiben eingesetzt. Begleitet von dem Geschrei der Gänse und dem Gackern eingepferchter Hühner, feilschten Köche um Federvieh, spotteten Gerber über den Karrenpreis von Hühnermist für ihre Laugen, prüften Handschuhmacher genüsslich Schwanenhäute. Der Gesang von Rupfmägden und die Gerüche aus Garküchen würzten die Luft. Newgate bei Tag war ein Schauplatz unbeugsamer Lebenslust. Zumindest für Nat. Der Duft von in Nelkenpfeffer gewälzten Sperlingen ließ ihm das Wasser im Mund zusammenlaufen. Hurenscheiße! Hatte er einen Hunger.

Seit Schlag acht stand er mit einer übernächtigten Cass beim Torbogen vor dem Narrenkäfig. Jetzt war es zehn. »Wie wärs mit Frühstück?«, fragte er seine Freundin fröhlich.

»Nicht jetzt«, sagte sie abwehrend. »Sag mal, kommt Painbody hier manchmal her?«

Nat zog unwillkürlich den Kopf ein, ließ seinen Blick im wachsenden Getümmel umherflitzen. »Nee,«, beruhigte er sich und Cass. »Is nich sein übliches Gebiet – schon gar nicht kurz nach sechs. Und Enoch hat versichert, dass alles gut ausgeht, und getäuscht hat der sich bislang noch nie.«

»Warum durfte ich in den letzten Nächten nicht dabei sein, wenn du mit diesem seltsamen Propheten gesprochen hast?«

Nat streifte sie mit flüchtigem Blick. Cass wirkte gereizt

und voller Anspannung. »Der Prophet braucht Zeit, und er hat ne Menge andere Kundschaft, die keine Zeugen mag.«

Cass ließ nicht locker. »Was machen wir, wenn dein Meister Enoch uns nicht hilft? Der Opal-Ring war alles, was ich noch besessen habe.«

»Keine Bange«, entgegnete Nat eine Spur zu großmäulig. »Enoch hat mir paar Penunzen zugesteckt und das hier.« Nat zog eine Spielkarte aus dem Ärmel. »Die soll ich dir von ihm geben, wenn du nach ihm fragst.«

Verwundert nahm Cass die Karte entgegen. Sie zeigte sieben Sterne und einen Ackerknecht, der auf einen Spaten gestützt eine Bohnenranke vor weißem Himmel betrachtete. »Was soll das?«

»Hm, ich nehme an, der schaut dem Grünzeug beim Wachsen zu.«

Verärgert gab Cass die Karte an Nat zurück. »Das sagt mir nichts.«

Nat hob bedauernd die Brauen. »Enoch hat noch was gemurmelt, das wie *Pferde* und *obskura* klang.«

Cass' Herz setzte einen Schlag lang aus. »*Perfer et obdura!*« Hatte sie nicht genau das heute Morgen für sich beschlossen?

Nat nickte eifrig. »Genau. Hast du das schon mal gehört?«

»Vollbringe und halte aus«, übersetzte Cass.

»Zum Hundsacker! Du verstehst den Propheten? Woher kannst du Latein? Warst du mal Nonne?«

»Nein«, sagte Cass entschieden. Zögernder setzte sie hinzu: »Sicher nicht.« Nats Frage half ihr trotzdem weiter. Wer hatte einer jungen Frau, die einige *Hure* nannten, die Gelehrtensprache beigebracht und wozu? Vollbringe und halte aus … Ein Satz der Ermutigung. Sie sah sich unter einem Apfelbaum stehen. In grünem Kleid über weißem Flachshemd. Die Farben der Tudors. Farben einer Hoffnung. Cass' Atem stockte. Die Farben von König Edward. Deutlich sah sie sein Gesicht vor sich. Ein Bild mit lodernden Flammen schob sich davor, und sie roch fetten, ekligen Brandgeruch. Schluss!, befahl sie sich. Hör auf! All das gehörte zu deiner nutzlosen Vergangenheit und machte dir Angst.

Nat sah, dass sich das Gesicht seiner Freundin verschattete. Er tastete nach ihrem Arm. »Is doch ein guter Anfang, dass der Prophet und du die gleiche Sprache sprecht.« Cass wischte seine Hand weg, aber Nat ließ nicht locker. »Vertrau ihm. Noch heute gehts woanders hin für uns, das steht mal fest. Enoch hat es genau gesehen.«

Warum er deswegen allerdings mit dem Pagen, dieser dämlichen Bohnenstange, tagelang Verhandlungen geführt hatte, blieb Nat ein Rätsel.

Cass presste sich näher an die Steinmauer, um einem Pastetenhändler mit schwankender Kiepe auszuweichen.

»Blutpudding! Bester frischer Pudding! Na, meine Schöne, wie wär's? Taubenblut macht Wangen rot.«

Cass schüttelte den Kopf. Nat hingegen griff begeistert zu und drückte dem Mann eine kleine Münze in die Hand. »Ich muss sagen, ehrliche Arbeit macht Freude, wenn man dran verdient«, sagte er schmatzend.

Cass biss sich auf die Lippen. »Ich kann mir nicht vorstellen, wie dein Prophet uns helfen soll, wenn er im Narrenkäfig sitzt.«

»Der findet einen Weg. Todsicher. Ich hab dir doch gesagt, dass er dich schon die ganze Zeit sehen wollte.«

»Warum?«

Nat zuckte mit den Achseln. »Ich nehm an, er will dir sagen, wer du bist und wo du hingehörst.«

»Das interessiert mich nicht mehr!«, gab Cass aufbrausend

zurück. »Ich will nur wissen, wie es weitergehen soll.« Schützend legte sie die rechte Hand auf ihren Unterleib.

Umso besser, fand Nat. Der Prophet hatte ohnehin von ihm verlangt, dass er mit Cass nicht über Greenwich reden oder an Erinnerungen tasten solle. »Der Zustand der Unwissenheit ist eine Gnade, und er ist die Voraussetzung für Erlösung«, hatte Enoch gesagt. »Vertrau mal ganz auf den Propheten«, sagte er fest. »Der kann beten wie kein Zweiter. Versteht zwar kaum einer, aber es hilft.«

Cass runzelte die Stirn. »Beten kann ich selbst. Dafür habe ich den Opal-Ring nicht hergegeben.«

Nat schluckte den letzten Bissen Pastete. »Hängst du sehr an dem Ding?«, fragte er so beiläufig wie möglich. Cass schwieg. Nat bohrte weiter. »Is wohl so ne Art Liebesgabe?«

»Nein«, sagte Cass entschieden.

»Aber ein Ehering?«

»Sicher nicht.«

Nat gab auf. Er fragte sich, ob der Stein dann auch seinen Zweck erfüllen würde. »Naja, kann ja noch kommen. Ich weiß nur, dass der Prophet mit lauter Engeln und Heiligen reden kann, und die antworten ihm.«

»Das ist papistisches Blendwerk!«, fuhr Cass auf. »Es gibt keine …«

»Malefizbuben! Fliegenfresser! Ans Werk, ans Werk!«, unterbrach sie ein schrilles Krächzen. Cass zog entsetzt den Kopf ein. Nat lachte. Mit dem Zeigefinger lenkte er ihren Blick zu einer Nische im Scheitelpunkt des Torbogens. »Da stand mal ein steinerner Franziskus mit Tauben, der Schutzpatron aller Häftlinge. Mir gefällt der Spaßvogel besser.«

Staunend erkannte Cass einen grellbunten Papagei, der die Federn aufstellte und sich hektisch zu putzen begann.

Entrüstet zog sie die Brauen zusammen. »Was für ein gemeiner Scherz mit dem Glauben, auch wenn ich nicht katholisch bin …« Verblüfft hielt sie inne.

»Schschscht«, machte Nat. »Jetzt geht's los. Komm, wir müssen zur Bühne beim Schandpfahl, hat Enoch gesagt.« Er umfasste Cass' Handgelenk. Dumpfes Trommeln wehte von der Mitte des Platzes zu ihnen herüber. Nat schlängelte sich durch die schubsende und drängelnde Menge. Ob Landsknecht oder Kiepenkerl, Bauer oder Bürgerin, jeder wollte vorn dabei sein, um sich zu amüsieren, wenn die Tollhäusler vorgeführt wurden.

Vor der Bühne zankten Brezelmänner um die besten Plätze. Ein Fest des Pöbels versprach Gewinn. Am Ende würden wieder die Apfelweiber den Sieg davontragen, der angefaulte Teil ihrer Ware war ein begehrtes Wurfgeschoss.

Der Marktvogt und vier Büttel beendeten den Tumult mit Stockhieben und verschafften gegen Handgeld Münzprüfern und dem Waagemeister freie Sicht. Nat steckte einem der Knüppelträger etwas zu und wurde mit zwei Plätzen direkt vor dem Holzgerüst belohnt.

»Was kommt jetzt?«, schrie Cass gegen das Dröhnen der Trommeln an.

»Das übliche Narrentheater, rollende Augen, gefletschte Zähne!«, schrie Nat zurück. »Wenns dir zu viel wird, schau weg. Davon hattest du bei Painbody schon genug.«

Cass hob trotzig das Kinn. »Seit ihm und Bess kann mich nichts mehr erschüttern!«

»Wers glaubt, wird selig«, murmelte Nat.

Von hinten schubste sie jemand näher an das Holzgerüst. Cass drehte verärgert den Kopf. »Was soll das?«

»Hurenscheiße! Die Bohnenstange! Was willst du denn hier?«

»Ich bin im Auftrag des Propheten unterwegs«, gab der

Page hochmütig zurück. Auf dem Rücken trug er einen Sack aus Rupfleinen. Der Sack bewegte sich.

»Ausgerechnet du!«, rief Nat entrüstet. »Wie solltest du ihm helfen können?«

»Wie du weißt, sind meine Verbindungen zum Hof und zu Lord Dudley exzellent.«

»Dudley?« Das war Cass. Ihre Stimme war schieres Entsetzen.

Der Page richtete sich zu stolzer Größe auf. »Ich kenne alle mächtigen Männer in Greenwich, sogar zu den Spaniern pflege ich Kontakt. Ich gehe den klugen Weg der Mitte und ...« Ihm blieb keine Gelegenheit für weitere Erklärungen.

»Es geht los!«, kreischte eine Rupfmagd.

»Heil den Narren!«, schrie der halbe Platz. »Wir wollen die Idioten sehen.«

Ein städtischer Ausrufer in bunter Tracht stieg zusammen mit einem Prediger die Treppe zur Bühne hinauf. Im Namen des Magistrats verkündete der Ausrufer, dass die Vorführung der Tollgeister und Verwirrten kein Grund sein solle für Schabernack und Schadenfreude. Der Prediger schickte eine geistliche Ermahnung hinterher: »Hütet Euch vor den Fallstricken der Sünde und jeglicher Ausschweifung, die ebenso toll machen und die Seele in ewige Finsternis hüllen.« Mit einem Vaterunser schloss er seine Ansprache.

Das Publikum senkte die Augen und murmelte Amen.

Die Gefängnisglocke schlug die achte Stunde. Vier Turmwächter erschienen und drohten mit Peitschen. Sofort teilte sich die Menge und machte Platz. Gebannte Stille senkte sich über den Markt.

Dann quollen die Tollhäusler ins Freie. Sie stolperten über Ketten, mit denen sie paarweise bei den Füßen gebunden waren. Die Turmwächter hatten Gottes Gauklerschar als Satans Musikanten ausstaffiert. Einige trugen tote, schon steife Katzen vor den Bauch geschnallt und befingerten sie, als seien es Dudelsäcke, andere bezupften Schwanenkarkassen wie Harfen, einer fiedelte munter auf einem Rossschädel. Den Abschluss des Trosses bildete ein hochgewachsener Mann. Er ging allein, man hatte ihm einen abgetrennten Widderkopf aufgestülpt.

»Der Bock betet!«, kreischte ein Gaffer begeistert.

Was für ein Augenschmaus! Was für eine Ansammlung herrlich grässlicher Albwesen. Die Eisenfesseln hinderten sie nicht an wilden Sprüngen, mit denen sie sich gegenseitig zu Boden rissen. Lästerliches Fluchen war die Folge. Nicht wenige Betrachter merkten sich Schimpfereien wie »Fotzenhut« und »Pfaffenritze« zum späteren Gebrauch für Schenke oder Ehezank. Anfeuernde Pfiffe gellten, als ein Katzenflöter statt den Schweif des Kadavers seine Hose zu befingern begann, um Wasser abzuschlagen.

»Finger weg vom Hosenteufel, du Sackpfeife!«, gröhlte ein Schlachter. »Das ist Todsünde!« Seine Gesellen verfielen in kreischendes Gelächter. »Die gibt's doch nicht mehr!« Hühnerschnäbel regneten auf den Katzenflöter nieder.

Die Turmwächter beendeten die Einlage des Flötenspielers mit einem Peitschenhieb auf seinen Rücken. Er setzte den Weg kriechend fort, begleitet von winselnden Predigten seines Kettennachbarn. »Bereue, bereue, du lüsterner Schandbube! Du Sausuhle, du Teufelsbraten!«

8.
Greenwich Palace
zur selben Stunde

Jehan Scheyfve zwängte sich in eine stickige Kammer, deren Wände mit schweren Stoffen verhängt waren. Sie dämpften jedes Geräusch. Noch immer trug er die Reitkleidung der vergangenen Tage, sein Mondgesicht war von Bartstoppeln übersät. »Diese Hast und Euer Ungestüm sind unerträglich«, knurrte er. »Beides sollte jungen Männern wie Samuel vorbehalten sein. Genau wie das Ausharren auf Lauscherposten.«

»Ich dachte, Ihr liebt die Musik«, erwiderte Zimenes und schob einen Vorhang zur Seite.

»Ich vergöttere Chorgesänge und Schalmeienklang, nur nicht auf dieser Seite des Vorhangs«, entgegnete Scheyfve gereizt.

Durch ein kreisrundes Fenster fiel Morgenlicht ins Dunkel. Es fing sich auf Hörnern und Trompeten, spiegelte sich auf den polierten Flächen von Gamben und Lauten. Sie waren in einem Raum neben einer Musikgalerie. Hier, hoch über einem Audienzsaal, pflegten Spielleute und die Kapelle des Königs zu proben. Zimenes stieß das Fenster auf. »Vielleicht hebt Kirchengeläut Eure Laune.« Die Glocke der ehemaligen Franziskanerabtei läutete die achte Stunde ein.

Scheyfve drückte seinen Trommelbauch an einer nicht minder ausladenden Pauke vorbei und öffnete eine vergitterte Luke, bei der gewöhnlich die Musikanten auf ein Zeichen für ihren Einsatz warteten. Scheyfve blickte voller Sehnsucht in den Saal hinab.

»Mein Platz ist da unten. Bei den Höflingen und Diplomaten. Ah, man reicht sogar Malvasierwein und Mandelgebäck! Und Simon Renard, dieser Trottel von meinem Nachfolger, lehnt ab!«

»Nicht jeder frönt der Fresslust.«

»Ihr missversteht mich! Ich hasse Mandelgebäck, aber es abzulehnen ist ein unnützer Affront. Erst recht, wenn es Gott gefällt, Edward von der Schwelle des Grabes zurück ins Leben zu holen.« Er schlug das Kreuzzeichen so beiläufig wie möglich. »Herrje, dann müssen wir unsere Pläne für Maria ändern, und mein Ruhestand ist gefährdet.«

Zimenes trat neben ihn. Ungeduldig spähte er in den Saal, im dem sich Höflinge in Prunkgarderobe drängten. Über dem Audienzthron war der Staatsbaldachin aufgespannt. Rasch glitten seine Augen über die schwatzenden Grüppchen. »Dort steht die spanische Delegation.« Sein Blick erfasste jeden der Männer in kaiserlicher Staatstracht. Er schüttelte verärgert den Kopf. »Zum Teufel, Samuel ist nicht in Renards Gefolge!«

»Das freut mich«, gab Scheyfve zurück. »Schließlich bin noch immer *ich* sein Herr.«

»Wäret Ihr das, wüsstet Ihr, wo er steckt.«

Scheyfve hob ratlos die Achseln. »Samuels letzte Nachricht kam aus Greenwich, wie Ihr wisst. Und so wie ich ihn kenne, könnte ihn nichts davon abhalten, der Wiederauferstehung des Königs beizuwohnen! Marias ganze Zukunft hängt daran und die des katholischen Glaubens in England.«

Zimenes machte eine wegwerfende Handbewegung. »Ihr habt oft genug Eure mit Samuels Interessen verwechselt. Wenn er nicht zu dieser Audienz erscheint, reite ich unverzüglich nach London.«

Unten ertönte ein Fanfarenstoß. Leibgardisten öffneten die Türflügel zu den königlichen Gemächern. Scheyfve schob sein

Gesicht näher an die Luke. »Der König trägt prachtvolle neue Gewänder und die Staatskrone. Er muss über Gesetze verhandelt haben«, sagte er. »Er muss tatsächlich auf dem Weg der Besserung sein! Die Arzneien Eurer Nichte Lunetta scheinen wahre Wunder zu wirken.« Sein Blick erfasste einen verzückt dreinblickenden Mann, der frenetisch applaudierte. »Und Monsieur Dupois' Schneiderkunst. Dudley scheint ihn in königliche Dienste aufgenommen zu haben.«

»Lunettas Arzneien?«, stieß Zimenes überrascht hervor.

»Ja, sie war eine Weile an der Behandlung des Königs beteiligt. Sir Sidney hat sie im Namen der Opal-Bruderschaft dazu – nun, sagen wir – überredet.« »Maldito!«, fluchte Gabriel Zimenes. »Wen von uns habt Ihr eigentlich nicht in Eure Machenschaften verstrickt?«

»Heil dem König!«, schrien die wartenden Höflinge, beugten kurz das Knie und drängelten nach vorn. Dudleys Gardisten ließen ihre Hellebarden wie Schranken herabfahren und trieben die Wartenden bis an die Saalwände zurück.

Endlich betrat Englands junger König, flankiert von seinem Kammerherrn Sidney und seinem Vormund Lord Dudley, den Saal. Er war in alles überstrahlenden Goldbrokat gehüllt, ein prachtvoller Zobelmantel wölbte sich um seine Schultern. Ihm folgte der übliche Rattenschwanz von Würdenträgern.

Scheyfve runzelte die Stirn. »Das ist wirklich die erstaunlichste Genesung, die ich je erlebt habe! Sidney schrieb mir erst vor zehn Tagen nach Canterbury, dass der König nur noch Blut huste und Galle spucke, dass er nicht mehr essen, geschweige denn gehen könne. Ist Eure Nichte eine Zauberin?«

Zimenes brachte ihn mit wütender Handbewegung zum Schweigen. Er kniff die Augen zusammen, um den Jüngling in Gold und Zobel genauer betrachten zu können. Er war blass, die Wangen glühten unnatürlich rot, was auf eine tödliche

Lungenauszehrung schließen ließ. Merkwürdig schwarz stachen die Augenbrauen aus dem Gesicht hervor. War Edward nicht rothaarig wie sein Vater? Die Krone ließ kein Urteil zu. Edward hielt sein Haupt aufrecht, seine Schritte waren gemessen, immer wieder blieb er stehen und grüßte mit angedeutetem Nicken nach allen Seiten. Zimenes sah, dass nicht der König, sondern Lord Dudley das Tempo des Einzugs bestimmte und dass er dem jungen König immer wieder einen Riechapfel anbot. Gemächlich durchquerten Edward und sein Gefolge den Saal. Ohne innezuhalten, ging er am Audienzthron vorbei.

»Was soll das?«, fragte Scheyfve erstaunt. »Warum lädt Dudley zum Staatsempfang mit allem Pomp, wenn der König nichts zu sagen hat?«

Zimenes fasste einen raschen Entschluss. Er riss Scheyfve seinen kaiserlichen Umhang von den Schultern und griff nach einer Laute.

»Was habt Ihr vor?«, zischte Scheyfve.

»Ich will den König einer Untersuchung unterziehen.«

»Mit einer Laute?«

Zimenes beachtete ihn nicht weiter, tauschte seinen Gelehrtenumhang gegen den kaiserlichen aus und trat durch eine Holztür auf die Galerie der Musikanten. Weich schlug er die Töne einer Pavane an.

Der Königszug geriet aus dem Takt und verharrte unter der Galerie. Dudley riss den Kopf hoch, Edward hob den seinen unter Mühen, und sein Körper wurde schlaff. Sidney musste ihm beispringen, um ihn zu stützen. Der Herzog von Northumberland wartete nicht einmal vier Takte lang, bevor er seinen Leibgardisten ein Zeichen in Richtung der Galerie gab. Zimenes spielte schneller. Ohne Edward aus dem Blick zu lassen, wechselte er zu einer lebhaften Galliard und endete mit einem Sprungtanz mit einem abrupten Schluss. Er verneigte sich knapp und verließ die Galerie.

»Seid Ihr wahnsinnig?«, empfing Scheyfve ihn entgeistert. »Wie soll ich Lord Dudley diesen ungebührlichen Auftritt eines Spaniers erklären?«

»Überlasst es Eurem Nachfolger.«

Scheyfve kicherte. »Das ist eine brillante Idee!«

Zimenes zog sein Schwert.

Scheyfve quiekte. »Aber Ihr könnt unmöglich gegen die Leibgardisten von Dudley antreten! Wer in Gegenwart des Königs Raufhändel anzettelt, gilt als Hochverräter!«

»Ich kenne die Gesetze. Es gilt auch als Hochverrat, wenn man einen König vergiftet.« Zimenes schob sein Schwert unter den Riegel der Kammertür und blockierte ihn.

»Vergiften ... Er lebt doch!«

»Schwatzt nicht, helft mir lieber! Wir müssen hier weg.« Zimenes schob ein Ruhebett für die Musikanten quer vor die Tür. Scheyfve belud es flugs mit Instrumenten.

»Wohin führt die Treppe am anderen Ende der Galerie?«, fragte Zimenes.

»In die Gärten.«

»Vortrefflich!«

Zimenes stürmte auf die Galerie. Scheyfve folgte ihm geduckt. Durch das Geländer erspähte er verdutzte Gesichter, die nach oben starrten. Das des Königs war nicht mehr darunter. Plötzlich splitterte Holz, und er schnellte hoch. Wer hätte das gedacht! Seine Beine waren trotz der Last, die sie zu tragen hatten, noch erstaunlich flink. Und Zimenes war wieder ganz der Alte: kühn, verwegen und unberechenbar. Mit anderen Worten: ihm ebenbürtig. Die Sache begann wieder Spaß zu machen.

9.

Zurück in Newgate

»Hilfst du mir?«, fragte Lunetta.

Angewidert wandte sich Samuel van Berck von einem vergitterten Fenster ab. Der Einzug der Narren von Newgate war ein Fest menschlicher Niedertracht. Seine Mutter packte einen Weidenkorb aus. Schweigend deckten sie einen groben Tisch mit Zinntellern, Brot und kaltem Lammfleisch.

»Dein Vater wird sich sehr freuen, dich zu sehen«, sagte Lunetta vorsichtig. Ihr Sohn nickte knapp. Ruhelos – als sei er selbst ein Gefangener – begann er, in der schmalen Besuchskammer auf und ab zu gehen. Sie war Teil eines Mietgefängnisses in der Nähe des Kerkers und diente vornehmen Häftlingen für Mahlzeiten und zum Empfang von Verwandten und Freunden. Die Zellen, die zur Hofseite lagen, erinnerten mit ihren Flechtbetten und Schreibpulten an karge Gaststuben. Belegt waren sie meist von adligen Bankrotteuren oder Händlern mit Kreditschulden, die Freunde mit genug Geld und Vertrauen besaßen, die die hohe Miete für diesen Luxus bezahlten. Freunde wie Sir Henry Sidney, dachte Lunetta voller Grimm.

Das hatte sie ihrem Sohn besser nicht erzählt.

Zwei Tage war es jetzt her, dass Cass verschwunden war. Lunetta hatte sie in bangem Hoffen verbracht. Samuel hatte rastlos die Gassen des Brückenviertels durchsucht. Über die junge Frau hatten sie kein Wort mehr gewechselt. Seit Samuel wusste, was seinem Vater widerfahren war, hatte er sich in Schweigen gehüllt. Lunetta empfand die lastende Stille als einzigen Vorwurf. Und war er nicht berechtigt?

In ihrem Wunsch, die Menschen, die sie liebte, vor weiterem Unglück zu bewahren, hatte sie der Wahrheit in den letzten Wochen mehr als ein Mal Gewalt angetan. Doch Tatsachen verschwanden nicht, indem man sie verschleierte und verschwieg. Sie hatte die Kunst der Täuschung so geschickt eingesetzt wie ein Sir Henry Sidney oder ein Jehan Scheyfve, in deren Intrigenspiele ihre Familie verstrickt worden war.

Es war nur folgerichtig, dass ihr Verhalten für Samuel den Geruch von Täuschung und Verrat ausströmte. Noch schmerzlicher als sein Schweigen waren die Schwermut und die Freudlosigkeit, die ihn wie ein Kettenpanzer umfingen. Drückte ihn Schuld? War es Sorge? All seine Gefühle schienen verstummt zu sein. Seine Wut hatte sich gegen ihn selbst gelenkt. Es war keine Wut, die sich in lauten Worten entladen konnte, sondern eine verbissene, nach innen gewandte Wut, die schon lange in ihm glimmen musste.

Wie nur sollte unter diesen Umständen die Wiederbegegnung zwischen Sohn und Vater glücken? Sie hatte gehofft, dass Samuel – entgegen seinen religiösen Überzeugungen – in Cass verliebt war, und sie hatte geglaubt, dass er seinen Vater ohne Groll ermutigen könne, die Unterschrift unter das Gesetz für Jane Grey zu leisten. Sein Wort hätte mehr Gewicht gehabt als das ihre. Doch ihr unbedingter Wunsch nach Versöhnung hatte Samuel keinen Raum gelassen, seine eigenen Entscheidungen zu treffen und seinen Weg zu gehen.

»Sei freundlich, wenn man deinen Vater zu uns bringt«, bat sie Samuel leise. »Auch wenn die Bedingungen seiner Haft bequem erscheinen, trägt er schwer daran und verliert allmählich alle Kraft.«

»Das musst du mir nicht sagen«, erwiderte Samuel abweisend.

»Dein Vater hat deinetwegen die Unterschrift verweigert, er

will keinem Krieg für Maria Tudor Vorschub leisten, in dem du sterben könntest. Begreifst du das nicht?«

»Das habe ich längst begriffen, Mutter. Und ich habe auch begriffen, was es heißt, zu Tatenlosigkeit verurteilt und ohne Hoffnung zu sein.«

»Es gibt immer Hoffnung. Erst recht für dich, du bist jung«, setzte Lunetta hilflos an.

»Nein Mutter, sag mir nicht, dass die Zeit alle Wunden heilen wird. Sie vergeht ganz einfach, das ist ihr einziges Geheimnis. Und ich habe genug davon verschwendet. Du hättest mir nach Canterbury schreiben sollen, dass Vater in Haft sitzt.«

»Du musstest in Ruhe gesund werden, ich wollte dir nicht noch mehr Kummer bereiten.«

»Was mir Kummer und was mir Freude bereitet, weiß allein ich. Aber es hilft niemandem, wenn er sich wie ein Versager fühlt«, sagte Samuel.

Lunetta erschrak. Sie hatte seine älteste Wunde wieder aufgerissen und noch tiefer gemacht. Noch immer warf ihr Sohn sich vor, dass er als Elfjähriger das Kesseltreiben der Reformer von Canterbury hilflos mit ansehen musste. Mit ihren fürsorglichen Lügen hatte sie dafür gesorgt, dass er sich nun auch Schuld an der langen Haft seines Vaters gab.

Samuel wandte sich wieder dem Fenster zu. »Ich werde tun, was ich kann, damit Vater aus dem Gefängnis freikommt. Zumindest das traue ich mir zu.«

Auf dem Marktplatz hagelte es braune Äpfel auf die Narren. Ein übermütiges Marktweib trennte sich von einem Dutzend Enteneiern. Sofort rauften die Tollhäusler miteinander, weil sie einander das Eigelb aus Haaren und von Kleidern zu schlecken versuchten. Unter dem Gelächter der Zuschauer erreichte der Zug die Bühne. Mit Peitschenknallen trieben die Turmwächter die Irren die Stiege hinauf.

Vor der Bühne kaute Nat auf einer Brezel. Er schielte nach Cass und erntete einen gleichgültigen Blick. Pah, ihn legte so schnell niemand rein! Seine Augen glitten zu ihren Händen hinab. Wieder einmal lagen sie schützend auf ihrem Bauch.

»Is gleich vorbei. Dann kommt Enoch, der is immer der Höhepunkt«, sagte er munter. »Mach dich auf was gefasst!«

Die Turmwächter hieben die tollenden Narren auseinander, die Büttel des Marktvogtes sprangen in die Reihen der Zuschauer und sorgten mit Stockhieben für Ruhe. Oben wurde der Mann mit dem Widderkopf an den Bühnenrand gestoßen.

»Der Prophet von Newgate!«, schrie ein Wächter und schlug ihm den Tierschädel vom Kopf. Alle starrten auf den Mann mit dem Körper eines Skeletts und dem Gesicht einer Mumie. Enoch starrte aus blinden Augäpfeln zurück. Wohlige Entsetzensschreie gingen in schauderndes Flüstern über, selbst das Geschrei von Gänsen und Hühnern schien zu verebben.

»Und dieses arme Geschöpf soll uns helfen können?«, flüsterte Cass fassungslos.

»Vertrau ihm. Gleich kommt die Nummer mit den Augen. Das ist das Beste«, versicherte Nat rasch.

»Danach redet er eine Weile wirres, ziemlich drastisches Zeug«, ergänzte der Page und bändigte den zappelnden Sack auf seinem Rücken. »Dem Publikum gefällt es. Seine echten Weisheiten verplempert er allerdings nicht an tumbe Gaffer.«

»Oder an Pagen«, giftete Nat.

»Mich interessieren weder wirres Zeug noch Weisheiten«, versetzte Cass erbost. »Dieser bedauernswerte Mann kann uns wohl kaum helfen.«

»Doch«, sagte Nat. »Der kann.«

Eine murmelnde Stimme ließ sie innehalten. Sie war sanft wie Mandelmilch. Der Stimme gelang, was Stockhiebe und Peitschenschläge nur unzureichend geschafft hatten. Es wurde still unter den Tollhäuslern und auf dem Platz. Am sinnlosen Wahnsinn hatte man sich sattgesehen. Dieser Irre versprach eine Abwechslung.

Enoch richtete sich auf. »Gottes Sprache ist die Stille.«

»Lauter, ich hör nichts!«, schrie ein feister Mann in blutiger Schürze hinter Cass. Enoch versank in Schweigen, seine Augäpfel verschwanden in den Höhlen.

»Ist das alles für heute?«, meckerte ein Kenner des Spektakels.

»Wie bitte?«, grölte es aus vielen Kehlen. Erste Zuschauer wurden unruhig.

Die Herren des Bühnenspektakels tauschten nervöse Blicke. Der Turmwächter, der hinter Enoch stand, tastete nach dem Ochsenziemer an seinem Gürtel, doch der städtische Ausrufer schüttelte warnend den Kopf. »Zu früh, das gibt nur Unmut und Ärger«, zischte er. »Der Mann muss weitermachen.« Der Marktvogt und seine Büttel betrachteten mit wachsender Unruhe das Meer aus wogenden Köpfen.

Enoch schwieg beharrlich.

»Ich ahne, was er vorhat«, zischte Nat.

Cass nickte langsam. »Er will durch sein Schweigen Aufruhr schüren und rechnet mit der Hilfe einer unberechenbaren Bestie – dem enttäuschten Volk.« Die Sätze kamen ihr wie von selbst von den Lippen. Irgendwer musste ihr das in der Vergangenheit vermittelt haben. Lord Dudley? Gleichgültig, wer es gewesen war, er hatte recht. In einer Garküche neben der Bühne kam es zu einem Tumult. Der Marktvogt entsandte einen Büttel, damit er für Ordnung sorgte.

»Wenns so weitergeht, haben wir freie Bahn, dann hol ich den Meister von der Bühne«, sagte Nat entschlossen.

Cass sah ihn zweifelnd an. »Wir können unmöglich einen blinden Mann in Ketten heil hier herausbringen, Nat.«

»Warts ab, ich sag doch, der kann mit Engeln reden und ...« Eine schwielige Pranke fiel ihm auf die Schulter.

»Hab ich dich endlich.«

Nat fuhr herum und sah das aasige Lächeln von Joshua Painbody.

»So viel zu Enochs Engeln«, murmelte der Page heiter und schulterte seinen zappelnden Sack.

10.

Samuel stand wie gebannt am Fenster des Mietgefängnisses. Ja. Der Mann hatte recht. Stille war die Sprache Gottes. Die wogende Menge verschwamm vor seinen Augen zu einem Meer ohne Farbe. Allein der Prophet erhob sich darüber, umhüllt von einem schillernden Licht. Gott war nicht der Lärm der Welt, der Lärm der Gedanken, der Lärm des Gefühls oder des Glaubensgezänks, das dieses Jahrhundert durchhallte. Gott war die Stille.

Ein Wunsch nahm Gestalt in ihm an. Sobald sein Vater aus diesem Gefängnis freigekommen war, würde er in die Stille gehen. Nicht als Soldat Christi, aber als Einsiedler. Als heimlicher Mönch unter Bettlern konnte er seinen Frieden finden. Er sah es ganz klar vor sich. Er würde nie mehr kämpfen, um nichts und gegen nichts. Er würde einfach annehmen, was immer das Schicksal ihm auferlegte. In der Stille. So wie sein Lehrer, der Abt Gregorius. Und er würde wie dieser bereit sein, für den Glauben den Tod zu empfangen, ganz gleich, in welcher Form. Die Sehnsucht nach dieser letzten, größten, herrlichsten Stille dehnte ihm die Brust. Er spürte, dass allein die Stille von jeder irdischen Qual frei machte.

»Ich hoffe, das Spektakel da unten ist nun bald vorbei«, sagte Lunetta vom Tisch her. Ihr Sohn antwortete nicht.

»Dann werden die Wächter endlich Zeit finden, deinen Vater zu uns zu bringen«, fuhr Lunetta fort. Sie griff nach einem Brot, schnitt sorgsam Scheibe für Scheibe herunter. Wie konnte sie ihren Sohn nur aus seinem Panzer hervorlocken?

Es drängte sie, ihm von ihren heimlichen Besuchen bei dem bedauernswerten Edward zu erzählen, von ihren Zweifeln an Sidney, von dem Gift, von ihren Stunden mit Cass. Nein, entschied sie, gerade jetzt war nicht der Zeitpunkt, sich ihm zu offenbaren. Er würde es als Versuch einer verspäteten Wiedergutmachung missverstehen. Vielleicht sogar als Versuch, ihn noch einmal für Cass oder die Ziele seiner Eltern zu gewinnen, statt ihm seinen Glauben und seine Begeisterung für Maria Tudor zu lassen. Die Losung der Opal-Bruderschaft war keine Hilfe. Liebe konnte nicht alles besiegen, wenn das Unglück einer zerrissenen Welt so unbarmherzig in das eigene Leben griff.

Sie legte dünne Streifen Fleisch von einem Lendenstück auf die Teller, griff nach dem Salzfass und steckte sich einen Bissen Brot in den Mund. Es schmeckte schal.

Nie hatte sie es mehr bedauert als jetzt, dass sie ihre Hellsichtigkeit vor Jahren verloren hatte. Zugunsten eines geruhsamen Glücks. Ja, sie hatte diese zwiespältige Gabe, die auch das Hineinfühlen in Bedrohliches und Dunkles bedeutete, gegen lange, gute Jahre eingetauscht, gegen eine Familie, ein friedliches, sicheres Leben. Nun, da all dies zu zerbrechen drohte, wünschte sie sich die Zeit zurück, in denen die Bilder des Tarot ihr Warnungen und Hinweise geschenkt hatten.

Als Kind und junge Frau hatte sie es verstanden, Ahnungen und Eingebungen zu folgen. Mit dem Mut einer Verzweifelten. Eine lichtlose Kindheit war ihr ein unerbittlicher und unbestechlicher Lehrer gewesen und hatte ihr die Einsicht geschenkt, dass das, wovon man geheilt werden wollte, oft genau das war, was einen heilte. Wut, Schmerz, Angst, Hass, Trauer – jedes Gefühl war ein Lehrmeister, wenn man es dazu machte.

Für sie war es am Ende eines langen Weges die Liebe gewesen, die sie zuvor nur als Wunde kannte. Ihr Sohn schien jedoch etwas anderes zu brauchen. Er erteilte der Liebe nicht einmal die Erlaubnis, ihn zu finden, vielleicht hatten sie und Lambert ihn zu reich damit beschenkt.

»Ich werde gehen, um die Wächter zu suchen«, sagte sie endlich. Samuel schien in den Anblick des Narrentheaters versunken zu sein. Seufzend verließ sie die Kammer.

Lautlos zog ihr Sohn seinen Seitendegen aus der Scheide, kniete sich auf den Boden und legte die Waffe nieder, mit der Spitze auf sich gerichtet. Dann bekreuzigte er sich. »Dein Wille geschehe.«

Painbody weidete sich an Nats angstvoll aufgerissenen Augen. »Um dich kümmere ich mich später«, sagte er grinsend und wandte sich zu Cass. »Und du, mein Täubchen, kommst auch noch dran. Der Prophet hat mir eine hübsche Summe für eure – wie hat er sich ausgedrückt – Himmelfahrt gezahlt.« Er stieß den Pagen roh zur Seite und stellte sich mit verschränkten Armen zwischen Nat und Cass. Eingezwängt von den vielen Zuschauern, konnten sie nicht fliehen. Nat tastete nach Cass' Hand und drückte sie, mehr fiel ihm nicht ein. Außer dass Enoch am Ende vielleicht doch nur ein Irrer war. Ein gefährlicher Irrer. Cass stand da, wie zur Bildsäule erstarrt.

»Weiter, mach endlich weiter!«, zischte derweil der Vogt auf der Bühne in Enochs Richtung.

Der Prophet schenkte ihm ein Lächeln. »Wollt Ihr das wirklich?«, fragte er nachsichtig.

Ein wütendes Nicken war die Antwort.

Enoch hob in einer fließenden Bewegung den rechten Arm. Seine Hand war zur Faust geschlossen. Er holte aus. Ein Regen aus Steinen ging auf die Zuschauer vor der Bühne nieder.

Wieder und wieder schleuderte der Seher bunt flackernde Steine in die Menge.

»Was soll das?«, schrie ein Zuschauer und rieb sich die Stirn. Die Klügeren gingen rasch in die Knie, um sich selbst zu überzeugen, statt dumme Fragen zu stellen.

»Juwelen!«, schrie einer. Vor der Bühne brach ein Tumult aus. Enochs Miene blieb unbeteiligt, mit knochigem Finger wies er zum Bühnenrand. Dahin, wo Cass und Nat inmitten des Gewühls und Gezänks um Beute standen, zwischen ihnen Painbody. Der König des Themsekais packte Cass am Handgelenk und machte einen Schritt auf das Holzgerüst zu.

»Das ist mein Zeichen, du Tölpel! Du kommst erst bei *amor* dran«, zischte der Page zu Nat.

Der verstand kein Wort. Hurenscheiße! Nicht nur mit dem Teufel Painbody, sondern sogar mit diesem Trottel hatte der Meister hinter seinem Rücken paktiert. Wozu? Auch Satan ist ein Engel, flüsterte Enoch in ihm. Nat zuckte zusammen wie unter einer Ohrfeige.

Der Page ließ den zappelnden Sack sinken. Einen flüchtigen Augenblick lang spürte Cass etwas Raues, Pelzartiges an ihren Beinen, hörte ein bösartiges Fauchen. Sie schrie auf. Keiner beachtete sie. Enoch verneigte sich, als habe er ein Zauberkunststück vollführt. Lächelnd starrte er in die Menge.

Unvermittelt brach bei einem Hühnerpferch in der Mitte des Marktes die Hölle los. »Ein Fuchs!«, schrie eine Händlerin. »Ein Rudel Wiesel!«, brüllte es aus einer anderen Richtung. »Rettet eure Waren.« Das Kreischen von Hühnern, Enten und Gänsen, aber auch von Rupfmägden, Metzgern und Krämern füllte die Luft über dem Platz. Schlachtmesser wurden gezückt und Knüppel hervorgezogen. Vor der Bühne wurde weiter um Sarder, Jaspis und Türkis gestritten.

Das Schweigen in der Gefängniskammer war vollkommen. Samuel lag, seine Arme zu beiden Seiten ausgestreckt, bäuchlings auf den Dielenbrettern. Sein Körper bildete das Kreuz. Ganz wie es die katholische Mönchsweihe vorschrieb.

»Herr, empfange mich als deinen Diener«, murmelte er, »schenke mir Frieden und Erleuchtung.« Und wieder. »Schenke mir Frieden und Erleuchtung.«

Der Frieden stellte sich nicht ein.

Demut ist kein Geschenk, sondern ein Weg, suchte Samuel sich zu beruhigen. Der einzige Weg in das Licht des Herrn.

»Ihr müsst noch viel lernen, junger Freund«, mischte sich Jehan Scheyfve munter lärmend in seine Gedanken. Verflucht! Wieso dachte er ausgerechnet an ihn? Dieses Schlitzohr hatte in seinem Zwiegespräch mit Gott nichts zu suchen!

11.

Der Marktvogt brüllte scharfe Befehle. Bis auf den Mann mit dem Ochsenziemer sprangen die Büttel und Turmwächter von der Bühne und hetzten in alle Richtungen. Die Tollhäusler spendeten Beifall und verfielen in kreischenden Gesang.

»*Ol sonf vorsag, goho iad balt, lonsh calz vonpho.*« Amen. Immer wieder Amen. Der Markt verwandelte sich in einen Hexenkessel. Enochs Lächeln vertiefte sich, seine silbernen Augen suchten Cass. Sein Blick fing den ihren ein. Cass spürte, wie er sich mit dem ihren vermählte, wie er sie durchdrang, tief hinabtauchte und sah. Den Urgrund einer Seele, geformt aus Flammen, Schmerz, Zorn, Hass und Angst. Alles an ihr schien ihm vertraut. Noch tiefer drang er vor und zog sie wie an unsichtbaren Fäden auf sich zu. Ihr schwindelte, abwehrend streckte sie die Hände aus und strebte doch näher zur Bühne.

Enoch nickte zu jedem ihrer Schritte. Das Toben der Menge schien ihn ebenso wenig zu berühren wie Cass.

»Du elender Zauberer! Bring die Verrückten irgendwie zum Schweigen!«, herrschte ihn der auf der Bühne verbliebene Turmwächter an.

»Welche der Verrückten meint ihr?«, versetzte Enoch freundlich, ohne seine Augen von Cass zu wenden.

Der Wächter ließ einen Peitschenhieb auf den Rücken des Propheten herabsausen. Enoch rührte sich nicht, Cass jedoch krümmte sich unter seinem Schmerz. Die Tollhäusler stürzten sich mit einem einzigen wilden Schrei auf den Peitschenmann, rangen ihn nieder, stießen ihn von der Bühne hinab, hüpften mit Freudengeheul hinterdrein.

Newgate verwandelte sich endgültig in jenes Inferno, das es gewöhnlich nur bei Nacht war.

Enoch breitete die Arme aus, hob den Blick gen Himmel und schrie:

»*Omnia vincit amor.*«

Joshua Painbody schlang seine Arme um Cass' Hüften und hob sie wie eine Gliederpuppe auf die Bühne. »Er will dich sprechen, mein Täubchen. Wozu auch immer.«

Samuel riss den Kopf hoch, stemmte sich in die Höhe und war mit einem Satz beim Fenster. Ungläubig starrte er auf die Bühne hinab, sah die sich prügelnde, jagende, rasende Menge, sah den Propheten und Cass, deren Blicke ineinander verschmolzen zu sein schienen. Er sah einen zaundürren Jungen, der sich zappelnd an der Bühne hochzuziehen versuchte und von einem Jüngling in Pagentracht daran gehindert wurde. Nat, die Themseschwalbe! Ein wenig abseits von Cass stand ein Mann – bedrohlich wie eine Bestie – und zog genüsslich ein Gerbermesser hervor.

Samuel stürzte zur Tür der Gefängniskammer, riss sie auf, prallte gegen einen Wächter. »Lass mich durch!«, herrschte er den Mann an. Der schüttelte den Kopf und hob eine Hellebarde. »Hier kommt keiner raus, solange auf dem Markt die Hölle los ist! Alle Kammern und Zellen sind verriegelt. Es reicht, dass die Tollhäusler abgehauen sind.«

»Zum Teufel, ich bin kein Gefangener!«

»Jetzt schon«, erwiderte der Soldat ungerührt.

Gebannt lauschte Cass dem Propheten. Feierlich psalmodierend wie ein Mönch sang er, was gerade noch der Chor der Tollhäusler vorgetragen hatte:

»*Ol sonf vorsag, goho iad balt, lonsh calz vonpho.*« Dann zog er den Opal-Ring unter seinen Gewändern hervor und streifte ihn über den Finger ihrer linken Hand. Sie hörte sich wie aus weiter Ferne sprechen, und doch war es nicht sie, die sprach: »Ich regiere über euch, sagt der Gott der Gerechtigkeit ...«

»Übersetze weiter«, bat der Prophet voller Milde.

»... in Kraft erhoben über das Firmament des Zorns.«

»Ja! Du kannst es!«, rief Enoch verzückt.

Cass schüttelte mechanisch den Kopf.

»Ich muss wissen, was danach kommt«, drängte Enoch mit einem Blick, der keinen Widerstand zuließ. »Wie geht es weiter?«

»*Odo piad monons* ...«, begann Cass und brach wieder ab. Sie versuchte, den Augen des Sehers zu entrinnen, in denen grauenhafte Schatten zu tanzen begannen. »Ich kann nicht«, stammelte sie. »Es wäre Verrat.« Der schmale Reif mit dem Opal brannte sich in ihre Haut.

»Ich weiß, du kannst es. Deine Mutter konnte es.«

Cass spürte Entsetzen in sich hochsteigen. Enoch hielt ihre Hände mit der Zwingkraft eines Schraubstocks umklammert. Mit der Kraft eines Painbody und Henkers. »Du bist ein Werkzeug Gottes. Gebe dich hin, nur ein Mensch voller Hingabe hat Kraft«, flüsterte Enoch. »Ich bin durch das Feuer des Schmerzes gegangen wie deine Mutter, tausendfach. Folge uns. Wir sind die Erwählten. Erhebe dich über alle Verworfenen. Lehre mich die Sprache der Engel!«

Cass spürte ein Reißen in ihren Armen. Sie glaubte, alle Sehnen würden bersten. »Lass mich gehen!«, flehte sie. Ja, das war sie, das war ihre Stimme und die Stimme eines Kindes.

Enoch begann zu schmeicheln. In ihren Ohren klang es, als redete er mit tausend Zungen. Er sprach mit der Stimme von de Selve, von Dudley, von Jane Grey, von Edward, mit all jenen Stimmen, die sie in den letzten Wochen gequält hatten. Gemeinsam formten sie die Stimme ihrer Angst und lösten Grauen in ihr aus. Doch dagegen erhob sich mit einem Mal die Stimme ihrer Mutter, verzweifelt, zerquält, ein einziges Flehen: *Odo piad monons* …

Cass wollte ihre Hände hochreißen, aber es gelang ihr nicht. *Odo piad monons … Öffne dein Herz nur, wenn dein Gott in dir es verlangt.* Alles in ihr wehrte sich dagegen, es jetzt zu tun.

»Kann ich helfen?«, mischte sich plötzlich Painbodys Stimme ein.

Cass zuckte zusammen. Die Stimme des Folterknechts und die Augen des Propheten stießen sie tief hinab in einen unsagbaren Schmerz und – in einen Keller. Sie sah sich an der Hand Dudleys in einem Gewölbe des Towers. Sie sah ihre halb bewusstlose Mutter. Aufgespannt auf einem mannshohen Holzgerüst. Anne Askews Gelenke waren an Balken gefesselt, zerdehnt wie Brotteig, ihr verzerrter Kiefer entblößte ein zerschlagenes Gebiss. Painbodys Werk. Nein, nicht allein. Bei der Winde, die die Balken höher und höher zu schrauben vermochte, stand ein anderer Mann. Er trug Gefangenenkluft und beugte den Kopf zu seinem Opfer hinab. »Was sagst du?«, fragte er mit Balsamstimme. »*Odo piad monons* …«, hörte sie die brechende Stimme der Mutter zu dem Mann sagen. Es war der Mann, dessen Augen sie in diesem Augenblick gefangen hielten.

»Du bist kein Prophet!«, entfuhr es Cass. »Und dein Name ist nicht Enoch.«

»Ich bin der, der ich wurde. Ein Erwählter«, sagte der Prophet beschwörend. »Deine Mutter empfing durch mich die

Sprache der Engel. Und ich wusste, es ist der Gesang der Erlösung. Er hat mich und sie über allen Schmerz erhoben, über das Leiden jeder Kreatur. Vergiss alle Vergangenheit, opfere alles Leiden der Gegenwart Gottes, verbrenne wie ich das Gestern und das Morgen für das Licht des Herrn! Hilf mir, Gottes Geheimnisse zu offenbaren!«

»Nein!«, schrie Cass.

Im selben Augenblick riss Painbody sein Messer über ihrem Rücken hoch. »Darf ich?«, fragte er in Enochs Richtung. Die Augen des Propheten wurden blind. »Gottes Wille geschehe!«

Painbody lachte.

»Hurenscheiße!«, schrie Nat, der endlich die Bühne erklommen hatte, und warf sich Painbody entgegen. Der König der Themsekais stieß ihn mit einem einzigen Prankenhieb von sich. Nat flog auf die Bretter. Er glaubte, jede einzelne seiner Rippen würde brechen. Einen Augenblick lang tauchte er in tiefe Finsternis ab. Als sie sich lichtete, sah er, dass Painbody breitbeinig über ihm stand. Der Triumph des Unheils. Nats Augen suchten Enoch und Cass am anderen Ende der Bühne. Sie schienen immer noch einer anderen Welt anzugehören, auch wenn sie nun eine Mauer aus Zorn trennte.

»Cass, hau ab!«, schrie Nat verzweifelt. Er kam wieder auf die Füße und klammerte sich wieder an Painbody. Der schüttelte ihn ab und lachte. »Wie du möchtest!«, schrie er. »Dann bist du als Erster dran!« Nat wollte sich wieder aufrappeln, doch Painbody setzte ihm einen Fuß auf die Brust. Der Junge verzog das Gesicht, bäumte sich gegen den Schmerz auf.

»Hilf mir!«, rief er dem Pagen vor der Bühne zu, der aber hetzte in Richtung Stadttor davon. Als hätte er ausgerechnet jetzt einen dringlichen Botengang zu erledigen. Painbodys Fuß presste sich fester auf Nats Brust.

Langsam erwachte Cass aus ihrer Trance.

»Mein ganzes Leben hat mich zu dir hingeführt, denn du kannst mich zu Gott führen«, sagte Enoch und schlug die Augen auf.

Sie sah auf ihre zitternden Hände herab. Sie ruhten in denen des Propheten, in Greisenhände mit Fingern so anrührend zart wie Vogelrippen, so gar nicht wie Schraubstöcke. Ihr Blick glitt hoch in sein mumienhaftes Gesicht zwischen dem wirren Filzhaar. Bei aller Häßlichkeit schien es reine Güte zu sein.

»Ich wusste es! Die Engel wünschen, dass wir ihre Sprache entschlüsseln!«, rief der Prophet verzückt, ging vor ihr in die Knie und küsste ihre Hand mit dem Opal-Ring. Alles an seiner Haltung war Demut. Aber Cass wusste, dass nichts an diesem Mann Demut war.

Vor ihr kniete das Böse in menschlicher Gestalt. Hochmütiger als ein Dudley und niederträchtiger als ein de Selve. Dieser Mann war der Prophet des Bösen. Ein vollendeter Lügner, denn er glaubte sich selber jedes Wort, das er sprach. Ein Mensch ohne Gott, weil er Gott allein in sich sah. Nur darum war er über jeden Zweifel erhaben, über jeglichen Schmerz.

»Du warst der Folterer meiner Mutter«, sagte sie schneidend.

Der Prophet hob lächelnd die Hände. »Du irrst. Als ich Anne Askew begegnete, war ich selbst Gefangener.«

»Ich sah dich bei dem Holzgerüst stehen, auf dem man sie gemartert hat«, zürnte Cass.

Der Seher blieb gleichgültig. »Man hatte mich geholt, weil

der Kerkermeister sich weigerte, Anne Askew weiter durch einen Engländer foltern zu lassen. Auf dieser Insel ist es noch gegen das Gesetz, eine Frau der peinlichen Befragung zu unterziehen. Ich aber kam aus Spanien und war in meiner Heimat bekannt als *der Löwe des Glaubens*. Ein Inquisitor und Meister des Schmerzes. Aber deiner Mutter habe ich kein Leid zugefügt.«

»Du lügst! Ich sah dich bei den eisernen Hebeln der Winde stehen.«

»Es war Dudley, der sie bediente. Damals war er noch Katholik und wollte dir, der Ketzertochter, die er in seinem Haushalt erzog, ein für alle Mal alle Aufsässigkeit austreiben. Er ahnte früh, dass du ihm einmal nützlich sein könntest – aber nur durch unbedingten Gehorsam! Erinnerst du dich nicht daran, wie er die Balken immer höher schraubte?«

Cass erbleichte. »Hör auf!«

»Warum? Eine Seele muss durch das Feuer der Schmerzen gehen, um sehend zu werden. Ich habe viele Menschen unter Schmerzen beten hören. Nutzlos beten. Ihr Schmerz blieb. Mir war die Kälte der Lust in Dudleys Gesicht vertraut, während er ihren Leib immer weiter spreizte, und mir war auch die unsägliche Qual in Anne Askew Gesicht vertraut. Beide rangen mit ein und demselben Gott.«

»Ich will das nicht wissen! Es ist zu schrecklich.«

»Schrecklich war nur ihr Gott, der nichts kennt außer Schmerz und Qual. Worte von Jesus schossen mir durch den Kopf: *Lass die Toten ihre Toten begraben*. Und in diesem Augenblick hörte ich sie: Die Sprache der Engel aus dem Mund deiner Mutter. Ich begann ihren Schmerz zu fühlen, mir rissen die Sehnen, mir brach der Schweiß aus. Ich wurde ihr Schmerz, und durch ihn kam ich zu Gott. Ich schrie und sang, was sie sagte. Man brach die Folter ab. Diese Worte hatten

Macht. Die Sprache der Engel war die Erlösung, auf die ich immer gewartet habe. Du wirst sie mir entschlüsseln.«

»Es gibt keine Sprache der Engel«, sagte Cass kalt.

»Du hast soeben mit ihnen gesprochen, mein Kind.«

»Nein«, entgegnete Cass. »Was du die Sprache der Engel nennst, war die Kerkersprache meiner Mutter. Sie hat sie erfunden, weil sie mir anvertrauen wollte, was sie am Ende ihres Glaubenskampfes nicht aller Welt offenbaren, sondern vor aller Welt verbergen wollte. Ihre Worte galten allein mir, niemandem sonst!«

Enochs Hände schossen wie Klauen vor, wollten sie greifen: »Verrate mir diese Wahrheit! Verrate sie mir!«

»Cass!« Ihr Kopf fuhr herum. Sie sah, wie Painbody sein Messer durch die Luft wirbeln ließ, es auffing und direkt neben Nats Kopf in die Bretter rammte, es wieder herauszog, um es noch einmal in die Luft zu werfen. Nat rollte sich zur Seite, Painbody war mit einem Satz über ihm. Cass schürzte die Röcke.

»Willst du das wachsende Leben in dir opfern?«, fragte die Balsamstimme. »Ich allein kann dich retten.«

Cass erstarrte. Der Prophet nickte bedächtig. »Sieh selbst!«

Ihr Blick folgte seinem Zeigefinger der zum Stadttor wies. Sie sah Menschen zur Seite springen und eine Gasse bilden, und sie hörte das Donnern hart beschlagener Pferdehufe auf dem Pflaster. Im selben Augenblick erfüllte ein singendes Geräusch die Luft. Eine Klinge blitzte über ihr auf und bohrte sich zwischen ihr und dem Propheten in den Bretterboden. Am anderen Ende der Bühne begann Painbody zu brüllen. Es war das Brüllen einer verwundeten Bestie.

»Zur Hölle, was ist das?«, entfuhr es dem Propheten. Er

blickte auf den Degen, der sirrend zwischen ihnen ausfederte.

Cass riss Samuels Degen aus den Bühnenbrettern und umklammerte mit beiden Händen den Griff im Klingenkorb. »Es ist die Sprache der Liebe, und es ist deine letzte Lektion in dem, was du die Sprache der Engel nennst: Ein Gott, den man begreifen und lenken kann, ist kein Gott.« Mit kraftvollem Schwung holte sie aus.

12.

London Bridge, das Haus der van Bercks zur selben Stunde

Die Magd knickste und trat zur Seite, um die Männer in verschmutzter Reitkleidung einzulassen. Sie wedelte mit der Hand, um einen Kiepenkerl zu verscheuchen, der hinter ihnen die Stufen zum Haus van Berck hochsprang und Brezeln anpries. »Wir kaufen nichts.«

Sehnsüchtig wie ein abgewiesener Liebhaber warf Scheyfve dem knusprigen Backwerk einen Abschiedsblick zu. Gabriel Zimenes zog ihn über die Schwelle. Die Magd schloss mit Schwung die Tür.

Im Korridor zwischen den Warenlagern roch es nach Waffenfett und gebürstetem Stahl. Der Bodenstreu aus Rosmarin und Lavendel war für Scheyfve kein Trost. An schönen Wandvertäfelungen konnte man sich satt sehen, aber nicht satt essen. Kreuzdonnerwetter noch mal! Von scharfen Ritten hatte er für den Rest seiner Tage die Nase voll.

Die Hausmagd beachtete den beleibten Hungerleider nicht. Eifrig wandte sie sich an Gabriel Zimenes und knickste wieder.

»Señor Zimenes, welche Freude! Frau Lunetta hat Euch schon vor Tagen erwartet.«

Zimenes strebte der Treppe zu, die in die oberen Stockwerke führte. »Wo finde ich deine Herrin?«

»Ich weiß es nicht. Sie ist mit ihrem Sohn ausgegangen.«

Zimenes fuhr herum. »Samuel ist tatsächlich hier?«

»Gewiss. Seit drei Tagen.«

Energisch nahm Zimenes die Treppenstufen. »Folgt mir in Lamberts Schreibkontor, Scheyfve. Wir müssen reden.«

»Es gibt nichts, was ich lieber täte!« Er wandte sich lächelnd an die Magd. »Ich nehme an, Euer junger Herr genießt das Beisammensein mit seiner Braut? Oder Ehefrau?«

Die Magd hob hochmütig den Kopf. »Ihr meint diese Cass? Man hat sie als Betrügerin entlarvt und aus dem Haus geworfen. Auf die Straße, da, wo Gesindel hingehört!«

»Soso«, brummte Scheyfve und schenkte ihr ein noch herzlicheres Lächeln. »Die Familie van Berck war schon immer für ihren gerechten Umgang mit undankbarem Gelichter bekannt, nicht wahr? Ich werde Frau Lunetta von deiner lobenswerten Treue zur Moral des Hauses berichten.« Die Magd wich seinem Lächeln aus wie einer Ohrfeige. Scheyfve schälte sich aus seinem Umhang und reichte ihn der Magd. »Braves Kind! Und so aufgeweckt! Von Gesinde zu Gesindel ist es nur ein winziger Schritt. Erlaube eine letzte Frage: Gibt es noch Reste vom Morgenbrei?«

»Scheyfve, kommt endlich!«, klang es von oben.

»Selbst beim Warten legt er eine ungebührliche Hast an den Tag«, knurrte er und erklomm ächzend die Treppe. Zimenes stand in der Tür zum Kontor und trat ein. Scheyfve näherte sich gemächlich. Hier oben roch es nicht nach Waffenfett. Schon besser. Aber leider auch nicht nach Essen. Sondern ... Schnuppernd hob er die Nase. Patchouli! Er stutzte und verharrte bei einer Truhe neben der Tür. Sieh an!, dachte Scheyfve und griff nach dem Töpfchen, das den Duft verströmte. Ein Stückchen Greenwich, wie tröstlich.

»Scheyfve!«

Er stellte das Töpfchen zurück und betrat das Kontor. Kurz ließ er die Augen über die Liebesszenen der Tapisserien schweifen. Lambert und Lunetta van Berck hatten Geschmack. Aber

Gott sei Dank nicht zu viel davon, dachte er, während er sich in die dicken Polster eines Lehnsessels gleiten ließ. Behaglichkeit war dem Waffenhändler und seiner Frau nicht minder wichtig. Oh, er mochte sie, er mochte die van Bercks wirklich.

»Und nun zu dem Gift, das man dem König gibt«, begann Zimenes, der beim Schreibtisch stand. »Ich habe das Gesicht des jungen Edward genau studiert. Seine Augen sind wimpernlos und die Brauen aufgemalt. Die Furchen um seinen Mund verraten beständige Magenkrämpfe, er kann keine Nahrung mehr bei sich behalten. Unter seinen wattierten Gewändern ist er dürr wie eine Zaunlatte, sein Bauch jedoch ist aufgedunsen.«

Scheyfve seufzte. In dieser Sippe schlug Zimenes eindeutig aus der Art. Er mochte unbehagliche Themen. »Könnten wir das nicht nach einer kleinen Stärkung besprechen? Ich bitte Euch, denkt nur ein Mal an meinen Magen.«

Zimenes fuhr ungerührt fort: »Alles spricht dafür, dass man ihm das weiße Pulver verabreicht. Ich nehme an, Ihr kennt es.«

»*Arsenicum album*«, sagte Scheyfve ergeben. »Was für ein abscheulich einfallsloses Mittel.«

Zimenes nickte. »Aber wirksam.« Er begann zwischen Schreibtisch und Tür auf und ab zu gehen, ohne Hast, sondern – so schien es – um seine Gedanken in Bewegung zu halten. »Das Arsen ist seit Jahrhunderten unter den Päpsten beliebt, da es Machtfragen rasch und ohne das Mittel des Krieges löst. Die unblutige Vernichtung lässt sich vortrefflich als Gottes Eingriff ins Schicksal tarnen, solange es nur einen Menschen zu vernichten gilt.«

Scheyfve stemmte sich aus dem Lehnstuhl hoch. »Wollt Ihr damit andeuten, dass die katholische Partei, namentlich die Spanier, dem Tudor-König Gift verabreichen?«

»Ihr habt auf der Reise von Dover hierher selbst gesagt, es läge nahe«, sagte Zimenes gelassen.

Scheyfve schluckte und fiel kraftlos in die Polster zurück. »Ihr meint, mein Nachfolger Renard, dieses diplomatische Nichts, wagt es tatsächlich, mich – Jehan Scheyfve – zu verraten und zu hintergehen? Was für ein niederschmetternder Gedanke!«

»Fasst Euch. Wenn es so ist, dann habt Ihr einen Stümper zum Gegner.« Zimenes fuhr mit dem Zeigefinger über die Schreibtischplatte und zerrieb Staub zwischen seinen Fingern. »Er kennt sich mit der Dosis nicht aus, sie ist zu schwach. Es sei denn, er ist ein Mann, der sich gern an langen Todesqualen weidet.«

»Dazu fehlt es Renard an Leidenschaft«, sagte Scheyfve abfällig. »Er hat nur seinen raschen Aufstieg im Sinn. Hätte er einen Weg gefunden, Edward – einem Vorkoster wie Henry Sidney zum Trotz – Gift zu geben, wäre er verschwenderisch damit umgegangen.«

Triumphierend wirbelte Zimenes herum. »Dann, mein Freund, müssen wir die Sache in einem ganz anderen Licht betrachten. Wer hat Interesse daran, einen Todgeweihten künstlich am Leben zu erhalten?«

Scheyfve sprang auf. »Ihr verwirrt mich!«

»Das ist mir eine wahre Freude, werter Scheyfve!« Zimenes gönnte sich ein knappes Lächeln.

»Macht jetzt keine Scherze. Was meint Ihr damit?«

»*Die Dosis macht das Gift*, schreibt Meister Paracelsus. Wie kein anderer weiß dieser große Heiler das weiße Pulver als Heilmittel einzusetzen. Schon die Griechen nannten es lebensstärkend.«

»Aber das stellt alles auf den Kopf!« Scheyfve fuhr sich über die Stirn.

Zimenes nickte. »So ist es. Die Katholiken ersehnen Edwards Tod, um Maria auf den Thron zu verhelfen. Aber auch Dudley zieht Nutzen aus dem Tod des Königs. Jane Grey soll schließlich das Erbe antreten. Freilich …« Zimenes machte eine Pause.

»Weiter, weiter!«, drängte Scheyfve.

»Freilich wäre es für Dudley von Vorteil, wenn ebenso schleichend wie das Gift das Gerücht aufkäme, Katholiken oder Maria Tudor selbst trachteten Edward nach dem Leben. Gleichgültig, wie beliebt Maria beim englischen Volk sein mag, eine Giftmörderin will niemand auf dem Thron.«

Scheyfve stürmte zur Tür und riss sie auf. »Beim Blute Christi, ich muss sofort an den Hof zurück.« Er stürzte in den Korridor. Bei der Treppe prallte er mit der Magd zusammen, die ein Tragbrett mit Brot und Käse an die Brust drückte.

»Werter Herr, ich habe hier …«

»Nicht jetzt!«, fluchte er und drängte sich hastig an ihr vorbei.

13.

NEWGATE MARKET

Hurenscheiße! Das musste Liebe sein!

Kein Mensch, der halbwegs bei Sinnen war, würde sich ohne seinen Degen in einen Ringkampf mit einem verwundeten Joshua Painbody stürzen – außer Samuel van Berck.

Und Cass. Himmel, die junge Frau glich einer Furie! Mit Samuels Degen stürmte sie auf die Kämpfenden los, die sich in einem unentwirrbaren Knäuel aus Armen und Beinen über die Bretter wälzten. Hilflos suchte sie nach einer Möglichkeit, die Kontrahenten mit dem Degen zu trennen, ohne Samuel zu verletzen. Nat stand Samuel mit gezielten Tritten bei.

Painbodys rechter Arm wies tiefe Schnitte auf, doch immer noch hielt er sein Messer fest umklammert. Jetzt kam er unter Samuel zu liegen, der ihn mit Fausthieben zu schwächen suchte. Die meisten prallten am König vom Themsekai ab. Painbody gelang es, den Schaft seines Gerbermessers in der Faust so zu drehen, dass er die Klingenspitze gegen Samuels Flanke lenken konnte. Ein Beben ging durch seine Muskeln. Er sammelte alle Kraft zum Stoß.

Samuel ließ seine rechte Faust auf das Kinn seines Gegners niedersausen. Es knackte kurz. Painbody holte aus. Doch bevor er die Schneide seinem Gegner ins Fleisch jagen konnte, gruben sich Zähne in seine Pranke.

Painbody jaulte auf. Er ließ das Messer fallen und grapschte nach Nats Haarschopf. Samuel sprang von seinem Widersacher hoch und entwand Cass den Degen, während diese den Jungen von Painbody wegzerrte.

Vor Zorn brüllend kam Painbody wieder auf die Beine. Er stürzte sich auf Samuel, packte ihn bei der Kehle und drückte mit aller Macht zu. Samuel spannte die Halsmuskeln. Der Schmerz seiner kaum abgeheilten Pfeilwunde stach wie ein Satz Wurfmesser im Rücken. Mit schwindender Kraft führte er seinen Degen nach hinten.

Aus einem Fenster über der Bühne gellte ein Schrei. »Samuel, hinter dir!« Es war Lunetta, die schrie, Lamberts Gesicht – bleich und abgezehrt – tauchte daneben auf.

»Der Herr sei mit dir«, murmelte Enoch, der wie aus dem Nichts aufgetaucht war. Er entriss Samuel die Klinge, holte zischend aus und ließ sie in Painbodys Nacken sausen.

Der Kopf knickte auf die Brust des Bettlerkönigs hinunter, wie ein Kornhalm, der zu fette Ähren trug. Er starb stehend, ohne einen einzigen Laut, anders als alle seine Opfer in den Kellern des Towers. Erst nach und nach lösten sich die Hände des Toten von Samuels Hals. Der junge Mann sprang zur Seite. Painbodys Leiche schlug krachend auf den Bühnenbrettern auf.

Enoch drehte sich mit dem immer noch erhobenen Degen zu Samuel um. »Verzeih, aber das war meine Aufgabe. Ich hätte das schon vor Jahren tun müssen. Er war ein schlechter Mensch.« Triumphierend drehte er sich zu Cass um. »Ich habe es für dich getan, glaub mir. Und nun komm.«

Samuel drängte ihn zur Seite, er wollte zu Cass, doch plötzlich sprengte ein Reiter die Stufen zur Bühne hoch und stieß ihn zur Seite. Sein Pferd stieg und drehte sich tänzelnd. Der Reiter griff sich den Propheten und zerrte ihn wie ein Bündel loses Holz zu sich heran. »Denkt an die Frau!«, rief Enoch. »Nat!«

Vor der Bühne sprangen weitere Gardisten von ihren Pferden und erklommen – angeführt vom Pagen – von allen Seiten das Schaugerüst. Sie trugen Lord Dudleys Farben. Der Page wies hektisch auf Cass. Ein Soldat stieß ihn achtlos von der Bühne. Samuel zog Cass entschlossen hinter sich, hob den Degen und verstellte den Soldaten den Weg. Besonnener als zuvor nahm er die aufrechte Haltung des Fechtkämpfers ein, beugte leicht die Knie und wagte aus halber Schräge den Ausfall. Mit kraftvollen Schwüngen drängte er zwei Soldaten zurück und brachte sie zu Fall, bevor sie ihre Schwerter ziehen konnten.

In geschickter Parade wich er einem Angreifer aus, der mit gezückter Waffe hinzusprang. Funken schlugen, als Samuels Klinge auf das Schwertblatt des Soldaten traf. Nat warf ihm das Schwert eines am Boden liegenden Gardisten zu. Samuel fing es auf und kämpfte abwechselnd mit Degen und Schwert.

»Es sind zu viele!«, schrie Cass hinter ihm.

Hurenscheiße! Recht hatte sie. Egal, wie leichtfüßig und kundig van Berck kämpfte, er brauchte Hilfe. Nat robbte über die Bretter, ließ sich mit schmerzenden Rippen auf das Pflaster des Marktplatzes gleiten. Still griff er sich die Zügel eines Pferdes und blinzelte ihm beruhigend zu.

Samuel holte wieder aus, sein Schwert kreuzte das eines Gegners, er kam mit dem Degen zum Schlag. Die Klinge schnitt tief ins Fleisch seines Angreifers. Der Mann ließ sein Schwert fallen. Samuel rammte einem anderen Mann den Klingenkorb seines Degens in den Bauch. Er warf das Schwert weg und wirbelte herum. Rasch fasste er Cass bei der Hand und zerrte sie zum Bühnenrand.

»Spring!«, schrie er, wehrte mit Degenstreichen einen Verfolger ab und wollte sie loslassen, doch Cass hielt seine Hand fest.

»Diesen Fehler mache ich kein zweites Mal.«

Einen Lidschlag lang trafen sich ihre Blicke. Die Nacht auf dem Turm. Er drückte ihre Hand, sie packte fester zu. Mehr brauchte es diesmal nicht. Sie taten einen Satz und landeten direkt vor Nat. Der Junge reichte Sam die Zügel des Pferdes. Samuel packte das Tier beim Widerrist und schwang sich in den Sattel. Nat schob Cass zu ihm hoch. Sie schlang ihre Arme um Samuel. Nat versetzte dem Tier einen Schlag auf den Hintern. Es preschte vor, jagte zwischen die Marktstände und trieb die Tollhäusler auseinander, die trotz des Auftritts der Dudley-Männer nicht zurückgewichen waren. Nat kroch rückwärts unter die Bühne. Hurenscheiße! Jetzt galt es, den eigenen Arsch zu retten. Von Propheten und Engeln hatte er die Nase gründlich voll.

»Holt das Mädchen zurück!«, schrie Enoch von irgendwoher. Nat sah die Beine von zwei Soldaten, die dem fliehenden Paar hinterhersetzten. Die Irren von Newgate, die sich auf denselben Weg machten, versperrten den Gardisten die Sicht und brachten sie mit ihren Ketten zu Fall. Der Anführer des Reitertrupps rief seine Männer scharf zurück. Er wies auf das Stadttor. Nat wusste, warum: Egal, wie groß die Macht eines Dudley sein mochte, die Londoner hatten eigene Hoheitsrechte und würden solche Überfälle nicht unbeantwortet lassen. Der Kommandant drückte Enoch, der vor ihm quer über dem Rücken des Pferdes lag, die Faust in den Nacken.

»Cass!«, wimmerte der Prophet. »Wo ist Cass? Ich brauche sie. Das Mädchen ist mit den Engeln vermählt.«

»Halt's Maul und freu dich auf Greenwich«, gab sein Befreier zurück und hieb seinem Pferd die Sporen in die Seiten. In wildem Ritt passierte die Kavalkade den Gefängnistrakt. Hilflos verfolgten Lunetta und Lambert vom Gitterfenster aus die Reiterschar. Aus Nischen und Torwegen quoll verschrecktes Marktvolk zurück auf den Platz. Die Gastkammer des Mietgefängnisses war immer noch fest verriegelt. Lambert van Berck pochte energisch an die Tür. »Holt einen Advokaten des Königs und bringt mir Feder und Tinte! Ich will das Dokument für Jane Greys Thronfolge gegenzeichnen.«

Unter der verlassenen Bretterbühne versetzte Nat dem Pagen eine schallende Ohrfeige. »Hundsfott! Wie konntest du uns an Dudleys Männer verraten?«

»Du hast ja keine Ahnung!«, keifte der Page und rieb sich die Wange. »Das waren Spanier in falscher Tracht. Wie der Prophet es verlangt hat. Und wenn hier jemand verraten worden ist, dann ich. Die Bastarde haben mich im Stich gelassen mitsamt einer Leiche! Ich kann nie wieder an den Hof zurück.«

14.
Greenwich Palace
Samstag, 1. Juli 1553

»Herrjemine! Schon wieder der Teufel!«

Jehan Scheyfve schleuderte die Satanskarte, die Enoch ihm gereicht hatte, von sich. Die Hitze eines nächtlichen Feuers hob sie in die Luft, bevor sie zu Boden trudelte. Flämmchen züngelten durch die eiserne Vergitterung eines Kamins und beleckten die Ränder. Der Prophet beugte sich hinunter und las schweigend die Karte auf. Er schloss die Augen.

Hoffnung glomm in den Augen des Diplomaten auf. »Was ist? Habt Ihr endlich eine Eingebung?«

Enoch saß aufrecht wie eine Statue neben ihm. Sein Haar war gestutzt, der Bart geschoren. Sein Antlitz ähnelte mehr denn je einer Fratze. Ein schwer erträglicher Anblick, wie Scheyfve fand, zumal auf nüchternen Magen.

Endlich zuckte ein Abglanz von Schmerz über das gemarterte Gesicht. Der Prophet öffnete die Augen und schüttelte den Kopf.

»Ihr selber müsst die Karten ziehen, Scheyfve. Solange ich es tue, seht Ihr nur, was in mir vorgeht.«

»Unsere nächtlichen Sitzungen sind äußerst unergiebig.« Verärgert verzog er den Mund. »Dass Dudley ein Teufel ist, weiß ich wie Ihr, aber es bringt mich nicht weiter.«

»Wie bedauerlich«, seufzte der Seher.

Beide Männer verstummten und starrten in das prasselnde Feuer. Der Sommer hatte eine Atempause eingelegt. Von draußen krochen feuchte Kühle und Finsternis in die Kammern des spanischen Botschafters.

Schließlich brach der Prophet das Schweigen. »Ihr braucht ihn nicht zu fürchten.«

Scheyfve sah verblüfft auf. Täuschte er sich oder hatte die Stimme des Propheten einen bittenden Klang?

Beinahe gequält fuhr Enoch fort: »Er ist längst nicht so mächtig, wie Ihr denkt. Macht ihn Euch zum Freund.«

Scheyfves Verblüffung wuchs. »Dudley? Das ginge entschieden zu weit, selbst für einen Diplomaten.«

»Ich sprach vom Teufel.«

»Nicht schon wieder, Master Enoch! Ich will nur wissen, was Dudley noch vorhat. Nur aus diesem Grund seid Ihr hier.« Scheyfves Stirn legte sich zu gleichen Teilen in Zorn- und Kummerfalten. »Leider weiß ich nicht, warum der Lord so viel Mühe darauf verwendet, Edward am Leben zu erhalten. Sein Tod wäre dank des Testaments sein Gewinn! Und ein eindeutiger Giftmord ein weiterer Vorteil. Er könnte Maria des Mordes bezichtigen. Dann stünde einer Königin Jane Grey nichts mehr im Weg. Schon gar nicht ich, Jehan Scheyfve, Marias treuester Berater. Dudley würde mit Vergnügen behaupten, dass ich und Gabriel Zimenes das Gift eingeschmuggelt hätten.«

»Euer Verstand funktioniert hervorragend. Doch nach allem, was Ihr mir erzählt habt, weiß ich, dass der Verstand Euch ein guter Diener, aber ein miserabler Herr ist«, bemerkte Enoch. »Eure Fantasie ist Euch nützlicher.«

Zögernd streckte Scheyfve den tanzenden Flammen die Hände entgegen. »Ein verführerischer Gedanke. Aber auch sie lässt mich im Stich: Ich werde alt«, klagte er. »Mein Geist ist eingetrocknet wie dieses Dörrobst.« Angewidert schob er ein Schälchen mit verschrumpelten Datteln von sich weg, das neben ihm auf einem Scherentisch stand.

»Seid nicht so streng mit Euch. Es bekommt euch ebenso

wenig wie das Fasten«, schmeichelte der Prophet. »Wer keine Laster hat, läuft Gefahr, dass sich seine Tugenden in Laster verwandeln.«

»Gabriel Zimenes hat mir zu den Datteln geraten«, protestierte Scheyfve heftig. »Seinem Urteilsvermögen kann man vertrauen. Immerhin ist er der Mann, der herausgefunden hat, dass man Edward Arsen gibt, um sein Leben zu verlängern. Seine erstaunliche Nichte Lunetta hat entdeckt, dass man es ihm mit einer Salbe verabreicht. Und ich? Ich, Jehan Scheyfve, habe mir eingebildet, jederzeit alles durchschauen zu können, was an diesem Hof vor sich geht. Ich habe mich vollgestopft mit fremden Geheimnissen wie mit erlesenen Mahlzeiten. Anscheinend bekommt mir beides nicht.«

Enoch lächelte matt. »Immerhin habt Ihr herausgefunden, dass Dudley die Salbe hat mischen lassen.«

Scheyfve winkte ab. »Ich musste lediglich Sidney fragen. Ihm entgeht nichts. Er ist ein hervorragender Kammerherr. Aber ich bin nichts als ein nutzloser Hofpolitiker mit dem Hirn einer Dattel.«

»Die Sprache der Seele bedarf der Unvernunft!«

Scheyfve warf ihm einen tadelnden Blick zu. »Eben darum haben Sidney und ich Euch aus dem Tollhaus befreit! Trefft endlich eine Eurer verrückten Weissagungen. Sprecht mit Euren Engeln.«

Enoch seufzte. »So wie es Euch an Essen fehlt, so fehlt es mir an meiner gewohnten Umgebung.«

»Die Narren von Newgate?« Scheyfve krauste verärgert die Stirn. »Tut mir leid, aber mit noch mehr Irrsinn kann ich nicht dienen. Meine letzte Verrücktheit war, Euch heimlich hierherzuholen, statt mit Zimenes und Lambert in den Norden zu ziehen, um Maria zu warnen und sie zur Tat zu bewegen, wie ich es von Anfang an vorhatte. Was auch immer Dudley plant, sie muss sich ihm entgegenstellen. Wäre ich nur im Norden …«

Enoch hob beschwichtigend die rechte Hand. »Schon wieder traut Ihr dem Lärm Eurer Gedanken. Gott hat andere Pläne mit Euch, sonst wärt Ihr nicht hier in Greenwich.«

Scheyfve schüttelte den Kopf. »Welche Pläne sollten das sein? Zimenes' und Lamberts Suche ließe sich auf das Prachtvollste mit meinen Aufgaben als Diplomat des Kaisers verbinden. Maria braucht Unterstützung und Schutz.«

»Sie hat allen Schutz, den sie braucht. Sie ist dazu bestimmt, Englands erste Königin zu werden. Ihr könnt dieser Prophezeiung vertrauen. Ich empfing sie im Tollhaus. Nie war ich Gott und seinen Engeln näher als dort.«

Scheyfve verdrehte die Augen und versank stöhnend in seinem Sessel. »Wenn Ihr meint. Aber noch lebt Edward, und ich will wissen, was Dudley im Schilde führt.«

Enoch hob die Satanskarte. »Wenn Ihr den Teufel verstehen wollt, müsst Ihr den Teufel befragen.«

Ein grollendes Magenknurren war die Antwort. Scheyfve presste die Hand gegen den Bauch. »Ihr seid wahrhaft besessen von diesem Thema!«

Der Prophet hob die Mundwinkel, aber sein Lächeln misslang. »Meine Vergangenheit hat mich gelehrt, dass Satan in Fragen der Politik ein vorzüglicher Ratgeber ist. Und leider holt mich hier in Greenwich diese Vergangenheit wieder ein. Aber auch das scheint Gottes Wille zu sein.«

Scheyfve setzte sich energisch im Sessel auf: »Ein für alle Mal! Ich will nicht die Mächte der Finsternis beschwören, schon gar nicht im Namen des Höchsten. Ich will nur ein wenig Licht in das Dunkel meiner Gedanken bringen.«

Enoch zuckte mit den Achseln. »Dann kann ich Euch nicht helfen. Ihr habt es mit Dudley zu tun, und Ihr seid tief in die

Machenschaften von Greenwich verstrickt! Glaubt Ihr wirklich, dass Ihr den Teufel meiden könnt, wenn Ihr ihn besiegen wollt? Er ist Teil der Schöpfung. Und er ist immer dann am mächtigsten, wenn er die Menschen glauben macht, es gebe ihn gar nicht. Betrachtet ihn!«

»Nichts anderes tue ich seit Wochen!« Gelangweilt wie ein gemaßregelter Lateinschüler zählte Scheyfve auf, was ihm wichtig schien. »Lord Dudley hat den todkranken Edward dazu gebracht, ein Testament zu verfassen, das seine Halbschwestern von der Thronfolge ausschließt und Jane Grey zur Kronerbin macht. Er wird sie im Namen des rechten Glaubens zu seiner Marionette machen. Sein Sieg ist überwältigend. Aber warum bringt er die Sache nicht zu Ende?«

Enoch seufzte. »Wenn die Sonne am höchsten steht, ist sie dem Untergang am nächsten. Er fürchtet, dass dieser Sieg sein Untergang ist. Dafür spricht viel.«

»Woher wollt Ihr das wissen?«

»Nur was wir glauben, wissen wir. Glauben ist die letzte Gewissheit, die Wahrheiten unseres Verstandes hingegen wechseln wie das Wetter.«

Scheyfve stöhnte gequält auf. »Enoch, Ihr verwirrt mich immer mehr, statt mir zu helfen!«

»Ein guter Beginn, um den Teufel zu verstehen! Im Tarot ist Satan nicht allein die Macht der Versuchung, sondern auch das Bild unserer eigenen Verblendung. Eine Warnung und ein Schutz. Der Teufel ist wie alle Karten ein Wegweiser zur Erlösung. Ich habe Jahre gebraucht, um sie zu verstehen.«

Der Teufel als Erlöser? Scheyfve beschlich das Gefühl, dass er es weniger mit einem Irren als vielmehr mit einem kompletten Dummkopf zu tun hatte. Und das sollte Dudleys wichtigster Berater sein? »Die Wahrheiten des Tarots scheinen mir äußerst bescheiden zu sein.«

Enoch richtete sich zu ganzer Größe auf. »Warum fürchtet Ihr Euch dann davor?«

Scheyfve schnellte nach vorn. »Ihr redet nur Unsinn, alter Mann!«

»Warum verlangt es Euch dann nach meiner Hilfe?«

Scheyfves Miene verschloss sich. »Ich dachte, es wäre nützlich, Eure Prophezeiungen zu kennen, schließlich hielt Dudley sich daran.«

Enoch schüttelte den Kopf. »Genau das tat er nicht. Ich sagte ihm genauso wie Euch, dass an Edwards Tod nichts zu ändern ist. Ihr habt klug abgewartet. Dudley aber versucht, den Tod mit allen Mitteln aufzuhalten.«

»Ja, aber warum?« Scheyfve hob verzweifelt die Hände. »Ihr macht mich wahnsinnig, Enoch!«

»Das wäre ein gewaltiger Schritt nach vorn. Der Wahnsinn mag teuflisch erscheinen, aber mich hat er Gott näher gebracht, als mein bedauerlicher Verstand es je vermochte!«

»Wir drehen uns im Kreis!«, rief Scheyfve erbost. Er erhob sich voller Unruhe und schielte nach dem Würzwein, der auf einem eisernen Dreibein neben dem Kamin stand. Vielleicht würde ein winziger Schluck seine Gedanken befeuern oder ihn zumindest beruhigen? Vor allem aber könnte er ihn von diesem Mann ablenken! Wie demütigend es war, sich eingestehen zu müssen, dass er, Jehan Scheyfve, seinen Freunden als ein ebenso verdrehtes Schwatzmaul auf die Nerven gegangen war.

»Ein Schluck Wein ist immer eine gute Idee«, ermunterte ihn Enoch.

Scheyfve fuhr wütend herum. »Oh, lasst diesen Jahrmarktszauber! Es hilft mir nicht, wenn Ihr meine albernsten Gedanken lest!«

»Ich lese keine Gedanken, ich beobachte Euch nur. Und

genau das solltet auch Ihr tun. Das Tarot kann Euch dabei helfen. Es ist ein Spiegel der Seele, und in unseren Seelen finden sich die Antworten, die wir brauchen.«

»Bislang habt Ihr nur Satan gezogen. Ganze drei Mal allein heute Nacht.«

»Und einmal den Narren!«

»Ich nehme an, das war ich!«, stieß Scheyfve empört hervor.

Enoch wackelte mit dem Kopf. »Unsere Seelen sind aus Licht und Dunkel gemacht. Ihr seid klug genug, um zu wissen, dass der Narr letztlich ein Weiser ist.«

Scheyfve zog die Brauen zusammen. »So wie ihr? Ich danke!«

»Wie wäre es mit einem Spiel, um mehr herauszufinden? Als Erstes zieht Ihr eine Karte, dann ich. Vielleicht kommen wir der Wahrheit über Dudley gemeinsam näher.« Er hielt Scheyfve den Kartenfächer hin. »Traut Euch. Seid ein Narr. Das Böse vertrete selbstverständlich ich. Ihr habt nichts zu verlieren.«

Zögernd hob Scheyfve die Hand, zog sie aber wieder zurück. »Ihr zuerst!«

»Nein, das hatten wir schon«, mahnte der Prophet. »Denkt nicht nach. Zieht.«

Scheyfve schloss kurz die Augen, gehorchte, drehte die Karte um und riss die Augen auf. »Wer soll das sein? Ein fetter Mann, der vor einem Vorhang sitzt mit lauter Weinkelchen im Rücken?«

Auf Enochs Totengesicht legte sich ein listiges Schmunzeln. »Ihr habt gezogen!«

»Wie überaus erhellend: Ich bin also ein dicker Narr, der der Sünde der Trägheit verfallen ist. Erzählt mir etwas Neues!«

»Schaut genauer hin.« Der Prophet wies auf den goldenen

Boden, auf dem der Mann saß, und den goldenen Himmel über ihm. »Es geht hier nicht um eine Todsünde. Im Gegenteil! Die Karte der neun Kelche fordert Euch auf, das Leben zu feiern, seine lichten Seiten zu genießen. *Glücklich gelebt und fröhlich gestorben, heißt, dem Teufel die Rechnung verdorben*, so sagt man doch in Eurer Heimat nicht wahr? Vertraut Eurer Leidenschaft und der uralten Weisheit Eurer Seele.«

Er griff nach der Weinkanne, schenkte einen Becher voll und reichte ihn Scheyfve. Zweifelnd nahm Scheyfve ihn entgegen. »Nun trinkt schon!«, forderte Enoch. Scheyfve nippte. Der gepfefferte Wein brannte in seiner Kehle wie Schießpulver. Er hatte seit Tagen nichts als Wasser und Datteln zu sich genommen. Er hustete. »Jesus! Dieser Wein ist fürchterlich.«

»Ihr werdet Euch wieder an den Geschmack gewöhnen und noch mehr an die Wirkung«, sagte Enoch gelassen. »Und nun überlegt, wo Dudleys Leidenschaften liegen. Was sind die neun Kelche, an denen der Lord sich satt saufen will?«

Scheyfve schnaubte verächtlich. »Leidenschaften? Macht ist alles, was ihn interessiert. Er hält sich für Englands wahren König.«

»Richtig, aber kein Mensch ist gern weniger, als er scheint. Bislang musste der Lord die Macht – egal, wie hoch er gestiegen ist – stets teilen.«

»Nur dem Anschein nach«, sagte Scheyfve erbost.

»Vorsicht! Wer dem Schein traut, traut dem Teufel! Lasst Euch nicht blenden und ins Dunkel ziehen. Dudley ist nicht die Quelle des Lichts, das ihn umgibt. Er ist nur ein Schatten der Macht, er ist schwach. Soll ich nun ziehen?«

Wieder führte Scheyfve den Becher zum Mund. Enoch hatte recht, der zweite Schluck war schon erträglicher. Und der Gedanke, dass Dudley nicht wirklich mächtig war, erst recht. Über den Rand des Bechers nickte er dem Propheten auffordernd zu.

Enoch wählte – ohne hinzuschauen – eine Karte und deckte sie auf. Sie zeigte einen Menschen, der, aus dem Schlaf hochgeschreckt, die Hände vor sein Gesicht schlägt. Vor schwarzem Hintergrund hingen neun Schwerter an der Wand, ein Holzschnitt im Bettkasten zeigte zwei Fechter, von denen einer zu Boden gegangen war. Die Decke des Bettes war mit Rosen bestickt.

»Die neun Schwerter!«, rief der Seher triumphierend. »Es ist die Gegenkarte zu Euren neun Kelchen! Wer sie zieht, sollte lernen, auf Gottes Gnade zu hoffen – dafür stehen die Rosen.« Er nickte. »Fürwahr, das ist weise.«

Scheyfve tippte auf die Schwerter. »Und was haben die vielen Klingen zu bedeuten? Plant Dudley einen Krieg?«

»Mag sein. Im Tarot stehen Schwerter für das dünne Element der Luft und für die Herrschaft des Verstandes.«

Scheyfve musste husten. »Und Dudley hat ganze neun davon? Soll das heißen, der Lord ist klüger als ich?« Missmutig stellte er den Becher ab.

»Im Gegenteil, es heißt, dass Dudley Opfer eines überreizten Verstandes ist, der ihm nichts mehr nutzen kann! Er hat Angst. Er kann nicht länger als Erster Minister hinter einem Thron stehen. So wie die Kanzler König Heinrichs des Achten, von denen die größten auf dem Schafott endeten: Thomas Morus, Cromwell und Wolsey. Auch Dudleys Vater verlor als Schatzmeister unter Heinrich seinen Kopf. Dudley ahnt, dass es auf Dauer ein tödlicher Fehler ist, einen Herrscher beherrschen zu wollen.«

Scheyfve zog nachdenklich die Brauen zusammen und bedeutete Enoch, zu schweigen.

»Wollt Ihr sagen, dass es Dudleys Ziel ist, sich selbst auf den

Thron zu bringen statt Jane Grey?« Er schüttelte den Kopf. »Das ist unmöglich, egal, wie lange Edward noch lebt. Ein solches Testament würde er nie aufsetzen, und das Parlament würde nicht zustimmen! In Dudleys Adern fließt kein Tropfen königliches Blut, und den Titel eines Herzogs hat er sich selbst verliehen.«

»In der Tat«, erwiderte Enoch. »Dudley muss eine andere Hoffnung hegen, um seine Macht vollkommen zu machen. Hier.« Er hielt Scheyfve die Karten hin. Der griff beherzt zu und murrte unwillig. Er sah ein Paar, das strahlend einen Regenbogen begrüßte. Neben ihm tanzten sorglose Kinder, wieder schwebten Kelche über allem. »Das Bild einer glücklichen Bauernfamilie. Danach sehnt Dudley sich gewiss nicht.«

»Nein, Ihr seid es, der sich auf ein geruhsames Landleben im Kreis Eurer Familie freut. Bedenkt, dass nicht Dudley diese Karte gezogen hat. Aber auch er kennt den Wert einer Familie. Sie verleiht uns nicht notgedrungen das Gefühl von Liebe, aber sie verbindet uns mit Vergangenheit und Zukunft. Sie ist das, was auf Erden der Unsterblichkeit am nächsten kommt. Aus dem Tod seines Vaters hat Dudley gelernt, dass es wichtig ist, das Beil zu besitzen, doch das Beil besitzt nur der, der auch das Gesetz ist.«

»Das Gesetz ist und bleibt der König«, sagte Scheyfve.

Enoch nickte. »Gewiss, und Dudley ist nur der Königsmacher, aber er ist auch Vater. Damit hat er dem sterbenden Edward etwas voraus ...«

»Wartet, wartet!«, unterbrach Scheyfve ihn hastig. »Ich beginne zu verstehen. Dudley will seinem Sohn sichern, was er für sich nicht erreichen kann.«

Enoch nickte wieder.

Scheyfve überlegte. Schließlich führte er prostend den Becher an den Mund und schmeckte den Wein. Mit einem Mal war er mild und süß. »Dudleys Sohn Guildford ist im Testament des Königs nur als Prinzgemahl vermerkt. Darum lebt Edward noch, unter entsetzlichen Schmerzen und in ständiger Todesfurcht. Der Lord wird ihn erst erlösen, wenn Edward seinem Sohn genau wie Jane Grey den Titel eines Regenten verliehen hat. Die Kinder von Jane Grey und Giuldford wären dann Dudleys und keine Tudors, und der Herzog von Northumberland wäre der Urahne einer neuen Dynastie! Der Traum des Königmachers würde wahr. Damit wäre er der Macht näher als jeder Minister und sogar näher als ein schwacher König, den er lenken kann, wie er Edward lenken konnte.«

Der Prophet nickte. »Dudley hat von niemand anderem als dem Begründer der Tudor-Dynastie gelernt, einem unbedeutenden walisischen Höfling, dem es vor hundert Jahren gelang, heimlich die Witwe des englischen Königs zu heiraten und Kinder mit ihr zu zeugen. Was für eine Rache an Heinrich dem Achten, der Dudleys Vater hinrichten ließ. Ihr seht, Dudleys unbedingter Wunsch nach Macht ist durchaus von Leidenschaft geprägt.«

Scheyfve stellte energisch den Becher ab. »Was kann ich tun, um Dudleys Pläne zu vereiteln?«

»Ihr wisst längst, wo Eure Talente liegen.« Enoch deutete auf die Karte der neun Kelche.

»Im Nichtstun? Und das ist die große Offenbarung, die Ihr versprochen habt, dafür, dass meine Männer Euch aus dem Tollhaus befreit haben?«

Der Prophet seufzte. »Nein, diese Offenbarung wurde mir schon dank Cassandra Askew auf dem Marktplatz von Newgate zuteil.«

»Wie lautet sie?«

»Dass ein Gott, den ich begreifen und lenken kann, kein Gott ist.«

Scheyfve schüttelte den Kopf. »Warum versucht Ihr dann ständig, mit ihm zu sprechen?«

»Das habe ich nie getan, ER sprach durch seine Engel zu mir.« Enoch hielt inne, seine Miene wurde düster. »Zumindest gelegentlich, wie ich glaube. Ich hatte gehofft, durch Cassandra Askew mehr über dieses Wunder erfahren zu können.«

Scheyfve winkte ab. »Von Dudleys kleiner Spionin? Was sie weiß, weiß ich schon lange.«

»Ihr scheint euch sehr sicher zu sein.« Der Prophet seufzte.

»Aber natürlich, sonst hätte ich ihr wohl kaum die Flucht ermöglicht. Die Arme wäre in Greenwich ihres Lebens nicht sicher. Dudley ...«

Enoch richtete sich in seinem Sessel auf. »Ihr habt Cass die Flucht ermöglicht?«

»Ah, schaut nicht so betrübt! Cass' Flucht diente einem guten Zweck. Ich fühlte mich der Familie van Berck mehr verpflichtet als Euch. Darum bat ich Euch, die Worte *»omnia vincit amor«*, bei Eurem kleinen Auftritt zu gebrauchen.«

Verblüfft hob Enoch die Brauen. »Diese Worte waren also mehr als ein Zeichen für Eure Männer?«

»Es ist die Losung der Opal-Bruderschaft. Die van Bercks haben sie gegründet, und ich war ihnen einiges schuldig.«

»Soll das heißen, Ihr habt gewusst, dass Samuel van Berck in der Nähe sein würde, sodass er sie hören konnte?«

Scheyfve schürzte die Lippen. »Schaut mich nicht so böse an. Ich habe nicht den Propheten gespielt. Um es mit Euren Worten zu sagen: Ich habe es nicht gewusst, aber sicher geglaubt! Die van Bercks haben einen Familiensinn, der an Starrsinn grenzt. Es sprach alles dafür, dass mein Sekretär seine Mutter bei ihren allmorgendlichen Besuchen im Gefängnis von Newgate begleiten würde. Und dass Cass da war, wusste ich dank Euch. Liebe braucht Gelegenheiten. So fügte sich der Rest – und diesmal wollte er endlich. Amen.«

Master Enochs dürre Hände schlossen sich einen Augenblick lang zu Fäusten. »Es scheint, ich habe in Euch meinen Meister gefunden.«

Scheyfve machte eine wegwerfende Handbewegung. »Schnickschnack! Es bedarf keiner besonderen Gabe, um zu wissen, dass ein junger, leidenschaftlicher Mann wie Samuel van Berck mit Amor besser bedient ist als mit dem Wunsch, die ganze Menschheit zu erlösen. Erlöser werden ans Kreuz genagelt, und zwar von den Frommen ihrer Zeit, so wie Jesus. Man muss das nicht unnötig wiederholen. In diesem Punkt halte ich es – wiewohl ich Katholik bin – mit Luther: Durch sein Kreuz sind wir erlöst. Gott möge mir dafür verzeihen.«

Der Prophet schloss die Augen. »Ihr seid Gott näher, als ich es je war.«

»Seid nicht so hart mit Euch«, beeilte sich Scheyfve, ihn zu beruhigen. »Ihr habt mir soeben außerordentlich geholfen.« Er rieb sich erwartungsfroh die Hände. »Und darum zurück zum Geschäft. Ich will wissen, wann Maria Tudor auf den Thron kommt und wann ich zurück nach Flandern kann. Lasst mich noch eine Karte ziehen.«

»Halt!«, sagte der Prophet. »Ich bin dran.«

Wie aus dem Nichts legte er eine Karte auf den Scherentisch. »Die Zehn der Schwerter, das Ende der Reihe«, sagte Enoch tonlos. »Ein unerbittlicher Schlussstrich. Wenigstens das.«

Scheyfve fuhr zurück und starrte auf ein grauenhaftes Bild: Vor einer kahlen Dämmerung lag ein Toter, durchbohrt von zehn Schwertern. »Was für eine schreckliche Karte. Wäre es nicht der Herzog von Northumberland, dem dieses Ende droht, könnte ich Mitleid bekommen.«

»Könntet Ihr das tatsächlich?«

»Unbedingt! Und nun lasst mich sehen, was ich zu Dudleys Ende beitragen kann.«

Enoch fächerte schweigend die Karten auf und hielt sie ihm entgegen. Scheyfve griff blitzschnell zu. »Eine geschmückte Burg? Menschen in Festtagsstaat? Was soll das nun wieder heißen?«

»Ihr werdet das Nichtstun mit anderen genießen«, erwiderte Enoch trocken. »Euch erwartet ein Fest an diesem Hof.«

»Aber dazu ist es noch zu früh!«, protestierte Scheyfve. »Es gibt bei Hof nichts zu feiern, solange Edward lebt.« Rasch schlug er das Kreuz. »Ich bitte Euch, zieht Ihr noch einmal.« Er griff nach dem Stapel, mischte ihn und formte den Fächer.

Der Prophet wählte und drehte die Karte um. »Der Tod. Nun, richtig betrachtet, ist auch er ein Fest der Erlösung.«

»Was meint Ihr damit?«

»Nichts, außer dass es für mich an der Zeit ist, Abschied zu nehmen.«

IV. Teil

Erzengel Michael
(Einer, der ist wie Gott)

Der Herr hat mich beauftragt, die Geister der
Verworfenen zu vernichten. Er verlieh mir die
Macht, seinen wahren Propheten die Geheimnisse der
Barmherzigkeit und Gerechtigkeit zu offenbaren.
So steht es geschrieben im Buch Henoch.
Achtet mich als Seelenwäger am Tag des Jüngsten
Gerichts. Fürchtet mich nicht, denn gott hat mich
zum Fürsprecher der Menschen gemacht.
Seht, dass ich ein Streiter Gottes bin, darum trage
ich das Schwert. Wenn aber der Falsche das rechte
Mittel gebraucht, so wirkt das Mittel falsch.
Ruft mich in euren dunkelsten Stunden, dann,
wenn ihr Satan am nächsten seid,
denn ich bin sein Bewzinger.

Farbe: purpur, orange
Tier: Drache
Tarokarten: Gericht und Erlösung

Michaels Botschaft: Seid mit mir, wenn die Welt gegen euch ist.
Seid Teil der Schöpfung und ihre Schöpfer zugleich.

1.

Greenwich Palace
Samstag, 1. Juli in der Nacht

»Ich habe Euch noch nicht von Euren Pflichten entbunden!«

Der Prophet stand auf und verneigte sich voller Würde. »Ich werde auf dem Fest erscheinen und meiner gottgegebenen Pflicht nachkommen.«

»Was soll das heißen?«

»In der Heilkunst heißt es: *Similia similibus curentur* – Ähnliches werde durch Ähnliches geheilt. Dieses Fest wird Dudleys Totentanz sein. Ich fühle es deutlich.«

Ein Zittern ging durch seinen mageren Leib. Er setzte den rechten Fuß vor, zog den linken nach. Sank wieder auf den rechten, hob sich auf dem linken nach oben, tat wieder einen Schritt, hinkte mit dem linken Bein nach. Seine Arme schlenkerten unkontrolliert nach allen Seiten. Er glich einer grotesken Gliederpuppe, die von einem fernen Fluch gelenkt wurde.

Nein!, schoss es Scheyfve durch den Kopf. Vom Teufel! Herrjemine, der Kerl war ein Dudley-Mann, und darum lautete sein Rat: »Nichtstun«!

Der Seher drehte sich im Türrahmen um. »Wenn Ihr unbedingt etwas tun wollt, dann ladet Lunetta van Berck zu dem Fest ein.«

Scheyfve erbleichte. »Das werde ich nach allem, was geschehen ist, ganz sicher nicht tun! Die van Bercks haben schon genug unter meinen Eskapaden gelitten. Frau van Berck hat geschworen, nie mehr einen Fuß an den Hof zu setzen.«

Enoch lächelte. »Euch wird bestimmt etwas einfallen, das

sie reizen wird. Zur Not grüßt sie im Namen des Mannes, der ich einmal war: Aleander von Löwenstein.«

Scheyfve schüttelte verwirrt den Kopf. »Von Löwenstein? Das ist der Name ihres Vaters. Ihr seid mit Frau van Berck verwandt?«

»Weit mehr als das, Scheyfve. Lunetta van Berck vermochte früher den Teufel an die Wand zu malen, um ihn zu bannen. Es wird ihr eine Genugtuung sein, mir dabei zuzusehen, denn ich allein vermag ihn auch zu vernichten.«

2.

Greenwich Palace
Sonntag, 2. Juli am Morgen

Auf dem Wasser schaukelten Boote und Kähne. Die Themse vor Greenwich war an Sonntagen ein beliebtes Ziel für Flusspartien. Um dem üblichen Pesthauch der City zu entgehen, steuerten Bürger in Mietbarken und Handwerker in übervollen Fischerkähnen die Kais beim Palast an. Man weidete sich an dessen Pracht und hoffte einen Blick auf die Höflinge zu erhaschen, die sich – umtobt von prachtvollen Hunden – zu Jagdritten versammelten.

Wäre der Himmel nicht steingrau und von Wind zerpeitscht gewesen, hätte auch an diesem Sonntag alles den heiteren Anschein einer Bootspartie gehabt. Doch diesmal kamen die Londoner in Erwartung einer Nachricht. In allen Kirchen der Stadt – wahrscheinlich im ganzen Land – war heute etwas geschehen, das zu Neugier und Befürchtungen Anlass gab. Genauer gesagt, etwas war *nicht* geschehen.

Die Prediger hatten beim Fürbittegebet für das Königshaus die Namen von Maria und Elisabeth Tudor ausgespart. In St. Pauls hatte der Reformer Nicolas Ridley Maria und Elisabeth gar von der Kanzel herab Bastarde genannt. Die Empörung wuchs heimlich, öffentlich sagte man in den Kirchen – auf Dudleys Anweisung – täglich Dank für Edwards wundersame Genesung. Nur, warum bedurfte es so vieler Gebete, wenn die Krankheit überstanden war?

Auf dem Wasser herrschte gespannte Stille. Wispernd wurden Gerüchte ausgetauscht und Wetten abgeschlossen. Die

Mutigsten setzten hohe Beträge darauf, dass die königliche Standarte bald auf Halbmast sinken und der Tod des jungen Edward verkündet werden würde. Stunde um Stunde verharrten die Londoner auf dem Wasser.

Ihre Neugier wurde belohnt und enttäuscht zugleich. Gegen Mittag zog am Ufer eine Karawane von Wagen heran, die Fleisch, Fisch und Zuckerwerk lieferte. Ein buntes Gewimmel von Spielleuten folgte. War es möglich? Ein Fest stand bevor. Nun denn. Sollte Edward tatsächlich gesund sein, bliebe alles beim Alten, und das wäre nicht das Schlechteste! Die Kaufleute unter den Schaulustigen überschlugen den Preis der Lustbarkeiten, die Gesellen und das Gesindel malten sich die prachtvollen Braten aus, während Brot, grüner Knoblauch und Ale vom Bug zum Heck wanderten.

In einem leckgeschlagenen Ruderboot warteten auch Nat und der Page. Eine Welle erfasste ihr Boot und ließ es schaukeln.

»Ich weiß wirklich nicht, was wir ausgerechnet hier treiben«, murmelte der Page missmutig.

»Ich habe Frau Lunetta versprochen, dass ich ihr helfe bei der Suche nach Samuel und Cass.«

»Das tun ja schon ihr Mann und dieser Arzt, und zwar im Norden, wo dieser Samuel immer hin wollte«, erwiderte der Page.

»Hurenscheiße! Muss sich halb London hier herumtreiben? So kommen wir nie ungesehen in den Palast!«, schimpfte Nat unbeeindruckt.

»Habe ich dir doch gleich gesagt«, brummte der Page. »Ich kann mich da sowieso unmöglich blicken lassen, nachdem ich hinter Dudleys Rücken für diese Dingsdabrüder gearbeitet habe.«

»Opal-Brüder«, sagte Nat geduldig. »Sir Henry Sidney und

Jehan Scheyfve sind Opal-Brüder, genau wie die van Bercks, hat Frau Lunetta gesagt. Sie können uns helfen.«

»Diese beiden Betrüger? Ich sollte einen Haufen Geld dafür bekommen, wenn sie den Propheten zu fassen kriegen. Und was macht Sidney? Schickt Spanier in Dudley-Tracht los, die mich mit dem toten Painbody sitzen lassen. Allein, verraten und verkauft.«

Nat zuckte mit den Achseln. »Politik ist nix für tumbe, ungläubige Lammhirten. Auch wenn ich dem Propheten nicht mehr traue, darin hat er recht behalten. Und was mich angeht, hat er auch nicht falsch gelegen.«

Zufrieden strich er sich über sein neues Wollwams mit dem eingestickten Handelswappen der van Bercks. Kaum zu fassen, wie dünn und weich Wolle sich verweben ließ und wie angenehm es war, Lederschuhe an den Füßen zu tragen. Und das sozusagen ganz umsonst.

Der Kaufherr Lambert van Berck hatte kein Einstandsgeld von ihm verlangt, weil er Samuel und Cass zur Flucht verholfen hatte. Das Vermögen des Rüstungshauses war nicht länger beschlagnahmt. »Ich bin mit anständiger Arbeit zum Lehrburschen aufgestiegen! Nat die Themseschwalbe, wer hätte das gedacht!«

Empört richtete sich der Page auf. »Musst du mir deine Erfolge ständig unter die Nase reiben? Und was ist schon so Großartiges daran, ein Lehrbursche zu sein? Wenn es den van Bercks gefällt, können sie uns jederzeit wieder auf die Straße setzen. Ich wünschte, ich könnte zurück in den Norden.«

Nat lächelte versonnen. »Aber nur ohne Bess.«

»Wenn dieser verfluchte Prophet recht behalten hätte, besäße ich jetzt genug Geld, um sie auszustatten wie ein anständiges Mädchen.«

»Das ist sie aber nicht, du Strohkopf.«

»Sie könnte so tun!«

»Das würde dich eine Menge kosten.«

»Na und? Der Prophet hat gesagt, diese Opal-Brüder würden mir ein Vermögen zahlen, wenn ich ihn befreie. Keinen Pfennig habe ich bislang von diesen Opal-Brüdern gesehen. Und mein Posten bei Hof ist auch weg.«

Nat verzog den Mund. »Hör endlich auf zu jammern. Wie wärs, wenn du es endlich mal mit Gottvertrauen statt mit Gier probierst?« Entzückt betrachtete er seine Schuhe. »Es lohnt sich, wenn man im Auftrag des Herrn unterwegs ist. Warts nur ab, bei dir klappts auch noch.«

»Spielst du jetzt den Propheten? Nicht mal ein Wunder bringt mich nach Greenwich zurück.«

»Aber ein Geheimgang unter der Franziskanerkirche«, triumphierte Nat. »Wenn's sein muss, warten wir, bis es Nacht wird, dann schleichen wir uns rein und suchen ...«

Wumm! Das Dröhnen einer Kanonensalve. Schrille Fanfaren vom Turm beim großen Landungssteg zerrissen die Stille.

In allen Booten sprangen Menschen auf und schauten erwartungsvoll zum Turm. Mit donnernden Stiefeln marschierten Wachsoldaten am Kai auf. Nat stellte sich auf die Sitzbank und reckte den Kopf. Wieder schwankte das Boot. Der Page klammerte sich an die Ruderkrampen. »Was ist? Siehst du was?«

Nat kniff die Augen zusammen und starrte zum Zinnenkranz des Turms. Soldaten, sonst nichts. Sein Blick glitt die Fassade hinab. Bei einem offenen Bogenfenster im ersten Stock blieb er hängen. Kurz tauchte ein bleiches Gesicht unter einer Krone in dem gemauerten Bogen auf. »Der König zeigt sich!«, schrie Nat und mit ihm Dutzende anderer Schaulustiger. »Der König! ... Er lebt! ... Es lebe der König!« Edward stand umringt von Höflingen am Fenster und hob grüßend die Hand. Bootsleute legten sich in die Ruder und steuerten näher an den

Kai heran, um ihn genauer zu betrachten. Niemand gebot ihnen Einhalt.

»Komm«, sagte Nat, plumpste neben den Pagen auf die Bank und griff sich ein Ruder. »Jetzt können wir unbemerkt in den Palast gelangen. Alles schaut zum Turm. Auf zu der alten Franziskanerkirche! Mach schon!« Widerwillig hob der Page sein Ruder aus dem Wasser. »Kannst du nicht allein gehen? Du kennst die Gemächer der Spanier beim Latrinenhaus.«

»Und du kennst Scheyfve. Ich weiß doch nicht mal, wie der Mann aussieht«, sagte Nat kopfschüttelnd.

»Den erkennst du todsicher. Ein träger Dicker mit Mondgesicht in schwarz-gelber Tracht mit dem Kaiseradler drauf.«

»Nix da. Leg dich in die Riemen. Auf eins!«, befahl Nat. Mit wenigen Schlägen lösten sie sich aus dem Pulk von Booten, die zum Turm strebten und ruderten westwärts die Themse hinauf.

»Und was ist, wenn Jehan Scheyfve uns seine Wachen auf den Leib hetzt?«, protestierte der Page. »Er wird uns sicher nicht sehen wollen. Er hat bekommen, was er wollte. Den Propheten.«

Nat hielt mitten im Schlag inne, Wasser tropfte vom Ruderblatt, das Boot geriet ins Schlingern. »Frag ihn selbst«, sagte er und wies verblüfft zum Kai bei der Kirche. Dort kroch ein beleibter Mann keuchend aus einem Gebüsch hervor und klopfte sich den Staub von seiner schwarz-gelben Tracht. Als er das Boot mit den beiden Knaben entdeckte, begann er zu winken.

»Fürn trägen Dicken ist der Mann ganz schön beweglich«, fand Nat.

3.

Greenwich
Freitag, 7. Juli

Sie lagen zwischen grünen Hügeln, hoch über dem Palast von Greenwich, und waren umfangen von schützenden Wäldern. Ein Bach murmelte in ihrem Rücken. Hummeln summten um Geißblatt und wilde Veilchen. Ein lauer Wind ließ das Laub der Birken silbern flirren. Sie ruhten im Gras, nackt bis auf ihre Hemden, und genossen voller Staunen das Wunder der Liebe. Zwischen ihnen herrschte die vollkommenste Sprache der Liebenden. Das Schweigen. Cass schmiegte sich enger an Samuel, er fasste sie fester, sie spürte die Hitze der Sonne, die unter dem kühlen Leinen seine Brust und seine Arme wärmte.

Cass' Haar war dunkel vor Nässe, beinahe so schwarz wie das seine, sie hatte es gerade eben im Bach gewaschen. Sie strich eine nasse Strähne von der Schulter des Geliebten, zeichnete mit den Fingern die Konturen seines Halses nach. Ein Lächeln entspannte Samuels Mund, bevor er einschlief. Cass wartete lange, bis sie sich aus seinem Arm löste, um sein Lächeln zu küssen. Sie schmeckte den Buchenrauch der Feuer, die sie nachts im Schutz einer Jagdhütte entzündeten, und den süßen Honig von Taubnesseln, und doch fand sie keine Ruhe.

Dabei war sie so müde wie er. Die Tage in den Wäldern von Greenwich nutzten sie, um zu schlafen. Ihre Nächte verbrachten sie mit Streifzügen auf der Suche nach Kleinwild. Die Pfeile und Armbrüste, um es zu erlegen, entstammten einer königlichen Jagdhütte. Ihr Blick glitt über den geziegelten

Weg zu ihrer aus Holz und Fachwerk gebauten Zuflucht. Samuel hatte das Versteck gewählt.

»Halte dich stets da auf, wo deine Feinde dich am wenigsten vermuten – direkt vor ihren Augen«, hatte sein Dienstherr Scheyfve ihn gelehrt.

Und tatsächlich, sie blieben ungestört. Noch immer herrschte bei Hof Jagdverbot. Turniere, Spiele, Wettritte – alle Vergnügungen waren untersagt, solange der König nicht daran teilnehmen konnte. Gewiss scharte sich der Hof auf den Korridoren, um kein Bulletin über Edwards Gesundheit zu versäumen.

Nachts wagte sich Samuel sogar in die Gärten des Palastes. Die Bäume, Beete und Sträucher trugen reiche Frucht, und als Spitzel des spanischen Botschafters kannte er unbewachte Pforten und Dutzende Gelegenheiten, über Mauern zu steigen. Cass seufzte, diese Art von Freiheit hatte sie nie gekannt. Gott machte ihnen ein paradiesisch einfaches Leben zum Geschenk. Es würden Augenblicke vollkommenen Glücks für sie sein, aber vergänglich wie das Flimmern des Sommers.

Forschend schob sie ihre Hand in den Ausschnitt von Samuels Hemd. Unter dem Geflecht kraftvoller Muskeln spürte sie die Schläge seines Herzens und die Verletzlichkeit seiner Haut. Alles in ihr verlangte danach, diesen Mann ganz zu entdecken, ihn mit ihrem Leib zu umfangen. Samuel drängte sie zu nichts, und dafür war sie ihm dankbar. Zögernd richtete sie sich auf, streifte ihm sacht das Hemd von den Schultern und neigte sich über ihn.

Der schrille Schrei eines Waldfalken ließ sie zurückfahren. Ihr Blick fuhr nach oben. Hoch im Blau zog der Raubvogel seine Kreise. Ihre Begierde wich Scham und Angst. Wie so oft in den vergangenen Tagen. Ihrem Verlangen wohnten zu viele Schatten bei. Einer davon hieß de Selve.

Würde er sie und Samuel auf immer trennen?

Der Sprung vom Brettergerüst in Newgate war für Cass kein Sprung in die Freiheit gewesen, sondern eine Rückkehr in das Gefängnis der Zweifel.

Samuel hatte ihr seine Geschichte erzählen können, von Canterbury und dem ungleichen Kampf auf dem Turm, als er de Selve voller Lust seinen Dolch in den Rücken gerammt hatte, von seiner Wut, als sie ihn wie einen Teufel abgewehrt hatte und vom Turm abgestürzt war. Er hatte geglaubt, dem Streit zweier Liebender zugehört und durch seine Einmischung nichts als Unheil heraufbeschworen zu haben. Als er durch die Briefe seiner Mutter erfuhr, dass Cass überlebt hatte, war er erleichtert gewesen. Dankbar. Doch die Freude war unterströmt gewesen von dem hässlichen Verdacht, Cass habe sich in das Haus seiner Eltern geschlichen, um ihr Glück zu machen. Ihm waren Zweifel gekommen, ob de Selve von ihr nicht auf die gleiche Weise hintergangen und benutzt worden war.

Nun wussten beide, dass de Selve Cass vom Turm hatte stürzen wollen, weil sie ein Kind von ihm erwartete. Samuel bereute inzwischen, dass sein hochmütiger Wunsch, als Soldat Christi die ganze Menschheit zu retten, ihn blind gemacht hatte für die Nöte der Menschen, die ihm nah waren: seine Mutter, sein Vater und – so sagte er – von Anfang an auch sie. Cass. Tief in sich, das spürte Cass, trug er einen unbesiegbaren Sommer, weil er in einem Haus beständiger Liebe aufgewachsen war. Anders als sie. Zögernd legt sie wieder ihre Hand auf seine Brust, sank zurück ins Gras.

Warum wagte sie nicht, ihrem Verlangen zu trauen? De Selve war nicht der einzige Grund. Enochs Gesicht tauchte vor ihr auf. Der Ausdruck reiner Güte darin und das absolute Grauen, das sich dahinter verbarg. Wohnte tief in ihr ein ähnlicher Teufel? Vergeblich hatte sie sich bemüht, diesem Dämon das Gesicht de Selves aufzumalen, ihm Lord Dudleys Züge zu verleihen, in dessen Haus sie aufgewachsen war, oder das ausgezehrte Gesicht Edwards, dem sie so nah gewesen war. Aber keins der Gesichter, die sie in den vergangenen Wochen und Tagen nach und nach in sich entdeckt hatte, passte. Keins erschloss ihr den Grund ihrer tief sitzenden Furcht, und es blieb das bittere Gefühl, dass sie Samuel unendlich fern war.

Cass zuckte, als er plötzlich nach ihrer Hand auf seiner Brust tastete. Er schlug die Augen auf und drehte ihr das Gesicht zu. »Was ist dir?«

»Nichts«, begann Cass, als sie von einem Blick getroffen wurde, der wie eine Mahnung an sie war, ihre Gefühle nie mehr zu leugnen.

»Ich habe Angst, Samuel.«

»Ich weiß.« Er zog sie fester an sich.

»Wir können nicht immer hierbleiben.«

»Noch heute Nacht werden wir von hier fortgehen«, sagte er und küsste ihr Haar.

Cass rückte von ihm ab. »Du hast Pläne gemacht?«, fragte sie, schwankend zwischen Freude und Enttäuschung darüber, dass er sie nicht an seinen Gedanken hatte teilhaben lassen. Zu oft in ihrem Leben war sie die Spielfigur in den Plänen anderer gewesen. Und jeder, der behauptet hatte, nur ihr Bestes zu wollen, hatte sie unglücklich gemacht.

»Cass, vertrau mir«, bat Samuel und nahm ihre Hand. Das Licht der Sonne fing sich in dem blitzenden Opal an ihrem Ringfinger. »Du erwartest ein Kind. Wir können nicht immer ziellos auf einem Pferd durch das Land jagen. In der vergangenen Nacht war ich bei Scheyfve. Heute Abend findet bei Hof ein Fest statt. Es ist eine günstige Gelegenheit, um unbemerkt über die Themse zu entfliehen. Er wird uns Geld geben und meine Familie benachrichtigen. Wir haben Freunde, und wir haben genügend Mittel, um uns zu schützen.«

»Wir?« Cass schlug die Augen nieder und richtete sich im Gras auf. »Ich habe nichts, und ich erwarte ein Kind von einem Mann, der …«

»Nicht!«, unterbrach Samuel sie. »Du hast dich in Antoine de Selve getäuscht, aber du liebst das Kind, das in dir wächst, und darum werde auch ich es lieben. Ich kann es, glaube mir.«

Cass schluckte Tränen, die Kehle wurde ihr eng. »Aber ich weiß nicht, ob *ich* es kann!«, stieß sie verzweifelt hervor. »Meine Mutter konnte es nicht, und …«

»Du bist ganz anders als sie.«

Cass drehte sich von ihm weg, zog die Knie an und umschlang sie mit ihren Armen. »Ja, das bin ich Samuel«, sagte sie leise. »Ich habe sie gehasst! Ich habe sie so sehr gehasst, dass ich all die Jahre vergessen habe, was man ihr im Tower angetan hat.«

»Du warst ein Kind, und es war besser so«, sagte Samuel eindringlich. Er legte die Hand auf ihren Rücken.

»Du weißt nicht, wie es war, mit diesem Propheten zu sprechen.« Cass erstarrte. »Er hat zu mir in einer Sprache gesprochen, die er die Sprache der Engel nannte. Ich kannte sie nur als eine verzweifelte Erfindung meiner Mutter, und auch das hatte ich vergessen.«

Samuel runzelte die Stirn. »Er ist einer der Männer, die deine Mutter gefoltert haben. Er mag jetzt mit Engelszungen sprechen, aber ihn umgibt der Gestank der Sünde, wie ein aufgebrochenes Grab.«

Cass schauderte. »Ich weiß, aber … Samuel, durch ihn habe ich begriffen, was meine Mutter mir im Tower zu sagen versuchte. Und ich habe seine Qual gespürt, so wie er den Schmerz meiner Mutter gespürt hat, als ich es nicht konnte.«

Samuel fasste sie bei den Schultern und wollte sie an sich ziehen, aber sie wehrte ihn ab. Samuel grub seine Hände fester in ihre Schultern, als würde sie ihm entgleiten. Seine Augen wurden dunkel. »Cass, du darfst diesem Mann nicht trauen. Das Böse der Welt ist immer da, wo wir es am wenigsten vermuten.«

Cass schüttelte seine Hände von ihren Schultern, löste die Arme von ihren Knien und drehte sich in einer heftigen Bewegung zu ihm um. »Und was ist, wenn das Gegenteil genauso wahr ist? Wenn das Gute mitunter mitten im Bösen ist?«

»Auf dem Markt von Newgate war dir der Prophet alles andere als eine Hilfe«, warnte Samuel.

»Doch, das war er«, gab Cass trotzig zurück. »Er hat mich sehen und fühlen lassen, was kein anderer bisher von mir wusste. Ich habe niemals einen Menschen geliebt, und ich habe Gott zutiefst verachtet.«

»Du täuschst dich. Nur wer geliebt hat, kennt den Hass und den Zorn. Deine Mutter ertrug alles für einen Gott, der ein erbarmungsloser Beobachter war, der ihr nichts gab, was sich zu lieben lohnte, und der entschieden hat, dass sie von dir getrennt wird. Dein Hass war nichts anderes als eine Liebe, die unerwidert blieb.«

Cass wischte sich über die Augen, neue Tränen strömten nach. »Nein, sie ist nicht unerwidert geblieben. Unter der Folter, nach entsetzlichen Qualen, hat meine Mutter mir etwas mitgeteilt, dass allein mir galt. Aber ich habe es nicht verstanden: *Öffne dein Herz nur, wenn dein Gott in dir es verlangt.* Das habe ich nie getan, Samuel. Ich habe einen solchen Gott nicht in mir. Verstehst du nun? Ich weiß einfach nicht, ob ich lieben kann. Und das ist meine Hölle.«

»Wem hättest du denn vertrauen sollen? Lord Dudley wohl kaum. Dein Herz war klug genug, stumm zu bleiben.«

Cass reckte das Kinn. »Geh mit mir noch einmal nach Greenwich zurück. Ich muss zu Master Enoch. Was auch immer er getan hat, es hat ihn gelehrt, Gefühle zu lesen, die jedem anderen Menschen verborgen sind. Er wird mir zeigen, wer ich wirklich bin.«

»Cass, er ist kein Seelenfischer, er ist ein Seelen*fänger.* Wie der Teufel.«

4.

Greenwich Palace
Freitag, 6. Juli am späten Abend

Die Nacht war mondlos. Fackeln erhellten die Kieswege zum Turnierplatz und die Great Hall von Greenwich. Eingetaucht in das Licht Hunderter Kerzen, schwatzten und lachten im Festsaal bald dreihundert Gäste. Der Lärm hallte bis hoch unter die Stichbalkendecke. Die Tische warteten mit feinstem Linnen und Goldgeschirr auf, Tafelaufsätze warfen vielfarbige Blitze. Noch standen Höflinge, Kammerherren, Diplomaten, Gesandte, Damen und Vertreter der City wartend und staunend inmitten des von langen Tischen gebildeten Karrees. Die Estrade an der Stirnseite des Saales war leer, genauso wie der Thronsessel des Königs und die Galerie der Spielleute.

Alles war so verschwenderisch geschmückt, als sei Heinrich der Achte persönlich dem Grab entstiegen, um in der Rolle des Zeremonienmeisters eins jener Feste zu inszenieren, die seiner Regierungszeit unsterblichen Glanz verliehen hatten. Rote und weiße Rosen – die Erkennungszeichen der Tudor-Dynastie – wuchsen, zu Büschen gesteckt, in Fensternischen. Sie entlockten Jehan Scheyfve ein Niesen.

»Darf ich Euch ein Taschentuch anbieten?«, wandte sich ein junger französischer Gesandter an ihn.

Scheyfve wehrte lächelnd ab. »Nicht jede Mode ist es wert, nachgeahmt zu werden, mon ami.«

»Und keine Sitte lohnt, dass man daran festhält, wenn sie überholt ist, Señor Scheyfve«, entgegnete der Franzose nicht minder freundlich. »Euer Nachfolger Renard scheint der neuen Zeit aufgeschlossener entgegenzugehen. Wie ich höre, hat er im Namen des Kaisers die bedauernswerte Maria Tudor aufgefordert, auf die Lesung der Messe in ihrem Haus endlich zu verzichten. Wie bedauerlich, dass der katholische Glauben damit auf dieser Insel nun doch keine Zukunft mehr hat und dass Euer Kaiser so kriegsmüde ist.«

»Mein Freund, ich bin nicht mehr jung genug, um alles zu wissen. Genießt Ihr dieses Vorrecht. Ich bin nur hier, um dieses Fest zu feiern. Es könnte mein letztes sein. Zumindest in England.« Scheyfve verneigte sich und wandte sich wieder Lunetta van Berck zu, die die Gesichter um sich herum aufmerksam studierte.

»Taschentücher!«, schnaubte er leise. »Was für ein eitler Geck! Hat sich sogar mit Rosenwasser besprüht, um Dudley zu gefallen. Diese Franzosen meinen immer noch, dass es sich lohnt, ihm zu schmeicheln. Blinde Narren! Sie haben angeboten, Jane Grey als Thronerbin anzuerkennen, wenn Dudley dafür einen Feldzug gegen den Kaiser unterstützt. Dieses Fest soll sie blenden. Wenn sie wüssten, wie leer Englands Kassen sind und was der Lord tatsächlich plant, dann ...«

Lunetta schüttelte den Kopf. »Scheyfve, ich bin nicht hier, um mit Euch über Politik zu reden. Wo und wann treffe ich Samuel? Nur darum bin ich hier.«

»Schscht!« Scheyfve senkte die Stimme, während er grüßend einem Venezianer zuwinkte. »Frau van Berck, zaubert ein wenig mehr Ehrfurcht und Bewunderung auf Euer Gesicht, wenn Ihr mit mir sprecht. Vergesst nicht, Ihr seid als Kauffrau hier, die mir eine hohe Summe gezahlt hat, um einem höfischen Schmaus beizuwohnen.«

Lunetta zwang sich zu einem perlenden Lachen. »Gefalle ich Euch so besser?«, zischte sie mit heiterster Miene.

Scheyfve schürzte anerkennend die Lippen. »Man merkt,

dass Euer Vater ein Ritter von Löwenstein und Gefolgsmann des Kaisers war.«

»Und meine Mutter die Gauklerin Mariflores Zimenes, vergesst das nicht. Sie hat die bittersten Erfahrungen mit den Masken der Niedertracht gemacht.«

»Wie meint Ihr das?«

Lunetta schüttelte den Kopf. »Ihr müsst nicht alles über mich wissen. Meine Vergangenheit gehört allein mir.«

»Eine weise Entscheidung, ich respektiere sie und setze wie Ihr ganz auf die Gegenwart.« Scheyfve räusperte sich. »Wie auch immer. Ihr beherrscht die Kunst der Verstellung.«

Lunetta versank im Knicks. »Aber Ihr seid der Meister dieses Fachs«, raunte sie, während sie sich wieder aufrichtete.

»Zu viel der Ehre, ich tue lediglich, was mir Freude macht. Ich bin ein oberflächlicher Mensch.« Scheyfve reichte ihr galant die Hand und führte sie tiefer in eine der Fensternischen. »Diese Pantomime dürfte genügen. Man wird meinen, ich hätte ein Auge auf Euch geworfen. Ein vortrefflicher Vorwand, um nachher hastig zu verschwinden. Sobald Sidney mir ein Zeichen gibt und Dudley erscheint, bringe ich Euch zu Samuel.«

»Ich hoffe, dass ich Euren und Sidneys Versprechungen diesmal trauen darf«, sagte Lunetta kühl. »Bisher habt Ihr die Opal-Bruderschaft auf das Schändlichste benutzt, und ich werde den Eindruck nicht los, dass Ihr mehr im Sinn habt, als mir zu helfen.«

Beleidigt wölbte Scheyfve die Lippen. »Bei allem, was ich bislang getan habe, bin ich dem Wahlspruch der Opal-Brüder immer treu geblieben. *Omnia* ... Ihr wisst schon. Samuel ist mit Cass zusammen, so wie ihr es Euch gewünscht habt. Auch Euer Mann ist frei und darf wieder Handel treiben.«

»Handel treiben? Er ist mit Gabriel auf dem Weg in den

Norden! Was wird sein, wenn beide in Kämpfe verstrickt werden? Keiner von beiden hat es verdient, für diesen elenden Thronfolgestreit zu sterben.«

Scheyfve drehte sich zu den Gästen um, hob die Rechte und wies zur Stichbalkendecke. »Tut so, als ob Ihr die Greife und Drachen bestaunt, und hört mir genau zu. Gabriel und Lambert werden nicht sterben. Es wird auch keinen Krieg geben, jedenfalls keinen, der zu nennenswerten Verlusten führt. Dudley ist ein geschlagener Mann.«

»Was macht Euch so sicher?«

»Höchst erfreuliche Neuigkeiten und das Tarot der Engel!«

Lunetta zuckte zusammen. »Wollt Ihr damit sagen, dass dieser merkwürdige Prophet von Newgate Euer Ratgeber ist? Verzeiht, aber dieser Mann ist mir, nach allem, was ich von ihm hörte, unheimlich.«

Scheyfve runzelte flüchtig die Stirn. »Mir erging es nicht anders, aber vertraut mir, er kann uns nichts anhaben. Ihr werdet ihn nachher noch kennenlernen, und ich verspreche Euch eine erstaunliche Überraschung!«

Ein stampfender Trommelwirbel enthob Lunetta einer Antwort.

Vergnügt rieb sich der Diplomat die Hände. »Ah, endlich! Das Fest beginnt!«

5.

In den Gärten von Greenwich zur selben Stunde

Cass schloss kurz die Augen und holte tief Luft. Sie atmete den Geruch überreifer Beeren ein, der über den Gärten lag. »Herr, hilf mir!«, betete sie stumm. Dann beugte sie sich hinab, um in ein Gebüsch bei der Palastmauer zu kriechen.

Sie spürte Samuels Hand auf ihrer Schulter, sie war warm und kräftig. »Was hast du vor?«, fragte er flüsternd und riss sie zurück.

»Ich will zu dem geheimen Tunnel, du weißt schon, der ...«

»Ja, ich weiß es«, unterbrach Samuel sie flüsternd. »Erstaunlicher ist, dass du dich erinnerst!«

Im Licht einer Fackel suchte er ihr Gesicht. Cass nickte zögernd. »Ja, ich erinnere mich.« Sie schauderte. »Es war schrecklich eng und dunkel, und ich hatte Todesangst. Ich habe geglaubt, du wolltest mich töten.«

»Du weißt, dass das ein Irrtum war.« Samuel ließ die Fackel sinken und zog sie zu sich heran.

Cass lehnte sich an ihn und barg ihre Stirn an seiner Schulter. »Ja, das weiß ich.«

»Alles, was ich wirklich wollte, war dich zu beschützen, und das will ich auch jetzt.«

»Aber ...«

»Schscht. Denk an die Fledermäuse«, murmelte Samuel.

»Fledermäuse machen mir keine Angst!«, begehrte Cass auf.

»Nein, es waren immer nur Dudley und der Prophet. Hab

endlich Vertrauen zu dieser Angst«, sagte Samuel. »Komm! Nat erwartet uns bei der Kirche. Wir können durch die Krypta eine unbewachte Stelle am Ufer erreichen, dort liegt ein Boot. Scheyfve hat für alles gesorgt. Bitte Cass, tu, was ich sage.« Er griff nach ihrer Hand und blickte sich rasch nach allen Seiten um. »Das Fest ist ein Segen. Alle Wachen sind bei der Great Hall und am Kai.«

Entschlossen zog er sie Richtung der Obsthaine. Sie folgte ihm über frisch gekieste Wege, vorbei an Buchsbaumhecken und gestutztem Rasen, so dicht und kurz wie das Fell eines Hundes. Rosen und Kletterhortensien umrankten zierliche Gitter. Eine geordnete Welt voller lieblicher Düfte. Konnte es wirklich so leicht sein, der Vergangenheit zu entkommen? Sie abzustreifen wie ein Hemd? Sie hatte es immer gehofft. Ein Gefühl unendlicher Erleichterung durchflutete sie. Ja, sie hatte nie etwas anderes gewollt, als diesem Palast zu entkommen.

Sie tauchten in eine Baumallee ein. Im dichten Laub über ihren Köpfen reiften Äpfel. Cass tastete nach den Stämmen, die Rinde war glatt wie Seide. Wie sehr hatte sie sich früher einmal nach Seide gesehnt. Halt, nein, Seide war es nicht gewesen.

Sie hielt inne. Samuel wirbelte herum. »Cass!«

»Ich wollte ihn heiraten«, stammelte sie und erschrak. »Nichts habe ich mehr gewünscht.«

Samuel ließ ihre Hand los. »Du sprichst von de Selve?«

Cass nickte. »Ich habe sogar darum gebetet, dass der Herr Antoine zu mir führt, dass er mein Mann wird. Samuel, wie soll ich meinen Gefühlen je wieder trauen?«

Hurenscheiße! Was war jetzt wieder los? Nat kniff die Augen zusammen und sah, dass Cass und Samuel stehen geblieben waren. Wärmten die beiden Erinnerungen an ihr letztes Schäferstündchen unter den Apfelbäumen auf? Unbehaglich sah sich Nat zu der Gartenmauer um, vor der er wartete. Auf dem Kai dahinter war seit einer Stunde mächtig was los. Er hatte immer wieder über die Mauer gespäht und gesehen, dass Schiffe angelandet waren. Keine Barken mit Gästen, sondern Kriegsschiffe, bestückt mit Towerkanonen und besetzt mit Soldaten in den Farben des Königs.

Was auch immer das zu bedeuten hatte … Es war Zeit, von hier wegzukommen. Aber noch immer verharrte das Paar unter den Apfelbäumen.

»Der Herr erhört alle Gebete«, sagte Samuel. »Das habe ich durch dich gelernt. Und nun verrate ich dir eins meiner Glaubensgeheimnisse. Manchmal lautet Seine Antwort: Nein. Nimm sie endlich an. Trau diesmal deiner Angst. Enoch ist ein Teufel.«

Cass schwieg kurz. »Ich glaube, es ist besser, wenn ich mich der Angst stelle. Ich will nicht immer wieder weglaufen.«

Samuels Hände gruben sich in das Holz des Fackelschafts.

»Das hast du nie getan! Ich habe dich in der Kirche gehört. Glaub mir, du hast von Anfang an gewusst, dass der Marquis dein Verderben ist. Du bist zu ihm gegangen, obwohl er dir Angst gemacht hat.«

Cass entriss ihm die Fackel und führte sie ganz nah an sein Gesicht.

»Bist du dir so sicher, Samuel? Es gibt noch immer einen Teufel in mir, der mich zweifeln lässt.«

Samuel straffte die Schultern. »Dieser Teufel hat den Namen Enoch. Er wird dir wohl kaum dein Verlangen nach dem Bösen austreiben.«

Cass' Schultern sanken hilflos herab. »Ich möchte dir glauben, aber ...« Sie brach ab und schüttelte den Kopf. Mit klarer Stimme fuhr sie fort: »Wenn du mir wirklich helfen willst, dann geh mit mir in den Palast.«

»Nein.«

Cass ließ die Fackel zu Boden fallen, trat zu ihm und legte beide Hände um sein Gesicht, zog es zu sich hinunter und küsste ihn fordernd. Samuel schmeckte Zorn und jäh aufschießende Begierde. Cass löste ihren Mund von seinem, hob die Fackel wieder auf und schaute ihn abwartend an. Samuel schüttelte den Kopf. »Ich liebe dich, und es bleibt bei meinem Nein.«

Sie schürzte die Röcke mit der Linken und lief los. Zurück zum Palast.

Hurenscheiße! So war die Sache nicht geplant! Nat überlegte nicht lange, sondern stieß einen markerschütternden Schrei aus. Auf dem Kai hinter der Gartenmauer kam Bewegung in die Soldaten. Nat konnte nur hoffen, dass die Losung der Opal-Bruderschaft auch für Themseschwalben galt. Alles in allem hatte er bei Cass und Samuel eine Menge gut.

Das Wirbeln von Trommeln und Zimbeln füllte den Saal. Trompeten schmetterten helle Fanfarenklänge von der Galerie herab. Eng gedrängt saß die Festgesellschaft an den Tischen. Die Türen zum hinteren Treppentrakt öffneten sich, und ein Strom von Küchenlakaien flutete in den Saal. Auf Tragbrettern schleppten sie Wildschwein am Spieß, versilberten Schwanenbraten, Lamm in Zuckerkruste und andere Prunkgerichte zu den Gästen. Der Saal johlte, man hob die Becher, griff nach dick geschnittenem Brot und legte es auf die goldenen Teller, um die Scheiben mit großen Portionen all der Köstlichkeiten zu beladen. Mit unverhohlener oder heimlicher Gier liebkosten die Gäste die Braten, schielten nach Tranchiergabeln und betrachteten sehnsuchtsvoll Schüsseln mit Tunken und Soßen. Einen ähnlich üppigen Schmaus hatte man zuletzt unter König Heinrich gesehen, als der Staatsschatz unerschöpflich zu sein schien, weil er sich aus dem Reichtum der aufgelösten Klöster speiste. Fürwahr, vor ihnen dampfte und lockte ein Mahl, das eines Königs würdig war und eines Dankfestes für seine Genesung.

Nur, wo blieb Edward, um das ersehnte Zeichen zu geben, mit dem Mahl zu beginnen? Der Thronsessel war noch immer leer. Selbst Dudley fehlte. Nur seine Frau und einige seiner Söhne und Töchter saßen an der hohen Tafel. Verwirrt blickte man zwischen der gräflichen Familie und den Köstlichkeiten hin und her. Die Braten wurden allmählich kalt, die mit gehärtetem Sirup aufgerichteten Flügel der Schwäne sanken traurig herab.

»Die Stunde der Wahrheit naht«, flüsterte Scheyfve Lunetta unter der ohrenbetäubenden Musik zu.

Sie beugte sich näher zu ihm. »Ich kann unmöglich ein Essen mit mehreren Gängen abwarten, ich will hier raus. Tut etwas.«

»Nicht nötig, das Essen wird gar nicht erst stattfinden, so betrüblich das ist.«

»Was soll das nun wieder heißen?«

»Sidney ist da. Den Gästen wird nur allzu bald der Hunger vergehen. Bei Lady Dudley dürfte das schon in wenigen Augenblicken der Fall sein.« Er schlug das Kreuzzeichen und senkte kurz das Haupt, dann wies er zur Flügeltür hinter der Königstafel, durch die Edwards Kammerherr mit feierlichem Ernst das Podest betrat. Sidney beugte sich zur Herzogin von Northumberland hinab und flüsterte ihr eine Nachricht zu. Die Lady riss die Augen auf und sah den Kammerherrn ratsuchend an. Sidney schien ihr einen Vorschlag zu machen. Die Herzogin gab ein unsicheres Zeichen in Richtung einer kleinen Narrentruppe. Doch nicht einmal die Gecken schienen an diesem Hof bereit zu sein, ihr zu gehorchen. Henry Sidney schickte dem Zeichen der Lady ein aufforderndes Nicken hinterher.

»Das Zeichen!«, flüsterte Scheyfve. »Gleich ist alles vorbei.«

»Bringt Ihr mich dann endlich zu Samuel? Ich muss ihm helfen«, gab Lunetta hinter vorgehaltener Hand zurück.

»Nicht nötig, er und Cass sind längst in Sicherheit. Sie dürften jetzt auf dem Weg zu Eurem Haus auf der London Bridge sein.«

Lunetta richtete sich empört auf. »Scheyfve!«

»Nicht so laut! Ihr werdet noch Gelegenheit genug haben, mir Euren Dank zu erweisen«, murmelte er heiter »Ah, endlich! Schaut nach vorn. Der Spaß beginnt!«

Ein Narr löste sich aus der Truppe bei der Königstafel. Die Mienen seiner Kumpane verrieten, dass sie die Bohnenstange in Geckentracht für einen bedauernswerten Anfänger hielten. Das schien der Bohnenstange Anreiz genug zu sein, um von der Bühne zu hopsen und auf den nächstbesten Tisch zu springen. Er vertauschte Schüsseln, goss Wein über Köpfe, warf mit Brot um sich. Einige lachten gezwungen.

»Nicht gerade originell«, knurrte Scheyfve. »Das muss er sich auf dem Markt von Newgate abgeschaut haben.« Der Narr machte unbeirrt weiter, dann winkte er die Musiker von der Galerie und scheuchte sie in die Mitte des Saales. Er tobte durch den Saal, riss Höflinge von den Bänken, zerrte und drängte sie zum Tanz. Auch Scheyfve griff er beim Kragen.

Auch Lunetta wollte sich erheben. »Können wir jetzt?«

»Nein, das ist *mein* Tanz«, wehrte Scheyfve ab.

Hüpfend folgte er dem Narren in die Mitte des Saales und gebärdete sich zur Freude seiner Gegner wie ein tanzender Eichkater. Franzosen, Engländer, sogar sein eigener Nachfolger Renard spendeten ihm spöttischen Applaus, während andere Tänzer vor ihm zurückwichen und ihm das Feld überließen. Lunetta beobachtete alles mit wachsendem Misstrauen.

»Was ist?«, rief Scheyfve munter. »Muss ich allein die Genesung von Englands König feiern?«

Ein Spielmann nach dem anderen setzte sein Instrument ab und schaute fragend zur Tafel des Königs. Doch von dort kamen keine Anweisungen. Was sollte man tun?

Scheyfve lud sich die Laute eines Musikanten aufs Knie und begann zu spielen. »Kennt Ihr das noch?«

Zeitvertreib mit guten Freunden
liebe ich und soll ich lieben,
bis meine Zeit vorbei.
Grolle, wer mir mag,
doch keiner sag,
solange es Gott gefällt,
ich ganz so leb, wie ich es mag.

Wie ein beleidigtes Kind brach er ab und schüttelte den Kopf. »Welch bedauerlicher Mangel an Begeisterung! Erinnert Euch.

Dieses Lied hat Edwards Vater komponiert. Es ist eins seiner besten! Niemand hielt es zu seiner Zeit auf den Bänken, wenn er es sang. Der unvergleichliche Heinrich der Achte! Ein so fruchtbarer Mann! Er hat der Welt so überaus viel hinterlassen. Unter anderem drei prachtvolle Kinder!«

Unbehagen machte sich breit, alles schaute fragend zur Herzogin von Northumberland. Sie saß starr wie eine Statue. Zögernd hoben einige Minister ihre Becher und riefen: »Heil den Kindern Heinrich Tudors!«

»Lauter!« Scheyfve legte die Laute zur Seite und sprang in die Mitte des Saales. »Es lebe König Edward! Es lebe Maria und – so Gott will – auch Elisabeth Tudor.«

Er hielt inne, um Atem zu schöpfen. Aus den Augenwinkeln nahm er wahr, dass die Musikanten auseinanderwichen. Endlich! Bei Gott, Master Enoch konnte tatsächlich eine Erlösung sein! Nie hätte er geglaubt, dass es ihn, Jehan Scheyfve, so viel Kraft kosten würde, sich zum Narren zu machen, um die Freiheit zu erlangen, bei Hof das zu sagen, was jeder wusste, aber niemand wahrhaben wollte, solange Dudley – der Lord aller Lügen – den Ton angab.

Zwei Gardisten drängten sich schreiend an wiehernden Pferden und Kanonieren vorbei, die fluchend und schwitzend die zwölf Apostel – gewaltige Bombarden und Kanonen, die Heinrich Tudor seinem Volk hinterlassen hatte – von den Towerschiffen auf das Kai von Greenwich zerrten. Schwerter wurden entladen, Piken und Lanzen auf Karren geworfen. »Lasst uns durch!«, schrien die beiden Gardisten. »Wir müssen in die Gärten.«

Mit wenigen Sätzen gelangten sie zu der Seitenpforte, die in den Friedhof der Mönche führte. Hier hielt niemand sie auf.

Rasch querten sie das Gräberfeld, stießen das Tor zu den Gärten auf, passierten das Kirchenportal und liefen mit gesenkten Hellebarden und ausgreifenden Schritten die Mauer ab.

»Das war knapp!«, keuchte Nat und ließ die Kirchentür ins Schloss fallen. »Wenn die uns erwischt hätten, wärs elend ausgegangen.«

»In der Tat«, murmelte Samuel und zog Cass näher an sich heran.

»Warum, zum Himmel, hast du überhaupt geschrien?«, fragte Cass, noch immer atemlos nach ihrer Hetzjagd zurück vom Palast und durch die Obstgärten. Nats panischer Schrei hatte sie umkehren lassen.

»Weil Euch anders nicht mehr zu helfen war«, sagte Nat. »Und kommt jetzt bloß nicht auf dumme Ideen, weil das hier ne Kirche ist. Für Beichten, Taufen und Hochzeiten habt ihr in London noch reichlich Gelegenheit. Ab in die Krypta.« Nat lief durch den Mittelgang voran und zerrte am Eisenring der Falltür, die Samuel ihm vor einigen Wochen gezeigt hatte.

»Was geschieht auf dem Kai?«, wollte Samuel wissen, während er sich hinabbeugte, um Nat zu helfen.

»Dudleys Männer rüsten zur Schlacht. Wenn ichs richtig verstanden hab, gehts mal wieder in den Norden«, sagte Nat und zerrte mit verbissener Miene am Griff. »Ich glaub, die klemmt.« Samuel schob ihn zur Seite und riss die Bodenluke auf. »Du zuerst«, sagte er. Nat tauchte in die Krypta ab. Cass folgte ihm. »Bevor ichs vergess«, rief Nat von unten. »Der König ist tot, und ein gewisser Zimenes lässt euch grüßen.«

Samuel schnellte nach oben.

»Nein!«, sagte Cass und griff von unten nach seiner Hand. »Du gehst auch nicht mehr zurück.« Energisch zog sie ihn die Stufen herab.

Enoch sah bescheiden aus. Er hatte das Gewand eines Reformpredigers gewählt. Seine groteske Erscheinung verfehlte auch in dieser Tracht nicht ihre Wirkung. Der Saal verstummte. Gebieterisch hob der Prophet beide Hände und ließ seine Augen über die versammelten Gäste schweifen, hielt bei dem einen oder anderen Gesicht inne, um lächelnd zu grüßen. Niemand grüßte zurück, einige Höflinge griffen nach Mundtüchern, um ihr Gesicht von Schweiß zu befreien oder es zu verbergen. Als Letztes verneigte sich der Prophet in Lunettas Richtung. Er suchte ihre Augen, sie wandte sich ohne Interesse ab.

Enochs Balsamstimme füllte klangvoll den Raum: »Ihr seid gekommen, um einen Knaben zu feiern, den ihr mit dem biblischen König Josia vergleicht, der mit acht Jahren gekrönt wurde, um das Land vom Götzendienst zu reinigen und das Haus Gottes wieder aufzubauen. Ich aber bin gekommen ...«

»Ich protestiere im Namen Seiner Allerkatholischsten Majestät des Kaisers«, unterbrach Scheyfve den Propheten und stellte sich neben ihn.

Alle horchten auf und tuschelten. Dieser Diplomat war nicht nur albern, er war frech. Eine Schande für seine Zunft. Das Tuscheln wurde lauter.

»Schafft den Spanier raus!«, schrie ein Höfling.

»Dieser Mann missbraucht die Bibel für Ketzereien!«, empörte sich Scheyfve. »Das darf kein Christ dulden. Traut nicht dem Gift, dass er in Eure Ohren träufelt ...«

»Fort mit dem Spanier!«, schrien immer mehr Höflinge.

»Wir lassen uns nicht von Papisten blenden!«, zirpte eine Dame neben Lunetta und beschirmte ihre Augen mit einem zierlichen Gebetbuch, das mit goldenen Kettchen an ihrem Gürtel befestigt war.

Am Tisch der spanischen Gesandtschaft erhob sich Renard.

»Dieser Mann spricht weder im Namen Ihrer Majestät des Kaisers noch des Heiligen Vaters!«

»Lasst den Propheten reden!«, verlangten andere.

Mit kraftvoller Stimme unterbrach Enoch den Tumult. »Ich bin gekommen, um Euch zu sagen, dass dies kein Fest für Josia ist, sondern das Gastmahl Belsazars.«

»Bei allem, was heilig ist!«, wetterte Scheyfve. »Ergreift diesen falschen Propheten! Auch wenn er ein Prediger des neuen Glaubens ist und in Eurer Sprache von Gott spricht. Niemand darf Edward mit Belsazar vergleichen. Wir alle wissen, was mit diesem verblendeten, törichten König geschah!«

Die Gesichter der meisten Gäste verrieten deutlich, dass dies nicht der Fall war.

»Er wurde von seinen Dienern ermordet. Niemand darf es wagen, so etwas von Lord Dudley zu denken!«, schrie Scheyfve.

Lunetta erschrak. Was tat Scheyfve da?

»Verhaftet diesen Propheten!«, donnerte er weiter. »Ganz London weiß, dass der Herzog von Northumberland es in Newgate schon einmal versucht hat. Das Volk spricht von nichts anderem. Es ist in heller Aufruhr.«

Diese Stimmung übertrug sich allmählich auf den Saal. Lunetta wollte sich erheben. Dieser Narr redete sich um Kopf und Kragen! Der Tumult, den er entfachte, war kaum dazu geeignet, um unbemerkt zu verschwinden. Jemand zog sie auf die Bank zurück. »Ihr versperrt uns die Sicht.«

Plötzlich tat Scheyfve einen Kniefall. »Euer Gnaden! Euch schickt der Himmel. Bereitet der Verwirrung ein Ende!«

Alle Blicke fuhren zur Königstafel. Dort stand er tatsächlich – Lord Dudley, und neben ihm zitternd und bleich eine Frau mit mausbraunem Haar. Jane Grey. Urplötzlich wurde es still.

»*Mene, mene tekel u-pharsin*«, raunte Enoch und umfing das zierliche Mädchen an der Seite des Herzogs mit seinen Blicken. Jane Grey gefror zur Statue. »Gott hat dein Königtum gezählt und beendet. Du wurdest gewogen und für zu leicht befunden.«

»Schweigt!«, schrie der Herzog.

»Genau!« Scheyfve stieß den Propheten zu Boden. »Wir alle sind hier, um das Wunder von Edwards Genesung zu feiern. Niemand, auch kein Prediger Eures Glaubens, darf behaupten, dass die Tage Eures Königs gezählt sind! Das ist gegen Gottes Ratschluss und ...« Er machte eine kleine Pause. »... Hochverrat.«

»Verhaftet diesen Mann!«, herrschte Dudley seine Gardisten auf der Bühne an. Die Männer sprangen in den Saal.

»Aber es ist wahr!«, rief Jane Grey mit sich überschlagender Stimme. »König Edward ist tot. Er ist gestern gestorben.« Die Soldaten verharrten in ihrer Bewegung. Ein Raunen des Entsetzens ging durch die Festgesellschaft.

»Ergreift ihn endlich!«, wütete der Herzog und deutete auf Scheyfve, doch der übertönte ihn mit einem dramatischem Aufschrei: »Edward ist tot? Das ist unbegreiflich! Entsetzlich! Himmel, wie schrecklich! Dieses Fest ist ein Totentanz!«

Die Damen des Hofes begriffen, dass dies das Stichwort für sie war, und wie auf Kommando begannen sie zu schluchzen. Die Männer rissen sich ihr Barett vom Kopf, Dudleys Soldaten beugten die Knie zum Gebet.

Erstaunlich flink kam Scheyfve in die Höhe und wirbelte zu Enoch herum. »Der Herr möge mir verzeihen, dass ich in dir nicht seinen Propheten erkannt habe. Der König ist tot! Es lebe die Königin!«

Das Klagen und Beten der Gäste mischte sich mit ungläubiger Empörung. Scheyfve wandte sich der königlichen Tribüne zu. »Ein Hoch auf ...«

»Nein!«, schrie Jane Grey und riss sich den Wappenring des toten Edward vom Finger. »Da Edward tot ist, muss die Prophezeiung mir gelten. *Du wurdest auf einer Waage gewogen und für zu leicht befunden.* Herr, erbarme dich meiner!«

Scheyfve erkannte befriedigt, dass einige Minister den Tumult im Saal nutzten, um sich mit sehr ernsten Mienen von den Tischen zu entfernen.

»Schluss mit dem Beten!«, schrie Dudley zu seinen Soldaten. Er sprang von der Bühne und riss sein Prunkschwert vom Gurt. »Tut endlich etwas! An diesem Hof regiert nicht der Kaiser, und es regieren auch keine falsche Propheten.« Seine Soldaten erhoben sich zögernd, legten die Lanzen vor. Scheyfve ging ihnen lächelnd entgegen. »Wir sind doch keine Feinde!«

»Scheyfve!«, schrie Lunetta entsetzt. Sie sprang aus ihrer Bank und lief zu ihm.

»Halt im Namen der Königin Maria Tudor!«, schrie von der gegenüberliegenden Seite des Saales ein Mann in spanischer Offizierstracht. Es war Gabriel Zimenes. Hinter ihm stand eine Handvoll Soldaten – sie trugen die Farben der Tudors.

Scheyfve drehte sich zum Propheten um. »Ihr wart gut, Master Enoch. Wirklich gut.«

»Noch nicht gut genug«, erwiderte Enoch und stieß Scheyfve zu Boden. »Rettet Jane Grey!«, schrie er Dudleys Soldaten entgegen. »Rettet den Herzog von Northumberland! Rettet England vor Kaiser und Papst!« Einige Soldaten stürmten los, sie trampelten über Scheyfve hinweg. Zimenes' Männer näherten sich von der anderen Seite des Saales. Lunetta zerrte den stöhnenden Scheyfve zur Seite.

»Aufhören!«, schrie Dudley, bevor die Kämpfer aufeinandertrafen. Er stürmte seinen Soldaten hinterher, fällte den Propheten mit gesenktem Schwert und richtete sich zu machtvoller Pose auf. Mit gewinnendem Lächeln wandte er sich Gabriel Zimenes zu. »Ich verzeihe Euch Euer gewaltsames Vorgehen, denn ich bin ein Mann des Friedens. Kein Engländer wünscht einen Bruderkrieg. Wir wollen hören, was Maria zu sagen hat. Sidney, lasst Wein bringen!«

Bei Gott, dieser Mann war und blieb der Herr aller Lügen, dachte Scheyfve erbost, während Zimenes in vollendeter Verneigung vor Dudley versank. Er öffnete den Mund.

»Ihr schweigt, bis wir endlich alle heil aus diesem Saal hinausgekommen sind!«, zürnte Lunetta. Sie wies mit dem Kopf zum Leichnam des Propheten. Sie sah Scheyfve aufgebracht an. »Reicht es Euch nicht, dass Eure Narrheiten diesen armen Teufel das Leben gekostet haben?«

»Der Tod war eine Erlösung für ihn, glaubt mir.«

»Wie könnt Ihr so verächtlich über einen solch bedauernswerten Mann reden!«

»Ich kann alles erklären ...«

»Nein.«

6.

Newgate Market
Dienstag, 18. Juli

Seit dem Nachmittag läuteten alle Kirchenglocken. Wie überall in der City prasselten auch auf dem Markt von Newgate die Freudenfeuer. Fackeln knisterten und zischten wie zu grünes Holz. Riesige Fässer waren in der Mitte des Marktes aufgebockt, in endlosen Strömen floss roter und weißer Ratswein in Becher und Mäuler. Ganz London tanzte.

»Ich weiß wirklich nicht, was du hier noch willst«, brummte Nat. »Du machst dich nur zum Narren.«

»Das habe ich schon auf Dudleys Fest getan«, erwiderte der Page fröhlich. »Und es hat sich gelohnt. Scheyfve ist ein überaus großzügiger Dienstherr.« Stolz strich er sich über seine neue schwarz-gelbe Tracht mit einem gestickten Wappenadler. »Ach, es ist schon etwas anderes, im Dienst einer Königin zu stehen, als einem Herzog zu dienen.«

»Noch is Maria nicht gekrönt, und Dudley is mit seinen Truppen im Norden.«

Der Page winkte ab und spähte zwischen den Feuern nach Bess. »Pah! Scheyfve bekommt mit jedem Tag immer bessere Nachrichten. Die ganze Flotte ist von Dudley abgefallen, seine Soldaten desertieren, immer mehr Städte läuten für Heinrichs Tochter die Glocken und – was noch entscheidender ist –, wir Londoner haben sie zur Königin proklamiert, und Jane Grey sitzt im Tower.«

»Weil sie auf ihre Krönung wartet, du Dummkopf! Außerdem bist du kein Londoner.«

Der Page verdrehte die Augen. »Seit du deinen Propheten nicht mehr hast, begreifst du wirklich gar nichts mehr. Jane Grey wollte nie Königin werden, und länger als neun Tage war sie es auch nicht. Oh, ich glaube, da ist Bess! Ich habe ihr gezuckerte Veilchen mitgebracht. Scheyfve behauptet, dass Mädchen wie sie mit solchen Blumen mehr anfangen können als mit Rosen.«

Nat verdrehte die Augen. »Na, der muss es wissen.«

»In der Tat, in Liebesdingen ist mein Herr unschlagbar. Denk nur an Samuel, seinen letzten Sekretär. Er hat mir geraten, Bess hartnäckig den Hof zu machen, vor allem nachts. Ein wirklich großzügiger Mann.«

Der Page strebte auf eine Gruppe von Tänzern zu und stellte bedauernd fest, dass die dralle Magd, die in ihrer Mitte einen Sprungtanz vorführte, nicht Bess war. Wo steckte sie nur? Sie ließ sich nur ungern ein Fest entgehen, und arbeiten brauchte sie nun wirklich nicht mehr. Zumindest nicht nachts. Sein Lohn war stattlich. Er wandte sich an Nat. »Ich werde sie in ihren Dachkammern suchen. Vielleicht schläft sie noch.«

»Wers glaubt, wird selig«, murmelte Nat.

»Wie?«

»Ach nix. Tu, was du nicht lassen kannst.«

Der Page machte sich frohgemut auf den Weg zu Bess' Hurenschenke. Nat schlenderte lustlos zwischen den vergatterten Marktbuden herum. Newagte war einfach nicht mehr das, was es einmal gewesen war. Naja, zumindest für ihn. Schon erstaunlich, wie schnell man sich daran gewöhnen konnte, in einem Haus zu leben, das nicht stank, in dem es satt zu essen gab und in dem die Zahl der Flöhe die der Bewohner nur wenig überstieg.

Die van Bercks waren eine wirklich erstaunliche Familie. Er begriff auch, dass sie dem Propheten nicht nachtrauern konnten. Obwohl er ein Teil ihrer Familie gewesen war. Ein ziemlich finsterer. Zumindest als er noch nicht Enoch der Prophet, sondern Aleander von Löwenstein gewesen war, der Bruder von Lunettas Vater und der Inquisitor, der ihre Mutter wegen Ketzerei und dem Tarotspiel zum Tod auf dem Scheiterhaufen verurteilt hatte. Er hatte sogar versucht, den eigenen Bruder zu töten, um Titel und Vermögen der Familie zu erben. Später hatte er Lunetta verfolgt, in der Hoffnung, ihr das Geheimnis des Tarots zu entlocken, weil er darin einen Schlüssel zur Macht sah.

Ja, es stimmte, dieser Aleander war über Jahre hin der Fluch der Familie van Berck gewesen. Aber war er als Enoch von Newgate nicht auch ihr Segen gewesen?

Er hatte Cass' und Samuel zusammengebracht – mit Scheyfves Hilfe zugegeben –, er hatte Painbody in die Hölle geschickt – mit Samuels Hilfe zugegeben –, und er hatte sogar dazu beigetragen, Maria Tudor auf den Thron zu bringen. Ob das ein Segen oder eine Fluch war, würde die Zeit weisen. Aber eins war klar: Enoch hatte ihm versichert, dass er ein anständiger Kerl war. Was wohl auch stimmte. Ohne den Seher wäre er nie auf die Idee gekommen, dass es so etwas gab wie Engel, schon gar nicht für ihn. Nicht dass er sich dessen jetzt sicher war, schließlich hatte er noch keinen gesehen.

Ohne es zu bemerken, war Nat zum Torhaus geschlendert.

»Küss den Henker, küss den Henker!«, kreischte der Papagei über ihm.

»Ach, halts Maul!« Nat griff sich einen Stein und schleuderte ihn gegen die Mauer. Der Stein verfehlte die Nische und brachte den Vogel nicht zum Schweigen. » *Ol sonf*, alter Sack, alter Sack!«

»Das heißt *ol sonf vorsag*, du vorlauter Schnabel. *Ol sonf vorsag, goho iad balt, lonsh calz vonpho.*« Hurenscheiße! Er hatte sich den Spruch von Cass beibringen lassen und hoffte immer noch, dass der Prophet ihm irgendwann antworten würde. »*Ol sonf …*«

»Spiel hier nicht den Propheten!«, schrie der Page. »Hilf mir lieber.«

Nat wirbelte herum. »Was is?« Hinter ihm stand die Bohnenstange. Und das blanke Entsetzen.

»Drei Landsknechte sind mir auf den Fersen! Ich habe mich mit ihrem Trossführer angelegt.«

»Arsch und Gesangbuch! Ich hab doch gesagt, als Bess' Minnesänger machst du dich zum Narren.«

»Bist du Hellseher?«

»Nee«, Nat grinste, »aber anscheinend bin ich immer noch im Auftrag des Herrn unterwegs.« Er zerrte den Pagen am Umhang in ein finsteres Gässchen. »Da gehts lang.«

Nachwort:

»Das Tarot der Engel« geht mit einigen Persönlichkeiten der britischen Geschichte äußerst fiktiv, aber nicht fern aller Tatsachen um. Ein paar Anmerkungen zu Edward VI. und dessen Hof möchte ich nachliefern, um zu weiterer Lektüre anzuregen.

Eingefleischten Fans der Tudor-Geschichte sei zunächst die bislang nur in englischer Sprache erschienene Biographie »Edward VI – The Lost King of England« empfohlen. Der junge britische Historiker Chris Skidmore liefert einen farbigen Einblick in die sechsjährige Regentschaft des Knabenkönigs. Die im »Tarot der Engel« anskizzierten Komplotte und Verschwörungen um den einzigen Sohn von Heinrich VIII lesen sich wie ein Krimiplot. Edwards Leben und Sterben ist ein Lehrstück über politisches Intrigantentum im Stile eines John Dudley und über die Nachwirkungen tyrannischer Machtausübung nach Art eines Heinrich VIII. auf Seele und Gesellschaft.

Die Tudor-Dynastie währte von 1485 bis 1603 und brachte sechs Könige und Königinnen hervor. Zwei von ihnen sind noch heute historische Kultfiguren: König Heinrich VIII. – allgemein bekannt als der Dicke mit den sechs Frauen, von denen er zwei köpfen ließ – und seine Tochter Elisabeth I. –, die sich die jungfräuliche Königin nannte, obwohl schon Zeitgenossen zu Recht bezweifelten, dass sie zeitlebens *virgo intakta* blieb. Die amourösen Biografien der Tudors faszinieren nicht von ungefähr. Das Schicksal von Dynastien wird schließlich in Betten entschieden: auf Ehelagern genauso wie auf Sterbelagern.

Kurioserweise sind die beiden berühmtesten Vertreter des Tudor-Geschlechts qua Geburt nicht zur direkten Thronfolge bestimmt. Anders als sein Stammhalter Edward kommt Heinrich 1509 anstelle seines mit sechzehn Jahren unerwartet verstorbenen Bruders Arthur an die Macht. Elisabeth übernimmt fünfzig Jahre später die Regierung, obwohl sie erst an dritter Stelle der Erbfolge steht, hinter ihrem Halbbruder Edward und ihrer älteren Halbschwester Maria, der Tochter von Heinrichs erster Frau, der Spanierin Katharina von Aragon.

Sowohl Heinrich als auch Elisabeth ordnen ihr Liebesleben politischen Erwägungen unter.

Zu Lebzeiten hat Heinrich seine beiden Töchter mehrfach zu Bastarden erklären lassen. Eine weibliche Nachfolgerin auf dem Thron wäre – zumindest in England – eine Novität gewesen, zu der weder Heinrich noch seine Untertanen spontan Vertrauen gefasst hätten. Nicht zu Unrecht. Nach dem Brauch der Zeit fällt der Besitz einer Braut an den Mann, im Fall der dynastischen Verbindung einer Prinzessin mit einem ausländischen Prinzen wäre also das gesamte Inselreich in fremden Besitz übergegangen.

Kein Wunder, dass Heinrich es im Laufe seines Lebens nicht aus schierer Lendenlust auf sechs Ehen bringt. Zweifelsohne hält er sich Mätressen, dies entbindet ihn jedoch nicht von der Pflicht, im Ehebett einen männlichen Erben zu zeugen. Getreu dem Motto »one heir, one to spare« – ein Erbe und einen Ersatzmann – wären dem Tudor-Monarchen mehrere lieber, um seine Dynastie zu sichern.

Um diesem Ziel näher zu kommen, betreibt er ab 1526 die Scheidung von Katharina von Aragon, die ihm lediglich vier tot geborene Söhne und eine lebende Tochter geschenkt hat. 1533 heiratet er seine Geliebte Anne Boleyn und spaltet sein Inselreich 1534 endgültig vom Vikar Christi – dem Papst – ab. Als Oberhaupt der englischen Kirche kann sich Junker Heinz – wie Luther ihn geringschätzig nennt – die Annullierung der Ehe mit Katharina selbst gewähren und die Heirat mit Anne Boleyn für legitim erklären. Tochter Maria gilt fürderhin als unehelich geboren. Zu seinem Glück fehlt ihm nur noch der Sohn. Doch die schwangere Anne kommt mit Elisabeth nieder. Heinrichs Leidenschaft für seine zweite Frau versiegt nach einer weiteren Fehlgeburt im Januar 1536 endgültig. Zur Freude aller Katholiken lässt er Anne als Ehebrecherin anklagen und köpfen. Papsttreue Vertreter des englischen Adels haben Heinrichs Blicke längst auf die so lammgesichtige wie lammfromme Jane Seymour gelenkt, eine Fürsprecherin des alten Glaubens.

1537 bringt sie als Heinrichs dritte Ehefrau den ersehnten Stammhalter zur Welt und ihre Familie gleichzeitig an die Spitze der Höflingshierarchie. Jane Seymour verstirbt zwölf Tage später, begleitet von hässlichen Gerüchten. So kursiert die Legende, Heinrich habe, als sich die Geburt verzögerte, einen lebensgefährlichen Kaiserschnitt verordnet, um den Sohn statt die Mutter zu retten. Es sind Katholiken, die dieses Gerücht verbreiten. Sie wissen, dass ihre Gegner unter Heinrichs Ministern nach einer protestantischen Stiefmutter für Edward Ausschau halten, um die Zukunft der Reformation zu sichern. Es scheint ratsam, Englands künftigen König früh in Misskredit zu bringen, um indirekt seine katholische Halbschwester Maria wieder als Thronkandidatin aufzubauen. Edwards Leben ist von Anfang an von höfischer Ränke und der Glaubensspaltung überschattet, die sein Vater angestoßen hat, aber nur halbherzig vollzieht.

Heinrich schätzt die Vorteile einer Antipapst-Poltik – neben dem Recht auf Scheidung schwemmt seine Kirchenreform das Vermögen des englischen Klerus in die Staatskassen. Eine protestantische Reformation des Glaubens hat er allerdings nie angestrebt. Im Herzen bleibt Heinrich Katholik und vor allem ein König, der nur Gott über sich duldet – solange dieser im Himmel verbleibt und sich nur zu Heinrichs Gunsten in irdische Belange einmischt.

Jane Seymour ist vermutlich an inneren Blutungen gestorben. Medizinhistoriker sind überzeugt, dass Reste der Plazenta nicht vollständig entfernt wurden und dass sie Opfer eines zweifelhaften Privilegs geworden ist. Als Königin hatte sie das Recht auf männliche Geburtsbegleitung. Doch anders als die meisten Hebammen kennen sich nur wenige Ärzte der Tudor-Zeit mit dem Geburtsvorgang aus – dies liegt weit unter ihrer Würde. Zudem hat kein Mann das Recht, Hand an den Leib ihrer Majestät zu legen.

Immerhin gelingt es den königlichen Ärzten, den kleinen Edward sicher durch die üblichen Kinderkrankheiten zu bringen oder sie zumindest nicht zu verschlimmern. Lange spricht alles dafür, dass der Stammhalter die Konstitution seines hünenhaften Vaters geerbt hat.

Der deutsche Hofmaler Hans Holbein d. J. hat Edward im Alter von dreizehn Monaten porträtiert. Ein dickes, pausbäckiges Baby mit dem roten Haarschopf des Vaters. Heinrich ist ein stolzer, zeittypisch vor allem abwesender Vater und vor allem Dynast. Er bemüht sich, das Überleben des Thronfolgers zu sichern. Deshalb bringt er den Stammhalter abseits von London auf Landsitzen unter, die für gesunde Luft bekannt sind, sorgt für Badezimmer mit direkter Wasserzufuhr vom

Fluss und erlässt penible Hygiene- und Pflegevorschriften für das Prinzenpersonal. Tägliches Putzen der Schlafkammer ist Pflicht.

Zum Haushalt des jungen Prinzen gehört auch eine spezielle »Rocking-Maid«, die genaue Anweisung erhält, wie oft und wie lange das Wiegenkind zu schaukeln ist. Seine Nanny darf Klein Edward Zeit seines Lebens »Mom« nennen.

Aus Heinrichs drei folgenden Ehen gehen keine Kinder mehr hervor. Deshalb setzt der Monarch auf dem Sterbebett neben dem inzwischen neunjährigen Edward Maria und Elisabeth wieder in die Thronfolge ein und verfügt, dass nach seinem Tod zunächst ein Kronrat die Regierungsgeschäfte für den minderjährigen Knabenkönig übernimmt.

Der Rat besteht aus neuadligen Glaubensreformern, protestantischen Klerikern und anpassungsfähigen Taktierern wie John Dudley, die gelernt haben, ihre religiösen Ansichten geschmeidig zu halten, genau wie Heinrich selbst. Die Fraktion der Opportunisten bleibt für eine heimliche Zusammenarbeit mit der katholischen Partei offen. Schließlich ist Maria, die erstgeborene Tochter, nun wieder erbberechtigt und Edward noch nicht über die gesundheitlich kritischen Kinderjahre hinaus.

Der kleine Prinz tritt ein schwieriges Erbe an: Die papsttreue Partei bei Hof ist nicht entmachtet, sie hat in Europa mächtige Freunde, und Englands Volk leidet – bei allem Widerwillen gegen die erlebte Gier und verbreitete Sittenlosigkeit Roms – unter der Zerschlagung von Kirchen und Klöstern, die eine medizinische, bildungspolitische und soziale Grundversorgung garantiert hatten. Das konfiszierte Kirchenvermögen hat Heinrich verprasst, er hat es nicht genutzt, um eine neues Fürsorgenetz zu knüpfen. Immer wieder flackern – im Gewand des religiösen Protestes – soziale Unruhen auf, die den Katholiken und ihrer Hoffnungsträgerin Maria Tudor in die Hand spielen.

Im Gegenzug lassen die reformerisch gesinnten Räte Edward strikt protestantisch erziehen, um ihre Position zu stärken. Der minderjährige Regent wird – unter anderem mittels Schlägen und moralischer Erpressung durch Einsatz eines Prügelknaben, der für Edwards Verfehlungen büßt – darauf vorbereitet, die Reformation zu vollenden.

Ab 1548 werden im Namen Edwards Bilderstürme in den Kirchen entfacht. Während die Glaubenskommissare seines Vaters Heiligenschreine und Klöster geplündt haben, um sich ein Vermögen zu sichern, geht es nun um ideologische Siege. Unersetzliche Wandmalereien werden geschändet und übertüncht, Altarbilder zerbrochen und durch großflächige Bibelworte und die Zehn Gebote ersetzt. Der in Stein gemeißelte und in Bilder übersetzte Glauben macht dem verbalen Glauben Platz.

Nach dem Prinzip Zuckerbrot und Peitsche feiern Edwards Lehrer ihren Zögling als Wiedergänger Josias, der als Kinderkönig die Tempel vom Götzendienst befreit hat. Ein Kompliment, das Heinrichs Sohn zusagt: In der radikalen Reformation wittert er seine Chance, das Erbe des Vaters nicht nur zu vollenden, sondern sogar zu übertreffen.

Ein Porträt des flämischen Hofmalers Hans Eworth, das nach der Krönung im Todesjahr seines Vaters entsteht, zeigt einen Jungen, der entschlossen die Siegerpose seines Vaters imitiert. Fünf Jahre später, so erfährt man aus Quellen, fordert der Sprössling selbstbewusst mehr Einfluss. Hofzeugen beschreiben den Vierzehnjährigen als vehement und tatkräftig, bis ihn im Herbst 1552 zunächst die Masern, dann die Windpocken niederstrecken – damals lebensgefährliche Krankheiten.

Nach glücklicher Genesung verschlechtert sich der Zustand

des jungen Herrschers im feuchten Winter wieder. Blutiger Husten setzt ein. Die Tudor-Höflinge schwanken – je nach Konfession – über Monate zwischen Hoffen und Bangen. Heute nimmt man an, dass die Maserninfektion Edwards Immunsystem so sehr geschwächt hat, dass ein schlafender Tuberkelvirus geweckt wurde, der unweigerlich zum Tod führen musste.

Die im »Tarot der Engel« geschilderten Spekulationen um eine mögliche Vergiftung Edwards sind dennoch nicht aus der Luft gegriffen. Zeitgenössischen Quellen zufolge hat eine obskure Kräuterfrau dem siechenden Edward das »weiße Pulver« verabreicht. Auch John Dudleys Kampf um eine Testamentsänderung ist dokumentiert, genauso wie der Verdacht einiger seiner Zeitgenossen, dass er die Arsengabe verordnet habe.

Arsen ist seit dem Altertum gut bekannt. Bereits Hippokrates hat eine Arsensulfid-Paste zur Behandlung von Geschwüren benutzt. »Arsenik« wird das klassische Gift des Mittelalters, es ist am byzantinischen Hof ebenso in Gebrauch wie im Vatikan und im Dogenpalast zu Venedig. Auch die Borgias bedienten sich des Arsens für ihre niederen Zwecke, genauso wie viele andere berüchtigte Giftmörder bis in unser Jahrhundert hinein.

Bekannt sind heute noch die »Arsenik-Esser« aus der Steiermark, die Arsen in steigenden Dosen als Stimulans einnehmen. In der klassischen Homöopathie wird arsenicum album bei ausgeprägter Schwäche oder Ruhelosigkeit, Angst und Todesfurcht eingesetzt.

Dies nur als Hinweis darauf, dass die mögliche Arsengabe an den kranken König tatsächlich zunächst Heilzwecken gedient haben könnte. Der protestantischen Partei wäre ein gesunder Edward am liebsten gewesen.

Verschwörungs- und Mordgerüchte sind zu Zeiten der Tudors mindestens so beliebt und naheliegend wie politische Gift- und Meuchelmorde selbst.

Auch Jane Grey, soll – nachdem Edward sie testamentarisch zur Nachfolgerin bestimmt hat – sofort unter geheimnisvollen Brechattacken gelitten haben.

John Dudley lässt sie auf einem abgeschirmten Landsitz unterbringen. Dort hat die Sechzehnjährige Geistererscheinungen. Ein blutiges Beil schießt eines Abends aus einer Wandvertäfelung hervor. Jane ist keineswegs Opfer paranoider Verfolgungsängste, sondern Opfer einer psychologischen Kriegsführung. Ein katholischer Priester wird später angeklagt, den Zaubertrick mit dem Beil ersonnen zu haben, um Jane zum Verzicht auf den Thron zu bewegen.

Nach Edwards Tod lässt Dudley Jane zur Monarchin proklamieren, neun Tage hat die Großnichte Heinrichs VIII. den Titel inne. Allerdings von Anfang an im Tower, wo sie traditionsgemäß auf ihre Krönung warten muss, die jedoch nie stattfinden wird. Ein Jahr nach dem Regierungsantritt von Königin Maria Tudor stirbt Jane tatsächlich unter dem Beil.

Anne Askew (1521–1546):

In England gehört die Adelstochter aus Lincolnshire zu den wichtigsten Märtyrern der anglikanischen Kirche.

Mit fünfzehn wird Anne Askew – eine glühende Anhängerin des neuen Glaubens – gezwungen, den Katholiken Thomas Kyme zu heiraten. Sie tritt damit an die Stelle ihrer älteren Schwester, die mit Kyme verlobt war, aber verstorben ist. Anne weigert sich trotz Heirat und auch nach der Geburt zweier Kinder, den Namen Kyme anzunehmen. Sie reist nach

London und fordert das Recht auf Scheidung ein, da ihr Mann nicht gläubig sei. Kyme wirft sie nach ihrer Rückkehr kurzerhand aus dem Haus. Anne Askew beginnt ein Leben als Predigerin, verteilt in London verbotene Bücher und kommt in Kontakt mit einflussreichen Personen. Darunter ist auch Katherine Parr, die sechste Frau Heinrichs VIII.

Dem König ist die Predigerin im Weiberrock – zumal sie aus gutem Hause stammt – ein Gräuel. Ein Ketzergericht fordert Anne Askew zum Widerruf auf, die junge Frau fügt sich nur dem Anschein nach und setzt ihren Kampf für die Reformation fort. Sie wird erneut verhaftet und zum Tode verurteilt. Bevor sie im Juli 1546 mit fünfundzwanzig Jahren auf dem Scheiterhaufen stirbt, wird sie zum unfreiwilligen Mittelpunkt einer Hofintrige.

Heinrichs Leben neigt sich dem Ende zu, die konservative katholische Partei bei Hof wittert eine Chance, den Monarchen noch auf dem Sterbebett für sich und seine Tochter Maria als Nachfolgerin zu gewinnen. Um das zu erreichen, wollen sie am Beispiel von Katherine Parr – Heinrichs letzter Frau – vorführen, das alle Reformatoren abgefeimte Betrüger sind. Parr gilt als radikale Protestantin, sie ist jedoch – anders als Anne Askew – klug genug, nicht allzu energisch oder gar öffentlich für den neuen Glauben einzutreten. Eine direkte Anklage Parrs ist unmöglich. Darum wird Anne Askew im Tower grausam gefoltert. Sie soll gestehen, dass die Königin genauso wie sie die Autorität der Bibel über die des Königs stellt – ein Hochverrat, wie Heinrich gesetzlich hat festlegen lassen.

Der oberste Toweroffizier bricht die Folterung Anne Askews jedoch ab, da es in England zum einen (noch) ungesetzlich ist, eine Frau zu foltern, und weil ihn Intelligenz, Glaubensstärke und Standhaftigkeit der Fünfundzwanzigjährigen beeindrucken. An Stelle der Towerbesatzung führen

Höflinge – darunter vermutlich John Dudley selbst – die Folter fort. Ergebnislos.

Katherine Parr überlebt die Intrige.

John Dee (1527–1608):

Der Mathematiker, Geograph und Entwickler von Navigationsinstrumenten, tritt im »Tarot der Engel« nicht unmittelbar in Erscheinung, er stand jedoch Pate bei der Entwicklung der Figur des Enoch. Als Hofastrologe und späterer Berater von Elisabeth I. ist John Dee ein Prototyp der Alchemisten, Magier und Propheten, die maßgeblichen Einfluss auf Tudor-Monarchen und andere Machthaber der Renaissance und der frühen Neuzeit hatten.

Die populäre Auffassung, dass Zauber- und Hexenglaube im finsteren Mittelalter ihren Höhepunkt hatten, ist falsch. Das magische Denken erreicht seine Blüte erst nach dem Zerfall der mittelalterlichen Weltordnung.

Die Glaubensspaltung ruft eine Flut von Sektierern und von sich selbst begeisterten Propheten auf den Plan, die sich ermutigt fühlen, fern aller kirchlichen Dogmen einen Zugang zu himmlischen Mächten zu finden und den Schöpfungsplan auf eigene Faust zu entschlüsseln. Dass sie die päpstliche Autorität infrage stellen, macht auch den Wildwuchs möglich. Beliebt sind obskure Propheten bei Intriganten und Machthabern aller Konfessionen.

John Dee versucht mit Hilfe des Mediums Edward Kelley, die Kommunikation zwischen Gott und seinen Engeln zu entschlüsseln. An der Wissenschaftlichkeit seines Vorgehens hat er keinen Zweifel. Astronomie und Astrologie gelten als Geschwister.

Kelley empfängt unter Trance Botschaften in verschlüsselten Sätzen, die Dee als »Henochische Sprache«, bezeichnet und akribisch notiert. Die Sprache der Engel greift im 19. Jahrhundert einer der Mitbegründer der modernen Tarotpraxis wieder auf: Alistair Crowley, Erfinder und Meister des »Hermetischen Ordens der goldenen Dämmerung«. Er verleibt die Henochische Sprache seinem Sammelsurium magischer Praktiken ein.

Mit Dee verbindet Crowley die Lust am Obskuren. Im Namen der Offenbarung komplizierte Geheimwissenschaften zu entwickeln und sich den Nimbus spiritueller Allmacht zu geben ist ein zwiespältiges Vergnügen, wie der Rückblick in die Tudor-Zeit enthüllt. Beliebt ist er in einigen esoterischen Zirkeln auch heute noch.

Die Mystiker des Mittelalters scheinen im Vergleich dazu weitaus vernünftiger zu sein und wahrhaft aufgeklärt in Glaubensfragen. Um es mit Meister Eckart zu formulieren: *Gott ist all das nicht, was wir von ihm sagen.*

Danksagung

Für Ermutigung, Ermunterung, Anregung und Begleitung bei diesem Buch danke ich aus ganzem Herzen: Armin Beuscher, Priya Bondre, Gaby May und Miriam Offelnotto. Ihr alle habt geholfen, diverse Teufelchen von meiner Türschwelle zu verscheuchen.